岩波現代文庫／学術 384

新版 占領の記憶　記憶の占領

戦後沖縄・日本とアメリカ

マイク・モラスキー
鈴木直子［訳］

岩波書店

THE AMERICAN OCCUPATION
OF JAPAN AND OKINAWA
Literature and Memory
By Michael S. Molasky

First published 1999 by Routledge

岩波現代文庫版まえがき

本書は三つの「前身」から成り立っている。つまり、(1)一九九四年にシカゴ大学大学院に提出した博士論文、(2)それから五年間におよぶ新研究を元にまとめた一九九九年発行の英語版の原書 “*The American Occupation of Japan and Okinawa: Literature and Memory*”、そして(3)二〇〇六年に青土社から単行本として刊行された邦訳版『占領の記憶／記憶の占領』である。原書はいまだに入手できるようだが、邦訳版は数年前から絶版になっているだけに、この度、岩波現代文庫から新たに世に出ることになり、大変喜ばしく思っている。まず、岩波書店編集部の清水御狩氏に厚くお礼を申し上げたい。そして、せっかく文庫版を出していただけるなら、邦訳版の刊行以降に行った研究も盛り込みたく、「新版」として刊行させていただいた次第である。

博士論文に着手した段階では、〈戦後日本文学におけるアメリカ占領〉というテーマを追究する予定だった。それだけでよかったのに、つい悪魔の囁きに魅惑されてしまった。すなわち、「どうせなら、沖縄の戦後文学も視野に入れたらどうか」と。今から思えば、この誘惑へのあまりの無抵抗な服従ぶりに、我ながら呆れるほかない。ともかくもその軽率さのおかげで、突然わが研究がとんでもない方向にどんどん広がってしまうことに気づきながら、もう後に引けなくなったのである。

博士論文では、いくら日本「本土」の文学作品に比重をおこうとしても、戦後沖縄を取り上げるためには相当の時間と労力が必要だということをまず痛切に思い知らされた。そして沖縄に触れるたびに、それまでに考えていた日本の被占領体験に関する諸問題が急に何倍も複雑に映り、どう対処すべきか分からなくなってしまった。そのとき絶望して論文全体を投げ出さなかった理由は、時間をかけてその複雑さをうまく消化し、論考の基盤に据えることによって、従来の日本の占領研究や戦後文学論にみられない、新たな視点が打ち出せると確信しはじめたからである。結局、博士論文の段階ではその視点を十分に打ち出すことはできなかったが、不完全なまま一九九四年にとりあえず書き終え提出し、何とか無事に受理された。その後、大学で教鞭をとる合間にゆっくり再考して、追加研究・執筆に挑むことにした。英語版の原書(そして邦訳版)はその長い過程の総合結果である。

ところが、論文提出から原書の刊行の間に沖縄は驚くほどの「事件」の連続で揺れ動いていた。一連の事件の口火を切ったのは、一九九五年の米兵三人による少女暴行事件とそれに抗議する八万人の県民総決起大会の勃発だが、ほかにも大田昌秀県知事(当時)による米軍用地強制使用の代理署名拒否と国家による沖縄県に対する異例の命令訴訟、日米政府間の普天間海兵隊飛行場移設交渉と県内移設に反対する市民運動の盛り上がり、そして革新から自民党への県知事政権交替などが挙げられる。まさに激動の五年間であった。

また、原書が出版されてから邦訳版が刊行された七年間の間にも、沖縄は何らかの形で注目され続けていた――守礼の門が描かれた二千円札の発行(および雲隠れ)、名護市でのG8サミット騒ぎ、そしてNHKのテレビドラマ『ちゅらさん』放映などがまず思い浮かぶ。そのおかげで、日本では「沖縄ブーム」がこの時期に一層の盛り上がりをみせたようだが、依然として沖縄は日本にとってある種の〈エキゾティックなエスニック他者〉と見なされ、したがって単なる〈消費の対象〉となりがちだということも見逃せないだろう。

だが、いくら本土観光客向けのリゾートが賑わったり、沖縄ポップスやゴーヤなどの「沖縄名物」が普及したりしても、沖縄を単純な明るい「癒しの島」に回収できない側面が根強く残っている。それは原書が現れた二〇世紀末であろうと、この新版が刊行された今日であろうとさほど変わらないように思える。少なくとも沖縄本島では、いわば「占領の影」がいまだに色濃く投影されている。たとえば、普天間飛行場の辺野古への移設の案が浮上したのは一九九〇年代半ばだったが、現在に至っても移設をめぐる闘争が続いていることは周知の通り。また、在沖米兵による犯罪や飲酒運転などの交通事故が相変わらず続いており、最近は米軍のヘリの不時着事件や、学校の上空の無許可飛行などのトラブルも相次いでいる。

だが、米軍ヘリの問題も今に始まったわけではない。二〇〇四年には沖縄国際大学への墜落事故があり、しかもその直後、米軍当局の証拠隠蔽行動がさらなる問題となった。言うまでもなく占領下の時代だった一九四五―七二年では、そういった犯罪や事故、そして米軍側の責任回避行為がいっそう頻繁に見られた。

以上、戦後沖縄の状況に重点をおいてきたが、本書は日本(本土)の被占領体験を描いた文学作品に最も頁を割いていることを改めて確認すべきだろう。しかも、第四章から第六章までは沖縄の作品を取り上げていない。それでも、全体としてこの本は、〈アメリカ占領〉というヴェクトルを通しての日・沖の比較文学試論だと私は認識しており、同時に(だが、もっと間接的ながら)、〈文学〉と〈歴史〉と〈記憶〉との関係性を問い直す試みでもある。

最後に、この新版の特徴について触れたい。以前刊行された邦訳版は、四〇頁にも及ぶ「イントロダクション」、第一章から第六章、そして約二〇頁に及ぶ「エピローグ」で構成されていた。新版では、日本語の読者にとって不要と思われる説明や注、それに写真を省く代わりに、私の新研究が反映されるように修正した。さらに「エピローグ」

を大幅に加筆し、最終章(第七章)としてまとめた。

また、新版では書き換えた文章も少なからずあることを付言すべきだろう。本書のごとく膨大な(しかも広範囲にわたる)研究を元とする著書の翻訳作業というのは、実に大変な時間と労力を要し、原書の邦訳に尽力してくださった鈴木直子氏――そして、それを刊行まで見届けた青土社の編集部――に対し心から感謝している。おかげで原書に対し忠実かつ滑らかな翻訳版ができ上がったと思っており、当時の翻訳文がそのままこの新版の基盤にもなっている。ところが、ちょうど邦訳版が刊行された頃から、私自身の執筆活動を母国語の英語から日本語に切り換えており、それ以後の著書はすべて直接日本語で書いたものである。とはいえ、日本語が母国語ではないため、依然として語彙をはじめとする表現力は自分の英語力に比べ著しく劣る。だから幸か不幸か、日本語ではあまり高度な文章も書けず(本文が好例だろう)、そのためにこの新版を準備する際にはちょっとしたジレンマに直面させられた。一方では邦訳版と同様に、原書の英語の意味と文体がなるべく忠実に反映されるようにしたかったので、大半の訳文をそのまま新版に転載した。他方では新版における文体がいわゆる「翻訳調」に感じられた際、または私自身の日本語表現力の限界をあまりにも超えすぎていると感じられた際、もっと平易な表現になるように書き砕いたことを付け加えたい。

もう一点、この新版と関連する作業で触れなければならないことがある。というのは、二〇一五年に私は『闇市』と『街娼――パンパン&オンリー』と題される、やや異色の戦後文学アンソロジーを二冊編纂し、世に出した。二冊とも皓星社という小さな出版社から刊行されたが、前者はこの『占領の記憶/記憶の占領』の新版とほぼ同時に、新潮文庫から新たに刊行されることになった。本書で詳しく論じている数編の短編小説は『街娼』に収録されており、また作品に直接言及していなくても、時代背景と言い、物語の内容と言い、本論ときわめて密接な関係をもつ短編小説がこれらのアンソロジーにまとめられているので、興味ある読者は参照されたい。実際に、この二冊の編纂作業のおかげで、「敗戦・占領・戦後とは何だったのか」という根源的な問題を新たな視点から再考するきっかけを得て、日本の戦後文学に対する視野も広がり、新版の論の新たな展開にもつながった。

以上の諸作業の結果、この新版は単行本の翻訳版に比べ、全体の分量が多少増え、内容が更新され、密度が高まり、そしていささか読みやすくなったはずである。とはいえ、読み応えがあるかどうかはこれから読者各自に判断していただくほかない。

二〇一八年六月一日

マイク・モラスキー

目 次

イントロダクション——焼跡と金網

もう世界大戦や、朝鮮戦争は遠方の存在になったが、廃墟の歴史はどこかで、現にくり返されている。焼跡の少年が現に存在している。
(石川弘、一九八〇年：一七九―八〇頁)

今日、国家の経済的繁栄による高層ビル群や高級ブランド専門店のすぐ下に、日本の戦跡が横たわっている。そして一九八〇年代のバブルがはじけて以来、その富の儚なさがはっきり証明されてきた一方で、遠い記憶が日常とは薄皮一枚隔てた表面下にずっと潜んでいる。何十年ものあいだ、潜在しながら底にありつづけてきた。それゆえに、ポール・ファッセルの言葉で言えば、「葬り去ったはずの我々自身の生」(1)を我々に直面させるような記憶――個人的にも社会的にも――、その解放に対して文学は大きなきっかけとなり得るはずである。ファッセルは彼の英文学研究において、第一次世界大戦を説明するものとしてこの表現を生み出した。陰気な文体の作品、太平洋戦争に関する日本の重苦しい文学作品と比べて、アメリカ占領についての日本の物語は、一方では戦争の影から逃れられないとしても、真新しく軽やかなものが多い。ユーモアとほろ苦いノスタルジアでふちどられたこれらの物語が享受するのは、戦争後の生活での予想だにせぬ矛盾と皮肉である。すなわち、苦しみのさなかの希望と楽観。自国の指導者ではなく、他国の占領者によってもたらされた新しい自由。アメリカ式ファッションと英語とを突如身に纏い、民主主義が国家のイデオロギー的救済であると宣言してはばからぬ、戦時中の熱狂的鬼畜米英論者たち。

本書では、日本語による幅広い文学作品を通して、いかにしてこの占領が記憶され、再生され、人々に広められてきたかを探求する。女性と男性、沖縄出身と日本「本土」出身の著者による物語、両方ともに考察している。占領時代に、何が、またそれがなぜ起こったかという問題については、多くの歴史家や社会学者が既に光を当てている分野なので、特に詳細に論を展開するつもりはない。むしろ、私はそれとは異なった疑問を取り上げたいのである。文学という想像力のフィルターを通した時、日本の被占領経験はどのように再現されたのか。当時の国文学の記録に関しては男性が主体であったのは明らかだが、ではいかにして日本人女性の作品は、これら支配的な男性の物語に対して「カウンター・ヒストリー」と成り得るのか。最後に、そして私の問いの核心として、沖縄でのまぎれもないアメリカ軍による占領経験を、地元の作家たちはどう表現してきたのか、また、沖縄文学は歴史の記憶について、戦後の日本人に何を教えてくれるのだろうか。

著名な作品、そしてほとんど無名な作品も含め、文学を通してこの疑問点を追究する。

さらに、新聞や大衆雑誌をはじめ、きわめてローカルな資料や、加えて、アメリカ軍部の資料、日本の自治体のアーカイブ、個人コレクションからの文献を利用している。要するに、本書は文学作品の分析への戦後史の議論の挿入であり、また、男性／女性、日本人／沖縄人による文書の並置化なのである。日本列島におけるふたつのアメリカ占領を背景に、多種多様な資料および文学作品を考察する比較文化的な研究であるわけだ。本書の約半分は日本人男性によって描かれた文学作品を対象とする。残りの半分は、沖縄人や日本人女性の作家たちによって描かれた作品を取り上げる。

さて、簡単な仮定からはじめよう。文学は、ある社会においてある時代の記憶を構成し、また保存する。これは物語としての記述が集積されることによってだけでなく、広範囲のディスコースの中で、限定された一連の比喩が流通することによってでもある。(2) 日本の男性作家の被占領体験をめぐる作品群は、この仮説を裏付けているといえよう。つまり、まったく異なる趣の男性作家の作品群を読み比べると、その根底には意外にも共通の比喩や手法が流れていることに気づくのである。そして、この限られた表現によって、さまざまな読者の間で共通の歴史認識が築き上げられる、という主張を本書は追究するのである。たとえば、これら男性作家たちは、概して言語的、性的従属のメタファーに依拠し、国家的屈辱へのアンビヴァレントなアレゴリーとして自身を同化させてゆく。男の物語はしばしば少年の見地から語られ、占領された社会とは語り手である彼自身と同様、その男性性をいまだ獲得するに至らぬものとしておくか、または剝奪されてしまったものとして暗示することになる。詩人石川弘は、「焼跡の少年が現に存在している」と主張しているが、その「少年」には日本の占領の記憶を小説化し普及してきた男性作家たちも含まれるだろう。

結局のところ、人口に膾炙しているアメリカ占領下での生活を描いた多くの物語は、男性によって書かれており、そして男性中心的視野で構成されているのである。特に驚くべきことではないが、女性作家たちはそのような見地をあえて避けてきている。しかしながら彼女たちの占領の物語は、学者にも、一般読者の間でもあまり知られていないようだ。沖縄の人々の被占領経験の物語もまた見過ごされがちであり、日本の占領の記憶に滲入することはほとんどなかった。本書は、このような見過ごされてきた視点を取り戻すことによって、従来の〈占領時代〉および〈戦後文学〉への理解を拡大することを目的とする。

確かに、作家論および文学史研究では、占領時代にある程度触れる論文は少なくない。そして日米両国の学者による、占領期当時における日本の出版状況と米当局の検閲制度に対する研究も着実に増えている。しかしそれでも、日本文学に表象される被占領体験を主な研究対象とする著書はいまだに限られており、しかも占領が終了してから書かれた作品——換言すれば、アメリカ占領当局の検閲規制が解除されてから書かれた文学作品——に焦点を当てる研究は、さらに少ないと言わざるを得ないだろう(3)。私は主に、個々の作家が、(米当局からの検閲などを気にせず)全く自由に占領下の生活をどのように表現してきたか、という問題に関心を持っている。ゆえに占領が終わった一九五二年より後に出版された文学作品に焦点を当てている(4)。作品で語られる出来事は、直接的に作家自身の経験に基づいていようと、作家の想像力によって創りあげられた虚構であろうと、本書の作品解釈においてはさほど重要ではない。より重要なことは、いかにこれらの物語が被占領体験を捉えるのか、どのような相互関係にあるか、戦争・戦後についての一般的な言説にどのようにおさまっていったか、また、いかにして占領者と被占領者としての関係を明白にしたか、ということである。本書で論じるいくつかの作品は、日本人をただ受動的被占領者ではなく、占領の能動的参加者として示している。これらの物語はいかに外国の占領者が日本人自身の中に潜在していた葛藤——戦時軍国主義下では抑圧されてきたジェンダー、世代、階級、人種といった——を表面化したかを明らかにした。こうして小説家たちは多面的で矛盾を内包した当時の性格を浮かび上がらせ、また日本のアメリカ人占領者たちに対するアンビヴァレントな表現において殊に巧みに証明してきたのである。

本書では、アメリカ占領下での生活を描く物語に焦点を当てており、そのような作品群を「占領文学」と称している。つまり、被占領体験にこだわらない作品群を含む「戦後文学」とは区別しているわけである。本書において「占領文学」とは、日本の文芸批評で幅広く用いられている二つの用語と区別されねばならない。(1)占領下の文学……占領下に書かれてはいるものの、必ずしも占領について描かれたのではない作品も含まれる。(2)戦後文学……戦争後に出版された広い範囲の作品についてのわかりやすい総称。私が「占領文学」という語を使用する際には、日本の戦後文学の中の比較的小さな部分を指し、それらの作品の大半は一九六〇年以前に出版されたものである。その一方で沖縄では、占領文学はベトナム戦争後までは中心的なジャンルであり、今日でもなお沖縄戦を扱う作品群と並び主要な文学テーマのひとつである。事実、一九七〇年代半ばまでは戦後の沖縄小説は主に戦争か、アメリカ占領についての作品で構成されていたといえよう。それだけ日常生活に差し迫って不安を生むものであったからにほかならない。

さらに厄介な用語上の問題として、「沖縄」を「日本」にいかに関係付けるか、ということがある。読者の方々は本書を通し、私が一方で「琉球」と「沖縄」、また一方で「日本」とその代替としての「日本本土」や「本土」などという用語使用の間で揺れ動いていることに気づかれるだろう。その理由は、本章で後述するように、これらの二者の間における、曖昧な、また時としてアンビヴァレントな歴史的関係性にある。ただ、大まかには「琉球」とは(1)地理的実在(例：琉球群島)、(2)明治政府によって一八七九年に併合される以前には別個であった政治的、文化的実在を指している。「琉球」は沖縄のナショナリスト――日本からの独立を信奉する、ごく少数派もここに含む――や、一部の人類学者、歴史言語学者、この地域の近代以前と現在の形態との継続性を研究する者たちにとっては、今もって好まれているということを付け加えよう。「沖縄」とは県名でもあり、またその本島の名称でもある。占領の時期(一九四五―七二)に限って論ずるならば、私は「沖縄」を「日本」(「日本列島」ではなく)と対峙させて使う傾向がある。というのはこの時期、アメリカ合衆国は琉球諸島を隔離した行政管理下に置いていたからだ。単に復帰後の時代(一九七二―)に言及する時には、「日本本土」を繁用する。もちろん、こういった用語ではっきりと、明瞭な歴史上の区分けが行えるわけではなく、私のこの揺らぎ自体が沖縄と日本との複雑な関係性を物語っている、と理解していただきたい。

最後に、「歴史」と「記憶」との関係性をめぐる、また様々な形の記憶(個人的、社会的、歴史的……)においての、厄介なる理論上の問題に対して、私なりの見解を簡単に述べねばなるまい。本書は、歴史に対する記憶の優位を謳うこと、逆に両者の差異を抹消することを意図しているのではない。ドミニク・ラ・カプラや他の学者たち、すなわち弁証法的関係において何の強調とはならなくてもなお、歴史と記憶との間の差異を維持してゆく必要を訴える者たちと私は意見をともにしている。ラ・カプラはこう言う。

当然、記憶は歴史と同一視されるものではない。しかし歴史の対向でもない。時間を経て両者の関係は変化するだろうが、「我々」と「彼ら」の間にある断絶した対向的機能としてではない。現実的かつ望ましい相互関係によって生じる問題は、この二つが明らかなる対向として簡素化されすぎてしまうことである。記憶は歴史へのきわめて重要な情報源であるとともに、文書資料との複雑な関係性を保ってきた……反対に、歴史はその批評性で記憶に疑問を呈し、試し、またその中の何が経験的に正しく、何に別の状況が含まれているのか（その記憶が有意であるという可能性は排せないにせよ）、詳らかにさせる。(5)

歴史も記憶もこうして探究における相互依存的な土俵の上で競い合うのである。ジェームス・フェントレスとクリス・ウィッカムがこの主題について書いているように、個人的、社会的記憶もまた同様である。

なるほど我々の記憶は確かに、他のものよりずっと私的で個人的なもののように見える。しかしながら、この個人的記憶と社会的記憶の違いは、せいぜい相対的なものでしかない。概して我々の記憶は混ざり合っており、個人的・社会的な両面を持っているのである。従って記憶それ自体が二項――個人的なものと社会的なもの――に分類されると考える道理はほとんどない。またこの記憶の一方が客観的で他方が主観的であるなどと考える根拠も殊更ないわけである……歴史的情報源として、注意深く記憶を使用せんといかに試みたとしても、主観的でありながらかつ社会的でもあるという記憶の性質と向き合わねばならないようになっているのだ。(6)

私はここで、こう付け加えよう――文学は個人的記憶(著者にとっての、また読者にとっての)を社会的なものにする力を与え、そして社会的記憶は、文学と同様、自らの歴史を持つのである。

本書で論ずる文学作品群は、日本が植民地統治を剝奪され、有史以来初めて外国軍の統治を余儀なくされたまさにその後の生き方を表現している。これは実に目ざましく、トラウマすら残すほどの社会変化であった。外国軍による占領を初めて経験したというだけでなく、圧倒的な軍事力によって占領された非‐西洋社会であった、というこの点については、戦後の日本人作家はヨーロッパのかつての植民地の作家たちと多くの関心を共有している。しかし、「アジア民族」をヨーロッパの植民地支配から解放せんとの大義のもとにアジアの多くを占領下においていた矢先、自国自身が占領されてしまったという立場からみるならば、これら日本人の書くものは固有であるわけである。

歴史としての日本占領

連合国による日本本土の占領(一九四五―五二)は、ほぼアメリカによるものであり、ゆえに通常、日本語でその時代は「アメリカ占領時代」と呼ばれている。合衆国陸軍元帥、ダグラス・マッカーサーは、連合国軍最高司令官総司令部(Supreme Commander for the Allied Powers＝SCAP――これは彼の管理する組織のことも指し示す)として、トルーマン大統領がマシュー・リッジウェイ陸軍大将と交代させた一九五一年四月まで君臨した。総司令部におけるマッカーサーの主な部下はほぼすべて合衆国市民であった。占領は、公式には日本が戦艦ミズーリ号の船上で降伏文書に調印した一九四五年九月二日に始まり、サンフランシスコ平和条約が施行された一九五二年四月二八日に終了した。一九四五年二月に、ヤルタ協定によりソヴィエト連邦が樺太と千島列島を所有したが、敗戦後のドイツの占領とは異なり、日本本土は連合国勢力によって引き裂かれたり、別々の地域へと分断させられたりすることもなかった。最も顕著な例外は、合衆国が琉球列島を支配し、他の地域とは別の管理体制下に置いたことである。

一九五二年春、日本の占領は終わりを迎えた。これはサンフランシスコ平和条約の規定していたところであり、二国間の占領後の関係は日米安全保障条約(安保)により決定付けられた。双方の合意は一九五一年九月八日、サンフランシスコにて調印され、一九五二年四月二八日発効となった。しかし、平和条約が公式に占領を終結させ、多くの日本人に好意的に受け入れられたとはいえ、日米安全保障条約はさらに矛盾を孕むものであった。すなわち、見方によっては平和条約が終了したまさにその時、占領が永続化したかのようだったからである。安保は、合衆国が沖縄支配を継続することを認めただけでなく、日本国内に米軍基地を維持する権利、また国内での暴動や内乱を鎮圧する際、日本政府を(要求された際には)援護する権利までをも合衆国に与えた。

開始されてから半世紀以上にわたり、アメリカの占領は日本における政治的議論を二分する試験紙であり続けている。しかしながら、日常生活としての占領の受容は、当時の多くの日本人にとって、さほど政治的な現象ではあり得なかった。特に、「昭和一桁」の時期(一九二六―三四)に生まれた人々はちょうど成長期にあたり、戦時中は召集されるには若すぎたが、戦後は時代の曖昧な情況を察するには充分であるといった世代だった。この曖昧さは占領の核にあるアイロニーから派生するものである。すなわち、国内の軍国主義からの解放は外国兵士の手によってもたらされ、ほとんどの抜本的民主化改革は占領者たち自身によって行われたのだから。日本降伏を告げる玉音放送とともに始まった戦後期は、より細かなアイロニーに満ちたものだった。玉音放送への国民の反応は、ショック、裏切りや喪失感から安心、さらには歓喜すらもがないまぜになったものだった。しかし、最も典型的な反応は、「わからない」だったかもしれない。というのは、ラジオ放送の音質の悪さと天皇の一種独特な発音および言葉遣いが相俟って、天皇の言葉はそれを耳にした多くの国民にとって理解し得ぬものだったからである。この歴史的瞬間は数々の文学作品に登場するが、だいたい以下のような場面が描かれる――野外スピーカーの周りに集まった群衆が、玉音放送のメッセージを聞いている。しかし、皆その重大さこそ感じてはいるものの、ほとんど誰もその意味するところがはっきりせず、天皇の重大なおことばを解き、臣民の日常言語に翻訳しなくてはならないという議論が後に続く――。国民の一般的記憶の中では、玉音放送とは一九四五年八月一五日正午、過去と決別し、「戦後」という新しい時代の始まりを告げたものである。ところが、知識人の間では、戦時・戦後の社会の連続性を説くものが一般的となってきており、日本の二〇世紀の歴史を概観し論ずる際、活発で批評性ある議論の中心は「連続性」と「断続性」、どちらに重心を置くかというところにある。(7)

しかし、八月一五日が新たな時代の始まりであるという一般認識に反し、戦争の終わりも戦後の始まりも精確に指し示し得るものではない。たとえば、沖縄では、一九四五年六月二三日の沖縄戦における日本陸軍将校牛島満の自決こそ、〈終戦〉とともに〈戦後〉の始まりである、と見なす人が少なくない。また、竹前栄治のような本土出身の研究者には、「日本本国」の占領が実際に始まったのは、連合軍の小笠原諸島での勝利(一九四五年二月一九日)と沖縄県慶良間列島(一九四五年三月二六日)の勝利からであると論じる人もいる。一九四五年八月の時点で満州国に残っていた多くの日本人はソヴィエトに捕らえられ、収容所に入れられた。彼ら元‐臣民たちにとっての戦争は、収容所から解放されるまで――ポツダム宣言受諾から何年も経ってからの場合もあった――終わらなかった。そして、当然のことながら、広島や長崎の住民にとって原子爆弾の投下は、歴史そのものの終わりを印したようなものであったのだろう。事実、核時代の第一日目として一九四五年八月六日から始まる新しいカレンダーが提案されていた。このように、八月一五日が戦争の終わりであり戦後期の始まりであるとするような、整然たる年表それ自体の正当性が疑われてきている。そのような歴史区分という作業を通し、まさに「戦争」「戦後」といった語はそれぞれの意味するところを現してきたのである。要するに、我々が個人的経験の多様な領域に注意を向け続けるならば、「戦後」はいかに戦前日本の植民地主義、そして戦時のアジア占領と関連づけられるかという疑問に直面することは避けられない、ということだ。これは、国家の歴史を個人的記憶に置き換えることを主張するものではない。ただ、国家の歴史も、その国民の経験それぞれを内包しているということを認めることになるのである。

政治歴史学者の袖井林二郎は、戦争と日本国民をともに、占領の議論に再び挿入する必要性を強調しており、二つの、自明ながら見落とされがちな事実を指摘する。(1) 占領は戦争の副産物である。(2) 占領者と被占領者との間の相互的関係を伴うものである。

(1)は嘘のように簡単なものだが、上記に示したような、戦時とのいかなるつながりも過去として追いやり、占領を新しい始まりとして見てしまう傾向へ対抗している。そういった見方はしばしば「ゼロからの出発」と表現され、戦後日本の生活は一新、ゼロから始まるのだということが暗に示されていた。

日本の二都市はかつて人類に対して放たれたことのなかった、最も強力でおぞましい兵器を経験した。そして敗戦後、国民のほとんどは餓死の淵にふらふらとよろめき、戦争孤児たちは路上で眠り、失業とインフレがますます悪化するばかりである。六〇〇万人以上の日本人兵士や民間人たちは、海外から引き揚げてこなくてはならなかった。最後には、連合軍の到着により、日本は外国の占領を有史以来初めて経験した。多くの人々にとって、まるで歴史が新しく始まったかのように見えたのは真実であったに違いない。

日本本土の文学と批評にみる占領

日本本土の文学において、戦争と戦後の間の断続や全くの荒廃《ゼロ》からの経済発展などは、象徴的な戦後風景を通して表されることが多い。焼跡はこの時代の始まりとして欠くことのできない顕著なイメージである。では、戦後が始まったとされる「ゼロ」を、よりドラマティックに見せられる情景が他にあるだろうか？　その後、廃墟はすぐに闇市を生み出し、これはまた占領の別の側面――混沌、創造性、抑えきれない活気――を象徴するものである。本書を通して論じているように、戦後の作家たちはある特定の風景を、過去をはっきりと写しとるため、そしていかに「過去」が「現在」になったかを明らかにするために使うことがある。時間的断続性と連続性はこうして、物理的・社会的な場の変質を通して表現されるのだ。

この時代の日本文学において、焼け野原と闇市は繰り返し使われる舞台だが、もう一つ有名なイメージとしては、占領兵が群れる子供たちにチョコレートやチューインガムを投げているものもある。この情景があまりに一般的記憶として深く刻み込まれているので、当時子供であった人は自らを「ギブミー・チョコレート(またはチューインガム)世代」と称したりする。しかしながら第三章、また野坂昭如の小説「アメリカひじき」(第六章)において論じるように、友好的な占領兵士のイメージが、しばしば圧倒的に勝る物資や資力に対する屈辱感や嫉妬の両面にわたることを鮮やかに明示する。そして、占領兵士は大きくて強いというだけでなく、日本人にとって極限に不足していた食料、衣類、住居などの生活必需品に全く困らず、つまりあらゆる側面において優位な立場にあったように記憶されることがある。

終戦直後、多くの国民が物資面において自暴自棄や混沌に陥ったにもかかわらず、この時代は抑圧されきれないエネルギーと情熱、創造力の時代でもあった。例えば、素人の起業家たちは闇市で粗末な元手から経済力をつけていった。労働組合は(わずかな間だったが)思いがけずGHQの支援を受けた。日本の文化消費者はアメリカの映画、ジャズ、ダンスに夢中になり、文化生産者——作家、芸術家、音楽家、映画制作者やジャーナリスト、知識人——は当時の比較的自由な空気の中で成長していった(後述するように、彼らはSCAPの検閲政策とも闘わなければならなかったのだが)。「軽薄さ」に対する戦時中の禁止が解かれ、生のストリップ・ショーやトップレスのレビューが普通の劇場の演目を埋め、一方ではエロティックで低俗な出版物が文学市場に溢れんばかりに流れ込んだ。当時出現した出版物の洪水の中で、占領期の顕著な象徴といえば、カストリ雑誌である。エロティックな題名、きわどい表紙やイラストの入った何百もの低俗雑誌は一九四〇年代後半に出現し、駅や繁華街の売店を賑わしては最初の数号で消えていった。

より真面目な方向では、戦中禁止されていた英語教育が再び公式に奨励されるようになり、凄まじい人気を博したNHKラジオ「英語会話教室」通称「カムカム英語」で火がついた。一九四六年二月より始まった「カムカム英語」は電波を通じて百万人以上の熱心な聴衆に英会話を教え、多くの国民が明日の糧にも困るような時代に、テキストは月約五〇万部売れた。このラジオ番組は、野坂の「アメリカひじき」など、当時の世相を描いた文学作品の中でもしばしば登場する。陽気な「リンゴの唄」やアメリカの大衆映画と同様、「カムカム英語」も敗戦後の生活に希望を運び、意気消沈した人々に未来を見せてくれた。こういった敗戦後の数年は情熱と楽観主義とで特色づけられたが、それは命をつないだ連合国の食糧配給とともに、敗戦によって氾濫していた自暴自棄、自信のなさ、シニシズム、それらの思いを相殺してくれるものでもあったのだろう。

アメリカ当局がなしたことは、新憲法の草案作りに留まらなかった。国内改革を断行、食糧配給、かわいらしい子供たちへお菓子も投げた。また、彼らは検閲とプロパガンダという二重の政策も制定した。最もよく引き合いに出される占領の矛盾点は、一方で民間検閲部を通じた検閲と民間情報教育局によるプロパガンダ活動に自ら従事しつつ、表向きには表現の自由をＳＣＡＰが奨励していたことである。一九四五年九月に発効したＳＣＡＰの報道規約は、合衆国のみならず、連合国、占領体制、そしてマッカーサー元帥自身への批判をも禁じていた。一九三一年から四五年当時の日本の役人に比べ、アメリカの占領者たちは表現上の自由を認めていたことに研究者たちは概ね同意するが、ただし、ＳＣＡＰは広島・長崎の原爆の話題については非常に厳しい検閲を課していたという(8)。

ＳＣＡＰの禁止事項において、特に占領下の生活を描いた文学に関係するものとしては、“fraternization”、つまり進駐軍(＝占領軍)と日本人女性との関係を描く件が挙げられる。田村泰次郎はベストセラー小説「肉体の門」(一九四七)において、既に「パンパン」という新しい戦後の売春婦を描いているが、アメリカの検閲制限のもとで書いているために、田村はその虚構の売春婦とGIの客とのあけすけな関連付けは避けていた。占領中に描かれた多くの作品と同様、田村の小説も設定や物資的記号を使用することで、登場する「パンパン」たちは日本人ではなく、占領軍のための娼婦であったことが読み取れる。明治以降、日本の作家たちは国内の検閲制限を免れるための方法を編み出してきていたので、この新しい戦後の規制にもすぐに順応できたのだろう。一九四五年以降の文学作品に登場する女性が、鮮やかな色のドレスを身にまとい、ハイヒールを履き、赤い口紅を塗り、そして英語風のあだ名で呼ばれると、彼女の職種は説明するまでもなかった。また、パンパン特有の隠語を用いていたり、チョコレート、煙草、チューインガムといった、米兵の象徴的な物資を潤沢に持っている登場人物も同様である。同じように、「巨大な男」「雲に届かんばかりに背の高い男」といった表現も、米兵を暗示しているものと広く了解されていたし、「暗い顔色の大きな男」というのは普通、占領軍の黒人兵士を指すものであった。

そういった暗号的な言語使用は、一九四九年にSCAPの検閲規制が取り払われると大幅に減ったが、アメリカ軍に関連する強姦や売春のあからさまな言及が日本の出版の主流に溢れ始めるのは、一九五〇年代、占領が終わった後のことであった。日本人男性の書き手たち――ジャーナリストも小説家も――は特に敏感に、個人的な強姦や売春の事例を外国統治下にあった国家全体の運命と関連づけた(第四章参照)。女性の作家たちも当然、強姦や売春について描いたが、しかしそのようなアレゴリーを使うことはほとんどなかった。注目すべき共通点としては、日本本土・沖縄ともに、男性作家たちは敗戦と占領の屈辱的経験を女性への性的暴力という形で露わにしてきたことである。暴力の現実を無視して強姦の象徴的様相を好む、この男性作家の偏向こそが、小説家河野多恵子をして、「これは全く抽象的な意味で言うのだが、敗戦時に全日本女性は征服者に凌辱されたほうがよかったかもしれない」(9) と言わしめたのであろう。現実に強姦が広まることでのみ、日本人の男性たちが自らの目的のために女性への性的暴力を利用することに歯止めをかけられたかもしれない、河野はそう言いたかったように見える。

男性作家の間では、歴史見解の違いが日本本土と沖縄では分かれることが多い。まず、本土の日本人が戦中と戦後をはっきりと区別しようとするのに対し、沖縄の作家たちはいとも簡単に、一九四五年八月一五日の境界線をまたいでその連続性を認める。多くの沖縄の人々にとっては、戦争とそれに続く占領とを遮断してくれるような、確実な歴史上の緩和装置は存在しないのである。彼らの見地からすれば、日本もアメリカも(程度の差こそあれ)ともに、土地を支配しようとする外国勢力である。これらのナラティヴは、アメリカの占領とその遺産を、戦前における島への日本の新植民地支配という背景と、そして今日に引き続く日本政府の沖縄支配とに対峙させて見るべきだと想起させる契機となっている。沖縄の占領文学においては、琉球王国の記述は決して珍しくはなく、その文学を十分に読み解くのに琉球・沖縄の歴史に関する基礎的な知識が求められる。

沖縄――前近代の王国から日本の一つの県へ

一四世紀から一六世紀にかけて、琉球王国は、中国、日本、東南アジアと盛んに貿易関係を築きながら、相対的な独立を保っていた。この時期、琉球人たちは独自の文化を育み、その言葉(または「方言」。これは受け取り方による)は日本人とも、他のアジア近隣諸国の人々とも疎通不可能なものであった。一七世紀初め、徳川家康が天下統一を為し遂げ、軍事政府を築いた際、琉球諸島は薩摩藩の配下におかれた。それから二世紀半、薩摩は琉球人たちに酷い重税をかけた。また、王国と中国の間に行われていた貿易の利益も剝奪した。

一八七九年、明治新政府は琉球王国を廃し、併合した。この強制的併合は、婉曲的に「琉球処分」として知られ、ちょうど国家が帝国的拡大への一途を辿るように、日本の一県としての沖縄が設置された。日清戦争(一八九四―九五)勝利後の一八九五年、日本は台湾に対して領土権を主張し、一九一〇年には朝鮮半島を支配下におき、こうして、東アジアに植民地帝国を作り上げたのである。帝国はさらに拡大され、一九三一年の満州国占領に始まり、一九三五年、中国北部への侵入、一九三七年、中国全土への侵略、そして一九四二年、東南アジア・太平洋地域の多くの連続的な侵略・軍事的占領へとつながってゆく。以上の歴史は周知の通りだが、ここで注目したいのは、沖縄が近代日本にとって初めての海外植民地と見なすことができる、ということである。

しかしながら、大日本帝国の中にあって沖縄の立場は曖昧であった。一方で、琉球文化は本土からの派生であると見なされ、沖縄は単なる帝国の臣下というよりむしろ、民族的国家の本質を備えた地域とされた。この見解は帝国主義を正当化する文化進化論的モデルを固守するものであり、日本の民俗学者や言語学者たちによる、二〇世紀初頭に始まった研究に依拠するものであった。(10)にもかかわらず、日本人と沖縄の人々は、つねに疑問に付さねばならぬほど実際の立場も価値観も大きく違っていたのである。それゆえに、日本人の多くは、「琉球人」を台湾人や韓国人と同様、帝国において二級臣民として考えていた。

この意味で、琉球人とアイヌとの間の類似性を示唆してみたい。というのは、この両者は近代日本の国内植民地の存在を暗に示しており、これで国家による民族的、文化的均一性への主張は弱化させられてしまうからである。しかし日本の植民地主義がこの二者に及ぼした影響は異なるものであった。一九世紀後半、明治政府の北海道平定と開拓によって、先住民であるアイヌ古来の土地は剝奪された。琉球と違い、北海道は広大でほとんど人が住んでおらず、また、そこは土地、材木、鉱物といった天然資源の宝庫でもあった。大規模な日本人の移住を通し、明治政府はこれらの資源を占有し、搾取することを狙った。日本人移住者たちは、アイヌを押しのけるように、すぐにその人口を追い越し、一九世紀末にはアイヌは一万七千人となり、北海道の人口全体のわずか二パーセントになった。沖縄の場合は対照的に、土地は狭く、資源も乏しく、本土から移住してくる人は限られていたし、日本国資本での大規模な投資の対象ともならなかった。逆に、多くの沖縄人たちは日本本土の産業都市、もしくはハワイや北南米へと移住し、そこでは主に工場や大規模農場《プランテーション》で労働した[11]。

日本本土から見れば、沖縄とその住民は単に違うというだけでなく、異国的に映る。エメラルド色の海に珊瑚礁といった亜熱帯風景は、明らかに本土のそれとは対照的である。「島民」たち——植民地的イメージに満ちたこの言葉を私は意図的に使用する——は、ほとんどの日本人より色が黒く、またのんびりとした生活を送っていた。彼らは単純で何にも抑圧されていないように見えたし、その世界には工業化した日本の、多岐亡羊とした複雑さはほとんどなかった。女性たちは頭の上に珍しい果物や野菜の入ったかごを載せ、うまくバランスをとりながら砕けた珊瑚の白い道を裸足で歩いた。男たちは漁に出ていたエメラルド色の海から戻ると、集まっては唄い踊り、「三線《サンシン》」を弾いた。いうまでもなく、以上は沖縄を近代化以前の楽園とした、ロマン主義的でノスタルジックな投影像であり、またエロティシズムを内在する、ありふれた異国情緒《エキゾティシズム》に陥り気味でもある。ヨーロッパや合衆国によって確立された植民地での立場を模倣していた日本人は、自らを進んだ「北方文化」になぞらえ、沖縄を憧れつつも蔑視する、異国的で後進的な南の領土として扱っていた。

明治時代から終戦までにかけての、沖縄に向けた主要な日本政府の政策態度には、憧れより蔑視が現れていたようだ。政府は沖縄の人々を、後進的で怠惰であり、帝国の臣民としての立場を十全に満たすためには、特別な「教育」が必要であると見なしていた。ゆえに、沖縄の人々は、台湾や韓国において強制されたような、厳格な文化統合政策を受けさせられることになった。学校で子供たちがうっかり日本の標準語ではなく方言を使おうものなら罰せられ、方言札を下げさせられ、晒し者にされた。こういった政策は世界のほかの植民地の場合と同様に、時には地元の教師や官僚の行き過ぎた熱意によって遂行されていた。

この文化統合計画は、若い労働者(男女とも)の日本本土への移住と時を同じくしている。都市部の工場や織物工場での職を求めていた沖縄人たちは、その「準・標準」的日本語能力や日本の社会的慣習への馴染みのなさゆえ、日常的に差別にさらされた。また、そのような状況を避けようと沖縄出身者同士でかたまるようになったのだが、今度はそれが周囲の不信感を助長することになった。住まいを探す時にも差別を受け、不動産屋には「朝鮮人、中国人、琉球人お断り」という看板が立っていたという。かくして沖縄人は、大日本帝国下の海外植民地であった二国の被支配者たちと結び付けられていった。

したがって、明治時代における沖縄人の政治的立場というのは、一方では植民地のような存在であり、他方では日本のひとつの県であり、常にその間で浮遊していた(これから日本の政策を私は「新植民地的」という語を用いて表したい)。一九二〇年まで、特別制限が解かれて沖縄が公式に日本他県と同様の地位において承認されることはなかった。しかしながら、太平洋戦争で十二分に示され、日本の戦後の政策がさらに証明しているように、政府はこの南端の県を本土――本州、九州、四国、北海道、四つの「本島」――の利益のために進んで犠牲にしてきたことは明白であろう。

戦前の沖縄に対する日本の仕打ちにもかかわらず、彼らを単なる被支配者として、台湾や韓国の人々と同程度の従属性を想定して語ることは、精確ではないだろう。日本人はしばしば沖縄人たちを二級市民として扱ったが、それでも台湾人や韓国人、他の被占領国民に比べ「より日本人」であると認識していた。こういった海外植民地とは違い、沖縄は最終的には県としての資格を全て与えられた。ここで忘れてはならないのは、多くの沖縄の人々は拡大しつつあった大東亜共栄圏への積極的な支持者であり、距離的に近い台湾へ、また後にはフィリピン、サイパンなどの占領地へも派遣されていたということである。この派遣は、彼らの「南国気質」が「本場」南国でやってゆくには最適とみなされたための側面もあったが、さとうきびや本土の農家には馴染みのない農作物の栽培経験があったからという理由も見逃せない。要するに、沖縄の人々は日本植民地主義と帝国主義の単なる犠牲者ではなかった。多くの者は正統な日本臣民として認められ、日本の権力と繁栄の成果を共有することを熱望していたからだ。この熱意は、自分たちが以前から日本文化圏に属していたのだ、という信念に根ざしていた。果たして、日本の文化統合政策に対する沖縄の人々の反応は日本軍部に敬服していたかもしれぬが、少なくとも文化的アイデンティティの隔たりについては疑う余地はなかった台湾人や韓国人と比べれば、ずっとアンビヴァレントなものであった。

沖縄戦とアメリカの占領——一九四五—七二年

沖縄の人々は、占領は戦争の副産物であるということを痛切に思い知らされた。とりわけ一九四五年の春に沖縄本島にいた人たちは、戦争と占領を強烈な、重複した過程として経験したのである。[12] 沖縄と日本本土の占領の根本的な違いは、全く異なる戦争経験に基づく。本土を襲った酷い惨害にもかかわらず、どれほど強烈な兵器であれ、アメリカの襲撃は空から行われ、敵自身の姿は見えなかった。ゆえに、彼らの戦中経験においてアメリカという敵は、抽象的で遠いものであった。アメリカの爆撃機の轟音を聞き、焼夷弾による火災から逃げ回り、あの原爆の大殺戮から生き残り、目撃してしまったおぞましい光景を語った人もいたが、しかし戦中を本土で暮らしていたほとんどの人にとって、占領兵として姿を変えてやってくるまで、敵は見えぬままであった。二つの占領比較において意外に注目されないが、この点は非常に重要である。

占領研究者たちは、アメリカによる日本本土と沖縄というふたつの占領体制の相違点について論じる際、必ず「間接占領」と「直接占領」ということばを使う。つまり、本土では、SCAPは(一応)日本政府を通して動いていたのに対し、沖縄では、軍事支配下の、民主性のほとんどない統治が施行されたため「直接占領」と呼ぶわけである。本土での逆コースがあったにせよ、SCAPは沖縄での占領当局に比べると、よく組織化され、注意深く管理され、被占領民に対する横柄な態度も少なかったということである。(13)しかしもし軍事占領が戦争の副産物であり、占領者と被占領者の間に双方的関係を伴うとするならば、占領が公式に始まる前のこの二者の関係性についても考慮せねばならない。沖縄において、戦争を遂行したアメリカ兵と、一九四五年から一九七二年の間に島を統治していたアメリカ兵と、返還後もとどまり続ける何万人との間の区別は曖昧である。一九四五年春、沖縄列島にいた大多数の民間人は女性と子供と老人であった(私は「民間人 civilian」という語句をここで非戦闘員としての女性と子供を含んで使っている。というのは、沖縄にいたほとんど全ての人が何かしら戦争のために駆り出されていたはずだからである)。最初に沖縄の人々が出会ったのは、狂気にとり憑かれた、目の前で銃を構える兵隊としての――民間人も軍人も一様に避難していた洞窟や墓地に銃を向けている敵としての――アメリカ兵であった。

沖縄戦が凄惨を極めたせいで、那覇は一九四四年一〇月一〇日の時点で既に、連合軍の酷い空襲を受けていたということは忘れられやすい。たった一日で約一万二千棟の建造物、都市の九〇パーセントが破壊された。約千人の一般市民が犠牲になり、五万人が家を失った。住む場所を追われた者の多くは、島の北部の方へと流れていった。そして、六ヶ月後には連合軍が上陸し太平洋戦争史上最も死者を出した戦いが始まり、それに伴うあらゆる惨禍が降り注いだ。洞窟や墓地に隠れていた沖縄の住民が集団自決するというようなこともその例である。沖縄でも本土と同様、女性はみんな強姦されて殺されると思われており、死は服従よりも気高くそして屈辱的ではないと信じられていたので、自棄に走った住民が少なくなかった。

沖縄戦の最も有名な犠牲者はひめゆり隊、つまり「ひめゆり学徒隊」である。戦場に従軍させられたこの高校生の少女たちの多くは、戦いの最中に殺され、あるいは集団自決した。ひめゆり隊は数え切れないほどの本や映画――しばしばセンチメンタリズムやエロティシズムと混ぜ合わされた――を通して記憶され続けてきた(14)。沖縄の人々はまた、日本兵からも自決を迫られたり、即、殺されたりした。一方では、天皇のための名誉ある死をまっとうすることができずに投降した者たちは、敵国アメリカの兵士から受けた幾分人間的な対応に驚くこともしばしばだった(15)。

二つの圧力によって宙づりにされるという沖縄の感覚を、最もはっきりと刻印した例としては、当時日本軍が司令部をおいていた首里城をアメリカが爆撃したという物質的損害が挙げられよう。米海軍の戦艦は何千トンもの爆弾で城を焼いたが、首里城は沖縄の主要な文化遺産のみならず、独立した琉球王国を具現する最大の象徴でもあった。弾幕から四日後、城の分厚い生垣はとうとう崩れ、沖縄の過去とのつながりそのものが奪われてしまったように感じられた人もいたにちがいない。日本軍による首里城の接収が、国家の琉球王国への歴史上の統治の象徴として再規定するとすれば、彼らが隠れ場所として亀甲墓を使用していたことも、その延長線上にある姿勢として理解できよう。沖縄の宗教的伝統は先祖崇拝を中心とし、島々にみられるこれらの巨大墓は地中に建てられ、亀甲を模した洞窟のような構造に形作られた。ゆえに、これらの墓は、城と同じく過去とのつながりそのもの(より個人的な過去ではあっても)であり、また近代戦争の激しさや、沖縄にとっての神聖な場所へ外側から侵入してくることは食い止められないということを痛切に示すものでもあった。

自らの島が血なまぐさい戦場へと変わりゆくのを住民が見ている時、進攻中のアメリカ軍は彼らを全て――民間人、非戦闘員、捕虜兵士も同じように――急激に拡大していった収容キャンプへと連行した。そこでは、突然、敵であるアメリカ人と日常的に接することになった。一九四五年六月二三日、日本軍将校牛島の自決とともに、日本軍は組織的な戦闘の大部分を中止し、一日平均千人の市民と兵士がキャンプに収容された。捕虜のために作ってあったものに加え、約四〇の民間人収容キャンプを含む、民間人と兵士のための別の施設が作られた。キャンプでの生活は楽ではなかったものの、一方では敵であるアメリカ兵——彼らは必要最小限の食べ物、衣類、薬は提供した——は、沖縄の民間人から食料を略奪するとして知られていた島の日本兵よりも、時としては味方のように見えることがあったという。

収容キャンプは沖縄の小説——戦争ものにしても、アメリカによる占領ものにしても——の欠くことのできない一部分である。まさにそれが、この二期の移行の間にあったためだ。実際、個々の沖縄の人にとっては、戦争は八月一五日でも六月二三日でもなく、キャンプに収容された日に終わったのだとはよく言われる。(16) 収容キャンプはアメリカによる沖縄占領の始まりに相当し、ほとんどの収容者たちにしてみれば、日本が降伏するまでにはもう新しい月日が始まっていたのだ。しかしながら、たとえ多くの沖縄人にとって戦争が早く終結していたにせよ、家を失い、餓死寸前の状態にあったのであり、しかもそれは日本本土においてよりもずっと長く続いた。二つの原子爆弾と、アメリカ軍の何千もの焼夷弾によって日本の都市が完全に破壊された一方、本土の田舎の多くは被害を受けずにそのまま残っており、都市居住者にとっては安息所であった。敗戦後、都市部に残っていた人々が寿司詰めの電車に何とか乗り込み近隣の農村へ行くと、じゃがいも、大麦、野菜や——手に入る者はほとんどいなかったが——米を買うことができた。

金のない者は、衣服と食料を交換した。終戦直後の生活についての記事にはしばしば、これらの熱狂した郊外への買い物遠征（「買出し」）が描写されている。こうして、都市部の住民はアメリカ軍の配給の慢性的不足を補い、一方で闇市での価格のインフレを緩和した。しかし、耕地の大半を戦争で破壊しつくされ、数年間収容キャンプに抑留されていた沖縄本島の住民にとって、「買出し」は選択肢としてはありえなかった。

終戦から数年間、沖縄の人々は衣・食・住、仕事、ほぼ全てをアメリカ軍に依存していた。本土ではアメリカ兵たちとの主な接触は公共の場に限られていたが、沖縄ではキャンプから解放されるまでは事実上、占領軍とは身近に生活していた。スパム、ビスケット、乾燥アイスといった「Ｋ－配給食」に含まれる食べ物を食べ、粉ミルクを飲み、煙草はラッキーストライク、HBTs（ヘリンボーン織ミリタリージャケット。衣服のない者に支給された）を着ていたわけだ。子供たちは、戦後しばらくの間、野外の「青空教室」に通い、後にかまぼこ兵舎の学校に通った。配給は必ずしも十分ではなく、一九四七年三月、アメリカ軍が最初に沖縄の地を踏んでから二年後まで、住民は島の中さえ自由に行き来することも制限されていた(17)。

このように、日本本土において民主的改革が敢行されつつある一方で、沖縄の多くの人々はいまだ収容所で、厳戒令のもとで暮らしていたのである。さらに、多数の島民が本土から、また海外から沖縄へ引き揚げてきていた。その数は一九四八年の一年だけでも、五万人とも六万人とも言われ、結果、深刻な食糧不足となり、栄養失調やマラリアを誘発した。同時期の本土におけるSCAPの「間接的占領」と比べ、沖縄でのアメリカ支配の臆面もない軍事的性格は、外国による占領という一般的イメージにより合致したものであったといえよう。

日本本土の占領軍はよく組織され、資金が潤沢にあり、また優秀な人員に恵まれていたのに対し、琉球列島米国民政府(USCAR)はあらゆる側面において劣っていた[18]。降伏に続く初めの一年間など、例えば管轄権は合衆国陸軍と海軍の間で行ったりきたりで、最終的には陸軍が一九四六年六月にその権利を持つことになった。アメリカの二七年間に及ぶ沖縄占領の道程で、海軍司令官から始まる二一人が担当者となった。大田昌秀(歴史家、元沖縄県知事)はこう書いている。

軍事政府は、軍事政府に共感も理解も示さない人々に威圧されつつあった……沖縄はすぐ「行き止まりの駐屯先」「できの悪い官僚と将校の溜まり場」「ゴミ捨て場」などとして、または日本本土でのGHQに望まれないアメリカ隊員の行き先として、アメリカ人の中でさえも評判が悪くなった[19]。

一九四七年には、マッカーサー元帥により、SCAPの目標はほぼ達成されたゆえ、本土の占領は早期に終了すべきと宣言されたが、しかし沖縄は日本ではない、という要件のもと、合衆国は沖縄の支配については続けることを要求した。同年、昭和天皇が非公式にＳＣＡＰに対して沖縄を引き続きアメリカ軍の権限の下におくことを望むとの見解を示していることが伝えられた。そして一九四八年までには、ワシントンでも合衆国が当面琉球への支配を継続する案が承認された。ジョン・ダワーはこれらの出来事の重要性を強調する。

これら日本の提案、それらは一九五一年のサンフランシスコでの決定の大枠を約四年越しで見込んでいたものだといえるのだが、合衆国との間での双方の軍事的合意、主要米軍基地としての沖縄開発がほのめかされていた。占領を研究する学者にとって、こういった活動は多くの理由から興味深い。すなわち、アメリカ側は政策決定の過程で、積極的な日本の参加を促し、天皇から個人的に政治活動へのアドヴァイスを受けるという形で、非常に明晰なケース・スタディーを提供し、そして日本政府も皇室もともに、沖縄への統治権と引き換えに、早くから日本の他の地域における占領早期終了を望んでいたということを明らかにした。[20]

日本がサンフランシスコ平和条約に調印した日は、沖縄では「屈辱の日」として知られている。何十年もの間、日本に同化し、日本人として承認されるために苦心してきたにもかかわらず、沖縄を合衆国に割譲するという国家合意は――すでに戦争末期には日本軍部に裏切られたと感じていたけれども――多くの沖縄の人々への侮辱であった。

当時、合衆国は琉球諸島へ資金を投下し始めていたが、その目的は、拡散し危機に瀕した地元経済の復興ではなく、むしろ米軍施設の拡張と維持であった。結果として、経済基盤が主に米軍基地へ依存することになったのである。戦後沖縄の女性史研究者である外間米子は、日本本土を一九五三年に訪れた際の驚きについて記している。この時、外間は戦争終結後初めて沖縄を離れた。彼女は日本に入国するためにアメリカ当局発行のパスポートが必要であったことに言及している。本土の占領は既に終わっており、終戦直後の日々を特徴付けていた、あの死にもの狂いの感じはだいぶ前に消えていた。日本の復興ぶりや、東京で見かけた行儀のいい兵士たちは沖縄での経験との強烈な対比をなしていた。

一つは四月はじめ、村山貯水池に花見に行った時、大ぜいの家族連れや団体客が花見に浮かれ、楽しんでいたことである。私自身も花見にきたくせに、目の前の花見客と、生きるために精いっぱいの私の家族やその他沖縄の人たちの生活とを思いくらべ、涙がポロポロあふれてきた。(21)

外間はまた、東京の電車で目のあたりにしたアメリカ兵の丁寧な態度の衝撃についても書いている。彼女の目には、これらの兵士は沖縄に駐屯する兵士らとは対照的に映っていたのだ。

磯田光一などの本土出身の批評家たちが「占領の二重構造」と言及する時、それは概してアメリカの解放者と占領者としての二面的役割を指している。しかし沖縄においては「二重構造」にはさらなる意味が付与される。というのは、(1)日本にしてもアメリカにしても、(程度の差こそあれ)ともに外国の軍の権力として認識されており、(2)戦前戦後、両時期はともに外国支配を象徴しているからである。日本の戦前における新植民地支配に始まり、戦中の日本軍部の支配へと続き、それは次に米軍占領に取って代わられ、一九七二年沖縄の日本への「返還」まで続いた。沖縄の近代史は沖縄の人々にしばしばそのようにまとめられる。この歴史的変遷は沖縄の方言「大和世《ヤマトゥゆう》からアメリカ世《ゆう》、そしてアメリカ世から大和世へ」(日本支配からアメリカ支配へ、アメリカ支配から日本支配へ)に集約されている。

以上、沖縄と日本本土との文化的歴史的差異を強調してしまったが、多くの沖縄住民はそれでもなお——戦後でさえ、さらにサンフランシスコ平和条約後ですら——自らを日本人であると考え、そう認識されることを望んでいたことは覚えておかねばならない。

一九五一年、沖縄の学生たちが返還を求めて大規模な署名運動を始めた際には、七二パーセントの有権者がこれに賛同し、署名した。また、一九六〇年代半ばには、いくらかは広範にわたったベトナム反戦運動の高まりで(沖縄の米軍基地はベトナム戦争の要であった)、多数の日本国民も沖縄の「祖国復帰運動」に参加するようになった。[22] 最終的に、一九六九年一二月、佐藤首相とニクソン大統領は沖縄を日本の一つの県としての地位に戻すことへの合意に達し、一九七二年五月一五日に実現された。それ以来、沖縄では、ドルの代わりに円が再び使われ始めた(基地周辺の街では一九八〇年代初頭まで、主にドル経済で動いていたのだが)。一九七七年七月には、道路の左側——右ではなく——を運転するようになり(運転する者がこの新しい体制に慣れるまで、交通事故が多発した)、地元経済も日本の資金投下によって、米軍基地への重依存から徐々に脱却していた。この復帰の結末は、今なお複雑である。

確かに、近年の沖縄県の社会的経済的状況をすべて米軍基地への依存という一因だけでは説明しきれないが、多様な分野で四七都道府県中、沖縄県が最下位(または首位)グループに入っている事実も、基地依存と無関係ではないはずである。たとえば、総務省統計局の国勢調査報告によると、二〇一五年の男性完全失業率(労働人口に対する率)において、沖縄県は全都道府県中七・五パーセントで群を抜いて首位である(次は六・二パーセントの青森県、三位は大阪府、高知県、徳島県、そして福岡県が六・一パーセントで並ぶ)。ちなみに、同年の沖縄県の女性の完全失業率は四・九パーセントで、これも全都道府県で首位になっている。また、沖縄県の高校生の大学(四年制)への進学率は最下位の鹿児島県、次の鳥取県に次いで下から三位になっている(全国平均は四九パーセントで、東京都が六四パーセントで最上位、京都府が六一パーセントで二位。最下位グループでは沖縄県が三五パーセント、鳥取県が三四パーセント、そして鹿児島県が三一パーセント)。沖縄県の人口当たりの出生率が首位だということは喜ばしいかもしれないが、その反面、離婚率も全国で最も高い。それとはどの程度の関係があるか不明だが、いわゆる「国際結婚」においても沖縄県が他の都道府県をはるかに超えて首位に立っている(ただし、発表された統計では、妻が日本国籍で夫が外国籍の場合の数値しか記載されていない)[23]。

現在も沖縄における強大な米軍基地の存在は、県民の生活に影響を及ぼし続けており、一九九五年の婦女暴行事件以降、幾度か、米軍基地への地元の強烈な反対運動が日本・合衆国双方にとっての本格的な政治的危機へと発展しそうになったことも周知の通り。二〇一六年一月の時点では、日本全国で米軍施設として占有されている土地の七四パーセントが沖縄県に集中したままである。県人口は国家人口のたった一パーセントでしかなく、しかも面積は国土全体のわずか〇・六パーセントに過ぎないが、米軍基地および関連施設が県面積の約一〇パーセント、沖縄本島では一八パーセントも占めているわけである。(24)このように、有刺鉄線のフェンスに取り囲まれてはいるものの、基地そのものは依然としてそこにある。そしてもし、日本本土では焼け跡を占領の文学的記憶の始点とするならば、沖縄の風景を語り続けている金網は、二一世紀現在において占領の遺産を思い起こさせる契機となる。

第一章　無人地帯への道

——どこかに向かってまっすぐに歩いていくと、基地の金網にぶつかる。金網にぶつからなければ海へつきでてしまう——いや実際、この島は小さな島ですからね。海だけがひろびろとしていて……。

（東峰夫、一九七二年：八九頁）

ある言語を話すことはすなわち、ある世界、ある文化を引き受けることである。

（フランツ・ファノン、1952：38）

国道五八号線は近代沖縄史の象徴である、と、沖縄の歴史家であり小説家・劇作家でもある大城将保は、『昭和史のなかの沖縄』の冒頭で述べている。戦前からあるこの道が国道に指定されたのは一九七二年五月一五日、二七年にわたる米国軍事占領を経て沖縄が日本に返還された日である。大城は、那覇の仕事場から見えるこの道をこう描いている——沖縄本島を縦に横切り、想像上の海上の道を辿って、奄美群島や種子島を通過し、はるか六百余キロ北の鹿児島へと、北に向かってまっすぐに延びているのだ、と。占領時代には軍道一号線として知られ、米軍用車にとって島の大動脈の役割を果たした。また一九四五年四月の米軍上陸以前には日本軍の軍用道路として使われた。そして今この国道五八号線は、返還後の沖縄を日本「本土」へと繋ぐだけではなく、近代沖縄の三つの時代を繋ぐ――日本帝国主義と戦争の時代、戦後米占領時代、そして日本の一県に復帰して以来の時代を。

近代国家は想像の共同体であるというベネディクト・アンダーソンの議論が正しいなら、見えざる道が辺境の南の諸島と「本土」とを繋いでいるといった発想こそ、まさにこの近代国家の想像性を証明していると言えるだろう。しかし一八七九年の「琉球処分」以来の両義性をはらんだ沖縄の日本との関係を最もよく表象するのは、五八号線がまさに断絶しているという事実の方である。このアンビヴァレントな関係史は、占領の長期化ならびに緊張と相俟って、戦後沖縄の作家たちに、外国による占領と日本帝国主義の双方への独特なパースペクティヴを提供することになった。大城立裕「カクテル・パーティー」――本章で小島信夫「アメリカン・スクール」とともに論じる――はその好例といえよう。

両作品ともに芥川賞受賞作だが、ここでの考察対象に選んだのは正典《カノン》だからではなく、日本の占領文学と沖縄のそれとの決定的な差異を浮かび上がらせているからである。また同時にそれらは、日・沖双方の(男性)文学に共通するテーマや語り《ナラティヴ》の戦略を特徴的に用いてもいる――たとえば公共空間へのアメリカの統制がいかにして自然の風景までも分断し変容させてしまうかを暴き出したり、占領軍の権威を、言語と性《セックス》の領域への統制を通じて表象しようとする点、あるいは占領者（男性）と被占領者（男性）を媒介する役割を担うのが日・沖の女性であるという点、そしてまた、両作品とも戦後占領を戦時軍国主義と対比させて描こうとする点、などである。

本章で論じるように、これらの作品には占領をめぐる男性のナラティヴに共通のあらゆる要素がある。とりわけ私の興味を引くのは、男性の書き手が男性を被害者に仕立てるにあたって、なぜこうも頻繁に女性身体の領有という手段をとるのか、という点である。私の読解はゲイル・ルービン、リュス・イリガライ、イヴ・コソフスキー・セジウィックなどフェミニズム理論家らの着想に啓発されている。彼女らの著作が明らかにしているのは、男性のテクストにおいて女性がいかに、男性間で交換されたり、男性同士の関係を媒介したりする象徴的資本・取引可能商品として表象されているかという点である[1]。翻って私が追究したいのは、「カクテル・パーティー」のような作品が、外国占領者が現地女性を性的に領有することを非難しながら、同時に男性主人公を被害者として位置づけるにあたって「女性」という観念上の象徴を領有してしまうということである。つまり一方で被害者性を際立たせるため国家《ネイション》・民族を女性身体に投影し、また一方では腹蔵された強力なアレゴリーの効果を用いて、風景をジェンダー化され具象化されたネイションそのものとして表象する。したがって私は身体的・社会的配置の相互作用に焦点をあて読解を行う。

エピグラフに掲げた東峰夫の小説の引用部分でも、風景描写は、米占領軍を自国の領域に押し入り根づこうとする侵入者として描出するために用いられる。金網は、自然の風景を横断し、若い沖縄人の語り手を慣れ親しんだ故郷の海から分断する。これから見ていく通り、日本と沖縄の小説の多くは占領者を、風景の中に移植され、あるいは身体に食い入ってくる、内に巣食うよそものの侵入者として描き出し、その「内なる占領者」がいかに被占領者の自由やアイデンティティを犯しているかを明らかにするのである[2]。内に巣食う占領者というイメージは、外国の侵入が引き起こす一般的感情を巧みに利用することで、風景と身体とを結びつけ、ここでも他の侵入についての範列的修辞《トロープ》においても、明らかに性的なニュアンスのある共振音が響いている。

こうした修辞は戦後日本に限ったことでは決してない。一八八〇年代のライダー・ハガードの冒険小説が描く暗黒の「処女地」に分け入った英国植民地の英雄から、一世紀後のクウェート侵攻を「強姦」という表現で弾劾するアメリカのNBCニュースに至るまで、帝国主義的介入に関する修辞は、女性ジェンダー化され、進軍する男性により性的侵攻を受ける身体を風景に投影する。地理的領土への植民的ないし軍事的侵略は個人の身体への性的侵略と関連づけられる。このような修辞は、個人の身体を国体《ナショナル・ボディ》に同一化し、侵害された女性身体を特に選び出して、侵入してきた男性支配者を前にした「彼女」の従属と無力とを強調する、というロジックに基づいている[3]。ただし旧ユーゴでの組織的強姦収容所や、ナイジェリアのボコ・ハラムの少女に対する拉致および性的奴隷制作戦の例が示唆するように、また一九九五年九月の沖縄での米兵による一二歳の少女への強姦事件が証明するように、外国兵による強姦という現実的事態をただのメタファーにおとしめてしまうことは不可能だし、そうすべきでもない。むしろ強姦という現実的行為に伴う生々しい暴力性と戦慄とを我々自身が想像・想起しうるからこそ、強姦はメタファーとして効果を持ちうるのである。

沖縄と日本の占領に関する男性作家の叙述において、外国の軍隊に対して無防備な状態に曝されるのは女性だけではない。男性登場人物もまた、とりわけ身近な女性を横暴な米兵から守ることができない場合には特に、無力なものとして描かれる。無力な男性はたいがい、去勢や不能といった性的メタファーを用いて描かれ、占領下の男性を「女性化」し、外国占領下での男性の社会的無力を、おそらく通常の社会的条件下で女性が帯びる無力さと同等なものとして位置づける。ネイティヴ男性を性的不能者として描き出すナラティヴはしばしば同じ主体を、沈黙し、言語を奪われたものとして描く。すなわちナラティヴは米占領下の男性の完璧な無能力性を示すために、性的不能と言語的不能を結び付けるのである。しかし小島の「アメリカン・スクール」、あるいは大江健三郎「人間の羊」や野坂昭如「アメリカひじき」(4)に見られるように、沈黙は必ずしも単に言語能力の欠如を意味しない。沈黙とは、とりわけ占領者の言語を拒絶することを意味する場合には、抵抗の形式ともなりうるからだ。したがって読者は、外国占領下の主体性不在を表象する沈黙と、抵抗の戦略として行使される沈黙、つまり主体性の主張を表示する沈黙とを、区別する必要があるだろう。しかしいずれにせよ、沈黙という問題は、コミュニケーション手段の統御について疑義を生じさせ、被占領者がはたして語る場所を持っているかという問いに着目させるのである[5]。

言語——権力の象徴でもあり権力行使の媒体でもある——は、占領と植民地主義をめぐる文学的表象において、イデオロギー的問題の中核となってきた。社会言語学者ジョン・エドワーズが述べているように、ナショナル（あるいはエスニック）・アイデンティティにとって、言語は必要条件でもなければ唯一無二の条件でもない[6]。しかしそれにもかかわらず、従属を強いられた人々がアイデンティティを立ち上げ、ないしは再構築するにあたって、闘争の中心に現れるのはしばしば言語である。フランツ・ファノンが、ある言語を話すことは即ちその新しい世界を引き受けることになる、と述べる際に特に参照するのは、植民地化されたアフリカ人がとかく、白人入植者の世界を引き受け、黒い肌を白い仮面で覆ってしまおうと試みた事態である。アフリカ、南アジア、カリブ地域における多くのポストコロニアル文学において、書き手がペンを手にするやいなや、言語はイデオロギーとの対決を迫る。書き手がまず直面するのは、いったいどの言語で書くべきなのか——植民者の言語か、現地《ローカル》の言語か、はたまたその混淆言語《ハイブリッド》を選ぶべきか

——という問題だからである。どの選択肢を採るにせよ、書き手のイデオロギー的立場が即座に決定され、読者も限定される。それゆえ言語とそのイデオロギー性は物語内容のみならず、テクストの表層レベルでまさに争点となってくるのである(7)。

欧米の植民地の書き手がしばしば二つ以上の言語を使用できるのと異なり、日本と沖縄の書き手たちは欧米の言語で書くという選択肢を持たない。米軍は日本占領においてバイリンガルな階級を育成するのに失敗したからである。ピジン語やクレオール語のような独特な言葉が生まれたり、それらを用いて作家たちが占領体験を描く新たな文学的言語を創り上げたりというようなことは、戦後日本には起こらなかった(8)。その代わり日本と沖縄の作家の手元には、差異を視覚的に明記する柔軟な書法、すなわちカタカナという手段があった。カタカナはしばしば外来性を示すのに使われる。したがって、言語の領域と社会の領域との双方に鋭敏な感性をもつ読者に対して、書法上の記号は現実世界の記号を指し示し、カタカナに浸食されたテクストの風景を自然のそれと重ねあわせ、被占領地域に対するアメリカの広汎な影響力をまざまざと見せつけることになる。日本語の表記法内でテクスト中の個々の語を注釈《グロス》するための選択肢が書き手にはいくつか用意されており、書法の使い分けそのものが政治的な立場を構成しうる。表記法の組み合わせを戦略的に行うことで、日本や沖縄の書き手たちは、テクストのまさに表層に支配と差異との双方を書き込むことができる。書法の選択も、日本のナラティヴにおける言語混淆やコード転換の形式を際立たせるのに役立つ。注意深い読者なら、あるテクストの書法形式の美的含意と政治的含意のどちらにも目を留めるだろう(9)。

小島信夫「アメリカン・スクール」と大城立裕「カクテル・パーティー」は、米占領下の言語とアイデンティティとの関係に特別の注意を向けている。主要人物はいずれも外国語に携わる者たちである。「アメリカン・スクール」では、語学力も態度もまちまちな日本人英語教師たちが英語という言語と格闘するが、英語は占領下の日本にとってアメリカへの従属を仲介する言語である。また「カクテル・パーティー」では、中心となる三人――沖縄人、日本人、それに中国人――がアメリカ人の誘いで中国語サークルに参加している。このサークルは四人の男性にとって、占領下の沖縄における中立的な言語領土を約束するが、沖縄人の主人公が最終的に見破るように、過去の戦争の記憶や現在の占領の現実から逃れることはできない。

小島と大城はともに、戦時期から占領期にかけ、外国語に携わる仕事を経験している。小島は岐阜県に生まれ、一九四一年に東京帝国大学英文学科を卒業、第二次大戦中は中国で暗号解読と通訳を担当する。復員後も、作家としての名声を獲得する以前は、まず高校で、のちに明治大学で英語講師をつとめた。一方大城は、幼少期を日本占領下の中国で過ごし、のちに沖縄米軍の通訳となる。個人的な体験が両者の作品群に真実味を添える役目を果たしているのは確かだが、それらのナラティヴは「私小説」として解釈されるべきではない。彼らの作品は、自伝を装ったフィクションでもなければ、フィクションの薄膜をかぶった自伝でもない。

「アメリカン・スクール」における言語・風景・ジェンダー

小島信夫「アメリカン・スクール」の舞台は一九四〇年代末期の東京近郊で、日本人教師の一行がアメリカン・スクール見学のため、六キロの遠出に乗り出そうとしているところから物語は始まる。県庁の役人が苦心して計画した小旅行で、おそらく英語教師たちを生の英語環境にさらすことで英語力を高めようとの主旨なのだろう。占領政策の方針からすれば、アメリカ民主主義の予行演習の意味もあるだろう。

作中人物のうち固有名のある日本人は、山田、伊佐、ミチ子という三人の英語教師、それにやや脇役格の県庁の役人・柴元である。アメリカ人で固有名をもつのは、アメリカン・スクールの校長ウイリアムと、「映画女優」のようだというふれこみの女教師エミリーのみである(10)[二二三頁]。興味深いことに、男性が姓で呼ばれるのに対し、女性はいずれもファーストネームで呼ばれる(厳密に言えば、「ウイリアム」というのは、通常、姓ではなく名のみに使われるが、占領者側の校長を名で呼ぶことは到底考えられないから、小島はきっと姓のつもりで「ウイリアム氏」をつけたのだろうと推測する。ちなみに、英訳では名前の最後に"s"をつけて"Mr. Williams"というよくある苗字に置き換えられている)。呼称は登場人物のアイデンティティを構築し決定する一つの技術であるわけだが、この場合女性人物はファーストネームを割り振られることで、相手の男性に従属し、より親密さ(十分セクシュアルな響きを含む)を持つものとされる。このテクストでは女性は男性間で交換される象徴的資本の機能を果たしており、ミチ子とエミリーは娼婦的ですらある――ミチ子は様々な物資をやりとりしながらアメリカ人と日本人の男性グループの間を渡り歩き、エミリーは密室のあやしげな雰囲気の中で伊佐と出会う。しかしジェンダーによる人物分類は、この小説では国籍のカテゴリーの下に包摂されている。ふたりのアメリカ人――ウイリアムとエミリー――の名には常に「氏」「嬢」など接尾辞が付され、アメリカ人への敬意と日本人教師たちとの距離感とを示す。このように、「アメリカン・スクール」では作中人物の呼称は、日本人に対するアメリカ人の優位、さらに各国籍カテゴリー内での女性に対する男性の優位、といった作品内の階層構造を補強するのである。ジェンダー・カテゴリーと国籍カテゴリーが一つのヒエラルキーの内部で分節化していることと自体が、権力関係への参照なしにアイデンティティを理論化することの困難を証明しているといえよう。またそのことは、アイデンティティとはそもそも多面的(しかもそれぞれ対立し合った)なものであることをも想起させる。

三人の日本人教師の中でも山田は、誰に対しても英語で話し掛ける熱心な英語信奉者で、占領軍に好印象を与えるためなら何でもやりかねない。意思疎通に不自由しない程度の英語力はあるものの、語学力より熱意の方が勝っているクチである。反対に伊佐は、内気だが頑固な男で、山田がことあるごとに英語を使いたがるのに対して、英語を話すことを極端に恐れている。英語を避けようとするあまり、英語を話さなければならない予定を前に、まる二日間仮病を使ったことさえある。山田はふてぶてしい日和見主義者、伊佐は頑固な「規律破壊者」としてしばしば対比的に描かれる。しかし両者とも、英語という言語に対してぎこちない関係しか持てない点では同類だといえるだろう。一方、グループの紅一点であるミチ子だけは英語を自然に使いこなす。カメレオンのように日本語と英語とを切り替えられる能力が彼女を境界横断的《リミナル》な人物にしている。彼女の英語への態度は両義的である――山田とは英語への熱意を共有するものの、彼の動機は軽蔑し、その一方で、外国語を流暢に話すことを警戒する伊佐には共感しながら、彼女自身は英語を使うことが楽しくて仕方がない。いずれの立場にも全面的に与することなく、ミチ子は山田と伊佐との間で揺れる。流暢な英語と女性という立場ゆえに、彼女はふたりの男の間、または日本人とアメリカ人の間の媒介者として位置づけられ、しかもどちらの側にも本質的には属さない。

　こうしたミチ子の境界横断性は、名前の表記における書法の混淆――カタカナの「ミチ」と漢字の「子」――によっても示される。漢字が当てられていない「ミチ」について、ここでは「道」の可能性を考えておきたい（最も一般的というわけではないだろうが）。

そもそも物語の主な出来事は日本（の県庁）とアメリカ（ン・スクール）をつなぐ道の途上で起こる。この道はそれ自体では特定の場所ではなく、むしろ文化的緩衝地帯（no-man's land）として描かれている。破壊し尽くされた戦後の焼跡からアメリカン・スクールの田園的光景へと続く道は、時間的にも空間的にも戦時から戦後への架橋のメタファーとなる。この道を旅するのに最適な準備をした日本人たちが、おそらくアメリカ支配下の時代の成功者となるだろう。

この道は車両用であって歩行者用ではないのだが、日本人教師たちはその道を六キロも歩かなければならない。履き心地のよい歩行用の靴が必要になってくるが、教師たちの履物についての詳細な描写は、戦後の未来へと続くこの道を旅する教師たちの準備の度合いを物語っている。無節操な日和見主義者の山田は、既に履き心地のよい革靴を持っている。伊佐は履き古した軍靴――しかもそれは彼の持っている唯一の靴らしい――を不承不承廃棄して、サイズの合わない礼装用の革靴を借りるが、それは彼自身のみすぼらしい服装と不似合なだけに痛ましい。そしてミチ子はといえば、カメレオン的人物にふさわしく、路上ではスニーカーをはき、校内用にはハイヒールを持参している。履物はここでは英語力と同じように、ジェンダーないしナショナル・アイデンティティに一致する。苦もなく自然に二つの言語を切り替える能力は「女性的」とされ、このことで彼女の日本人としてのアイデンティティが脅かされることはない。というのは女性はそもそも、戦後獲得した新しい法的権利にもかかわらず、日本人としてのアイデンティティへの要求が希薄だからである。[11] また伊佐のサイズ違いの靴は、行く手に横たわるアメリカ的世界と対峙するにあたって、語学面での準備不足と対応している。しかしのちに靴を脱ぎすてた時、伊佐は、脇を行く車のタイヤと同じように、素足がアスファルトにしっくりくることに気づく。[12] 裸足になることで伊佐は社会的規範を逸脱するのみならず、戦前の日本の社会的慣習が新しい時代の要請にはそぐわないことを暴くのである。

　途中、ジープで通りかかる兵士たちがときおりミチ子にちょっかいを出そうと立ち止まり、チョコレートや缶詰のチーズで気を引こうとする。紅一点で英語の上手い彼女は、アメリカ人からそれらの品を受け取っては同僚たちに分配するが、男から男へと品物とともに渡り歩く姿はパンパンのイメージをかき立てる。[13] 地方の役場からアメリカン・スクールへと続く道という境界的空間は、まさにノー・マンズ・ランド（無人地帯＝「男」不在の地）と呼ぶにふさわしい。兵士たちからの食料供給のおかげで、路上ではミチ子だけが勝ち組だからである。ミチ子の卓越した英語力、ただひとりの女性という立場、そして男性教師と兵士との間の媒介、そのすべてが、ミチ子の「ミチ」＝「道」が文化的／国民的《ナショナル》立場の曖昧さのアナロジーであることを物語る。ミチ子を待ち受けるアイロニーは、英語がいくら上手くてもアメリカ的世界よりもその手前の路上の方が、結局彼女にとっては上手くやっていける場所だということである。

スクールの区域に近づくにつれ、二つの世界の純然たる懸隔が次第に明瞭になってくる。周辺の家々にはアメリカ人の赤ん坊の世話をする日本人メイドがおり[二二五頁]、また学校の設備があまりに立派なので、ここを訪れた日本人たちは足を踏み入れる資格もない「あわれな民族」だとさえ思えてくる[二〇八頁]。「アメリカン・スクール」ではメイドの登場はごくわずかだが、多くの占領文学と同じく、娼婦と同様親密であると同時に攪乱的な人物である。メイドは社会内部の階級差を際だたせる一方、占領された社会の従属性を体現する人物である。「彼ら」の世界に分け入りながらも、結局どの世界にも受け入れられることのない、たいして羨ましくもない「我々」のうちのひとり、それがメイドなのだ。

いよいよアメリカン・スクールに到着した教師たちは、日本の税金によって建てられたこの学校の建設費が、アメリカの同様の学校の五分の一である、とウイリアム校長から聞かされてさらに自尊心を傷つけられることになる。そのうえ、日本人建築士を雇ったために建築が「不服な」結果に終わったことを校長が弁解するにいたって、教師たちの屈辱感はいや増す[二一八頁]。校長はうかつにも、アメリカン・スクールでは最年少の女性教師「でさえ」日本人教師の少なくとも一〇倍の給料をもらっていると話したが、さすがに配慮に欠けると思ったのか、説明を加えた。アメリカ人教師たちの比較的恵まれた給料は、アメリカ人がなれ親しんでいる高い生活水準を維持するために必要なのであって、本国政府から支給されている、と(特にミチ子は米人教師たちの高給を知って驚くが、アメリカの給与システムでも女性教師の給料は男性より少ないという、校長の言葉に示唆されている実態は気にとめない)。日本人教師たちにとって、その日学ぶべき本当の教訓は、アメリカと日本の生活水準が途方もなく隔たっているという分かり切った事実だった。教師のひとりが言うように、この小旅行から唯一学ぶべきことは、日本が戦争に敗けた、ということである[二二六頁]。しかしながら、「アメリカン・スクール」は占領統治の矛盾や不正への単純な告発というよりはむしろ、戦後という時代の新たな要求に対する日本側の反応を描き、言語をめぐる駆け引きを通して、アメリカによる支配とそれに同化ないし抵抗する日本側の戦略との両面に重点をおいているのである。

固有名を持つ四人の日本人はそれぞれ、英語に対処する四つのアプローチを体現する。英語は権力と幸運、そして自由への手段を象徴するが、同時に日本人を互いに分断するという機能もある。占領者の言語の教師であることがもたらす葛藤から逃れうるのは、モノリンガルの人物たちのみ、すなわち日本語しか話せない柴元と、英語しか話せないウイリアムとエミリーのみということになる。柴元は、外国語を学ぶ途方もない努力とは無縁であるという点で、アメリカ人ウイリアムと類似する。柴元は戦後社会に適応するのにほんのわずかな調整しか必要としなかった戦前の人間であり、これらふたりの家父長的官僚が握る権威の中に見いだせるのは、堅固な単一のアイデンティティを、外国嫌《ゼノフォビック》いの単一文化主義と同一視するイデオロギーである。

占領者の言語の教師としての立場がもたらす葛藤に悩まされる三人の主要人物たちは、柴元とは違い自覚の程度はまちまちだが、このジレンマと戦わなくてはならない。矛盾に最も無自覚なのは、英語を話すことに夢中の山田である。戦後は熱烈なアメリカ贔屓の山田だが、自ら柴元に告白したところによれば、戦時下には熱烈な軍国主義者だった。アメリカ人を二〇人近く(その半分は戦争捕虜)斬殺し、また中国人たちが斬られる際に示した「東洋精神」には感心したと言う[二〇〇頁]。山田がその軍国主義的衝動を戦後という時代にあわせてどう切り替えたかは、伊佐やミチ子との関わり方に十分現れている。たとえば常日頃から「規律破壊者」呼ばわりしている伊佐相手に論争をふっかけて自分の英語力を誇示しようとしたり、英語力でミチ子に到底かなわないと知るや、他の手段で彼女を「征服」しようと試みたりする。アメリカ人の生徒たちでさえ彼の好戦的性格に気づき、美術のクラスを訪問した際に生徒たちは山田をサメとしてカリカチュアする(ちなみに伊佐はとびうお、ミチ子は金魚)。山田の熱血ぶりは校長にも向けられ、校長は彼の「特攻精神」と褒め殺す[二二七頁]。小島はここで皮肉にも戦争用語を用いることで、戦中と戦後の日本が断絶していると同時に連続してもいることを示唆している。[14] ここにこそ「アメリカン・スクール」というテクストの鋭い洞察の一つがある。さもなければこの作品は、良くできてはいるが同時代に対する批判の力に欠ける無害な小説にすぎないだろう。占領を非連続的な時代として再－現(re-present)する代わりに、この物語は戦争と軍国主義とを参照しつつ占領時代を位置づけることで、戦時と戦後の連続性を際立たせ、表向き平和にみえる戦後の生活のすぐ真下に暴力が潜んでいることを匂わすのである。かくしてこの作品は、戦時と戦後との間に見えない境界線を設ける同時代の支配的な歴史言説への批判になっているといえよう。こうした批判は現在ではたいして新鮮には見えないかもしれないが、「アメリカン・スクール」発表当初の一九五四年においては決して陳腐ではなかったと思われる。

　英語以外の武器を駆使してミチ子を支配しようとする山田の試みは、支配関係が占領者と被占領者との間だけではなく日本人同士の間にも成り立つことを示す一例である。自分の英語力ではミチ子を支配できないと知ると、山田はすぐに別の方法を試み、米や内職仕事を見つけてやろうと申し出る。この申し出になびいたミチ子はすぐに、女性的で遜った言葉遣いに切り替える[二一四－一五頁]。山田とミチ子の抗争には、いくつかの言語コードの切り替え――まずは英語から日本語へ、そして日本語内でも、敬語など諸レベルの社会言語的な変化――が伴っている。英語が会話の主題かつ手段ならミチ子が抗争を制すのだが、山田は日本語で国内的《ドメスティック》・家庭的な領域へと抜け目なく会話を誘導し、支配権を握る。両者とも、家庭的領域は女性的で、食糧という獲物や賃仕事を最終的に支配するのは男性であるという考え方を共有している[二一四－一五頁]。山田は話題を転換することでミチ子をドメスティケイトし（国内的・家庭的領域に飼い慣らし）、彼女の本来あるべき場所、女性の場所にまんまと囲い込むのである。ふたりの抗争が決したまさにこの瞬間から、ミチ子は女性的（ひいては従属的）記号である「わ」「ね」という接尾語をつけた言葉を振りまくことになる。チョコレートやチーズその他の舶来食品を分配するのはミチ子であるにもかかわらず、重要な自国《ネイティヴ》の物資である米を司るのは男性の山田なのである。ここでは物資自体が、自国／外国、男性／女性の交差した二項関係によって構築された権力配分《エコノミー》に巻きこまれている。

新しい戦後民主主義のまっただ中で、四人の日本人のうち最も明快に戦時軍国主義を体現するのは山田だが、しかし柴元の軍国主義との関係も見落とせない。柴元自身は柔道と軍国主義との関連性を否定するが、高段位の柔道指導者である彼は、皮肉にも日本警察官と米占領軍の兵士の双方に柔道を教えている。現地警察と外国占領者の両方に柔道を教える文民役人という人物像は、ユーモラスだが攪乱的でもある。というのは文民の権威と軍隊の権威との、あるいは現地権力と外国権力との共通目的を持った協力体制を示唆しているからである。柴元の行動は、戦時と戦後の境界線を曖昧にしてしまうだけでなく、日本軍国主義者とアメリカ（軍）民主化促進者との明確な差異をも取り払ってしまうのである。柴元と山田は、戦後民主主義の支持者であるかのようにふるまう戦時軍国主義者を表している。小島はまた、彼らがＳＣＡＰの体制温存政策によって利益を得た人物であることもほのめかす。日本警察と米軍の協力体制は一九五二年発効の日米安全保障条約でも目論まれており、「アメリカン・スクール」のこの場面は、安保条約への婉曲な批判とも読めるだろう。

山田、伊佐、ミチ子の関係は、敗戦という歴史的境界線を常に横断しながら輪郭づけられる。山田は戦争から占領期を通じて、攻撃の矛先を決して権威ではなく、より脅威の少ない標的に向ける。戦争中は民間中国人やアメリカ人捕虜が彼の犠牲者だったが、占領下では日本人の同僚など、別の無力な対象を探し出す。山田は闘争的ではあるが秩序転覆的では決してない。その点で彼のやり方は明らかに、歴史的環境にかかわらず首尾一貫しているわけである。また、戦争未亡人のミチ子は伊佐を気にかけているが、伊佐を気にしていつのまにか亡夫のことを考える場面がある[二〇四頁]。ミチ子は戦争中伊佐が何をしていたかなど何も知らないが、アメリカ人やその言語への伊佐の極端な反応は戦中の出来事をめぐる罪責感に基づくのではないかと想像する[二〇六頁]。しかし彼・彼女らの類似性と差異をはっきり分節化するのはそれぞれの英語との関わり方である。山田とミチ子は熱心に英語を学び、アメリカの言語と文化に同一化しようとするあまり、危機に陥る。ミチ子はいわばシンデレラのように変身する――英語を話す間はいきいきとし、あくせくとした日常から解放される。いくら自由にみえようとも、またアメリカが支配する戦後日本の世界で新しい仮面を身につけようとも、ミチ子の変身は束の間にすぎない。靴を履き替えることで運命が一変するシンデレラ、みすぼらしい日常からエキゾティックで絢爛豪華な世界への途上で変身するシンデレラさながら、一日が終われば本来の自分に戻らなければならないという脅威に曝されている。しかも彼女には王子は現れない。

山田もまた、英語を話す間ある意味で変身しているが、彼が変わるのはコミカルでグロテスクで、他者にどう見られているかなど全く気にとめない道化である。英語が民主主義の言語を象徴している以上、山田の不自然な発音やぎこちない身振りは、軍隊用語を頻繁に用いる態度とともに、彼の偽善性を示すばかりでなく、日本軍国主義をアメリカ民主主義に置き換えようとするＳＣＡＰの方針そのものが失敗に帰していることも明らかにする。山田が何でもアメリカ式にやろうとすればするほど、隠れた軍国主義と外国人嫌悪とが前面に出てしまうのである。(15) 彼の英語力は、物語内容のみならず表記法を駆使してミチ子の英語力と対照的に配置されている。「アメリカン・スクール」は一貫してローマ字表記を避け、漢字とかなで教師たちの英語の自然さを示そうとしているが、アメリカ人やミチ子の話す自然な英語はたいがい通常どおり漢字かな混じりで表現されるのに対し、山田の英語の発音にはやたらにカタカナが用いられる。たとえばＧＩのジープが接近してきた時の山田の挨拶は、「ハロー、ボーイズ、あなたたちは何をしているのです？」である［一九五頁］。他は漢字かな混じりなのに最初の二語がカタカナになっているため、文章全体は山田の挨拶の日本語訳として読めるにもかかわらず、ぎこちない発音の感じをよく表している。山田の発話には、そうでもしないと理解不可能だとでもいうように、カタカナ表記にさらに漢字とひらがなによる注解が添えられることもある。逆にミチ子の英語は標準的漢字かな混じり文にときおりカタカナでのふりがなを伴い、彼女の英語の「透明」性を表している。

伊佐の英語への態度は、三人の中でも最も激しい矛盾を孕んでいる。というのは、彼は英語を話すことを拒絶する英語教師である——沈黙を誓い占領者の言語への抵抗を続けるが、それは彼から自国《ネイティヴ》の言語をも奪い、アメリカ人からも日本人からも孤立する結果となってしまう。伊佐の抵抗は、表向きは、英語を話すことが彼を外国人に変えてしまうのではないかという恐れからきている。彼の英語への態度は、テクスト内で回想されるある出来事にも起因する——選挙監視のためある黒人兵に同伴することになった時のことである。[16] 英会話の実地経験がなく、むやみに装飾的な語彙《ディクション》を用いたため、相手のアメリカ人に通じなかったのである。伊佐の言葉は「お待たせして相すみませんでございました」などと、格式張った日本語で表され、英語やカタカナではなく漢字かな混じりで表記される。伊佐の返答のぎこちなさは、表記法ではなく語彙によって表現されるわけである。こうして英語を使うことにすっかり困惑した伊佐は、英語を話すのは無駄だとあきらめ、最小限のコミュニケーションにとどめることになる。つまり「ストップ」と「ゴー」の二語のみでその日の残りをやり過ごそうとしたのである――しかもそのカタカナ表記は彼の発音のぎこちなさを形状的に示すかのようである。このエピソードの後、伊佐はジープから飛び降りて兵士から逃れるように森の中に逃げ込み、兵士が追ってくると突然日本語に切り替えて兵士をののしる。この明快な秩序転覆の瞬間は、最初のむやみに装飾的な英語から、慇懃無礼な日本語に突然切り換わる。――「おい……お前に日本語を話してだな。話せなかったら容赦しないといったら、どうなるんだ」。それは明らかに内容も語調も兵士の権威に挑んでいる。

　植民地言説に関する理論において、このような外国人支配者の言語の拒否は「拒絶・棄却《アブロゲーション》」として知られ、「植民地化された意識」からの脱却の第一歩とも考えられている。しかし「アメリカン・スクール」などの作品では、こうした戦略はしばしば本質主義者的な神話的言語観に依存している。主体《エイジェンシー》は言語に帰属し、言語がそれを語る者に力を与え変身させる、という言語観である。伊佐の明快な「拒絶・棄却《アブロゲーション》」行為と、沈黙を通じて抵抗する試みはともに、権力言語としての英語を拒否する方法であり、この英語拒否の背後には、英語を話すことで変形させられてしまうことへの恐れがある。しかしアメリカン・スクールで数人の少女たちの会話に耳をかたむけた時、伊佐の心中で変化するのは英語という言語の方である――英語はいまや「山の小川のように甘く透明」な印象を与え、伊佐は今までの英語への反感とどう折り合いをつけてよいか困惑してしまう。

彼はこのような美しい声の流れである話というものを、なぜおそれ、忌みきらってきたのかと思った。しかしこう思うとたんに、彼の中でささやくものがあった。（日本人が外人みたいに英語を話すなんて、バカな。外人みたいに話せば外人になってしまう。そんな恥しいことが……）［二〇八頁］

伊佐はこの場面で、英語を無垢な風景というメタファーで感知している。話し手の若々しく清らかで女性的なイメージを、遠いはるかな地《トポグラフィ》、空襲に焼けただれた日本の都市から隔たった世界に投影するかのようである。教師エミリーの言葉もまた伊佐に牧歌的イメージを喚起させる。しかし重要なことに、「春の雪解水のように流れて行く言葉の流れ」［二一〇頁］といった描写は男性の話す英語についての記述には見られない。伊佐にとっては女性の声を通じてのみ、英語は優しい美的対象として接近可能になる。というのも伊佐の英語への抵抗の一部は、英語が占領者の言語であることに起因しており、戦争も占領も男性が起こすからである。にもかかわらず、エミリーへの伊佐の性的従属がほのめかされていることは、日本の占領文学においてはアメリカ人女性も、通常では男性に独占されている支配者の役を演じうるということを示唆する。

英語が呼び起こす恐れや嫌悪は、英語それ自体ではなく、英語が表象する支配関係から惹起されていることを、伊佐自身は理解できないようだ。アメリカの女性たちの言葉を通じて伊佐が知覚した英語の美的（あるいはエロティック）な価値を、伊佐はミチ子には決して見いださない。ミチ子の英語力はアメリカ人のそれとテクスト上は明示的に区別されないので、彼女の発音はエミリーやアメリカ人女生徒たちとほとんど変わりないはずである。しかしそれでもミチ子には伊佐から同じような反応を引き出す力はない。ミチ子はあくまでネイティヴではないからである。「ネイティヴスピーカー」と「ネイティヴ」についての伊佐の認識のズレは、「ネイティヴスピーカー」の定義がトートロジカルであることに起因する。つまりネイティヴスピーカーは必然的に外国人と見なされ、だから外国人だけが英語のネイティヴスピーカーなのだ、という論理である。ネイティヴの二重言語性《バイリンガリズム》は始めから想定されてすらいない。人は一つの言語のネイティヴスピーカーにしかなれない。アイデンティティは堅固で単一であり、言語こそがアイデンティティを決定すると伊佐には思えるからだ。アメリカ人男性が話す英語はアメリカ人女性のそれとは違う、と伊佐は一応了解している。しかし日本人（男性）にとってはあくまでも、英語使用はアイデンティティを脅やかすものなのである。ただし「私は私の話すところのものである」という伊佐の想定は、女性にはあてはまらないらしい。

ミチ子は伊佐と肩をならべた。

「英語を話すのがお嫌いなら、わたしなんか、おきらいですわね」

そう云ってミチ子は自分の言葉におどろいた。

「女は別です」

「女は真似るのが上手って意味？」

伊佐は、ミチ子のいう通りかも知れないと思った。［二二四頁］

伊佐の言いたいことは、日本人という主体は単一言語的でかつ男性であるということではないだろうか。女性はせいぜい二次的な日本人でしかなく、外国語を話しても危険は少ない。流暢で自然な英語と女性であることのために、ミチ子は占領者の言語と文化への同化の文字通り体現者として位置づけられる。まさにこの女性身体と規範的（男性）日本人主体との間の関係こそが、占領下日本の英語教師という板挟みに立ち向かう闘いへと伊佐とミチ子を差し向け、駆り立てる。ミチ子自身、次の山田との会話にあるように、英語に対しても、また伊佐の抵抗に対しても自分が曖昧な立場にいることをよく承知している。

「あの人、ほんとに英語が嫌いらしいですわよ」

ミチ子は伊佐のことを英語で山田に云った。山田はやはり英語で答えた。

「ぼくは何でも分るのです。何かぼくに悪意をいだいているらしいことも分っています」

ミチ子は英語で「彼」というと何か伊佐の蔭口を云ってもそれほど苦にならないことを知って、伊佐のあれほど英語を話すのを嫌う気持もわかるような気がした。たしかに英語を話す時にはもう自分ではなくなる。そして外国語で話した喜びと昂奮が支配してしまう。ミチ子は、山田のそばをはなれなくてはと思った。［二二三―二二四頁］

ミチ子は英語が得意なのに、言語がアイデンティティを変形させるという伊佐の考えを共有し、外国語を話すことで別人になってしまうこともあると認める。しかし既にみたように、ミチ子にとってこの変形はしばしば解放でもある。この解放が、日本人としての文化的アイデンティティ――彼女は女であるゆえに、その本来の場所にいることを十分に許されているわけではないのだが――の放棄を伴うように思えるために、彼女の苦境は錯綜したものとなるのである。

山田も、言語とアイデンティティについてのこうしたイデオロギーに浸っているが、彼はむしろ英語による変身の可能性をこれ幸いとばかりに受け入れる。戦後日本での成功へと導く最も有利な道と見なしているからである。このように、結局三者とも、英語を話すことは「真正の日本人らしさ」をすりへらすことを意味し、外国語教師という苦境をさらに悪化させるだけだと信じている。この信念こそが、日本人論という領域、すなわち日本の文化的真正性というイデオロギーへの誘因である。彼・彼女らはいずれも、言語が排他的にアイデンティティを決定するというイデオロギーの虜になっている。言語、個人、文化、民族《ネイション》を繋ぐ一連の非歴史的等価物へとアイデンティティを還元するイデオロギーである。文化的多様性という考え方は受け入れがたい異常なものとして斥けられる。二重言語性は利点どころかお荷物であり、伊佐に言わせれば「山田が会話をするときの身ぶり」[二〇九頁]の大仰さは外国語なんかを話すようなバカな男がかかる病の徴候なのである。本当に自然な英語力を持ってもよいのはおそらく女性だけなのだ。「アメリカン・スクール」では、このイデオロギーの含意と格闘する英語教師たちも、モノリンガルな支配者たちも、ともに固定的な二項関係の中にいる。一方、それと対照的なのは次に論じる「カクテル・パーティー」である。ここで描かれる被占領沖縄の社会的状況は、言語とアイデンティティについての「アメリカン・スクール」風の考え方を最初から排除している。おそらくこの点に、米軍占領への対応に際しての沖縄人と日本人との間の決定的な違いの一つがある。

「カクテル・パーティー」におけるジェンダー、歴史、被害者性の構築

「アメリカン・スクール」で小島信夫が遠回しに述べているのは、アメリカの占領に対峙することは、日本の戦争と軍国主義について考えることを必然的に伴う、ということであった。「カクテル・パーティー」は、主人公たちの中国での過去の日々をフラッシュバックの手法で組み込むことで、アメリカによる沖縄占領を日本帝国主義とはっきり関連づけている。つまりどちらの作品においても、戦争や日本帝国主義との断絶という考えにのみ基づいて「戦後」のまわりにはりめぐらされた非常線が、踏み越えられているのである。そのためこれらの作品は、アメリカ占領下の人々が同時にアジアに対する戦前・戦時の暴力的支配の共犯者でもあったことをまず示唆することなしには、彼・彼女らの被害者性を認めようとはしない。特に「カクテル・パーティー」は、既に多くの批評家や著者自身が指摘してきたように、加害者と被害者の錯綜した関係を効果的に描き出している。(17) だが従来の読みでは、物語が被害者性を構築する際にジェンダーが果たす役割が見過ごされている。この問題に特に注意しながらテクストを読み解くことにしたい。

「アメリカン・スクール」では、アジアにおける日本の暴虐についてはほとんど触れられない。占領が日本の安定したアイデンティティを脅かしていることを表現するため、もっぱら日本／アメリカの二項関係が用いられているからである。しかし「カクテル・

パーティー」では、日米対立に沖縄と中国を加えた正方形の構図が形成され、この構図を通して戦後沖縄のアイデンティティが探究される。正方形の頂点はそれぞれ、二言語的あるいは多言語的男性人物によって表象され、そのネイティヴの言語は各自が最も近しく同一化する文化と一致する。同じ中国語サークルに所属する四人の男性は、(1)若い頃中国にいたことがある役所勤めの沖縄人主人公・語り手、(2)若い「本土《ヤマト》」出身の大手新聞特派員の小川、(3)英語は話すが沖縄方言も日本語も話さない沖縄在住の中国人弁護士の孫《ソン》、(4)四人が出会う中国語サークルを結成した米軍士官ミラー、である。みな中国語が堪能なので、中国語がグループにとって「中立的な」言語領土になる。語り手と小川、孫はある程度英語を話すが、中国語のネイティヴは孫のみである。四つの言語(琉球方言を含む)と四人の多言語的人物という錯綜した設定のために、この作品では「ネイティヴスピーカー」というカテゴリーは「アメリカン・スクール」と比べてはるかに不安定なものとなっている。

　言語間のコード転換は、「アメリカン・スクール」と同じくしばしば表記法によって示される。しかし「カクテル・パーティー」では、コード転換は四通り(すなわちアメリカ、中国、日本、沖縄)の国家・民族《ナショナル》間／地域《リージョナル》間での同一化や協力関係の変転を指すことになる。「アメリカン・スクール」では日本／アメリカの二項関係に限定される代わり、もっぱらジェンダーの問題が絡むことで物語が複雑化していた。既に見たようにミチ子のアイデンティティは女性という地位と流暢な英語とによって危うくなり、伊佐の英語への態度は、エミリーやアメリカ人女生徒たちの英語を聞くことで混乱する。それに対して「カクテル・パーティー」では、多言語的《マルチリンガル》、多国籍《マルチナショナル》・多民族的なコンテクスト（といっても男性に限られるが）そのものが複雑さを作り出すわけである。

「カクテル・パーティー」は、主人公が、基地内の居住区にあるミラー家でのカクテル・パーティーに向かおうと、基地のゲートの前に立つ場面で始まる。パーティーの招待客は中国語サークルのメンバーとミラーの知己のアメリカ人たちで、国際親善を自画自賛する雰囲気でパーティーが始まる。しかしその名目は、その夜に起こる二つの出来事によって早くも仮面を剝がされる。一つは、パーティーに出席していたモーガン夫妻の息子が沖縄人メイドに誘拐されたらしいという出来事、もう一つは、そのほぼ同じ時刻に、主人公の娘が下宿人の兵士ロバート・ハリスに街から離れた岬で強姦されたという出来事である。これらの出来事は、占領下沖縄の新植民地的状況の中で占領者と被占領者の友情などというものが幻想にすぎないことを示唆する。

こうした新植民地的な社会力学は、冒頭から既に風景の中に体現される。基地を囲む金網は二つの相容れない世界を分断する——一方は地元住人が慣れ親しんできた世界、もう一つは、アメリカ人占領者たちのせいで、土地に詳しい沖縄人でさえまごつくほど完全に変貌した世界である。冒頭の一文におけるカタカナの濫用が「金網の内側」の世界の異国的相貌を際立たせる。

守衛《ガード》にミスター・ミラーの名とハウス・ナンバーをいうと、いちおう電話でたしかめた上で、ゲートからの道筋を教えてくれた。〔一八三頁〕

頻繁なカタカナ使用はほぼ冒頭に限られてはいる。しかし「アメリカン・スクール」とは異なり、大城のテクストでは中国語の場合も〔一八五、一九三、二〇〇頁〕英語の場合も〔一八八、一九六頁〕、カタカナはネイティヴ、ノンネイティヴの区別なく同様に用いられ、また英単語や頭文字語には時にローマ字表記も用いられる〔一八五、二一三―一四、二一八、二五五頁〕。つまりカタカナは外来(国)性を示すのに使われてはいるが、「外来(国)の(foreign)」という概念はここでは中国、さらにはアジアにまで拡張される。

冒頭で主人公は米軍基地の入口で占領された土地を眺めながら、一〇年前の同じ場所でのいやな体験を思い起こす。ある日所用で基地のそばを通りかかった主人公は、守衛が見あたらないのをいいことに、近道を求め、また好奇心にかられて、基地住宅内を横切ろうとした。突っ切るのに一五分から二〇分と算段したものの、この迷宮のような見なれぬ土地では、不案内な道には経験上慣れていたにもかかわらず完全に迷ってしまい、パニックに陥ったところを沖縄人メイドに道を教えてもらったのである。「アメリカン・スクール」の場合と同様、ネイティヴの男性主体は慣れ親しんだはずの土地から疎外され、見知らぬ世界(へ)の道を通り抜けることができるのは現地女性と外国人占領者だけである。隔離された見知らぬ風景にすっかり溶け込んでいるメイドは、わずかな出番にもかかわらず存在感が大きい。彼女は分離された世界での占領者たちとの生活によってすっかり変貌しているように見える。主人公が居住区で出会ったメイドの印象は、「その落ちつきかたは、彼女が私からずいぶんはなれた向こうの人だという印象を、私にいだかせた」「一八四頁」と語られる。メイドの無表情な応対は、明らかに語り手に距離感を感じさせている。メイドの社会階層の低さも決定的で、語り手の違和感はある面ではこの階級差に起因し、語り手の屈辱感は粗野な使用人に窮地を救われたという事実からもたらされている。

一〇年後、カクテル・パーティーへの招待状を手に同じ場所に戻ってきた主人公は、今回はいわば通行手形があるので安心している。招待状は基地への入場を保証するだけでなく、このカクテル・パーティーが表象するエリート集団の一員であることも証明してくれる「一八五頁」。ミラー氏のカクテル・パーティーはコスモポリタンを気取るブルジョアの集まりだが、主人公は明らかにこのエリート集団に属する特権を満喫している。ここでは口唇性《オーラリティ》が消費様式の主役であり、主たる意匠は食物や飲み物、それにお喋りである[18]。会話は民主主義的雰囲気を醸し出し、沖縄人たちはアメリカ人たちと同等の立場で話し、占領者と被占領者の関係を誰もが超越しているかのような印象を作り出す。一〇年前、メイドの助けを借りなければならなかった主人公は、今やアメリカ人の邸宅内で特権的立場を享受する。しかし、獲得したばかりのこの地位は、彼を取り巻く風景が如実に示しているように極めて脆弱である。そもそも友好的なカクテル・パーティーは基地内で催され、平和な家庭的雰囲気は護衛と金網によってかろうじて保たれている——この光景はパーティーで交わされる声より雄弁である。異国的風貌の風景はメイドの無表情と同様に、物質的領域と社会的領域をともに変貌させてしまったアメリカの力を証明する。

この小説において、地理的かつ社会的空間としての沖縄は、外国による占領がもたらす分断の影響を被っており、そのことは「カクテル・パーティー」の中心的な問い、すなわち、本当の被害者は誰かという問いに繋がる。アメリカ人たちと小川を例外として、ほとんど全員が何らかの形で被害者として位置づけられている。しかし既に述べたように、「カクテル・パーティー」では被害者性は込み入った係争点である。というのも被害者性はジェンダー・カテゴリーを通じて、かつ日本のアジア侵略の歴史を参照して規定されているからである。従来の読みが見落としてきた重要な点は、主要人物がすべて男性なのに、主な被害者はすべて女性であることである。物語は男性に焦点化するあまり、主人公の娘が受けた強姦は、父親が被った困難と比べれば付随的な出来事にすぎないように見える。ただし女性人物の役割は小さいとはいえ、彼女たちは被害者性を定義するうえで決定的な象徴の役割を果たす。すなわち被害者性は、「女性」ないし「ネイティヴ」というカテゴリーの交差を通じて規定されるのだ。(19)

「カクテル・パーティー」における被害者の概念は、「一次的(primary)」被害者と「二次的」被害者によって構成されると言えよう。前者はネイティヴの女性、後者はネイティヴの男性である。ここでの本来の被害者のひとりはモーガン夫妻の純朴な沖縄人メイドである。メイドはモーガンの息子を誘拐したわけではなく、主人夫婦の留守の間自分の家に連れていっただけだったことが判明する。ただそれを知らせておかなかったというだけで彼女は雇い主から訴追されるという憂き目に会う。モーガン夫妻の告訴決定は、占領下における夥しい不正の小さな一例にすぎないが、この措置は実は彼ら自身の立場の弱さ《ヴァルネラビリティ》を認めているとも解しうる。メイドは雇い主の最も親密な領域である家と、最も傷つきやすい「専有物」である子どもに接近する者である。基地に暮らすアメリカ人にとって、沖縄人メイドは、現地の人々からの恒常的な(にもかかわらず抑圧された)脅威の象徴なのだ。モーガンがメイドの告訴を決定したことは、物語の中でときおり参照される刑法上の規定へと読者の注意をひく。占領軍に関係する米国人女性への強姦あるいは「強姦する意志をもってこれに暴力を加える者」は死刑である[二二一頁]。この規定と対照的に、占領当局の布令では、琉球政府の裁判所は米軍要人に対する喚問権をもたず、容疑者として追及することが妨げられる。メイドが脅威なのは、まさに彼女が——粗野で女性で下層階級で——要するに無害な存在に見えるからである。無害な人物がアメリカ人家族を安全な米軍基地の囲みからひきずりだして危害を加える可能性があると想定すること自体が、占領者たちの脆弱性と、沖縄人の潜在的秩序転覆性とを示唆する。しかしながら恐怖感はほんの一瞬現れるにすぎない。「カクテル・パーティー」では加害者は例外なく占領軍の男性であり、本来の被害者はネイティヴの女性なのである。

「カクテル・パーティー」の中心的被害者は主人公の高校生の娘である。隣人ロバート・ハリスに強姦された娘は、加害者を小さな崖から突き落としてしまう。ハリスが脚部骨折のため病院で療養中、娘は「暴行」のかどで拘留される。理不尽な告訴は、強姦後の彼女の行為が厳密には自己防衛とはいえないという法的解釈に基づいている。このように少女が繰り返し被害者となるのは、占領法規の不当性のためばかりではなく、事件の起訴にこだわる彼女の父親のせいでもある。つまり少女は、家父長制構造を共通基盤とする複数の支配領域が重層化した地点に位置づけられているのである。

占領当局に挑戦し、娘の虐待に対する賠償を求めることを決意した主人公は、裁判に持ち込むよう娘を説得するが、それは結局、父親や裁判官、その他目撃者など男たちの集団の前での強姦の再演を彼女に強いることになるという、決して些細ではないアイロニーをはらむ。主人公は意図せず自分自身を曖昧な立場に置くことになる——娘への同情を感じながらも、娘がひとりで強姦の場面を再演するのを他の男たちと眺めるのだ。ここで強調しておきたいのはこの男性たちの存在である。作品中では強姦の下手人だけではなくそれを保護する占領政府当局も男性だからである。無垢と純粋性と被害者性は女性に、支配と暴力（法権力も含め）は男性の領域に帰属する。家父長制的支配は占領の法秩序の中に、抽象的レベル以上に組み込まれている。というのも主人公が娘の事件を法廷に持ち込めば、英語でとりしきられる公判で沖縄の少女とその弁護士が明らかに不利な状況に追い込まれるばかりか、裁判官と両サイドの弁護士はいずれも相変わらず男性であろうから。

個人間の支配関係が、地域間ないし国家・民族間の関係として換喩的に表象される時、我々はアレゴリーの領域に足を踏み入れることになる。フレドリック・ジェイムソンは、「マルチナショナルな資本主義の時代における第三世界文学」という論争の的となった論文において、ナショナルなアレゴリーについて次のように記す。

　私が主張したいのは、すべての第三世界のテクストは必然的に、しかも非常に特殊な意味で、アレゴリー的なのだということである。たとえ西欧において支配的な表現技法、たとえばノヴェルの形式をとる場合でさえ（あるいはとりわけその場合には、というべきかも知れないが)、それらは私がナショナルなアレゴリーと呼ぶところのものとして読まれるべきである。この区別を、誤解を恐れず簡素化して言えば、このようになる。資本主義的文化、すなわち西欧のリアリズム小説やモダニズム小説の文化を決定づける要因の一つは、私と公、詩と政治、セクシュアリティあるいは無意識という領域として我々が理解してきたものと、出来事のおりなす公的世界や経済的なもの、世俗的政治権力の領域として考えてきたものとの――言い換えれば、フロイトとマルクスとの――根本的な分離である、と。[20] (傍点原文)

アイヤ・アフマドなどの批評家が、ジェイムソンを決定論的かつヨーロッパ中心主義的、そしてオリエンタリストですらあるとして批判したのは驚くべきことではない。しかしここで日本と沖縄の占領文学を論じるにあたり、この論文の問題含みの目的論に依拠するのはやめ、最も生産的な洞察の一つを採用しようと思う。すなわち彼の、公／私、政治的／詩的の区分を援用し、日本と沖縄の米軍支配の文脈において「ナショナルなアレゴリー」を私なりに精錬してみたい。次に引用するジェイムソンの同論文の一節［六九頁］において、「第三世界の」を「占領下の」に、「いつも」を「たいてい」に置き換えれば、日本と沖縄の占領文学を、同時代に日本語で書かれた他の文学作品から際立たせているアレゴリーの特質を説明することができよう。

［これらの］テクストは、見たところ私的でもっぱらリビドー的力学を帯びたものでさえ――必然的に、ナショナルなアレゴリーの形式で政治的次元を投射している。つまり私的で個人的な領域の物語はいつも［たいてい］公的な第三世界の［占領下の］文化と社会の闘争状況のアレゴリーである。はたして付言する必要があるだろうか、まさに個人的なものに対する政治的なもののその異質な割合のゆえに、我々はそうしたテクストに初めて接近するとき、異様な感じを覚え、結果として我々の伝統的な西洋の読書習慣に対する抵抗と思えてしまうのである、と。（傍点原文、［　］内引用者）

「カクテル・パーティー」では、公と私の間の同様の区分が、ミラーと主人公の論争の主題になっており、また両者の不一致は、このナラティヴ自体がアレゴリーとして読まれるべきかどうかという問題にとって直接的な示唆を含んでいる。ミラーはジェイムソンの「西洋の」読者と同様に、強姦を、アメリカと占領下沖縄との関係の象徴として、あるいは構造的に備わったものとして解釈することを避けようとする。言い換えれば彼はアレゴリカルな解釈に抵抗し、強姦を私的領域へと封じ込めようとするのである。

「もともとひとりの若い男性とひとりの若い女性とのあいだにおこった事件です。あなたも被害者だが、娘の父親としての被害者だ。つまり世界のどこにでも起こりうることだ。沖縄人としての被害だと考えると、問題を複雑にする」〔二一九頁〕（傍点引用者）

ミラーはこの出来事が普遍的であると言いながらそれを個人の問題に還元しようとし、結果として現在の政治状況との関連を否定する。しかしミラーの論拠には説得力がない。アレゴリーとしての「カクテル・パーティー」の地位は、この物語の本来の被害者たちを無名のまま措こうという著者の決意によって強調される。外国占領による被害者と言えるのは、(1)沖縄人の主人公、(2)その娘、(3)モーガン一家の沖縄人メイド、(4)中国人の孫《ソン》、(5)日本の中国占領中に日本兵に強姦された孫《ソン》の妻、の五人である。主人公と孫《ソン》は娘や妻を通して間接的な被害者であり、残りはすべて無名の女性たちである。[21] このふたりの男性が被害者かどうかは、両義的である。というのはこの物語では被害者性は女性として構築されており、もし彼らが自分自身を被害者と見なすなら、小川やミラーらの男性的世界――ふたりはそれぞれ日本とアメリカの占領の権力を示す――から距離をとらねばならない。男性性と国家《ネイション》・民族は性的支配の用語で規定されているため、「男性被害者」などという観念は撞着語法にすぎない。男性の被害者性は、性的に征服された女性身体を男性が象徴的に引き受けるという手続きを要する。家父長として娘を護りたいと思えば思うほど、結果的に男性の仲間たちから断絶することになるという事態に立ち至った時、沖縄人主人公を最も鋭く苛むのはまさに男性の被害者性という矛盾である。法秩序を重んじる弁護士である孫《ソン》もまた、女性特有の被害者性と家父長制的権威との間に囚われている。つまりこのふたりの男性はともに外国占領の被害者——どちらも占領軍により妻あるいは娘を強姦された——として結びつけられている。しかも、妻と娘が強姦されている時、どちらの男も誘拐されたとおぼしき男の子を捜しているというありえそうもない偶然のために、読者は孫《ソン》と主人公を結びつけて考えずにはいられないだろう。

ロバート・ハリスとは友好的につきあっていると思っていただけに、主人公は娘の強姦に衝撃を受ける。ハリスは友好的な隣人に見えただけでなく、主人公の一家からアパートを借りて沖縄人の愛人と会っていたため、彼が脅威になりうるとは思ってもみなかったのである。主人公は強姦犯のハリスから自白を引き出す役にミラーを思いつくが、ミラーは拒絶する。自分には無関係であるし、協力することでアメリカ人と沖縄人との(そして例の四人の)友好関係を築いてきた自分の努力が無駄になるというのである。強姦事件以上に、ハリスの裏切りとミラーの協力拒否は、中国語サークルとカクテル・パーティーに象徴される国際親善の崩壊を予告している。主人公は、ミラーがCIC(Counter Intelligence Corps)〔米軍諜報部隊、ＣＩＡの沖縄支局〕に勤務していることを隠していたことを知るに及んでさらにショックを深める。文化間コミュニケーションの育成を標榜する中国語サークルとカクテル・パーティーを組織したのはそもそもミラーであった。ミラーの二重性が暴かれたことで、残っていたほんの僅かの信頼すら無くなってしまう。主人公の目には、ミラーも彼が象徴する占領の権威も、ＣＩＣやＣＩＤ(Criminal Investigation Division)〔米軍犯罪捜査課〕などの見慣れない外国語の頭文字語と同じくらい不透明な仮面の下に隠れてしまうのである。

それにしても、なにしろ警官というものを見知っているし、警察署、警察本部を見知っているので、まだ身近に感じられた。しかし、ＣＩＤやＣＩＣについて、お前はなにも知らない。それらの本部あるいは司令部などというものがどこに在るのか、友人と茶飲み話に語りあったことはあるが、結局いまだに知らない。〔二二四頁〕

ＣＩＣ、ＣＩＤなどといった用語は何の注釈もなくローマ字表記され、占領の権威は抽象的で秘密めいているという主人公の感覚を裏打ちする。ミラーの裏切りに会い、主人公はこのアメリカ人と彼が象徴する全てのものの仮面をはぎ取ろうと決意する。ハリス訴追をめぐるミラーの協力拒否は、中国語サークルのメンバーをつなぐ絆にとって最初の打撃である。次々に起こる絆の崩壊の度に新しい同盟協力関係が形成され、主人公に体現された戦後沖縄男性のアイデンティティの別の側面が明らかになっていく。ミラーが脱落すると、多少とも落胆した小川と孫《ソン》は主人公と結託し、アメリカ人占領者に対抗するアジア人同盟が成立する。西洋の支配に挑むこの三頭政治は大東亜共栄圏が復活したかのごとき様相を呈しているが、しかしこのミニ共栄圏は結局、戦前のそれとさして変わらぬ運命を辿ることになる。なぜなら、各人の個人的記憶に刻み込まれた全く相容れない戦時体験が総体として証言するのは、外国による占領とは、「西洋的なるもの」と連合アジアとの単なる対峙には収まらない、という事実だからである。

主人公と孫《ソン》はともに、近い過去に日本によって征服された被占領地域に同一化《アイデンティファイ》している。しかし孫《ソン》の視点からすれば、アメリカの沖縄占領と日本の中国占領は全くの別ものでしかありえない。その二つを同一視しようとする主人公の思いを孫《ソン》は拒否し、アジアのグループが被害者性を共有するというファンタジーにまどろむことを許さない。にもかかわらず、小川が孫《ソン》を、米国支配への主人公の挑戦に非協力的なのは卑怯で偽善的だと非難した際、孫《ソン》は、日本の戦時軍国主義に抵抗しなかった者が、アメリカの沖縄占領に対抗することなどそもそも偽善的なのだと反論する。こうして主人公は自己の信念への確信を失い、孫《ソン》や小川との仲間意識も崩壊しはじめる。小川は、戦争中の経験と現在の状況とを切り離して考えるように諭して主人公をなだめようとするが、主人公は、敗戦間際に日本が沖縄の人々に対して行った蛮行を思い起こしている自分に気づく［二四三頁］。

重要なことに、戦争と戦後を切り離すべきだと提起するのは、唯一の「本土《ヤマト》」人の小川である。沖縄人主人公がかろうじてこの誘惑に屈しなかったこと――自己自身の免罪への拒絶――は、良心の勝利であると同時に、日本と沖縄の歴史的経験の調停不可能な分裂をも示している。小川と主人公との絆がとうとう断たれた時、この沖縄人は娘の支援だけを頼りに、アメリカの権威と単独で戦わねばならなくなる。娘との結託はいわば最後の絆なのだが、しかし物語は語りの声の分化によって、彼自身の分裂を指し示す。一人称（私）から二人称（お前）への語りの転換は、ふたりの異なる語り手を示すとも読みうるが、この文脈では、詰問の調子を帯びる「お前」は自問する彼自身であると考えるのが最も適切であろう。

「カクテル・パーティー」において、テクスト上の多彩な書法などで示される多言語的、多国籍・多民族的設定を介して、日本の占領文学にありがちな外国／自国《ネイティヴ》の二分法は変換され、物語の正方形的構図の中で次々に変転する二項関係の権力配分《エコノミー》が展開される。文化的アイデンティティの四頂点は様々に組み替えられ、当然ありえそうな同盟関係から決定的分裂に至るまで様々に変化するのである。中国語サークルにおけるのどかな国際親善は、戦後の汎アジア主義へと変わるが、それはすぐさま、被害者としてのアジア（沖縄と中国）、さらに沖縄を含む日本というアイデンティティにとって代わられる。それは日本に対抗する沖縄というアイデンティティに交替するが、語りの声の分化と主人公が思い知らされる娘との距離感とで示されるように、ついには沖縄までが分裂するのである。「カクテル・パーティー」において二項関係が維持されているのは、アイデンティティを規定するのに必要な差異感覚を維持する努力と解しうるが、しかし同時に、この物語にみられる複数の二項関係の変転は、戦後沖縄男性のアイデンティティの脆弱さをも示している。

「カクテル・パーティー」はアメリカ占領下の沖縄のアイデンティティの問題を男性の視点から追究するが、論じてきたように、「被害者」という範疇は徹底的に女性への性的暴力という修辞を通じて確立される。被害者性は抽象的な「女性」身体を必要とし、この女性身体への同一化を通じてのみ男性は被害者性に接近しうるが、それは結局、男性の世界から彼を切り離すことになる（象徴的な男性領域である法領域からの主人公の排除を去勢とみなす精神分析的解釈について、このテクストは雄弁な証拠となっているといえよう）。にもかかわらず、被害者性はいわば免罪を約束するものである。戦時と戦後を分離する境界線を確保しようと——それとともに戦争での罪を軽減しようと——しても不可能である恐れがある場合には、被害者性という「女性」領域でさえ、男性にとって誘惑的に見えてくるのであろう。

主人公が米軍基地の入口に立ち、金網の中の世界を眺める場面で始まった「カクテル・パーティー」は、断崖から海の広がりを見下ろすところで終わる。基地という異質で人工的な閉鎖的世界は、断崖の向こうに無限に広がる自然の風景とは懸け離れて見えるが、この断崖はまさに強姦の起こった場所でもある。どちらもアメリカによる完全な沖縄支配を証明する痕跡であり、いかなる場所であれ、そしていかなる人物であれ、外国による支配が終焉するまで無傷ではいられない。この物語では対照性が細部にわたって構造的に維持される。前編の一人称の語りと後編の二人称の声、カクテル・パーティーの友好的雰囲気と強姦の暴力、米軍基地の閉ざされた人工的な風景と断崖から眺めた果てしない海。出来事と場所との不調和も巧妙に対比される。国際親善を名目とするカクテル・パーティーは軍事基地で催され、主人公の娘の強姦はおだやかな海岸のただ中で起こる。場所と出来事との間の耳障りな不調和を、最後の場面で主人公はこう語る。

M岬のたたずまいはあまりにも平和だった。ときには釣竿をもった遊客が四、五人はみられるというが、その日はそういう姿もみえず、かなり沖を鰹船がはしっているほかに生活の翳らしいものはみえず、珊瑚礁で突兀《こつ》とした崖の下にざざざと打ちよせる波音がものうくきこえるだけだった。そうした風景のなかで、この上もなく人間臭い事件の再現が実験されるということは、いかにもふさわしくなかった。

このような厳格な構造上の対照性を持ちながらも、「カクテル・パーティー」は着実に物語的展開を見せる。カクテル・パーティーという見え透いた口実《シャレード》から、それを暴き立てる強姦へ。基地という閉鎖された人工的環境から遮るもののない自然の海岸風景へ。連携関係がもたらす利益を熱心に追求していた主人公は、占領支配の不正義に挑む決意をするようになる。前半で国際親善への歩みを祝福していた主人公は、最後には仲間を失い、しかし幻想からも自由になって佇むのである。

先行批評は、「カクテル・パーティー」の歴史的洞察の重要性は認めるものの、技巧的作品であるとして批判する。(22) 大城自身もその前年に発表された「亀甲墓」の方が優れた作品であると繰り返し述べるが、(23) 加害者と被害者の複雑な関係をひたむきに追究している点で、「カクテル・パーティー」は時代のはるか先をいっていたとも述べている。実際大城は、戦時期沖縄の日本帝国主義への共犯性を参照することで、アメリカによる占領を公に問題化した最初の沖縄人のひとりである。一九六〇年代半ばの非常に切迫した雰囲気の中では容易に追究しうる問題ではなかった。

「カクテル・パーティー」発表当時、沖縄はまだ占領下であった。アメリカはベトナム戦争の泥沼にだんだん深入りしており、沖縄基地は米軍の作戦行動にとって不可欠の拠点であった。戦争のために、厖大なアメリカ軍部隊(なかには保養休暇を渇望しつつジャングルから帰還してきた部隊も含まれている)がひっきりなしに通過し、米兵相手のビジネスは活況を呈した。と同時に多くの在沖縄米軍基地周辺の町では犯罪が増加した。暴力犯罪に加え、米軍関係者とその家族が引き起こす交通事故も頻発していた。死亡事故もあったが、運転手のアメリカ人は米軍基地内に帰されたばかりか非常に寛大な処置をうけたため、猛烈な抗議活動が起こった。二〇年以上にわたる占領支配で、米軍は横柄になり、法的特権に慣れきっていた。こうした軍隊内の態度は、占領政府当局が地元住民への犯罪に関する事実究明を妨害したことでいっそう長びくことになる。しかし「カクテル・パーティー」は、占領による不正義への批判より以上に、アメリカの支配と日本の共犯関係についての告発になっている。アメリカ占領を非難するものはまず、戦時下日本におけるアジア占領と沖縄の共犯関係を見つめるべきだとされる。しかし当時の沖縄の人々は必ずしもこうした大城の訓戒に耳を傾けたわけではなかった。

ベトナム戦争におけるアメリカの行動は、沖縄の日本復帰運動に拍車をかけることになった。復帰運動は沖縄と本土との様々な——文化的、民族的《エスニック》、そして歴史的——共通性を主張することが前提となるが、この点でも「カクテル・パーティー」は当時の時流に反抗している。しかしながら「カクテル・パーティー」が沖縄初の芥川賞受賞作となった時、沖縄の人々は誇りに思うと同時に、同作品が切り開いた文化理解によって日本政府が沖縄の政治的苦境を認識し、占領に終止符をうつ交渉を開始することに期待をかけたのである。要するに、「カクテル・パーティー」への反応は錯綜したものであったにもかかわらず、この作品への批評と賞賛は次の点で一致していた。「カクテル・パーティー」は今日の重要な課題を扱っており、そのことだけで十分評価に値する、と。

事実と虚構

敗戦から七〇余年が過ぎた今日、小島信夫の「アメリカン・スクール」は時代の産物、急速に遠ざかった時代についての物語にみえるかもしれない。しかし「カクテル・パーティー」に関しては、不幸なことに現代の我々は、技巧的とか時代遅れとかいってその物語を斥けることができない状況にある。沖縄県警の集積データを元にした二〇一六年五月二〇日付の『琉球新報』の記事によると、一九七二年の「日本復帰」から二〇一五年末までの期間において、在沖米軍人・軍属が犯した凶悪犯罪事件は五七四件にも及ぶ。しかも、これは復帰後の統計であり、復帰前の総件数ははるかに高いことは間違いない。また、同記事が掲載される二ヶ月前には、名護市のキャンプ・シュワブ所属の一等水兵が準強姦容疑で逮捕、起訴され、同じ三月にうるま市在住の元海兵隊員による沖縄女性への惨い殺害事件が起きた。

だが、復帰後の数々の犯罪事件の中で、一九九五年の少女暴行事件が沖縄で最も痛烈な反抗を呼んだ。すでに二十数年前のことになるが、忘れられるような事件ではあるまい。何せ、三人の米兵によって一二歳の少女が誘拐され暴行・強姦されたのだから。だが、この事件が駐留米軍と自衛隊のメンバーで催された公式な「親善晩餐会」のほんの直前に起こったという事実はさほど広く認識されていないようだ。

事件を報じる九月一九日付の『ニューヨーク・タイムズ』紙でアンドリュー・ポラック記者は、米太平洋軍司令官リチャード・マイヤー海軍中将が米軍側の弁明を発表したとの報告に続いて、会見が行われた場所が極めてアイロニカルであったと示唆している。「彼は東京にあるアメリカ軍用ホテルで会見を行った。同日そのホテルには日米軍関係者のトップが夫人同伴で集まっていた。前々から予定されていた「親善晩餐会」のためで、第二次世界大戦終結以来の五〇年にわたる軍事協力を祝賀する集まりであった[24]」。しかしこのアイロニーは、問題のディナー会場がニュー山王ホテルだったことでさらに深みを帯びてくる。

ニュー山王ホテルは、戦前は日本軍によって、戦後は米占領軍によって収用された山王ホテルの後身である。山王ホテルは一九三二年に日本のある一族によって建設され、国内有数のホテルと評されていた。しかし一九三六年二月二六日、一四〇〇人以上の部隊を率いた日本軍士官たちが東京の中心部になだれ込み、政府の建物を襲撃し、閣僚や帝国議会議員を暗殺するという事件が起きた。二・二六事件として知られるこの悪名高い叛乱を計画した将校たちが陣どったのが山王ホテルだったのである。戦後は一九四六年にSCAPによって米軍家族の居住用に「接収」され、一九八三年に新ホテルがオープンするまで米軍とその賓客たちのために利用されていた(長年にわたってホテルは軍の様々な部署を受け入れた)。一九七五年一二月、日本政府は山王ホテルを五年以内に日本人所有者に返還するとの示談に達したが、新築は一九八一年六月まで持ち越され、新ホテルが営業を開始したのは一九八三年一〇月であった。ニュー山王ホテルは名前だけでなく、客室数(一四九室)、駐車場(七四台)、総面積(一五万平方フィート)までもとの山王ホテルを踏襲している。[25] 新ホテルがもとの山王ホテルの精神と建築を保とうとの米軍の意識的な試みによって建設されたことは明白である。

ニュー山王ホテルは元の山王ホテルの歴史を体現していると言えるほど、日米軍事協力の祝賀会がここで催されたというのはいかにもありそうな、かつ皮肉な選択である——戦時日本軍国主義者と戦後米占領者とがそれぞれの目的で同じ私営ホテルを収用したわけであるから。この親善晩餐会は小島信夫の「アメリカン・スクール」を思わせる皮肉によって、全く異質な二つの歴史を接続する。小島の小説の登場人物である柴元と同じく、その晩餐会でかつての敵同士は、彼等の共通性を想起させる場所において親睦を深めるのである。

しかしニュー山王ホテルでの親善晩餐会から真っ先に思い浮かぶのは「カクテル・パ

ーティー」である。小説内のパーティーと実際の晩餐会との類似性は圧倒的といえるほどである。大城の「カクテル・パーティー」も一九九五年の晩餐会も米軍敷地内で行われ、アメリカと日本(あるいは沖縄)との友好関係を祝すのが目的だが、米兵による沖縄人少女強姦によりどちらも頓挫の危機に瀕する。カクテル・パーティーに強姦を併置する大城のやり方は、当時の読者には見え透いた技巧に思えたかもしれないが、実際の出来事がこの架空の物語をなぞるように展開する様をみる時、いったいどう応答すべきだろうか。これらの偶然の一致だけでは不十分だと言わんばかりに、一九五五年九月四日、一九九五年の事件からまさにちょうど四〇年前のその日、六歳の沖縄の少女が米占領軍の兵士によって強姦され殺害されている。事実をなぞった虚構を、さらに事実がなぞっていく。

しかし、事実と虚構がめまぐるしく連関しているからといって、これらの間の根本的な違いに無感覚であってはならない。大城の物語の出来事と一九九五年の出来事が薄気味悪いほど類似していようとも、実際の被害者を、文学的修辞《トロープ》を体現するだけの存在として扱うならば、その生身の被害者に対して深刻な不正義を犯すことになる。また逆に、一九九五年の実際の強姦事件と小説の予言との平行関係は、フェミニズム研究者の言葉を借りれば、「強姦という行為に内包される暴力をそのものとして受け取り」、「現実の暴力をテクストの中に差し戻す」ようにしむける。(26) 一九九五年九月の強姦事件が全く悪質であったがゆえに、その後の今日、「カクテル・パーティー」を読む場合には、大城の物語にははっきり欠けていた暴力の次元を復元する機会(かつ義務)があるといえる。占領に関する多くの男性のナラティヴと同じく、「カクテル・パーティー」は強姦をめぐって展開しながら、その行為と被害者とをテクストの周縁に追いやってしまう。強姦はもっぱら男性主人公の被害者性を仕立て上げるための裂け目であり欠如であるにすぎない。強姦事件の描写には奇妙にも男たちの姿が欠けている。被害者の父親は事後的に聞かされるだけで、伝聞の形で描写するしかない。娘が父親や当局者たちの前で事件を再演する時も、加害者はその場にいない。「カクテル・パーティー」では、強姦は身体の次元に具体化されず、象徴的・構造的な役割へと切り詰められてしまう。強姦行為自体に内在する暴力も凌辱も伝わってはこないのだ。

エレイン・スカリーは、身体的苦痛やその言語的表現の限界についての研究において、痛み(とりわけ拷問など苛烈な痛みの場合)は分節不可能で究極的に表現不可能だと述べている。(27) 表現を試みることは必要だが、他者の痛みを本当に経験することは不可能だと論じる。しかし、その事実にもかかわらず他人の痛みを共感するように努力する価値があることも否定できないだろう。近似的な共感が我々のなしうる精一杯のことだとすれば、小説の書き手は、言語的限界にもかかわらず、他人の肉体的・精神的痛みへの最も適切な案内人のひとりといえるかもしれない。しかし強姦事件に対する沖縄の人々の感情的な反応から察するに、一九九五年九月には、もはや大衆にとって、強姦の暴力を警告してくれる作家など、大城であれ他の作家であれ、必要ではなかったようだ。もちろん大衆がそうした反応を示したことについては、他の要因も考えられる。占領終了後も米軍の犯罪や事故が絶えなかったこと。大田知事(当時)が日米政府から米軍削減の同意をとりつけることができなかったことで広範なフラストレーションが生じていたこと。米軍との借地契約更新を拒否する沖縄地主たち(大田知事も含め)が困難に直面していたこと。差し迫ったクリントン大統領の訪問にあわせて日米安全保障条約が公式に支持されたため、地位協定の不平等が今後も続くかもしれないとの危惧が生じたこと等々である。しかし、一九九五年九月の事件が沖縄の社会的想像力の琴線を刺激したのは、何よりもまず、幼い無垢の少女への強姦罪であったという事実ゆえであることは明白と思える。

強姦以外のいかなる行為も――殺人でさえも――外国の占領下での生活の屈辱と恐怖とを演出する力をもたない。そしてまた、少女ほど、社会的身体の傷つきやすさを象徴する被害者はいない。この事件の被害者の少女は、戦後沖縄の集団的記憶の中のどの実在のあるいは想像上の人物にもひけをとらないほど、純粋な被害者性を体現する。彼女の受けた損害は知れわたっているが、その名前は誰も知らないという事実によって、彼女のアレゴリーとしての価値は高まるばかりである。犯罪は否定し難い現実であり、少女とその生身の加害者たちとの両方の証言によって立証された特定の場所と特定の時間において起こっている。その一方で、「カクテル・パーティー」など占領文学が示しているように、この出来事は、過去半世紀の間沖縄の被害者意識を構成するのに用いられてきた既成のディスコースのカテゴリーにぴったり当てはまる。被害者性を象徴するために処女の身体を必要とするというロジックの中では、一九九五年の強姦の被害者は純粋無垢、清廉潔白なのである。「ひめゆりの塔」とは異なり、この思春期前の被害者は主流メディアが性化(eroticize)するには幼すぎ、日本軍国主義とのつながりもない。(28)占領終結後一〇年以上も後に生まれた彼女は、現実の被害者であると同時に被害者の原型であり、占領の最悪の時代を想起させる存在なのである。

多くの米軍関係者は個人的にも集団としても遺憾の意を表明し、加害者たちが在沖アメリカ人の大多数を代表しているわけではないと強調する。(29)そのことは疑いなく事実だろう。しかし、本国の軍事基地で米国(男性)士官たちが部下のアメリカ人女性軍人に対して行った強姦あるいは性的強要についての報告が一九九六年に公表されはじめた時、実態はほとんど明らかになったも同然であった。ましてや沖縄のような外国で、アメリカ人(男性)軍人の行動が本国以上に厳しく統制されていないとしても驚くに値しない。沖縄では何十年もの間、米軍当局は、現地市民に対する犯罪行為を軽罪として扱い、アメリカ人犯罪者を市民による犯罪調査から保護してきたのである。

しかし沖縄の人々から見れば、問題は故意の犯罪に限らない。一九九五年の強姦事件からわずか四ヶ月後、アメリカ人女性軍人が車のコントロールを失って歩道に突っ込み、沖縄人の母親と二人の子供を死亡させた時、強姦を島に駐留する米軍の存在と無関係の悲劇として片づけることはできなくなった。この死亡事故が起きたのは日曜の午後一時頃、親子(子供は一歳と一〇歳)はいつもの道を帰宅の途についていた。この出来事は性《セックス》や意図的な暴力とは関係ない。事故を起こしたのは、一夜の歓楽のあと基地に引きあげる泥酔した男性兵士ではなく、昼日中に車を運転していたアメリカ人女性である。過去においてこのような死亡事故は島ぐるみの非難を浴びた。とりわけ犯罪者が米軍基地に戻され、米軍当局から放免されるか軽い処罰を与えられただけに終わった占領中においては。(30)

そして再び一九九六年五月、当時の橋本総理が米外務省から普天間空軍基地を返還するとの仮の申し出を受け取ってからひと月もしないうちに、アメリカ人軍人が道路横断中の沖縄人歩行者をはねて死亡させる事件が起こった。一九九六年一二月にはわずか一週間で事件が頻発している——米海軍輸送車が曲がり損ねて乗員一名が死亡し数名に怪我を負わせる、米軍ジェット機が地元の漁場がある沖縄の海岸に爆弾一発を誤って投下(爆発はしなかった)、日本自衛隊のジェット機が那覇空港上空で旅客機とニアミス、海軍ヘリが民間人の土地に緊急着陸、米海軍水陸両用機が演習中に沖縄北海岸に沈没。一九九七年二月一一日付で『朝日新聞』は、「米軍機が沖縄で劣化ウラン弾誤射」と報じた。

これらの弾丸が発射されたのは一九九五年一二月から一九九六年一月にかけてで、ちょうど一九九五年九月におきた強姦事件の裁判が進行していた頃であった。劣化ウラン弾の事件は一年以上もの間、公にされなかったわけである。ウラン弾は海外演習では使用禁止、米国内でも特別な施設に限られている。また、一九九八年一〇月七日、泥酔状態で基地に戻る途中の海軍伍長が、バイクに乗っていた沖縄の大学生をはねた。彼女は意識不明の重体となり一週間後に死亡した。運転者は基地入口でガードマンに車の損傷を見とがめられたが、一週間近くも、現地当局に引き渡されなかった。

以上のような出来事は、沖縄の「戦後」はまだ終わっていないことを物語る。沖縄はまさに、歴史と虚構とが絶え間ない弁証法のうちで影響しあう場である。占領下を生きてきた沖縄の人々にとって、一九九〇年代の出来事は――そして二〇一〇年代に頻発する出来事も――占領時代が今日もなお継続中であるかのような印象を与えるに違いない。文学作品やその他の文化的記憶の蓄積の中だけではなく、まさに日常の生――そして死の中で。

第二章　文学に見る基地の街

沖縄が日本へ復帰してから約二年、そして沖縄本島へ米軍が初上陸してからちょうど二九年が経った一九七四年四月一日は、コザの街が美里村《みさとそん》と合併し、その独特な響きを持った名が一新されて「沖縄市」となった日である。それまでの約二〇年間においてカタカナで公式登録された名を持つ街は、沖縄にも日本にも、このコザの街以外に存在しなかったという。この特異な表記はコザという地をとてもうまく表しているように思われる。米軍と——その起源から現在まで——切っても切れない結びつきを持った基地の街、コザを。

コザという名称の由来は明らかではないが、諸説の中で一致しているのは、その名が米軍からきているだろうということである。米軍は一九四五年四月の沖縄上陸直後に、この地域に民間人収容所を設置した。『コザ市史』という一〇〇〇頁におよぶ資料によれば、そのうちの一つが「くじゃあ」として知られていた美里村の一地区に建てられており、これをアメリカ人が"Koza"と発音してしまったらしい。街の中心にある交差点「胡屋《ごや》」を、アメリカ人が"Koza"としてしまったという説もある。コザの地名の由来にまつわる事情はともかくとしても、沖縄の歴史の記憶の中ではこの街はアメリカ人占領者と密接な関係を持っており、その変則的な名称――カタカナで彩られた――はコザの「合いの子的」なルーツを表わしている。

コザ市議会が美里村との合併の準備段階に入っていた一九七三年、合併運営委員会は新しい市名を一般公募した。当時コザの街は約一〇万人の人口を抱えており、美里村議会の議員は合併による権限の低下を危惧し、新体制において確実に対等な発言権が持てるような組織の機構化を主張した。さらに美里村議会議員は、占領時代からの脱却を示すによりふさわしい新市名を選ぶことを強く要求した。一六一の様々な候補が地元の人々から挙げられた中で、運営委員会は、新市名に県の名を使うことを決議した――「コザ」(カタカナ表記の)が最多得票を集めたにもかかわらず、である。こうして「コザ」は「沖縄市」へと名を変え、その名の表記も登録し直された。新しい名に漢字を使うことで、法的にも新たなアイデンティティが認められたのである。美里村議会が最もこだわったのがコザの表記についてであったとしたら、「こざ」という発音を残したままカタカナ表記を漢字やひらがな表記に変えることもできたであろう。一九四五年九月に胡《こ》差《ざ》が初めて都市として公式な体制を築いた際には、名は漢字で登録されており、これは日系アメリカ人翻訳者たちが考え出した表記だといわれている。しかし行政方針が再編され、胡差市は元の越来《ごえく》村《そん》に戻ったのだった。一九五六年になって初めて、コザ市が再び公式に体制化してこのカタカナ名になったのである。一九七三年には沖縄は占領時代を脱却した新たなアイデンティティを確立しようとしており、美里村議会は、表記を変えるというだけではコザの街の私生児的なイメージを取り払うには不十分だと判断したのだった。

　コザが私生児のように考えられている背景には、この街が元々占領下にあり混成語的な名を持つという他にも、近隣の軍事基地と密接なつながりを持っていることが挙げられる。ここでの「密接さ」は経済的な意味とエロティックな意味の両面から理解される必要がある。というのも、二つの意味領域の融合した基盤の上にこそ、コザのアメリカ人占領者との複雑な関係が成り立っているからだ。経済面といろの面が最も劇的に融合している場が性産業の盛んなコザであり、外国から受ける占領を性的隷属という観点から表現しようとする書き手にとって、コザは占領下の沖縄を表すうってつけの換喩《メトニム》語として機能する。アメリカの軍事的、経済的権勢はコザの悪名高きバー街、売春街で夜毎に誇示され、何らかの象徴として利用される可能性を多分に含む光景をつくり上げていた。コザのバー街、売春街は、占領軍に対しては地元の女たちの肉体を、フィクションの書き手に対しては「女」というものを実体的な形で表す隠喩《メタファー》を提供した。こういった地理的構造と肉体に関する構造とのはざまで言説を操作できる可能性を秘めているからこそ、コザのバー街という場がフィクションの書き手にとって非常に魅力的なのである。

　また、コザの米軍バー街は文学作品の題材の宝庫だった。コザの米兵専用のバー街は人種別に分離されており、町全体のなかでも大きな存在だったからだ。人種間の緊張状態が特に高まっていたベトナム戦争のさなかには、米兵にとってこういった地区間の境界をあえて越えるということは命がけの行為だった。白人米兵グループと黒人米兵グループ間のいさかいは珍しいことではなく、その「闘士」が殺害に及ぶことも珍しくなかった。コザのあるタクシー運転手から聞いた話だが、いやに横柄な客がひとりで乗ってきて、その客が無用心な白人兵なら照屋（アメリカ人の間では"Four Corners"《フォー・コーナーズ》〈四つ角〉、または"The Bush"《ザ・ブッシュ》〈藪〉で通っていた黒人兵地区）で降ろしたそうだ。そうすればその男の成敗は同じアメリカ人の間で済ませてくれるはずだから、というのである。このような話（言い伝え?）をコザではよく耳にするし、黒人兵と白人兵という人種間の問題を扱う沖縄の文学作品は少なくない。田中康慶の[1]「混血児」（一九七二）もその一つで、この作品については末尾の方で軽くふれることにするが、その前に東峰夫の名高い中編小説「オキナワの少年」（一九七二）に的を絞って分析することから始めたい。

東峰夫という名はペンネームで、本名は東恩納常夫という。彼は一九三八年フィリピンで生まれ、沖縄を出る前は自作の主人公つねよしと同様、戦後に美里村へ、その後コザへと移り住んでいる。東はコザ高等学校中退後上京し日雇い労務についていた。沖縄の月刊誌『青い海』の一九七二年掲載のインタヴューにおいて、東は中退した理由を冗談交じりに「トルストイの読みすぎ」とし、「オキナワの少年」はほとんどコザで育った自分の子供の頃の体験をもとに書いたと語っている。このインタヴューが行われたのは、東が「オキナワの少年」で『文学界』新人賞を受賞した一九七一年一二月の後であり、同作が芥川賞を受賞する一九七二年三月よりも前の時期だった。インタヴュー当時東は東京郊外の基地の街立川で一間のアパートに住んでおり、自分の作品に反応を示してくれるのは本土の読者だけだ、と皮肉を込めて語っている。しかしこのインタヴューが世に出た一ヶ月後に、東は芥川賞を受賞し一気に沖縄で話題を集めることになったのだった。(2)

東の有名な小説と比べ、本章で(少しではあるが)論じる他の二つのコザの物語は、よほどの沖縄文学愛好家でない限り、きっと知らないだろう。源河朝良の「青ざめた街」(一九七五)は『琉球新報』に短編小説賞の佳作作品の一つとして掲載されたものである。田中の「混血児」は沖縄の主要な文学・批評誌『新沖縄文学』に掲載された。(3) この二作は初出以来再版されておらず、「オキナワの少年」ほどの文学的価値を見出されることもほとんど無いだろう。それでも、これら三作品の間には単に時代背景だけにはとどまらない共通性があることは確かだ。まず挙げられるのは、全作品とも奔放なセクシュアリティと混成文化を持つコザが見せる魅惑的な面を掘り下げている点である。さらにこれら三つの物語は、コザのアレゴリーとしての利用価値を活用しつつ、占領する側とされる側との関係を外国人／地元民、男性／女性、征服者／隷属者というペアのような整然とした二項対立の図式に収めてしまってはいないのだ。特に、東は「オキナワの少年」において沖縄方言と標準語との混交文の使用に成功しており、この物語で登場する方言によって気づかされるのは、言語の差異——そしてその差異を常に含みこんでいる権力闘争——は外国人占領者と地元住民の間だけでなく、占領下の社会自体の内側でも発生しているということである。

「オキナワの少年」

「オキナワの少年」は、一九五〇年代初頭のコザを舞台に、米兵相手にバーと娼婦の斡旋を営む小さな家に育つ少年つねよしの言葉で語られている。(4) この話はコザの退廃的な日常に身を置く中で空しくも純粋さを求め続けるつねよしの様子を描いている。なかでも、つねよしが男へと成長していく過渡期にあることが、占領下沖縄で一つのはっきりとした形でのアイデンティティを確立したいともがく彼の試みをますます難しいものにしている、という状況をうまく描いている。つねよしは性の目覚めを迎え、占領兵の男と占領下にある地元の男が共謀して地元の女を搾取する、という三角関係の図式の中に巻き込まれていくことになる。外国人の男と地元の女との間の経済的な橋渡し役となっているのがコザの売春斡旋バーの亭主たちである——つねよしの父親もそのひとりで、彼らはあるいは顔をつき合わせることのまったく無いアメリカ人客にも近所や親類の女たちの肉体を提供しているのである。こういった性の取引が象徴しているのは、経済の領域の中へのいろの領域の侵入だけでなく、家父長制そのものでもある。ただし、家父長制を女の隷属のもとに男が利益を得、受け継いでいく制度ととらえれば、という条件がつくが。

「オキナワの少年」は突然会話体で、それまで若い語り手が読者としばらくの間話していたかのような調子で始まる。

ぼくが寝ているとね、
「つね、つねよし、起《う》きれ、起《う》きらんな！」
と、おっかあがゆすりおこすんだよ。［九頁］

上記の語り調に加え、つねよしが「ぼく」という一人称代名詞を好んで使い「字の読めないおっかあ」について語るとますます純朴な田舎の少年という印象が強まる。コザの退廃社会ともいうべきつねよしの新たな家ではそんな純朴さも長くは保ち得ない、ということが暗示される。

つねよしはサイパンに生まれ、そこで終戦まで家族と一緒に暮らした。つねよし一家は沖縄島に戻った後は、祖父とともに暮らしながら美里村に所有するほんの一区画の土地を耕してぎりぎりの生活を送っていた。その祖父の死後、一家はひと儲けしようと近くの新興街コザへ越してくる。この物語はつねよしの一家がコザに移ってから約一年後の出来事を描いている。それまでの数ヶ月間つねよしの父親は「まともな」商売を始めようと、最初はこんにゃく製造、次は雑貨商店といろいろ挑戦するがどれもうまくはいかず、結局地元の米兵専用のバーを開くことになる。当時のコザでは米軍バーという商売は売春業に通じており、つねよしが父親の新しい商売を「風俗営業」と言っていることからもそのことが伺える。こういったバーは大抵住宅地の近くにあるが、「オキナワの少年」のように実質上住宅の一部がバーになっている場合も時折あった。

つねよしが語るサイパンの思い出にはぞっとするような光景も幾つかある。この島にはつねよしにとっての戦時中のいやな思い出があり、また、美里村という農村はつねよし一家が帰還後に貧困にあえいだ場である。しかしそれにもかかわらず、彼の中ではサイパンも美里村も純粋さとコミュニティ――これらがコザにはまったく無いとつねよしは感じている――を持つロマンティックな場であり続けるのだ。つねよしの思い出すサイパンは「土人の」子供と仲良く遊んだ楽園の島である。美里も、彼にとっては貧しいながらも家族の絆で埋め合わせられた素朴で牧歌的な世界だった。一家はこの村を出てコザに向かう際に米軍の軍用道路を通ってくる。この道も、過去と現在を連結すると同時に、これまで親しんできた世界と他者の世界とを結びつけるという含みを持つ隠喩《メタファー》として機能している。つねよしのコザに対する第一印象は衝撃的だった――英語の看板で町は埋め尽くされており、あちらこちらからアメリカが聴こえてきた。

こうして、つねよし一家の場の移動（サイパンから沖縄の小さな村そしてコザへという移動）は琉球がたどった歴史のアレゴリーともとれる。その中では、サイパンは遠い昔の牧歌的な琉球にあたり、美里村は、人々が強い共同体意識としっかりとしたアイデンティティに支えられた戦前の沖縄にあたる。一方でコザが表すのは、女が米兵に体を売り肥溜めに使用済みのコンドームがたくさん浮かんでいる、占領下沖縄の退廃し汚された世界である。この象徴的な場の移動は異なった三つの制度を経てなされた経済発展をも連想させる。つねよしの思い出の中におけるサイパンでは、熟した果実が木々にぶら下がり、人々が自然の恵みを食べて楽にやっていけた。そして美里村では農業経済が土台となっており、共同体の人々が暮らしのために力を合わせて働いていた。しかしコザにおいては人々は隣人を搾取している。人間の労働と同様に女の肉体が市場の需要に応じて供給されるのである。現代資本主義社会においては人々の間に心情的な隔たりと搾取が発生する、という状況をコザの例が表しているが、その隔たりと搾取の中で「進歩」（ここで示したような、経済発展の大雑把な図式化において理解されうる意味での「進歩」だが）が頂点に達するのである。結局つねよしはコザの生活に耐えきれず逃亡を決意する――コザからの逃亡はもちろん沖縄そのもの、つまり自分の知る現代社会からの逃亡を。つねよしは沖縄から過ぎ去って久しい遠い昔を懐かしみ「ロビンソン漂流記」からわいた想像に胸を躍らせながら台風の中を飛び出してヨットに忍び込み、台風の目が通り過ぎるのを待って外海へ向けて出発しようとする。彼が島とヨットをつなぐロープを切ろうと待ち構えている場面で、物語は幕を閉じる。

確かに、つねよしの中のサイパンと美里のロマンティックな記憶は都合の良いものばかりで、皮肉を含んでいる。サイパンを日本が占領していたからこそ、この島にいることができたのだという認識が彼には無い。さらに皮肉なのは(この皮肉は占領後の時代の読者にはわかるが語り手自身にはわからない)、この少年の頭の中にあるサイパンのロマンティックなイメージが、アメリカ占領時代の後期から今日を通して米兵やその家族の多くにとって感じられている沖縄の印象ととても似ているということだ。[5] 思い出の中での美里村の生活を理想化する際につねよしが見落としているのは、戦前の数年間における沖縄のアイデンティティについての複雑な事情である。当時日本の帝国主義文化政策は、急速に拡大していく国家の経済圏へ島民たち(台湾人や韓国人も含めた)を組み込むことを狙いながらも、彼らを第二級市民としてしか認めていなかったのだ。しかしこの物語でおそらく最も辛辣な皮肉はつねよしの沖縄脱出計画にある。彼はデフォーの「ロビンソン漂流記」(この話は彼の頭の中でサイパンの思い出と織り交ざっている)に感化されることで、自身のアメリカ占領からの逃亡のモデルを、知らず知らずのうちに典型的なヨーロッパによる植民地幻想に求めているのである。さらに彼はヨットや潮その他実務的な事柄を調べる作業の大抵を、琉米親善センターの図書室で行っているのである。

とはいえ、船で遠くの島へ逃げようとつねよしを駆りたてるのは、サイパンや美里をつくりかえる彼の想像力だけではなく、コザの日常生活という重苦しい現実であり、これはこの物語の冒頭から窺える。

ぼくが寝ているとね、

「つね、つねよし、起《う》きれ、起《う》きらんな！」

と、おっかあがゆすりおこすんだよ。

「ううん……何《ぬ》やがよ……」

目をもみながら、毛布から首をだしておっかあを見あげると、

「あのよ……」

そういっておっかあはニッと笑っとる顔をちかづけて、賺《すか》のごとくにいうんだ。

「あのよ、ミチコー達《たあ》が兵隊《ひいたい》つかめえたしがよ、ベッドが足らん困《くま》っておるもん、つねよしがベッドいっとき貸らちょかんな？　な？　ほんの十五分ぐらいやことよ」

ええっ？　と、ぼくはおどろかされたけれど、すぐに嫌な気持が胸に走って声を

あげてしまった。

「べろやあ！」

うちでアメリカ兵相手の飲屋をはじめたがために、ベッドを貸さなければならないこともあるとは……思いもよらないことだったんだ。

ミチコーとヨーコは、前の、カウンターのとなりの四畳半を寝室にとっている。部屋いっぱいにダブルベッドをおいて、客とねるときもかわりばんこにそのベッドを使っていたんだ。けれども、ふたりに同時に客がつくと、おっかあは困ってしまってぼくの部屋にくることになる。しょっちゅうというわけではなかったけれど、そのたびにゆすり動かされて、ああ、そのことあるを思ってかくごしておくべきだったんだ。

「……並んで商売せえ済むるもんにゃあ」

ぼくはおきあがりながらいってみた。

「まさか！　さあ、早《へえ》くせえよ。儲《もう》けらるる時に儲けとかんならんさに？」

おっかあは糊のきいたシーツカバーをパリパリひろげながら、ぼくをいそがせた。

「こん如《ごと》うる商売は、ほんとに好かんさあ」

「好《す》かんといっちん仕方あんな。もの喰《く》う業《わざ》のためやろもん、さあはい！」

「いかにもの喰う業のためやってん、好《す》かんものは好《す》かん！」

泣きたくもなってくるさ。にんげん喰わんがためには、どんなことでもせんならん場合であろうか。ぼくは机の上のかばんや帽子をベッドの下におしかくした。

「ごめんなあ!」

ミチコーが兵隊の手をひっぱって、腰にくっつけながら、目だけ笑ってこっちをみていた。[九頁]

「オキナワの少年」が扱うのはつねよしの「性の目覚め」であるといっても、この部分を読んだだけではおそらくあまりうまくないもじり程度にしかとられないだろう。しかし父親や父親が体現するみだらな世界から逃れようとするつねよしの強い願望は、事実彼が自身のセクシュアリティを意識していく過程と密接に関係しているのである。彼の性への目覚めを刺激するのがコザの性産業であり、これが町だけでなく家庭生活における一つの側面となっていることは否めない。つねよしはミチコーと客にベッドを譲って外へ飛び出した直後に、通りの下のバーで働く若い女チーコと出くわす[一一頁]。チーコはつねよしを自分の弟のように親身に扱うのだが、つねよしの目に止まるのは、この姉のような役割とはまったく別の一面を持つ彼女の様子である。チーコとぼったり出会った後つねよしは再び駆け出すが、すぐに足を止めて振り返る。

ネオンの光でほのあかるんだ空が、坂道の上いっぱいに見えて、チーコ姉のスカートが落下傘のようにひろがっていたよ。すずめのチョンチョン足に似ている細い足が、スカートから出ていた。

「あれっ？」

道の片側にたっていた兵隊が、ついっとチーコ姉によると、チーコ姉はその腕にぶらさがって、そのまま角をまがって見えなくなった。［一一頁］

語り手から遠ざかったと思うと、どこからともなく現れた米兵とともに、突然去ってしまう女の姿が強い印象を残すのは、石川淳著「黄金伝説」（一九四六）のラストシーンである。この作品は、「親密」な様子の黒人兵と日本人女性を描く、占領時代に出版された最初の文学作品の一つである。石川の作品が喪失感を呼び起こすのに対して、「オキナワの少年」のこの一節はむしろ、コザに蔓延する性産業の圧制的な状況と、それがつねよしに与える影響に目を向けている。つねよしは家から走り出る時にこう考える。「我《わ》あがベッドで犬の如し、あんちきしょうらがつるんで居《お》んど！［中略］家にいると、うめき声やギシギシベッドのきしむ音が聞こえてくるから、逃げよう！」［一〇頁］。

しかし、前にもふれたように、外に飛び出したところでつねよしの心が休まることはない。すぐに別の米兵とチーコとの怪しげな雰囲気を目にするからだ。コザには性の痕跡が至るところに染みついているため、つねよしはしばらく経って部屋に戻ってからでさえ「プンプン」する「女の匂い」［一二頁］に閉口する始末である。このような性との遭遇が物語の冒頭から既になされ、これによりつねよしが自身の中に芽生えてくるセクシュアリティと向き合う状況が読者の中ですぐに組み立てられる。米軍はつねよしのベッドを奪い、さらに彼と家族や周囲の人々との関係をさえぎるのもこの外国人兵という存在である。同時に、この少年が自分の中に生まれる男としてのアイデンティティを意識し純粋さを追い求めるきっかけをつくるのもまた、名も無き米兵たちの性行為なのだ。

つねよしにとって、米兵は身近の至るところに存在する一方で、常に遠くにぼんやりとした形でしかその姿を現さない。たとえば、登場する米兵たちの名前や風貌などについてもほとんど言及されない。米兵たちは、つねよしにとっては名前も顔も持たない侵入者どまりの存在なのである。一方で、バーで働く女の子たちは身近な存在として描かれている。一人ひとりが名前で、しかもたいていが地元の方言で親しみを込めた呼び名である「〜姉《ねえ》」と呼ばれる。このような女たちを描く「オキナワの少年」の筆致は暖かいが、感傷的になったり庇護者ぶった調子になることは決してない。チーコ、ミチコー、ヨーコは根っからのあばずれ女でもなければ哀れな犠牲者でもなく、たまたま体を売る羽目になってしまった近所のお姉さんたちとして登場する。[6] つねよしの目に、この女たちがたまたま娼婦をしている存在と映るのは、まさしく売春がコザのあまりにもありふれた日常の一面だからである。

つねよしの頭の中では、性的な行為に携わる青年男子は外国人兵のみであり、沖縄の人々のうち性的な存在といえるのは女だけであるようだ。よって、沖縄人としてのアイデンティティを持つつねよしとしては、大人の男のセクシュアリティを容認することができないらしい。そのことは特に、彼が女に感情移入し、米兵を非常な嫌悪感を持って眺めているところから感じられる。こんな米兵たちと渡り合う立場にいる沖縄の青年男子もつねよしの世界には存在しないようで、自分の父親についても、店の女をひどく搾取しているとして嫌悪のまなざしを向けており、ある場面では父親を兵隊と似たようなものだと考えている。

そうだ、ぼくは知ってるぞ、おとうだっても兵隊みたいに、あれがやりたくて、やりたくてのしかかったら余計なものが出てきたというんだろう? 厄介な……お荷物のぼくがさ……ちぇっ! 〔四九頁〕

つねよしは語りの中で若い女に同調し、自身を米兵たちとも父親とも対立する存在として捉えようとするが、自らが性の快感に目覚めると、自分を取り巻く性の営みに不快感を覚えると同時に刺激を感じていることに気づく。たとえば、マスターベーションという手段を「発見した」時、彼はこのような疑問を感じている。「どうして米兵達はこんな風にしないのだろう……こうすればわざわざ女の子なんて必要ないだろうに」。しかし、部屋の隣でそんな「女の子」の一人を相手に米兵がセックスしているのを聞いて、興奮を覚えマスターベーションを始める。つまり自分が公然と非難している行為そのものに窃視者的に関係していることになるのだ。自身から発生した男のアイデンティティが兵士のそれと重なる部分のあることに気づくにつれ、つねよしは、コザにいるかぎり、社会的風景にも自然の風景にも浸透しているこの支配構造から、逃れるすべはないのだと感じはじめる。

つねよしは、町なかでの新聞配達や辺りの山への散策の道すがら、景色のそこここに性の痕跡を次々に見つける。肥溜めに「大きなうじむしみたいに、プックリ空気をふくんで浮いて」いる「たくさん」の「ゴムサック」[二五―二六頁]を目にし、色鮮やかなハンカチが落ちていると思って、よく見るとパンティーだと気づく[一七―一八頁]。また、木の葉から精液の匂いがする、と友達から聞かされることもある[二〇頁]。このような体験に対し彼は困惑する。一方ではとても不快に感じられるが、同時にエロティックなものにも映る。結局、町中のみならず周囲の自然の風景にはセクシュアリティが染み込んでいるように見えるのである。

山の上にとびだした岩には、どの岩にも波がくいけずった切れ目が水平にのこっている。この島が大昔の地殻運動で隆起した島である証拠なんだろう。風雨にさらされてすっかりトゲトゲしくなった岩にのぼってたちあがってみると、ああっ、大昔海の底であったところに、今では家々がひしめいている！　一本の軍用道路にしがみついているコザの町全部が見下ろせる！　どの店にも大きな看板がたてられて、前をかざってうしろを隠しているけれど、ここからはまる見えじゃないか！　さびたトタン屋根やすすくった瓦屋根の間に、ものほし台や便所や、煙突や水タンクがゴチャゴチャして、ぼくは恥かしい部分をみてるような気がして、チョオッと嘲りたくなっていた。

通りのあっちこっちには、夏季清掃週間のごみがつんである。だれかが山の上のぼくをわらっているような感じがして、周囲を見まわすと、さっきそばを通ったお墓の庭に男のひとがうつぶせに寝ているきりであった。

岩のくぼみには大昔の貝がらであろう、白いボロボロの貝がらがつまっている。石英のような石でポケットをふくらませて山をおりると、お墓の庭にはアメリカ兵がたって、髪の毛から枯草をとっているハーニーのような女をみていた。［四六頁］

米兵とガールフレンドとの、「墓地でのセックス」と並べて語られる沖縄島の形成の経緯は、つねよしの求める純粋な自然世界と、コザの日常との間の大きな壁を際立たせる。自然の雄大さは、歴史的・地形的な側面のいずれから見ても、コザの現状と比べてはるかな高みにある。しかしこのような高みに立って眺めてみても、至るところに見られるアメリカという存在や、無造作に姿を現すコザの俗性から、つねよしが逃れることはできない。それどころか、山の上から遠くを眺めるつねよしの眼前には、アメリカへの完全な依存状態にあるこの町の姿が、くっきりと浮かび上がってくる。コザはただ軍用道路「を中心に広がっている」町ではない。軍用道路に「しがみついている」のである――この様子は、墓地で米兵にしがみつく沖縄の女と通じることになる。

女を景色にたとえるという手法がさらに明らかになるのは、つねよしが台風に足をとられながら、吹き飛ばされないように一本の木に抱きつこうとする終盤の場面である。木の枝は「気がふれた女の髪」にたとえられ、つねよしはその幹を腕でしっかりと包み込むことができずに、こう語る。「抱いてやろうにも大きくて……ぼくにはみんな大きくて無理だったんだ」[六二頁]。沖縄の大地にしっかりと根を張ったその木《おんな》は、島に訪れた猛威に対してつねよしよりも力強く立ち向かっている。この木を腕で包み込むこともできず(米兵ならできるのかもしれないが)、彼は桟橋まで這って行き、自分を島から永遠に切り離してくれるであろう一隻のヨットにたどり着くのである。

この物語は占領下の沖縄を女として表現しているが、景色にジェンダー性を与えて描写するという手段は、他にもみられる。すなわち、テクストに散見されるカタカナ表現は、外来語や擬音語を書き表すという一般的な用法として使われているだけでなく、題名の「オキナワ」という言葉を起点とした、特定の固有名詞がつながる一つの集合体を形づくっている。地名の中でカタカナ表記されるのは「オキナワ」と「コザ」、そして外国の島の名前だけである。人名でカタカナが使われるのは外国人兵士と寝る女たちの名にかぎられ、つねよしや彼の友達の名は大人たちの名と同じくひらがなか漢字で書かれている。つまり「オキナワの少年」には表記上に一つの秩序があることが特徴で、その中でコザやオキナワという地形的な意味での実体と「パンパン」という女の肉体が、どちらもアメリカ人占領者からの侵入を受けるという点で結びつけられているのである。

つねよしは男に成長していくにつれ、「女性化された」ふるさと沖縄と外国人占領者の男性社会との狭間で悩まされる。性の目覚めを経験した彼は既に、純粋無垢なままであり続け、コザで一つの曇りなきアイデンティティの感覚を維持するのは難しいと気づいている。彼は美里村からコザに移り住むことで自身と兵隊との間にあった空間的な境界を失う。同様に性的な成熟を迎えることで、それまで自分とアメリカ人との間の心理的距離を確保してきてくれた想像上の境界が破壊される。よってつねよしは、これまで自身を定義する上で対抗物として使ってきたはずの兵士たちの肉体を通じて、新たに沸きおこった性衝動を満たそうとする自分の姿に気づかされるのである。つまり、沖縄の若い女たちを性的に支配したいという意味では、自分は米兵たちと同列にいるのだと自覚しはじめる。

物語中に一貫して表現されているように、必死に追い求める純粋性を脅かすような矛盾した感情をつねよしの中に抱かせるのは性である。彼にとって性とは、恐怖の対象であると同時に欲望の対象でもある。嫌悪を向けるものであると同時に魅惑的なものでもある。彼にとっては性とその痕跡こそが、周囲の風景を汚し、純粋で汚れを知らない場だったはずの、過去の沖縄へはもう戻れないことを思い知らせるのである。さらにつねよし自身に性的欲望が発生すると、それまで自身とアメリカ人占領者との間にひいてきた、確固とした一線の土台が崩れ始める。占領下の統治体と占領される女の肉体が彼の中で重なり、汚染された社会も自然も圧迫感を与える。父親のごとくそのような環境をしたたかに利用することも気が進まず、かといって少年の頃のまま無垢でいることもできないつねよしは、島を離れて二度と戻らないと決心する。台風の中を這いつくばりヨットに忍び込んで、遥か遠くの清らかな世界に自分を連れ出してくれる風を待つのである。

「青ざめた街」

つねよしの純粋性への探求は、混濁への恐れと読むことができる。すなわち、コザにおいて占領者と被占領者を区分けしている境界が崩壊するのではないかという恐怖だ、と解釈できよう。このような危惧は、もうひとりのコザの書き手源河朝良の作品からもはっきりと感じられる。彼の短編「青ざめた街」の舞台は、沖縄の日本復帰後間もないコザである。当時コザは既に公式にはアメリカの占領下にはなかったのだが、大規模な米軍が駐留しており――さらに比較的ドル高だったこともあり――街は、いかがわしい施設がまだ繁盛する時代にあることは明らかだった。

一九七二年五月一五日の日本復帰に伴い、沖縄経済における公式通貨がそれまでのアメリカドルから日本円に変更されたのだが、コザでは相変わらずドルが使われていた（コザには今日でもドルが使える施設がある）。二七年間におよぶアメリカ占領の歴史の中で、公式通貨は複数存在していた[7]。復帰で即座に変わったことといえば、他にも「Aサイン制度」の撤廃が挙げられる。この制度は、米軍が占領軍に対し特定の施設を指定し、それ以外の場所への立ち入りを禁止するものである。Aサイン制度が、占領軍が店を選択する際に取り締まりの効力をみせたとは必ずしも言えないが、本作品の主人公と相棒である良平と英吉が沖縄の日本復帰後、それまで米兵専用に営業していた空間に入ることができたのは、この撤廃と関連するだろう。

「青ざめた街」は、ある晩コザで飲み屋をはしごする良平と英吉についての短い話である。二〇代か三〇代前半であろう彼らは、まったく違ったタイプの人間であるにもかかわらず、子供の頃からの親友同士である。良平は堅物でおとなしく、「夜の遊び」を経験したこともほとんどない男である。一方英吉は、放送会社に勤め、口八丁手八丁で、コザの裏側にも詳しい。英吉はその夜三軒目の飲み屋に入ると、夜中に仕事帰りのホステスが、数名の黒人兵によって基地の中に連れ込まれて暴行された事件を覚えているか、と良平に尋ねる。英吉がある記者から最近聞いた話だとこっそり言うには、その事件の直前に同じ兵士たちは、検閲を通っていない違法の「ブルー・フィルム」を上映するポルノ映画館にいたらしい。さらに英吉は、コザにもそういう店があるということは前から聞いていたが、場所がわかったのはここ最近のことなのだと言う。良平はそこに行こうという英吉の誘いに頷き、ふたりは飲み屋を出る。

広くほの暗い店内に入って良平が目の当たりにするのは、幾つも並べられたシートにギッシリと座っている兵隊たちの姿である。地元の客は彼と英吉だけだ。そしてスクリーンに目を上げると、そこに映る全裸で色情の虜となった金髪の女にたちまち目を奪われる。沖縄のホステスを暴行した兵士たちは、ストーリーの中ではっきりと「黒人」だと確認できるし、スクリーンに映し出される女は「金髪」だと書かれている一方で、映画館にいる兵士たちの人種は明らかではなく、その姿の描写もほとんどない。それ自体が、室内の匿名性や窃視症的な意味を含む機能を一層増進させている。

映画館の中で、良平は興奮を覚えると同時に、この場にいる自分自身に強い嫌悪感を持つ。次の一節には英吉とともにあの場所を後にした直後の彼の気持ちが語られている。

その街は、良平が子供の頃から住んで、慣れ親しんできた街であった。だが、良平が興味半分にのぞいてみた街の裏側は、この上もなく汚れきっていて、強烈な臭気を放っていた。うっかりすると、彼自身までその臭気にとりこまれておかしくなってしまいそうであった。

良平は自分の街がつくづくおぞましくなった。身ぶるいでもして、その汚れきったものをすっかり振り払ってしまいたい気持だった。

良平は、暗くうだるような暑い室内で、名も無い米兵たちに同化することで彼らの性を目の当たりにし、ある環境においては(こういった環境はコザに散乱しているのだが)、自分と同類だ、と認めることになる。こう考えた後に良平は動揺する。占領時代を過ぎたコザで彼が気づかされるのはまさしく、その二〇年前につねよしが悟った事実と同じである。すなわち、コザの性産業が関与している欲望の経済において、性は占領者と被占領者との間の単純な二項対立の関係を取り持つと同時に、その対立構造を崩壊させる役目を果たしている、という事実である。

これら二つの物語が光を当てているのは、コザの住民が、街の占領という歴史を受け入れようともがく中で直面させられる障害である。この歴史を前にして、つねよしは腐敗されていない世界を求めて逃亡することで対処する。一方、良平はコザに留まりつつも、この街のいかがわしい施設には近寄らないと心に決めるのである。しかしふたりが実感しているように、コザの性産業も、性産業により広がる欲望も簡単には抑えこむことはできない。街には性とその痕跡があふれているからだ——路地裏にも表通りにも、肥溜めにも墓地にも。また、先程述べた「オキナワの少年」での言語の混交からもわかるように、純粋性とは手の届くことのない理想の観念なのである。

「青ざめた街」は「オキナワの少年」から四年後に発表されているが、その間にコザ市議会は美里村議会に促されて、コザのアイデンティティを定義し直す計画にとりかかった。アメリカ人占領者に対する、沖縄の暴動としては唯一のものとなる一九七〇年の「コザ暴動」は、占領下の沖縄を表すうってつけのシンボルとしての、この街のイメージをさらに強くしていた。一方で沖縄が日本に復帰した一九七二年の後も、コザは依然として自己変革を遂げるまでには至っていなかったのだった。「オキナワの少年」と「青ざめた街」において、コザは単に沖縄という存在の権化としてだけではなく、とりわけ「性化された」身体として認識されている。一九七〇年代前半に、地元の政治家たちがコザという自治体を、浄化と救出が必要な混血の私生児ととらえていたとするのなら、一方でこの二つの物語においては、コザという街は、そんな私生児を産んだ地元の娼婦という存在に重ねられて描かれている、といえる。どちらの場合にしても、コザの混濁したイメージの原因となっているのは、アメリカ人占領者と深く結びついていたという事実なのである。

「混血児」とコザの再生

沖縄の日本復帰の年に発表された、もう一つの物語「混血児」は、文字どおり異種族混交というテーマを、コザの生活を掘り下げる中で、より直接的に扱っている。この物語は、コザが産んだ最も退けられた存在――アフリカ系アメリカ人を父に、沖縄の女を母に持つ子供――の視点から語られる、ある青年(耕平)と女(千代)の感傷的な悲劇の物語である。ふたりは、黒人の父に捨てられ沖縄の母にも見放され、自らが街の手に余るセクシュアリティの体現者であるはずなのに、街自体からも見捨てられてしまっている。千代は、心臓に致命的な病を抱えた弟を含めた、ふたりの弟の母親がわりを献身的に努めている。地元の医者には、本土の大学病院に行けばまだ望みはあるかもしれないと言われるが、千代の必死の努力にもかかわらず、それを賄うお金をつくることができず、ついには弟ふたりと心中し、それまでの苦難の生活に終止符を打つ。

この小説が、文学作品としてのあやや深遠な洞察を求める読者を満足させるものではないのは確かだが、コザが、自身の合いの子的な運命を最も劇的に象徴する、黒人の「混血」児を拒絶する、という難しい問題を取り上げていることも事実である。(8) そしてこうした子供たちの苦難を劇的に表現することによって、この作品は、黒人との間に生まれた子供よりは、同じ「混血児」とはいえ白人との間に生まれた子供の方がましだ、という「常識」を暴く。

そういう意味では、「混血児」は地元社会において、アメリカの人種主義や人種差別がどのように再現されてきたかを明らかにしている。たとえば、ベトナム戦争時のコザでの黒人と白人の「特飲街」が、はっきりと分離されていた様子が描かれているし、主人公耕平がBC通り(「白人街」にある)を横切り、そこにいた兵士たちに黒人米兵と勘違いされて袋叩きにされる場面もある。耕平のガールフレンドで混血児の千代が彼を助けに現れると、白人兵たちはふたりをじろじろ見つめ、事態がのみこめた瞬間に言う。「混血児だ」と。この決定的な認識の瞬間に真実味を与えるために、テクストはこの言葉をカタカナで表記している(「ゼィア ハイブリィズ」[一八頁])。これは、この言葉が「本場の英語」で発せられたものだと、読者に認識させる効果をねらっているのは明らかである。本来は、この文脈で「ハイブリッド(hybrid)」という言葉を使うのは不自然なのだが、おそらく著者が「ハーフ=ブリード(half-breed)」を使うべきところを誤って、「ハイブリッド」としてしまったのだろう。

ロバート・ヤングが述べるには、英語のhybridという語は、もともとは生物学や植物学で使われはじめ、一九世紀に入るまでほとんど使用されることはなく、それ以降も専ら生理学的な事象の表現に用いられることがほとんどだった。[9]「混血児」という物語においても明らかなように、hybridという語で言い表せるのはまさにこの、異なった種類の生理学上の混交である。テクストの中で人種上の混交を表すのに使われる言葉――「ハイブリッド」と「混血児」――は、純粋ではないという含みを感じさせることからくる、不名誉な傷を負っている。ヤングが言うように、hybridity《ハイブリディティ》(混成性)という概念は、purity《ピュアリティ》(純粋性)とは対極にある論理体系の一部をなしていると同時に、人種や人種上の純粋性という概念が不透明なものである以上、hybridityという概念も不確定なカテゴリーと考えざるをえない。「混血児」においてハイブリッドが意味するのは人種上の側面であって、文化上の側面では決してない。なぜなら作中の登場人物は、文化的アイデンティティの観点から見れば、一点の濁りもない沖縄の人間として描かれているからだ。彼らは英語を話さないし、アメリカ人とほとんど接することもなく、沖縄という島の中でそれまでずっと生きてきたからだ。

日本語において、「混血児」や「ハーフ」といった言葉は、直接的には別人種同士の親から生まれた子供を表すとともに、ヤングが称したような「異性愛の交渉という潜在物」をも含意している。ノーマ・フィールドも、自著『天皇の逝く国で』においてこの点に関して指摘しており、混血児を「セックスそのものの具象化以外のなにものでもない」と述べている。(10)「チャンプルー文化」(英語の表現を借りれば「ハイブリッド・カルチャー」となる)という表現があるが、これははるかに肯定的な響きを持ち、ここ数年間コザの混合文化の歴史を売り込むのに誇りを持って使われてきた。この「チャンプルー文化」という言葉自体が、方言と日本語標準語の混合から生まれたものであり、hybridityの概念がにじみ出た表現なのである。

ここ数十年の間に、世間一般のコザへの認識は内でも外でも変化してきているようだ。この街が米軍に対して肉体的に密接な関係にあり、経済的な意味でも依存していたという事実は、占領期間中の多くの人々にとっては、日本復帰後に改められるべき必要悪であると見なされていた。復帰後に「街のイメージの浄化」を望む市民たちは、街の再生にとりかかった自治体や商業組合に手を貸した。

なかでもBC通りの商業組合は、コザのイメージを良くしようと最も精力的に動いたところだった。これまで取りあげた三つの小説のすべてにこの通りは登場している。つねよしの父が営業するバーはBC通りのちょうど裏手にあるし、「混血児」において、耕平が白人兵の一団に襲われるのもここである。BC通り(センター通りともいわれた)はもともと一九五〇年代初頭に「ビジネス・センター通り」として始まった。英語ではBusiness Centerと記すゆえに“BC Street”と省略されるようになったが、まもなく土産物店や質屋のみならず、占領軍向けのバーやストリップ劇場などのいかがわしい施設もひしめく場所となった[11]。この通りと平行して、嘉手納空軍基地（いまや合衆国空軍基地としてはアジア最大である）の正門につながるゲート通りとともに、BC通りは占領軍の需要に応えるメイン通りの一つだった。

商業組合は自治体当局の方針に従い、新しいコザのイメージづくりに努めた[12]。BC通りにあるすべての店舗の正面は白でまとめられ、歩道も舗装されたため、構造的にも統一感のある野外ショッピングセンターという印象になった。前面が白くなったことで街のイメージが明るくなり、自治体の新たなアイデンティティとプライドが反映された、国際的で、なおかつ占領時代からの脱却を明瞭に示す建造空間がつくりあげられた、と喜ぶ人々もいた。一方で、この通りの抱える占領という歴史の表面を、文字通り漂白して取り繕っただけの、計画全体が愚かで空しい試みだとする非難の声もあった。

今日のBC通りには、主に日本人観光客や地元の人々向けのレストランや衣料店が軒を並べている。同時に、依然として土産物店の中心地であり、また、主として米軍向けに営業する怪しげなクラブもまだ数件残っている。今日のクラブと占領時代のものとの最も明らかな違いといえば、現在のクラブで働くのは、ほぼ全員がフィリピン出身の女性たちであり、ほんの数人の兵士たちを店に連れてくるのにもひと苦労しているという事実である。「水商売」で働く沖縄女性はもっとまともな店——通常沖縄人および日本人男性相手の店ということを指すのだが――に移っている。

　BC通りやゲート通りは改装されたうえ、さらにその名も一新した。ゲート通りは「空港通り」となり、BC通りはまったく新しく「中央パークアベニュー」と命名された。これらの通りやコザの街そのものの改名の目的は、こういったハイブリッドな性格を持っていた場を、象徴的な性格を持つ中央の場へと変容させることにあった――「中央パークアベニュー」という曖昧な名が連想させるものは、県の中央としての沖縄市だろうが沖縄市の中央だろうが、構わないのである。通りにつけられたこれらの新しい名称には、「沖縄市」という名と同様、明らかに占領時代を脱したという精神に訴える狙いが含まれている。一方で「中央パークアベニュー」という名は、表記法においても、その意味においても、生まれ変わった地元の要素と外国の要素との混合を表し、これによって、コザのイメージの特徴となっていた、混合を再び繰り返す結果を産んでいる。よって、ブルジョア的な気取りを感じさせるこれらの通りの新名称を見ても、「コザ」というカタカナ名によって最も顕著に表されてきた街の抱える歴史を、単に時代に合わせて焼き直したものにすぎない、と思えてきてしまうのだ。

　公式には、コザという町は今日もはや存在しない。それにもかかわらず沖縄の大半の人々は、現在も県内第二番目の規模の市を指すのに、日常的にこの名称を好んで使っている。県庁所在地那覇から定期的に発車する公営バスが向かうのは、「沖縄市」ではなく「コザ」であり、この地名はどのバスの前面にもはっきりと――カタカナで――書かれている。一九七二年当時の美里村議会の議員たちは、二〇年のうちにコザとその「混成文化」が郷愁の対象となり、戦後の沖縄で最も活気に溢れた、音楽や演劇の分野における運動が生まれる際に盛んに祭り上げられることになるとは、夢にも思わなかっただろう。(13) 一九九〇年代初頭になると、芸術家や知識人はもちろん、コザを擁護する人々の中には、街の名前が変えられたという事実に非難の声をあげる「一般市民」も多く見られるようになった。市民たちは、自らの街が占領下の沖縄の象徴であることに対し異論は唱えなかった。それどころか、誇りをもってその過去を肯定し、今日の沖縄の社会的文化的な活力源は独自の混成文化にこそある、と主張したのだ。

一九七二年の沖縄の日本復帰直後、自治体当局や地元の商店主たちが、自分たちの街を定義し直す必要に駆られた一方で、今日の人々の間では、コザを戦後の沖縄の真の精神を表すものととらえる傾向が強まっているようだ。こういった見方は、沖縄の活気溢れるポップミュージックの世界に刺激を受け、他所《よそ》のものではあるが馴染みやすい民族文化の中心地を目指してこの街を訪れる日本の若者たちにとっては、おそらく違和感なく受け入れられるのであろう。このような若者たちは、沖縄を国境を越えずとも行くことのできる異国の香りあふれた場、と考えている。しかし、一九九五年のレイプ事件と、その後の闘争を経た現在、当然のことながら、この輝かしく新しい街のイメージが、再び別の方向への変化を迎えるのではないかという不安が起こってくる。なぜなら、我々がコザのわずかな歴史から学ぶこととは、境界は移動するものであり、大衆のイメージの中で活性化する場というのは、たいてい公式な位置づけの上では消し去られてしまう、ということの二つに尽きるからである。

第三章　差異の暗部

人種について言及するとき、自分が後悔しないような、他人に不快感を与えないような発言をすることは、現在ほぼ不可能だろう。
（ドミニク・ラ・カプラ、1991：2）

街角で、若いＧＩがひとり、子供たちの群れの中に立ち、チョコレートやチューインガムを楽しそうにふるまっている。占領時代についての日本の文学作品の中に、類を見ないほど頻繁に登場するイメージである。アメリカ占領軍に対する最悪の恐怖心が的外れであることがわかり、日本社会の記憶の中で、もろい安心感への転回が起きた瞬間を集約するイメージだといえる。そこに喚起されるアンビヴァレントな、甘酸っぱいノスタルジアは、ある世代の日本人が占領時代を思い出す際に心にいだくものでもある。兵士の際立った大きさは、彼らの優位の証だが、その自然な善意と、お菓子をわけへだてなく振りまく様は、子供たちの恐怖心を和らげ、日本の戦中世代の疑念を溶かしはじめる。むろん、その尊大さに威圧され、被占領主体は、ＧＩの権威を認知せずにはおれない。恩恵を与えることは、交換の行為であり、与える者と受ける者の間の階層的な関係を規定する暗黙の契約である。チョコレートとチューインガムは、敗戦後の日本の物質的欠乏を惨めな仕方で思い出させる。占領軍の兵士の権威は、その身体的な大きさや軍事力だけでなく、物資的な施しや、寛容さの意識的な演出にも由来しているのである。

しかし、戦後日本の街角を「支配」していたこのサンタクロース兵士は、きまって白人だった。日系二世や黒人も、地元のPX（占領軍専用の売店）を利用し、チョコやガムの配給を日本のものほしげな子供たちに投げ与えたが、占領軍の非白人が、戦後生活の規格化された風景に現れることはめったにない。確かに、社会的記憶の中では白人兵が多くを占めているが、戦後作家たちにとって格別の魅力だったのは、むしろアフリカ系アメリカ人で、数多くの文学作品の中で描かれている。そのうちの三作品についてここでは論じたい。最初に扱う二作品は、大江健三郎の「飼育」と松本清張の「黒地の絵」で、一九五八年の初めに『文學界』と『新潮』に掲載された小説である。「飼育」は占領期というより、戦争期に漠然と設定された作品だが、その主題的関心は、大江の占領文学のそれと重なり合っている。最後に取り上げるのは、占領下沖縄で創作された抵抗詩、新川明の「有色人種」である。

三つの作品の形式、スタイル、トーンは著しく異なっているが、アフリカ系アメリカ人の窮状への政治的感性を共有し、同時に人種差別としかいえないような、黒人ステロタイプにおぼれきってしまっている点はともかく、それらの作品が生まれた政治的・思想的な文脈を顧慮しない限り、黒人主体への著者たちのイデオロギー的な共感は容易に見過ごされてしまう。アフリカ系アメリカ人に対する沖縄作家の反応は、特に複雑である。沖縄の他(者)性についての日本の言説が、歴史的には、文化的な差異に加えて沖縄の人たちの肌の黒さに焦点化されてきたからである。「飼育」「黒地の絵」「有色人種」を扱うことで、黒人兵を描いた一九五〇年代の作品の多くに共通する――相互に矛盾しあう――諸原因を指摘したい。三つの作品の間の目立った差異も同時に論じたい。

戦後日本における黒人たちの表象

一九八〇年代の日本のメディアにおいて、全国的な「黒人ブーム」を巻き起こした二つの作品がある。山田詠美『ベッドタイム・アイズ』(一九八五)は、アフリカ系アメリカ人の愛人と日本人女性との官能的な関係を描いた。家田荘子『俺の肌に群がった女たち』(一九八五)では、超絶的な性のテクニックをもつ黒人めあてに、米軍基地周辺のディスコやクラブに通いつめ、はては海外まで追いかけていく日本の少女たちが、ジャーナリストの視点から描かれている。ジャーナリズム、テレビ局がすぐさま便乗し、国内中のメディアがアフリカ系アメリカ人の文化を商品化し、黒人の身体、特に男性の黒人の身体を物神化するようなイメージを垂れ流した。こうした極端な言説をかたちづくるうえで、黒人自身の声はほとんど反映されなかった。テレビでの挿入画像か、ステロタイプで曖昧なイメージとして利用されるだけだった。黒人なるものについてのこの言説は、モノローグであって対話ではなかった。その根本にあったのは、日本人としてのアイデンティティを模索すること、人種的に他者の男根的な力を通して人格転換をとげること、そしてこの力を用いて同じ日本人への優越を確立すること、にすぎなかった。黒人のペニスの大きさについてメディアが好色な趣味を示し、主な関心事は、黒人の男根の象徴的な次元であり、日本社会内部に導入・動員可能なその転換作用の力であった。

アメリカのフェミニスト学者たちによれば、それらのナラティヴで描かれる少女たちは、外見に反し、むしろ自分たちの社会を相変わらず支配している日本人男性のヘゲモニーに対して、受動的・攻撃的な形式の抵抗を行っているのだという(1)。日本に長く在住するアフリカ系アメリカ人の人類学者、ジョン・ラッセルが以前から主張しているところによれば、黒人なるものについての現代日本の言説は、何よりもまず、白人に対するアンビヴァレントな態度を解消するための手段であって、次にその延長として、白人支配世界における日本人のアイデンティティを改めて位置づけるための手段、という意味合いがあるという(2)。しかし、大勢の黒人男性が日本の地に足を踏み入れたのは占領期であり、ラッセルが論じているように、黒人なるものについてのポスト一九八〇年代の言説は、より広い歴史的文脈において、適切に理解されるべきものである。

不幸なことに、アフリカ系アメリカ人文化の商品化された形式が流行し受容されていること、ほぼここにだけ焦点化することで、曖昧にされてしまった事実がある。つまり、以前の日本において黒人という他者のイメージがどのように用いられていたか、その表現様式が、日本の社会的・政治経済的な風土の変化に応じて、どのように変貌してきたか、ということである。［中略］黒人なるものについての日本の現代の言説においては、文脈だけでなく、政治性も脱落している。このことは、戦後世代の左派系作家・知識人たちと鋭い対照を成している。彼(女)らは、六〇年代、七〇年代、ジェームズ・ボールドウィン、リチャード・ライト、フランツ・ファノンの作品群に通じ、アメリカの公民権運動、黒人ナショナリズム、アフリカ独立運動などを支持した。彼(女)らにとって、黒人なるものは、白人系アメリカ人に対するアンビヴァレントな態度に対して、日本人としてのアイデンティティを自覚するための手がかりであった。黒人についての一般的なイメージがどうしようもなく否定的で、公衆の共感が周囲の白人たちに向かっていた時代には、人種差別に対する左派作家・知識人たちの戦いは、在日の少数派たちにも向かっていた。(3)

現在の調査研究の非歴史的な傾向に対する、ラッセルの不満は理解できる。黒人についての日本人の表象を当初から研究してきた者のひとりとして、歴史的・理論的な基盤をみずから構築する課題にラッセルは取り組んできたのだから。問題は確かにあるが、それは近年の日本における黒人の身体とアフリカ系アメリカ文化の商品化を研究している学者たちの歴史認識の欠如ゆえというよりも、従来の戦後日本文化研究において、人種についての言説的構築という論点がほとんど放置されてきたということに由来するのではないだろうか。(4) つまり、後期資本主義の日本における文化生産に関心を抱く学者たちは、その点で依拠できる研究がほとんど手元にないまま、放置されている。どの研究成果も、主題そのものを戦後の文化的・思想的な歴史の中により広く位置づけることに失敗していることは、驚くにあたらないだろう。

明らかに、山田詠美の幾つかの小説は、占領下の日本女性を描いた五〇年代の作品とはっきり区別しなければならない。経済的困窮のせいで、占領軍と寝ることを強いられた女性たちがしばしば取り上げられたのに対して、山田が描くのは、終戦直後には想像すらできなかった社会的・経済的自由を手に、セックス市場を確信犯的に貪り歩く女性消費者である。(5) 黒人兵との個人的な接触の機会が限られていた前世代の作家たちとは異なり、当時の山田自身はアフリカ系アメリカ人と結婚しており、黒人の愛人たちとの関係が、日本のメディアによって注目されたこともある。こうしたことが公になると、翻って作品自体の人気が上昇し、受容のされ方も変わった。フィクションの領域を超えた、いわゆる迫真性やドキュメント的な価値を持つものとして、一部の読者に受け止められたようだ。世間のイメージに対する彼女自身の反応は、アンビヴァレントである。セックス経験を微に入り細に入り描くことで自ら煽るかと思えば、インタヴュアーの好色な質問に気色ばむこともあった(6)。彼女の文学の価値がなんであれ(当時の批評はこの点で意見が分かれていた)、「ドキュメント」およびフィクションの両方の特徴を持つものとして、彼女の作品は評価される傾向があった。この限りにおいて、黒人なるものをめぐる八〇年代の言説として位置づけても的外れではない。当時、そうした言説の中心にあった週刊誌の暴露記事や「情報バラエティ」番組と同じような、解釈者あるいはツアーガイドの役割が、山田には割り振られていた。うぶな読者たちを、エキゾティックでエロティックでおそろしげな黒人男性のセクシュアリティの世界に誘いつつ、どのような冒険にも必要な安全な距離を保つ役割である。

黒人に対する表象を研究する場合、まず確認すべきは、日本人にとっては、黒人も白人も人種的な他者だということである。日本にとって白人が人種的に他者であるという事実は、明治以来の日本が英米の「白人文明」をほぼ一貫して目指してきたという事実と矛盾しない。白人は、近代の見本であり、したがって、見習うに値する主体と見なされた。在日外国人の人口が急増する中で、相変わらず黒人や他の非白人たちに比べ、白人により多くの尊敬の念やチャンスが与えられている。それは紛れもない事実だが、その事態を非難することは主目的ではない。要は、白人が人種的他者であること(黒人と同様に、しかし対極的な関係において)を認めることによって、日本における人種について、より肌理こまやかな理解に達するための基盤を据え、差異の領域内部におけるそれぞれに言葉を与えることが狙いである。

人種的な他者という意味では、白人と黒人は概念的に等価であると示唆すると、ひどく誤ったイメージを伝えることになってしまうかもしれない。というのは、日本においては明らかに、黒人なるものは、白人に比べ、もっと根本的な他者性を体現しているからである――より暗い影としての差異。占領以後数十年の間に、国民の文化市場に黒人のイメージの洪水があふれていったことは別にしても、その点においては占領期も、今日も、たいして変わっていないように思える。アメリカ占領軍の到着以来、白人なるものはますます「自然」なものとして溶け込み、結果的に、白人に対する別人種としての意識はますます希薄化していった。他方、黒人なるものは、人種的な差異の抽象的（いまだ身体的）指標のままである。ラッセルによれば、「現代の日本人の言説において、白人他者とは何よりもまず、西洋や西洋文化という観点において定義されており」、肌の色や表現型の観点ではない。こうした定義基準は、黒人についての表象の場合に比べてもかなり対照的である。(7) 今日の日本では、白人なるものはほとんど「透明」になったとするラッセルの言には、さすがに従えないが、白人なるものについての概念が、身体的性格よりも文化的親和にますます力点が置かれるようになっていることには同意できる。敗戦後と対比すれば、今日の日本社会においては、白人たちの外人らしさがますます

（漂白されて）見えにくくなっているのは否定できない事実である。

　表現型から文化への重心の変化は、（ナショナリストになりがちな）戦後の土着的な日本人論イデオロギーに遡る。第一章で触れたように、日本人論は、言語・文化・国民をつなぐ相同性を前提とし、時代を超えた、つまり非歴史的な「日本人のアイデンティティ」を創出する。肌の色や表現上の性格はほとんど言及されないが、日本人のユニークさと同種性に飽くことなく焦点をあてることで、アイデンティティについて決定論的な解釈を証明している。それは、人種に関する一九世紀ヨーロッパの観念に多くの点で類似している。簡潔にいえば、日本人論とは、それ自体が人種への関心を抱いていることを決して認めない、頑固な、それそのものが人種的なイデオロギーである。人種的なカテゴリーと文化的なカテゴリーとが無批判に混合されるわけだ。こうした混乱ぶりは、一般書においても社会科学の一部の文献においても、「人種」と「民族」という術語が重なり合うような意味で使用されてきたことに示されている。[8]

　ラッセルがいうように、肝に銘じておくべきことは、黒人なるものを利用して、白人なるものへの関係における日本人アイデンティティが媒介されている、ということである。現実においてであれ想像においてであれ、白人なるものと黒人なるものという両極の関係は、いいかえれば弁証法的であって、単に互恵的なのではない。白人なるものは、規範的であって、人種的な代行表象の階層的な世界の内部においては、（透明ではないにせよ）超越論的な指標として働くからである。白人なるものは、日本語の言説においてそれだけで意味を持ちうる。黒人なるもの抜きでもなお、日本人の主体にとっては他者性を表象したままで存在しうる。白人の権威と同一化することを選ぼうが、黒人との親和を表明することで白人の権威を拒否しようが、人種のこの二元的概念の枠内では、日本人の主体は「曖昧な状態／領域」におかれたままである。人種モデルは――色や表現型を重視しないモデルの場合でさえ――その結果として導かれる特徴づけがいかに恣意的で奇天烈であろうと、ともかく万人が色彩のスペクトルのどこかに位置づけられるべきだと要求しているように見えるから。「黄色人種」はその適例である。

「黄色人種」および「有色人種」という術語は、日本では常に使われていたわけではないが、少なくとも明治時代にまで遡ることができる。つまり、アジア人たち（あるいはすべての「有色人種たち」）の同盟への修辞上の呼びかけによって、帝国主義的な初期の拡張政策が推し進められようとしていた時代である。しかし一般的にいって、二〇世紀の日本に、自分が「黄色い」と思っている日本人はあまりいないだろうが、依然として「日本人らしさ」という本質主義的観念は血族関係を想定しており、日本民族についての戦前の言説も戦後の日本人論も、ともに律儀なまでに日本人アイデンティティの顕著な要素としての「血」に言及することは、驚くにあたらない(9)。

「血」もまた占領文学において、黒人兵の行動を説明するために、特に、その行動が日本の社会規範を侵犯する時に呼び出された定番のイメージである。対照的に、白人兵の行為が単純な生物学的決定論で説明されることはまれである。つまり、まずもって文化的な存在者とみなされた白人を描く場合に比べて、黒人に関する戦後日本の言説が、(セクシュアリティを過剰に強調しつつ)生理学的あるいは「人種的」な要素に多くの注意を向けた、といえる。たとえば、占領期についての文学的な叙述においてはしばしば、白人の登場人物には名前とはっきりした個性が与えられる。抽象的で、二次元的な人物として描写される場合ですら、白人たちはなお、占領軍、アメリカ、あるいは「西洋文明」の象徴としての機能を保っている。対照的に、黒人兵士が描写される際、そういった固有性が付与されることはめったにない。その黒さのゆえに、西洋の「高度な文明」からは排除され、個人として際立たせられるどの性質にも、影が差している。

「飼育」における人種とナラティヴのアンビヴァレンス

大江健三郎の「飼育」は、場所は辺鄙な山村、時は戦争末期、という設定である。村の純真な少年の目を通した物語は、ある黒人兵とその少年との関係をめぐるものである。墜落した軍用機の唯一の生き残りであり、パラシュートで脱出し、村人たちに捕らえられた兵士である。当局からの指示が届くまでの間、「獲物」は倉庫の地下室に収容されることになったが、その倉庫は少年が父と弟と暮らしていた場所だった。少年はしだいに兵士と親しくなるが、物語ではこの兵士は一貫して「捕らえられた」動物として描かれる。物語の最後、当局に引き渡されることを知った黒人は絶望し、少年を人質にとって危機を逃れようとする。「犬のように怒りと炎で目を見開いた」父親が、ちょうな(小さな斧)を手に、地下室に飛び込む。父親が斧をふりあげた時、兵士はすばやく、少年の手を使って身を守ろうとする。斧は兵士の脳天に達し、少年の手はつぶされる。手が砕け、兵士への愛着も粉々になった少年は、黒人との接触のせいで、身体にも精神にも傷を負う。語り手が自責の念にかられつつ語るように、兵士の暴力的な死が記しているのは、語り手にとっての少年期の唐突な終焉である。

本作品の英訳者のジョン・ネーソンほか、幾人かの批評家たちは、この小説で描かれている風景は、「現実の日本のどこにも存在しない」と指摘している。(10) この想像上の土地が喚起するのは、近代日本や過酷な戦争の現実とは遠くかけ離れた田園風の、ほとんど神話的な世界である。大江自身、初期の諸作品が「牧歌的」な性格を持つことを認めている。彼の作品の多くについては、そうした性格に注目して読解する必要があることを、スーザン・ネイピアは説得的に論じている。(11) 「飼育」では、近代日本の都市や町を遠く離れて生活する少年の純真な目を通して語ることで、牧歌的な世界が創出される。(12) 身に起きる様々な出来事についての少年の素朴な解釈が、この辺鄙な世界の傷つきやすさを際立たせる。ある水準においては、失われた純朴の物語だが、アレゴリー的に読むことも可能な限りでは、これ以上なくひなびた隔絶の地にさえ近代性が侵入してくることを語っているといえるし、戦争の結果を避けられる者は誰もいないということを示唆しているともいえよう。

占領期ではなく戦中に設定されたにもかかわらず、「飼育」は、大江の占領についての一連の作品とも、他の作家の占領文学とも、共通点が多く見られる。特に、東峰夫の「オキナワの少年」と多くの点で類似している。まず、辺鄙で純朴な土地へのノスタルジーが共有されている。また、少年の目を通して描かれ、その無垢の喪失のきっかけは、アメリカ人兵士との接触である。暴力的な雰囲気を漂わせる父親への恐れも共通している。「真の共同体」とは、近代の暴力的な介入に耐えることのできない近代以前・資本主義以前の世界の遺物である、という含意まで共有されている。「飼育」と「オキナワの少年」では、アメリカ人兵士たちは、少年という語り手にとっての少年時代の終わりをもたらすだけでなく、外人男性は少年たちによって内在化される。この結果、少年たちは自分が周囲の人たちとは異なるという打ち消しがたい感覚を持つことになる。米兵との接触によって、少年たちは、周りの共同体からだけでなく少年らしさの領域そのものからも切り離される。どちらの小説でも、最後には若い男性主人公の姿が描かれている――地理上の境界線に立ち、いままさに見知らぬ世界に入り込もうとしている姿である。

こうした類似にもかかわらず、幾つかの決定的な違いが両者を隔てている。主人公つねよしが、何よりもまず性的欲望を通して、名もなく顔もない無数の米兵たちと同一化する「オキナワの少年」と異なり、「飼育」の語り手＝主人公は、外人兵士そのものにエロティックな魅力を感じている(と同時に、兵士には名もなく、人種的な差異の原型として利用されているにすぎないが)。「オキナワの少年」では、エロティックでかいがいしい女性たちが、社会風景の中でのおそらく最も力強い人物として描かれるが、「飼育」では、女性の登場人物はどのような意味でも目立たない。実際、語り手には母も姉妹もいないように見える。もう一つの重要な違いは、外人兵士を語り手が表象する時に、人種にどのような注意を向けているか、にある。東の小説の語り手は、物語に登場する白人兵たちには無関心で、はなはだ粗略な仕方でしか描写しない。大江の小説の語り手は、捕われの黒人兵士に惹かれており、ステロタイプな蓄積されたイメージを通して、その身体的特徴を存分に描いている。

「飼育」に関する多くの批評研究のうち、人種について、また黒人兵士がアンビヴァレントな仕方で表象されていることに焦点をあてているものは、少ない(13)。スーザン・ネイピアによれば、囚われた兵士は、「半神半獣」として描かれており、(その過度に誇張された「汎神論」に加えて)テクスト中の幾つかの要素によって、人間以下でありかつ同時に神聖でもある人物、というアンビヴァレントな表象が確認されている(14)。

このアンビヴァレントな表象は、ステロタイプそのもののうちに内在している。つまりステロタイプとは、イメージ群の柔軟なエコノミーに依存しており、一見して矛盾しあう属性を通しての他者性の構築をも可能にするのである。ホミ・バーバが植民地的な言説におけるステロタイプについての理論で指摘したように、そのことの含意は、ステロタイプなるものについての理解においてのみでなく、「観点」についての我々の想定や、解釈行為一般においても重要である。[15] バーバは、論文「植民地主義、人種主義、表象」への評において、そうした洞察について述べている。

> 政治的な目的や批評的な方法における転換にもかかわらず、彼(女)らのエッセイにはなお、同一化の安全地点をいつでも提供してくれる、ステロタイプへの制限的・伝統的な依存がある。別の時点・地点において、同じステロタイプが、矛盾した仕方で読まれ、あるいは実際、誤読される、という彼(女)らの見解によって、そうした依存の問題性は補われない(そうした見解と矛盾しない)。したがって、ステロタイプな表象の過程における単純化は、観点の政治性に関する彼(女)らの中心的な論点に、決定的なダメージを与える。この論点にとって決定的なはずの同一化のアンビヴァレントな心的過程を無視することで、注視者の位置づけに関する「美学」および政治学を単純化してしまう受動的・統一的な縫い合わせの観念を用いてしまって

いるのだ。対照的に、私が、暫定にであれ示唆したいのは、植民地的なステロタイプは、表象の複雑、アンビヴァレント、矛盾的な様式の代行表象なのであって、確信と同時に不安に満ちており、したがって、われわれの批評・政治の目的を広げるだけでなく、分析の対象そのものを変えることも必要だ、ということである。(16)（傍点原文）

バーバの関心は、特に植民地的言説におけるステロタイプに向かっているが、その洞察は、「飼育」に行き渡る物語的なアンビヴァレンスを感じ取るのにも役立つ。多くの評論家が指摘してきたように、本作には、黒人兵を持ち上げる素材も、貶める素材も、ともに多く存在する。空からの登場、身体についての崇め奉るかのような描写、泉での儀礼的な沐浴の場面——これらはみな、兵士を高貴な領域に結びつける。留意すべきは、そのことが、彼の根本的な他者性と矛盾しない、ということである。他方、テクストにおいて倦むことなく使用される動物の比喩や人種的なステロタイプは、黒人兵士についての神々しい叙述と対立する。例を引けば、「狼」［一一七頁］、「家畜」［一一九頁］、「黒い獣」［一二二頁］、「黒い馬」［一二七頁］、ある箇所では、「たぐいまれなすばらしい家畜、天才的な動物」［一二八頁］、「あいつ、人間みたいに」［一二三頁］ともいわれる。

「飼育」は黒人についての馴染みのステロタイプに依存しており、兵士の身体性ばかりが強調される。その刺激的な身体の臭いは、少年の父親にいわせれば牛の臭いそのものので[一一〇頁]、繰り返し言及される。少年が畏れを抱きつつ崇めるのは、兵士の「堂どうとして英雄的で壮大な信じられないほど美しいセクス」[一二七―一二八頁]である。兵士のセクシュアリティの動物的性格は、村の子供のひとりが性的な慰安のために(子供自身にとっては遊びなのだが)、雌ヤギをあてがう場面で、最もドラマティックに描かれている。動物のパートナーを前に、兵士は何ら良心の呵責を示さず、奇声をあげ、「力みかえって山羊の首を押さえつけ、黒人兵は陽にその黒く逞しいセクスを輝かせて悪戦苦闘したが牡山羊のようにには、うまくゆかないのだ」[一二八頁]。黒人についてのステロタイプな表象を通して、「飼育」は、黒人の力(一部にはその他者性に由来する)を承認すると同時に、同じステロタイプを用いて、かの力を制限・抑制する。バーバの示唆する通り、ステロタイプは柔軟である。「飼育」は、黒人男性の動物性と原始的本性を強調することで、その力を構成しかつ抑制する。語りが強調するのは、知性的・文化的な属性を超える、彼の身体的・性的な力である(修理における彼の能力について、たびたび言及されるにもかかわらず)。そして名前を付与しないことで、その他者性を引き立て、個人としてのアイデンティティを否認することになる。

「飼育」ではさらに、兵士には会話能力がないものとされ、コミュニケーションがうなり声とジェスチャーに限定されることで、動物性がいっそう強調される。第一章・第二章で論じたように、占領文学においては言語を意のままにできるかどうかが鍵となる争点である。ほとんどの場合、誰の言語が支配的であるか、つまり占領者か被占領者のそれかが、焦点なのだが、そのような作品とは対照的に、「飼育」においては、英語よりむしろ日本語が支配的な言語となっている。ひとりの米兵が、日本人捕獲者の慈悲のもとに描かれるがゆえに、言語の上での劣位として現れるのは、アメリカ人の方なのである。そしてこのことが、彼の動物性の強調をさらに補強するのに機能する。彼の動物性を構築する語りは、人種的なステロタイプにどっぷりとつかっており、特に、黒人を原始的あるいは人間以下とする膨大なイメージの蓄積に依存している。ラッセルが述べたように、まさにそうした原始性のイメージのゆえに、「飼育」を始めとする多くの文学作品において、黒人の登場人物は子供と親和的に扱われるのである。

小説の中に溢れかえる粗野なステロタイプのゆえに、単に不快としか読まない読者もいるだろう。しかし、「飼育」を注意深く読めば、そしてまた、大江の初期の政治的な信条に通じていれば、この作品における人種的ステロタイプの多用は、意外に複雑な意味を持つことに気付くだろう。黒人兵についての描写のほとんどは、素朴な若者である語り手に帰着されるべきものである。物語は、彼の目を通して見られているのだから。術語でいえば、大江がそうした語りを構築したのは、テクストと物語、筆者と語り手の差異を維持するためであった、といえるかもしれない。これらの区別は、幾つかの戦略を通して維持されようとしている。そのうちの一つは、人を魅了するが信頼の置けない語り手を置くことであり、そしてもう一つは、アイロニーを含んだ題名によって、その語り手からの著者の距離を暗示しておくこと、である。しかし、語り手の周りにある物語を構築することは、常に複雑な試みであって、「飼育」の場合、本人の意図にもかかわらず、そこで創作された想像世界は、テクストのアイロニカルな趣にもかかわらず、読者をその世界に引き込むことになる。

黒人兵についてはステロタイプな表象によって語られるわけだが、動物の比喩は、語り手自身を含むほとんどすべての登場人物の描写にも平等に使用されることで、その差別性はある程度相殺されている。しかし、最も生々しく動物的な比喩は、少年の父親に用いられる。父親をきわだたせ、兵士と対照させるためである。語り手によって「柔順でおとなしく、優しい動物」[一二〇頁]とみなされるようになった黒人兵と対照的に、父親の動物性は不気味である。「夜の森にひそんで獲物に跳びかかろうとする獣のように」[一〇四頁]。父親は狩人・わな猟師であり、アメリカ人は捕らわれた動物である。両者の関係を複雑にしているのは(そしてまた面白くしているのは)、獲物よりも猟師の方が危険に見えるという点である。それが脅威であるということは、少年が両者の暴力的な対決の狭間にいる時に浮き彫りとなる。黒人の手が少年の首を締め付けた時、村人たちは「鼬のように絞殺された僕」[一三三頁]を見つけるだろうか、と少年は想像する。父親の生業は鼬をわなで捕らえ、皮を剝ぐことであり、ここには両者に対する少年の傷つきやすさの感覚が強調されている。もっとも、語り手自身がそうしたイメージを父親の仕事と結びつけている、という明白な証拠はテクスト中にはない。つまりは、語り手を超えるみずからの権威を、作家自身がここであからさまに主張している、ということである。

ケモノのようなこのふたりが対決する時、少年はその間に捕らえられており、あらためて三角関係が創出される。現地女性たちの身体を通して、外人(男性)占領者との関わりに巻き込まれていく男性主人公を描くのでなく、大江のこの戦時神話においては、ふたりの大人と対決する少年が描かれる。三角関係が文学において人気の設定であるのは、アイデンティティについての二元的な理解を、自己と他者という単一の固定された対立関係に還元することなく包摂できるからだろう。[17]「飼育」における諸関係を構造化する二元的対立——動物／人間、村／町、子供／大人、友／敵——は、語り手の知覚に応じて変移し、二つの領域に対する少年の疎隔を通してのみ解決される。戦いが意味するのは、少年の無憂の神話的世界がついに後戻りできない仕方で戦争によって侵害された、ということである。夏の終わりであり、少年時代の無垢の終わりであり、周囲の社会・自然に対する少年の関係は絶対的に転換させられてしまった。その語りにおいては一貫して、少年と村の他の子供たちは、大人たちから離れた社会空間の住人とされている。トラウマとなる傷を負った後でさえ、少年は、自分と大人たちとは違うと思い続け、大人に対して強い嫌悪感を抱くに至る。

父を含めて、あらゆる大人たちが僕には我慢できないのだった。歯を剝きだし、鉈をふるって僕に襲いかかった大人たち、それは奇怪で、僕の理解を拒み、嘔気を感じさせる。［一三四頁］

時どき、大人たちが黙りこみ、胸を張って急ぎ足に谷へ下りて行った。僕は大人たちが僕に嘔気を感じさせ、僕をおびえさせるのを感じて、そのたびに頭を窓の中へ引いた。大人たちが、僕の寝ているあいだに、すっかり別の怪物に変ってしまったようだった。［一三五頁］

だが、少年はまだ大人の世界の完全なる一員になってもいなければ、村の子供たちが所属する牧歌的な領域にも戻れない。

僕はもう子供ではない、という考えが啓示のように僕をみたした。兎口との血まみれの戦い、月夜の小鳥狩り、橇あそび、山犬の仔、それらすべては子供のためのものなのだ。僕はその種の、世界との結びつき方とは無縁になってしまっている。

［一三六頁］

傷を負って初めて、少年は、自分が村の共同体からどれほど孤立しているかを知り、翻って、暴力的な外界と村とが結びついていることに目覚める。村人たちとの隔たりを知った時、少年は、傷ついた自らの手の中に残る、あの黒人の刺激的な体臭に気づき、兵士に「占領された」者としての自分について、結果としてあきらめていくようにみえる。黒人の遺体が荼毘にふされ、他の物質的な痕跡もすべて消え去った後でさえ、である［一三六頁］。

黒人兵を描いた日本の多くの語りと比較すれば、「飼育」においては、完全に説得的ではないにせよ、挑発的なアンビヴァレンスでもって黒人男性が表象されている。この物語を論じたノーマ・フィールドによれば、黒人兵についてのステロタイプな表象は、物語の神話的な設定の文脈で検討される必要があり、そもそも神話的なものは単純な還元主義に抵抗したいと熱望しているのである。また、家畜であり神のような人物であるという兵士のアンビヴァレントな役割は、権力そのもののアンビヴァレンスとかかわる、とも彼女は示唆している(18)。私が既に触れたように、「飼育」は、第一義的に、黒人についてのステロタイプな描写を素朴な語り手へと帰属させるような仕方で構造化されている。しかし、これらの微妙な語り上での区別は、数箇所において失敗している。最もはっきりしているのは、子供たちと兵士とが泉で一緒に遊び戯れる、奇妙に美しい場面である。

それから急に僕らは、黒人兵が堂どうとして英雄的で壮大な信じられないほど美しいセクスを持っていることを発見するのだった。僕らは黒人兵の周りで裸の腰をぶつけあいながらはやしたて、黒人兵はそのセクスを握りしめると牡山羊がいどむ時のような剽悍な姿勢をしてわめいた。僕らは涙を流して笑い、黒人兵のセクスに水をぶっかけた。そして、兎口が裸のまま駆け出して行き、雑貨屋の中庭から大きい牝山羊をつれて戻って来ると僕らは兎口の思いつきに拍手喝采した。黒人兵は桃色の口腔を開いて叫ぶと、泉からおどり上り、おびえて鳴く山羊にいどみかかっていった。僕らは狂気のように笑い、兎口は力みかえって山羊の首を押さえつけ、黒人兵は陽にその黒く逞しいセクスを輝かせて悪戦苦闘したが牡山羊のようには、うまくゆかないのだ。

僕らは躰を下肢に支えることができなくなるまで笑い、そのあげく疲れきって倒れた僕らの柔かい頭に哀しみがしのびこむほどだった。僕らは黒人兵をたぐいまれなすばらしい家畜、天才的な動物だと考えるのだった。僕らがいかに黒人兵を愛していたか、あの遠く輝かしい夏の午後の水に濡れて重い皮膚の上にきらめく陽、敷石の濃い影、子供たちや黒人兵の臭い、喜びに嗄れた声、それらすべての充満と律動を、僕はどう伝えればいい？

僕らには、その光り輝く逞しい筋肉をあらわにした夏、不意に湧き出る油井のように喜びをまきちらし、僕らを黒い重油でまみれさせる夏、それがいつまでも終りなく続き、決して終らないように感じられてくるのだった。［一二七―一二八頁］

この箇所が、黒人の動物性、黒人男性の放埒で見境のない性的嗜好といった、周知のステロタイプに基づいているとはいえ、それだけの理由で「飼育」を非難するのは不当だろう(19)。語り手の「あの遠く輝かしい夏の午後」への殊更な言及も、回顧的な口調も、出来事を神話の領域へと時間的に移す効果を持つ。上の箇所に続く一文では「わたしたちの、大昔の、泉での水遊び」に言及しており、それによって出来事は、戦時下日本からさらに遠ざけられ、歴史的・文化的には不明瞭な領域に位置づけられている。見知らぬ土地の風景は、物語の地理的な曖昧さを際立たせる。また、ニックネームが用いられることで、登場人物と日本人との同一視が回避され、登場人物の不定形のアイデンティティが強められる。時間的・文化的なこうした置き換えに注目すれば、「飼育」における人種的なステロタイプの機能についても、再吟味の必要が出てくるだろう。一方では、フィールドが指摘しているように、黒人兵の端的な他者性のおかげで、神話という異次元世界を語りでもって構築することは容易になる。しかし、兵士を表象するのに人種的なステロタイプを用いることで、兵士は、人種的な差異を薄めてしまうような特性・慣れ親しみを帯びることにもなる。バーバが言うように、ステロタイプは、見慣れぬものを固定させ、そうして「抑制」する。たえず変化するアイデンティティの諸側面を調停することもあるし、未知なものを知識の(ひいては支配の)客体に転換することもある。あるいは逆に、主体の他者性を確定したり、欲望の客体を主体として正当化することに役立つこともある。こうしたアンビヴァレントな欲望は、動物のような囚人の監視役として行為すべき責任と、黒人のエロティックな力に従属したい欲望との間で揺れ動く少年の様子にはっきり現れている。徐々に男性に近づき、近くに接近していって、泉で裸ではしゃぐようにまでなる。そうした日々は「不意に湧き出る油井のように喜びをまきちらし、僕らを黒い重油でまみれさせる夏、それがいつまでも終りなく続き、決して終らないように感じられてくるのだった」。ここでの性的なニュアンスについては縷々述べる必要はなかろう。

「飼育」は、一連の対立項を中心に形成されている。村/町、子供/大人、人間/動物、父親/兵士、獲物/猟師。これらの対立が、語り手にとっての矛盾のもとに、包摂されている。つまり、戦時に体現されるような近代の過酷な現実と、村の傷つきやすい牧歌的な領域との矛盾である。戦争が少年の人生に避けがたい仕方で侵入した時、彼の世界を構成していたすべての対立が破壊される。なかでも最も微妙なのは、彼と兵士の間の区別であり、兵士のその黒さは最も極端な他者性の具現であった。しかし、既にみたように、兵士との隔たりの感覚は、父親への感じ方が変化し、黒人への愛着がいや増すにつれ、動揺する。三角形の柔軟な性格に沿って、少年は、一方の男性に対する関係を他方の男性を通して媒介させることができる。しかし、それぞれとの微妙な関係は、父親の斧の運命の一撃によって解消される。この一撃によって、瞬時に截然と、少年は村の共同体から切断され、同時に、兵士に永遠につなぎとめられる。黒人の死後も、少年の傷ついた手からは、兵士の体臭がたちのぼるのだ。占領文学の多くは、外人男性の身体が自国の主体によって内面化されることを表示する場合のみ、身体的な比喩を用いているが、「飼育」は、戦時中、しかも、神話的な設定だけでなく黒人の力強い身体を神々しく描いている点で、大半の作品とは異なっている。

以下に取り上げる松本清張の「黒地の絵」も、黒人兵と身近に接する日本人男性を描いている。その「特殊な体臭」の虜になり、その体臭は、黒人男性の死後も彼の中に残り続ける。「飼育」と「黒地の絵」のような、内容を異にする二つの、しかも同年発表の小説作品が、黒人男性の体の身体的な内面化を表象するのに、同一の文彩を用いているとすれば、ここに際立つのは、ステロタイプの本質的な柔軟性であろう。様々な言説を横断して広く用いられ、一見して異質なテクストの間に顕著な類似性を浮き出させるような、それ自体としては狭く仕切られた一連のイメージ群こそ、ステロタイプによって表象されているものなのである。

黒人犯罪者を描写する葛藤――松本清張「黒地の絵」

一九九二年、八四歳で没した時、松本清張は、日本のミステリー作家の中で、まぎれもなく重鎮の地位にあった。多産な時期には、月あたり七〇〇頁の手稿をまるで機械のごとく量産したといわれる。その作品が、ベストセラーの上位五作を独占した時期さえあった。故郷だった小倉の新聞記者として文筆活動を始めた松本は、まず一九五〇年代初期、歴史小説作品でもって文壇の喝采を浴びた。ジャーナリズム、歴史小説、ミステリーに共通するのは、明らかなフィクションの語りの内部に枠づけられる場合でさえ、事実の詳細への関心、「検証可能な真実」の発見への関心が存することである。この検証可能性への関心が、「黒地の絵」を明白に貫いている。題名が示唆するように、戦後生活の暗い側面を描く作品である。アフリカ系アメリカ人兵士の集団による、日本人女性への暴行を暴きだすこの一九五八年の作品には、子供たち、チョコレート、チューインガムはもはや登場しない。白人兵たちに普通に向けられる感謝とルサンチマンの入り混じった感情を通して、彼らが描かれることもない。渋々の同情によって相殺される場合もあるが、黒人兵たちは、容赦のない一連の人種的なステロタイプを通して、語り描かれていく。

「黒地の絵」は、小倉(北九州市)――この街の朝日新聞支社の宣伝部に松本は勤めていた――で起きた実際の事件を再構成して小説化したものである。語りの特徴は、「ドキュメンタリー・フィクション」と呼ぶのが適当だろう。新聞記事が組み込まれており、ジャーナリズムの淡々とした口調とフィクションの全知に近い視点からの語り口とが交錯しあっている。[20]作品は二部に分かれる。ともに、冒頭は朝鮮半島での激化する戦争についての通信社からの記事の抜粋であり、ある暴力行為に注意が向けられている。第一部は、一九五〇年七月一二日の晩、ジョウノ・キャンプから、黒人兵の部隊がまるごと抜け出す。大きな排水管を抜けて基地内から逃げ出した後、部隊は小さなグループに散り散りになった。小説に描かれるのは、その晩に早くから酒を飲んでいた五人のグループで、前野留吉と芳子が住む二部屋の小さな家に辿りつく。バーと勘違いしたのである。芳子に「コンニチハ、ママサン」と語りかけ、ビールを要求するが、留吉は帰るように言う。一団は家に押し入り、飲みさしの焼酎の瓶を見つけ、すぐに飲み干す。渇きはお癒されず、武装した男たちは暴力的になる。ひとりが留吉にナイフをつきつけ、縛りあげ、兵士たちはその妻を犯しにかかる。妻が陵辱される時、留吉に抵抗するすべはない。レイプとその後がうんざりするほど詳細に描写される。擬似客観的な声の語りが用いられることで、その場面のおぞましさがいっそう引き立つ。

第二部は、レイプ事件のほぼ六ヶ月後の留吉に焦点があてられる。妻と離婚し、レイプ犯たちへの復讐心に駆り立てられている留吉は、ジョウノ・キャンプの「死体処理部」に職を得て、朝鮮戦争で死んだアメリカ人兵士の死体の中から、レイプ犯たちのリーダーを探すようになる。胸いっぱいに羽を広げた鷲の刺青が目立つ男だったので、容易に判別できた。これが、まさしくタイトルの「黒地の絵」である。留吉が死体を見つけ、メスを突き立てるところで物語は終わる。

以下は、「黒地の絵」の冒頭におかれた、一三紙からの報道記事の数例と、後に続く物語自体の一行目である。

（一九五〇年六月＝ワシントン特電二十八日発ＡＰ）米国防省は二十八日韓国の首都京城が陥落したことを確認した。

（大田特電七月一日発ＵＰ）韓国に派遣された米軍部隊は一日午後大田に到着した。さらに後続部隊も輸送途上にあるものとみられている。

（総司令部四日発表、ＡＰ）米軍部隊は三日夜、韓国前線ではじめて北鮮軍にたいする戦闘行動にはいった。

（総司令部十二日発表）米軍は錦江南岸へ撤退した。

（韓国基地十七日発ＵＰ）錦江沿岸の米軍は十六日北鮮軍の前線突破後、やむなく新位置に後退した。北鮮軍は強力な援護砲火のもとに大田に向って猛進撃をしており、米軍前線に阻止できぬほどの大部隊を投入している。

(十七日発UP)米軍は十七日大田飛行場を放棄した。

(ワシントン二十四日発AP)トルーマン大統領は米国兵力を約六十万増加し、新たにどんな戦闘が発生しても米国としてこれに対処しうるようにするため、総額百五億一千七百万ドルにのぼる追加支出案を二十四日議会に提出した。


太鼓は祭の数日前から音を全市に隈なく鳴らしていた。［一六九頁］

この冒頭で導入されるのは、語りにおける二つの主な声である。客観的なジャーナリズムの声と、擬似全知的なフィクションの声である。両者はテクストの中では空白部によって分け隔てられている。ジャーナリズムの声は、物語の出来事を特定の時代的・政治的な文脈の中に位置づけ、客観性の雰囲気を醸し出し、続く説明部分の「真実らしさ」を示唆する。対照的にフィクションの声は、兵士たちを犯行に走らせた衝動・本能の類を吟味する。様相の微妙な変化によって明らかにしたり、人種決定論の発想から知恵を引き出したりして、フィクションの声は、客観的な証拠の存在しない、語りの諸側面を担当する。松本作品は、個人の動機について広範な社会的条件に言及することがし

ばしばあり、数多くのミステリー作品の際立った特徴でもある。(21)

上に挙げた箇所に続いて、街中の隣人たちが描かれる。翌日開催される年に一度の祇園祭を前に、準備に余念のない人たちの姿である。月夜の下、若い男たちが祭太鼓の練習をしており、みんなで同じ冗長なリズムを刻んでいる。冒頭部分では、「習俗」「伝統的」「小倉の年に一度の祭り」というような表現でもって、小倉の人たちにとっての、太鼓の儀礼的・懐古的性格が強調される。現代人にとって、太鼓は儀礼の領域に属する、ということが示唆されている。これに対して、黒人兵にとっては太鼓の響きは魂の奥底に共鳴するものである。

> 日本人の解さない、この打楽器音のもつ、皮膚をすべらずに直接に肉体の内部の血にうったえる旋律は、黒人兵士たちの群れを動揺させて、しだいに浮足立たせつつあった。彼らは二日間もその呪術的な音を耳にためていたのだ。[一七二頁]

日本人と黒人兵とのこのあからさまな対比によって、二つの集団を異なった時間性のうちに位置づけることが容易になる。日本人の住まいは近代世界であり、そこでは太鼓の音は年に一度の洗練された儀式としてのみ存在する。黒人兵たちは、闇につつまれた原始的な近代以前の空間におり、太鼓の音は深く彼らの血をかきたてる。語りでは一貫して、黒人兵についての記述は、血と原始性のイメージへの言及が中心的である。それは、次のような語や言い回しにみられるもので、数頁に少なくとも必ず二度は使われている。「本能」「原始的」「猟師の血」「魔術の呪文」「野蛮人」[22]。このようなイメージによって、黒人兵たちは、野蛮な本能のゆえに非合理的な存在者として描かれていく。眠っていた彼らの原始性をうごめかすのは、まさに太鼓の音なのである。

太鼓と黒人の原始性の因果関係を確証するかのように、小倉の(白人)憲兵隊長、モーガン大佐が抱いていた、事件を先取りするかのような危惧が物語られる。黒人兵たちを指揮した経験から、原始人種への深い洞察を得ていたらしい。

その何回目かの膨満をはたすために、七月十日の朝、一群の部隊がキャンプにはいった。彼らは五、六本の列車輸送を要したほどの人数であったが、ことごとく真黒い皮膚を持っていた。不幸は、彼らが朝鮮戦線に送りこまれるために、ここをしばしの足だまりにしたばかりではなかった。不運は、この部隊が黒い人間だったことであり、その寝泊りのはじまった日が、祭りの太鼓が全市に鳴っている日に一致したことであった。

なぜ、それが不運か、あるいは、危険かは、日本人にはわからなかったが、さすがに小倉MP司令官モーガン大佐はその危惧を解していた。彼は市当局にたいして、

祭典に太鼓を鳴らすのはなるべく遠慮してほしいと申し入れた。[一七〇―七一頁]

以下、数行にわたり、モーガン大佐の要望に対して町の当局から出された反論が詳述され、次のような言及で締めくくられる。「司令官は眉をひそめて黙した。彼はそのとき危惧の理由が云えなかった――ことは、後でわかったのだ」[一七二頁]。事件を予告するこの重々しい筆致は、物語が前提としている太鼓とレイプの関連が、白人将校の権威によって補強される、ということに基づいている。「不幸は」とか「不運は」という語り出しの文章によって、そうした予期の身振りが強調される。明らかに個人的な判断が下されており、物語のほとんどを通して維持されている「客観的」な語りの声が中断されているという意味で、この箇所は周囲の文章から浮き出ている。テクストにおける平行構造と近接とあいまって、レイプの動機となった二つの要因があらためて示される――戦争と太鼓である。黒人兵たちにとっての「不幸」は、韓国の前線に送られる運命にあること。小倉の住民たちにとっての「不運」は、黒人兵たちの到着がたまたま祭り太鼓の響きと重なったために、住民たちも苦しむことになることである。表面的にみれば、黒人兵と地域住民の双方に、同情が示されているようにみえる。しかし、兵士たちを犠牲者と描くナラティヴは、彼らを原始的な野蛮人とするステロタイプな描写を背景にして、見られねばならない。

次の一節から明らかのように黒人たちが太鼓の音に特に敏感であるという考えは、人種についてのまったくステロタイプで決定論的な理解にもとづいている。

黒人兵士たちの胸の深部に鬱積した絶望的な恐怖と、抑圧された衝動とが、太鼓の音に攪拌せられて奇妙な融合をとげ、発酵をした。音はそれだけの効果と刺激とを黒人兵たちに与えたのだった。遠くから聞えてくるその音は、そのまま、儀式や、狩猟のときに、円筒形や円錐形の太鼓を打ち鳴らしていた彼らの先祖の遠い血の陶酔であった。［一七一―七二頁］

「飼育」では、黒人は、その原始性のゆえに、子供たちの安全な遊び仲間になった。突如として「敵になった」のは、つまり子供にとって大人・兵士となったのは、村の牧歌的な世界を破壊すべく脅かす近代の力と彼とが結びついた瞬間だった。しかし「黒地の絵」では、現代の共同体の安寧を脅かすのは、黒人兵たちの潜在的な原始性である。この作品にノスタルジーはほとんどない。むしろ、「［太鼓の］その単調な、原始的な音楽」［一七二頁］のような、近代以前の世界の遺物は、祇園祭の場合のようにうまく制約・制御されている。

「黒地の絵」において、兵士の野蛮さは、太鼓への言及だけでなく、馴染みのステロタイプや比喩を広く用いて描かれる。「舞踊本能」[一七二頁]、すえた動物的な「臭い」[一七六頁]は、身近に接した人の誰もが感じ取る特徴とされる。また、兵士たちは動物と[一七五―七六頁]、とりわけ猿と比較される[一七六、一七九頁]。しかし、「飼育」とは異なり、動物の観点は、黒人を描く場合にのみ用いられる――意味深い例外は、犯された後の芳子である[一八四―八五頁]。ステロタイプを用いて黒人を描く際の、その語りのぎこちないスタイルとあからさまな様子は、次の箇所によく表れている。

黒人兵たちは、不安にふるえている胸で、その打楽器音に耳を傾けたに違いなかった。どどんこ、どん、どん、どどんこ、どん、どん、という単調なパターンの繰返しは、旋律に呪文的なものがこもっていた。彼らはむき出た目をぎろぎろと動かし、厚い唇を半開きにして聞き入ったであろう。音は、深い森の奥から打ち鳴らす未開人の祭典舞踊の太鼓に似かよっていた。そういえば、キャンプと街との間に横たわる帯のような闇が、そのまま暗い森林地帯を思わせた。[一七二頁]

語りの事実的・平叙的な調子(「だった」「であった」)が、思弁の語形変化(「に違いなかった」「であろう」)や、思いつきの補足(「そういえば」)に譲る、数少ない箇所の一つである。思弁的な様相は、黒人からの語り手の情緒的な距離を強調するのに役立ち、まずもって、黒人たちの思考や感情を叙述する箇所で用いられる。「黒地の絵」では、そうした情緒の距離が、男たちを暗闇と結びつけることで際立たされる。男たちは、はっきりしたアイデンティティのかけたジャングル・影・神秘的な場所に棲息していることにされる。基地と町との間の暗い空虚な広がりを、黒人たちに本来的に適合した境界空間として見るよう、読者は促される。その暗さは、彼ら自身の暗さと符合しており、文明――光の世界――から孤立した彼らは、その本来の生息地に戻る。黒人兵たちは、白人の支配する基地にも、日本の町にも属さない。暗さとのつながりのゆえに、彼らは近代や文明のアンチテーゼの側におかれる。基地を抜け出し、黒人兵たちがまず現れるのは、「キャンプと街との間に横たわる帯のような闇」［一七二頁］である。町のはずれに小さな農村があり、そこでは家が集中して建っている場所もあれば、まばらなところもある。その夜は、どの家にも明かりが灯っていた。以下の箇所に描かれているように、黒人兵たちは本能的に、不穏な様子で、闇から光の方へ動いていく。

　黒人兵たちは、その灯を目標に歩いた。地理は皆皆目わかっていなかった。それは数日後の彼らの生命がわからないのと同じであった。彼らは、知らされなくても、海の向うの戦況に敏感であり、米軍の一歩一歩の敗退が、彼らの生命に直接かかっていることを知っていた。退却する味方と、追ってくる敵との隙間に、彼らは投入されるのだ。木が焼かれ、砲車の破片が散っている戦場に腕と脚とをもがれて横たわっているおのれの姿の想像は、ある確率で彼らの胸にせまっていたに違いないが、その現実までには、百数十時間か、それ以上の距離がまだあった。彼らは、一時間でも一分でも、そこに近づく意識を消そうとかかっていた。それは祈りに近いものだった。

もともと、アフリカ奥地で鳴らす未開人の太鼓には、儀式の祈りがある。彼らの祖先がアメリカ植民地開拓の労働力として連れてこられたとき、白人から教えられた神の恵みに感激し、奴隷の束縛された生活のうちに光明を見いだして創造した黒人霊歌にも、アフリカ原始音楽のリズムが、神とは別な、呪術的な祈りのリズムが流れて潜んでいる。——

太鼓はやまずに遠くから鳴っていた。鈍い、呪文的な音だった。黒人兵士たちは生命の絶望に祈ったのかもわからなかった。彼らは、道をかまわず歩いた。靴は、伸びた草をたおし、田圃をつぶして、人家の灯を目ざして歩いた。狩猟的な血が彼らの体にたぎりかえっていた。闇は、狩猟者のはいくぐって行く森林であった。

[一七三頁]

この一節が描くのは、太鼓で催眠状態になり、ゾンビのように家の灯りの方へ歩いてゆく黒人の（あさはかなものにせよ）不吉な情景である——破滅を運命づけられた黒い男たちが黒い森を通り過ぎ、文明の灯りの方へ向かっている——。また、彼らが足で米を踏みつぶしていることにも注意する必要がある。そうして日本文明の暗黙の象徴を破壊し、さらには農耕民族と原始的狩猟民族とを区別するのである。

　この大ざっぱな黒人兵たちの描写は、語り手が彼らを破壊的なより大きな力の犠牲者として同情的に描きだすことで部分的には相殺されている。上記の文章でも触れているように、彼らの祖先は奴隷であった。そしてこの男たちは、アメリカ軍内部で黒人を隔離し、そして最も危険な戦場に送り込むような差別的な軍の方針に従属しているのである。しかし、先に論じたような様相的テクストの変化を通してだけでなく、レイプ場面へと続く文章における観点の突然の変化を通しても、こうした同情的態度は危うくなる。語り手は明らかに留吉であり、読者もまた主観的・事実的観点に戻ったナラティヴの変化に気づくであろう。

> 留吉は、妻の体の上をおおった浴衣をはねのけた。彼女の脚が彼からのがれようとした。彼は自分の足でそれを押さえた。
>
> 　こんな行為で妻の屈辱に同化しようというのか。留吉は激しい昂ぶりの中に、まだ妻に密着しようとする自分の努力を感じた。彼の胸板を汗が流れた。が、行為の

同調はあっても、意識の不接着はとり残されていた。

　昭和二十五年七月十一日夜の、小倉キャンプに起った黒人兵たちの集団脱走と暴行の正確な経緯を知ることは誰も困難である。記録はほとんど破棄された。

　しかし、彼らが二十五師団二十四連隊の黒人兵であったことはたしかであった。二百五十名はその概数である。

　彼らは午後八時ごろ、兵営から闇の中に散って行った。手榴弾と自動小銃を持ち、完全武装をしていた。彼らは民家を襲った。夏の宵のことで、戸締りしていない家が多かったから侵入は容易である。武装された集団の略奪と暴行が、抵抗を受けずにおこなわれた。

　日本の警察が事態を知ったのは、九時ごろであった。しかし、外国兵にたいしては、無力だった。警察署長は全署員を招集し、市民に被害が拡大しないことにつとめた。市内から城野方面に向う一線は全域にわたって交通を遮断した。それからA新聞社のニュースカーで市民に危険を知らせ、戸締りを厳重にするよう警告した。これだけが、日本側の警察がとりうる最大限の処置だった。[23]［一八五頁］(傍点原文)

この文章の冒頭部分から明らかなように、語りも観点も留吉とほぼ一致している。また、そのナラティヴ手法によって読者は自然に留吉に同感したくなることがある。たとえば、「こんな行為で妻の屈辱に同化しようというのか」という留吉の疑問は引用記号なしでテクストに挿入されているし、最初の二つの段落では一貫して「妻」という表現が使われる。文章は一見「第三者」の語りが保たれているようだが、その観点は本質的には留吉のものである。

対照的に、黒人兵たちはずっと名前を持たぬままであり、個人的特徴のない集合体として扱われる。しかし、黒人兵のステロタイプな扱いよりも、芳子が語り手の位置には置かれぬことの方が見過ごされやすいかもしれない。彼女はこの物語の一番の被害者であるのに、犯されている間もその後においても、その思いや感情は留吉からは離れたところにある。彼女の助けを求めて泣き叫ぶ無駄な努力、痛みとあきらめのうめき、そして最後には血まみれに嬲られた体が、留吉か語り手(特定されることはないが、男性と考えて間違いない)のいずれかによって、ただおぞましい詳細をもって描写されるのである。「カクテル・パーティー」同様、「黒地の絵」は外国兵士の手による現地女性の性的犠牲を物語っているが、その犠牲者に声は与えられない。犠牲者としての内在的な象徴価値以外、これらの作品は女性の登場人物に無関心なのである。しかし、ここまで論じてきた他作品においての男性主人公と占領兵士の関係とは異なり、兵士たちへの留吉の反応は性的欲望でも男の同志愛的感情でもない。上記の箇所で一瞬だけ、留吉――妻の苦しみに同化しようと、無理矢理抑えつけて彼の方に引きよせようとする——と兵士たちが平行構造上におかれる。この象徴的なレイプの再演出は「カクテル・パーティー」において、検事や他の数人の男のために、犯罪を再現することを語り手が娘に強いる場面を思い起こさせる。

第二部は、別の空間で、明らかな語りの観点の変化とともに始まる。ここでは、ナラティヴは客観的ジャーナリズムの領域に戻ってきており、「事実」のみが照らしあわされている。より客観性を期するため、この手法では個人的なナラティヴは避けられている。しかし同時に高度に再帰的であり、特定のデータの正確さと他の情報を遮断した論述であり、時として一段と高い位置からの話法に移行する。この箇所では一文がほとんど電報のように短く、特定された時間、名称、数量が多く登場する。言い換えれば、ナラティヴにおいてジャーナリズムの硬く、はっきりとした言葉をとることで、曖昧なフィクションの領域を脱しているということだ。次の文章は「正確な経緯を知ることは誰も困難である」で始まっているが、これはここまでに語られた出来事が物語化され、憶測に基づいているということを強調し、さらにデータに基づいた完全な事実的記述の方が望ましいことを暗に示しているのである。こうして、このナラティヴの限界(フィクション的手法に頼らざるを得ないということ)をあえて認めることで、全知的な語り手がどこが真実でどこが想像上に再構築されたのか、あえて明記しないだけなのだろうという仮定のもとで読者は読むことになる。すなわち、より広範な信頼し得る存在を提示できるのである。

しかし、これら二つのディスコースの方法――ジャーナリズムとフィクション――は相互に矛盾するものではなく、「黒地の絵」のほとんどの部分で、上記の箇所ほど克明に線引きされているわけではない。松本のナラティヴの手法は、確定的事実の不足ゆえ、ジャーナリズムの性質上語り得ぬ隙間を「埋める」ためだけにフィクションの手法を挿入するのだ、という弁明から脱し得ない。これは良く言えば説得力がなく、また悪く言えば詐称的ということである。テクストで語られなかった事実の範囲内のみでフィクション上の考察に枠組みを与えることで、レイプの背後にある動機があれほど酷く人種差別的に再構築されることに対しても妥当性を付与してしまう。しかし、この物語はまた、ジャーナリズムの手法によって、アメリカ社会の内部にある人種差別を露呈し、戦争という文脈において黒人兵士であることの致命的意味をも明らかにしている。第一部の終焉に向け、この騒動の夜、脱走した第二四連隊は憲兵に包囲され、おとなしく降伏したということを語り手はあえて述べた後、こう続ける。「彼らが、翌日、どのような処罰をうけたか誰も知らない。おそらく処罰は受けなかったであろう。必要がなかったのかもしれない。彼らの姿は二日とたたないうちにジョウノ・キャンプから消えていた」[一八六頁]。この箇所で黒人兵たちの窮状が今一度ほのめかされ、これがどういうことかは第二部ではっきりと解き明かされることになる。

「黒地の絵」の後半は一九五一年一月のこと、留吉が働く「死体処理場」の作業が物語の中心となる。ここでは、留吉は半ば全知的な語り手、もしくは香坂医師(死体識別のためにそこに雇われている歯医者である)の目を通して描写される端役である。第二部は再び、短い一連のニュースとともに始まり、今回は一九五〇年九月から一〇月終わりにかけての朝鮮戦争の進捗状況が報じられている。ここでは米・韓国軍が共産軍を食い止めるのにますます苦境に立たされていることが伝えられ、最後の報道では合衆国軍幹部が中国共産党軍の三八度線突破を確認したと報じている。第二部の冒頭に再びニュース報道を使用することは、そこから続く出来事に対し、現実世界に位置づけることで正当性を与えているわけである。

第二部は、死体処理場での作業をかなり微細に描写することに費やされ、ここでの議論にはほとんど関連しないものである。しかし、物語の前半で提起された諸問題は、第二部にいたってより完全なかたちで提示される。第二部では黒人兵たちが自国民によって搾取されていることに注目しているが、これはある意味で、物語の前半を通した(黒人)兵士たちへのステロタイプな描写を相殺するものである。小説の前半で、彼らが白人兵よりも苛酷な運命に見舞われるであろうことに対しては繰り返し伏線がはられていたのだが、後半ではそれを証明する死体が量産される。次の箇所で香坂医師は人種の話題が出た際、彼自身のような日本人の歯医者と、アメリカ人の歯医者との給料差について述べている。

「おれも日本人の歯医者というだけで給料に差別をつけられている。安いとは云わんがね。しかし、オーストラリア人だって、米国に市民権を持っているというだけで法外な高い給金をとっている。技術はおれの方が上だと思ってるがね。国籍が違うというよりも、有色人種の蔑視だ」

歯医者はここで少し声を低くして云った。

「どうだい、君も気づいただろう？　戦死体は黒人兵が白人兵よりずっと多いだろう」

留吉は目をあげて返事の代りにした。

「おれの推定では、死体は黒人兵が全体の三分の二、白人兵が三分の一だ。黒人兵が圧倒的に多い、ということはだな、黒人兵がいつも戦争では最前線に立たされているということなんだ」〔一九六―九七頁〕

ついに留吉の心をとらえたとみえる問いを投げかけるまで、ほとんど歯医者が話しながらもこの会話は続く。

「黒人兵はそうされることを知っていたのでしょうか?」

少し時間がたっていたので、歯科医は質問の意味の念を押した。

「つまり、自分たちがその位置に立たされるということをか?」

「殺されることをです」

留吉の云い方が、激越な方に訂正されたので、歯科医は何となく不機嫌な顔になり、わざと前言と矛盾する曖昧さで答えた。

「不運だということとしか考えないね。白人だって死んでいるんだから」

「しかし」

と、労務者は強硬だった。

「殺されるとは思っていたでしょう。負け戦の最中に朝鮮に渡ったのですからね」

[一九七—九八頁]

会話は留吉が黒人兵士に対して、しぶしぶの同情的表現をするところで終わっている。「黒んぼもかわいそうだな。かわいそうだが——」。

「有色人種」に対する歯医者のコメントと、留吉の黒人兵士への憎悪とない交ぜになった同情の表現は、「黒地の絵」第一部で示された人種的不平等という伏線の帰結である。小説はこの問題を掘り下げていくことも、より高度に究明することもしない。しかしアメリカ社会内部に存在する人種差別をはっきりと認めている。同時に、それがいかにして軍の政策において反映されたかを具体的に示し、黒人兵に被害を受けた日本人にどう作用するのかを問うている。物語の結末は、この最後の問いに対して曖昧な答え方をする。留吉はついに、タトゥーの兵士の遺体を切り裂くという復讐を遂行する機会を得る。死者を「殺す」とは、復讐としては空虚であり絶望的である。特に留吉と芳子が被った喪失感からみれば、なおさらだ。しかし、日本の警察もアメリカの権力者も彼らを裁くことはなく、留吉は自分自身に依拠するしかなかったということである。復讐への効果的手段の不在は、「黒地の絵」に皮肉なねじれを作り出す。――アメリカの人種差別構造の中でしか、レイプ犯は裁かれない――。

小説のタイトルもまた皮肉である。その象徴自体を説明し(それはずっと繰り返される)、読者が確実に「わかる」ようにしているという点で、ナラティヴは根本的に教条的である。物語の中心的シンボルというその役割にもかかわらず、鷲のタトゥーへの偏重により、このメタ推論的傾向は捨象されている。それがタイトルとなっているほど明らかなイメージについて、なぜナラティヴは説明・解釈を与えないのだろうか？　「黒地の絵」がミステリーを含むとしたら、この側面に見出せるだろう。というのは、松本の説明主義的手法と、小説を収束させる(松本が著名であるミステリーというジャンルにおいての必須事項である)という観点からすれば、なぜ皮肉に満ちたイメージを説明する機会を無駄にしようとしたのか、理解し難い。何と言っても、「自由の国」にあって隔離と差別を被っていたアフリカン・アメリカンが――自分の肌に永久に刻み込むためにあり得たあらゆるイメージの中から――アメリカの国家シンボルであり「自由」のイメージを持つ、飛翔する鷲を選び取った、ということなのだから。小説中、このタトゥーの唯一の解釈は、死体のタトゥーを目にした時の香坂医師の心情としてのみ綴られている。

鷲など珍しくない、と歯科医は思った。外人は刺青の絵がらに鳥類が好きである。あれは幼児的な心理なのか、それとも呪術的なものであろうか。デッサンはおさなく、点描は粗笨であったが、カンバスが白い皮膚でなく、黒地であるところに、その絵の原始的な雰囲気の濃密さが奇妙に感じられた。[一九九頁]

この箇所では、タトゥーの象徴的側面についてはほとんど解釈がなされていないのみならず、第一部を通して押し出されたのと同じステロタイプな観点――人種差別に対する先の発言と矛盾するような――の原因を歯医者に帰属させている。歯医者が原始性や迷信について言及することで、半-全知的語り手にも変調をきたし、この小説の人種へのアンビヴァレントなスタンスが浮き彫りになる。

一見したところ黒人兵に対する葛藤において、「黒地の絵」は「飼育」ほどの説得力には欠ける。部分的には、小説におけるステロタイプなイメージが、その過多ゆえ黒人兵を非‐人間化させ、結果、物語の兵士に対する共感に優ってしまうためである。「飼育」における大江の蒙昧な、神話的舞台設定により、作家のキャラクターを表現することへの裁量は広がっている。これまでみてきた通り、「飼育」では様々なやり方でこの曖昧さが表現されている。たとえば、名づけや地理的位置において村とも街とも言及されていない。登場人物には名前が与えられないか、またはあだ名で呼ばれている。兵士も含めて誰も、はっきりとは国籍を特定されていない。読者はこの出来事が一九四五年の夏の間に起こったことであることを推察することは可能だが、具体的な日付は与えられていない。見慣れぬ風景と非日常的登場人物により、舞台の現代日本との遠隔が暗示される。対照的に、松本の強調的な時制・地理の特定と、それに伴うナラティヴの正確さへの憶測により、黒人兵についてのステロタイプな表現が妥当なものとして見えてしまう。しかしながら、「黒地の絵」を日本人による一介の人種差別的作品として退けてしまうと、この小説が殊に主張していること――黒人兵は彼ら自身の社会における人種差別の被害者である――を見逃してしまうことになる。また、当時の日本ではほとんど認知されていなかった社会問題について人々を注目させたという功績においても、松本を否定してしまうことになる。果たして、「黒地の絵」の出版から二年のうちに国中での日米安保改定への反対運動が合衆国への新たな批判を引き起こし、アフリカン・アメリカンの郷土での隔離・差別という苦境への同調的記録が、多くの本でみられるようになったのである。(24)

抵抗の詩――新川明「有色人種」

新川明の詩「有色人種」が、琉球大学学生の同人誌『琉大文学』一九五六年三月号に掲載された際、ちょっとしたセンセーションが巻き起こった。(25) とはいえ新川の作品が話題になったのは、これが最初ではない。その前の「「みなし児」の歌」において、占領への抵抗を臆面もなく主張するその作風は、既に読者の、そしてアメリカ検閲局の注目を引いていた。沖縄において政治が活況を呈していたこの時代、新川の抵抗詩と、このラディカルな学生文芸誌は、そうした歴史的コンテクストを最も敏感に感知していたといえよう。

一九四五年、アメリカは沖縄上陸後まもなく、数年前に建てられたばかりの日本海軍の航空基地を接収し、米軍施設を設置した。朝鮮戦争の勃発により、アメリカはアジアでの共産主義拡大を抑止する戦略の一部として、沖縄に半永久的に米軍を置く方針を打ち出す。基地拡大は新規雇用を開拓したものの、地元農民から農地を取り上げるまでに至った。まもなく沖縄の基地建設労働者たちは低賃金に抗議しはじめ、土地所有者たちは土地接収に対抗する動きをみせた。一九五三年初頭、土地所有者とその支持者たちの抵抗運動が緊張状態に達し、米軍との武力対立に発展しかねなくなると、米軍当局は同年三月、自由裁量で土地所有を認めるという法令を発してこれに対処した。その一一月、訪沖したニクソン副大統領は、共産主義の脅威が続く限り、アメリカの沖縄占領を継続すると宣言した。以後三年間、アイゼンハワーは少なくとも年に一度、アジアの米軍展開の戦略的基地として沖縄を無期限に占領下に置く意志を公言している。

一九五三年の政策によって不動産を取り戻した土地所有者の多くは、生計を立てるのがやっとの零細農家であった。米軍は土地を没収するため、「銃剣とブルドーザー」の時代として知られる圧政的手段に訴えた。

しかし、ついに12月5日午前8時15分、米軍はブルドーザーを持ち出してきました。すると、急を聞いた住民約1200名が、それを取り囲んで運転中止を訴えました。すると、1時間後に装甲車14、5台を始め、機関銃4〜5丁、機関砲10数門などを備え、いまにも戦闘開始するような実弾を装塡し、着剣した銃を持った350名の完全武装兵が住民を取り囲みました。最初はあまりの物々しさに住民は演習だと思い込んでいました。しかし、その包囲網が狭まってきて、銃剣の先が住民の肩や胸に触れたたので、一時は全員死を覚悟しました。それで、じっとしている住民に業を煮やした

米軍は、ついに銃床でなぐりつけ、軍靴で蹴り、片っぱしから住民を溝に投げ込むという実力行使を開始しました。(26)

一九五六年までには、土地接収への怒りの声が広がりを見せ、ついに戦後沖縄最初の大きな市民運動「島ぐるみ闘争」が起こる。この運動には多くの市民が参加し、抗議自体は土地問題に向けられていたものの、数年のあいだにくすぶっていた占領への総合的な不満を誘発した。「島ぐるみ闘争」は、沖縄の様々なグループが戦後初めて占領政策への抵抗のために連帯した闘いであり、沖縄にとっての「島ぐるみ闘争」の意味は、本土にとっての六〇年安保闘争よりもはるかに重要だという見解もある。(27)この広範な運動はまた、黎明期の本土復帰運動の原動力にもなった。沖縄政治における極めて活発なこの時代の真っ只中で、『琉大文学』は新川の「有色人種」を掲載するという勇敢な決断をしたのである。

この学生雑誌の同人のうち何人かは、抵抗運動の発展に寄与した中心的オルガナイザーであり、すでに新川の「「みなし児」の歌」掲載号の発禁処分を余儀なくされた経験もあって、新川の新作「有色人種」の秘めた起爆力を十分承知していた。編集部は、義務づけられている事前提出をせずに掲載号を出版し、検閲局を出し抜こうとした。この号には他にも、既に「コミュニストへの脅迫」に関わり、いまや盛り上がりつつある市民運動の弾圧に着手せんとする占領当局への、扇動的な警告を含んだ作品が幾つか掲載されている。新川の詩における好戦的な調子や「反米」的(つまりは「反白人」的)内容は、彼らの怖れを鎮めるどころではなかった。米政府は大学当局を通じてこの学生誌を厳罰に処した。既に出回っている号は回収、雑誌は六ヶ月間発行停止、そして「島ぐるみ闘争」に関わった同人のうち四人は退学の措置がとられた。結果として、『琉大文学』は事実上一年間、発行停止を余儀なくされた。

「有色人種」は、沖縄戦後文学史において、『琉大文学』検閲との関連で簡単に触れられてはいるが、この詩自体に関心を払った批評家は極めて少ない。それはおそらくこの詩のきんきんと耳障りな調子や技術的な甘さ、人種的差別を受ける者たちの団結への安易な呼びかけなどに起因していよう。しかし『琉大文学』は確かに、戦後沖縄の知と文化の歴史において、弱小な学生文芸誌としては不釣合いなほどの大きな役割を果たし、広く人々の関心を集めた。なにしろ『琉大文学』は発行部数たった五〇〇部、しかも一九五三年の創刊から一九六七年に至るまで不定期にしか発行されなかったのだ。

鹿野政直は、戦後沖縄の思想史をめぐる優れた研究の中で、『琉大文学』は戦後沖縄知識人の間でほとんど「神話的」な位置を占めていたと述べている。大江健三郎も『琉大文学』に言及しているし、既に一九五六年までには、同誌は大学外にも影響力を広げている。この頃までに大城立裕や船越義彰など地元作家は『琉大文学』同人たちと定期的に批評的な対談をしており、沖縄の知識人たちの関心を引いていた。皮肉なことに、『琉大文学』の歴史的重要性は、学生のために小説や詩作の場を提供しようという本来の目的からは離れていき、文芸誌としての『琉大文学』は後世に残る文学作品をあまり生み出すことはできなかったようである。鹿野も論じているように、この雑誌の重要性と名声は、文学作品よりはむしろエッセイや忌憚のない論争、鋭い風刺などにある。[28] しかし鹿野が言うには、『琉大文学』が批判したのは占領支配にとどまらず、同時代沖縄文学の主流に対しても向けられており、沖縄の作家たちとの間に激しい論争がおこった。[29] 『琉大文学』は単に論争的であるという以上に、同時代の政治的状況の中で沖縄の歴史と文化を問い直す、活発な議論の場を提供したのである。それが、沖縄の知性への最も重要な貢献であった。[30]

『琉大文学』は、一九六〇—七〇年代の華やかな文化的政治的状況において、指導的役割を果たした多くの沖縄人たちのキャリアの出発点になったという意味でも、注目に値する。なかでも最も影響力のあったひとりが、『琉大文学』創刊者である新川明だった。新川は一九三一年、沖縄人の父と本土出身者の母との間に生まれ、日本がアジアで帝国を拡大しようとした時代に沖縄で育ち、「軍国少年」だったと述べている。[31] 終戦まで八重山諸島で過ごしたが、一九四六年に本島に移住、コザ高校に入学した。日本の敗戦には大いに取り乱し、敵アメリカへの復讐を願ったと自ら語っているが、ふと気づくと、米軍のすぐ近所に住んでいたわけである。貧しいがのどかな八重山での生活から、これほど対照的な環境を選ぶことはおそらくできないだろう。コザでの生活は、彼の熱く燃える精神を鎮めてはくれなかった。この激情的な青年が一九五三年に『琉大文学』を創刊、まもなくイデオロギー色の濃い詩を誌面に発表することになった。「有色人種」発表当時、新川は既に大学を卒業しており、『沖縄タイムス』に記者として勤めていた。しかしこの詩は、新川が卒業後もその燃えたぎる心を失わなかったことを示している。

詩の中で新川は「人種」という単語を用いているが、その使い方は、同時代(一九五〇年代)アメリカにおける〝race〟の使い方と極めてよく似ている。どちらの文脈においても、人種とはまずは肌の色を意味し、白/有色、あるいは白/黒の二極によって主体を定義する。しかし新川の詩が示しているように、このような色を中心とした二分法的人種概念は、主体のどの位置にも的中しない——白または黒の占領軍兵士の位置であれ、あるいは「黄色い」被支配民族の成員たちの位置であれ。新川は、この「黄色」という派生的カテゴリーがとりわけ問題含みであることを明らかにしており、当時の彼自身にとって、まだなじみのないことばだったはずだが、この詩をもって新川は人種というイデオロギーの〈脱構築〉を行ったものとして読まれうる。

「有色人種」という作品は、「ボクラの皮膚」「黄色人種(Ⅰ)」「ブラック・アンド・イエロー(駐留黒人兵に捧げる歌の一)」「黄色人種(Ⅱ)」、そして「異郷の黒人兵　又は黒人哀詩〈駐留黒人兵に捧げる歌の二〉」と題される五篇の詩で構成されている。次に掲げるのは第一詩と、第二、第三詩の抜粋である。

ボクラの皮膚

ボクらの皮膚は白ではない。
ぶよ　ぶよ　産毛《ウブゲ》の生えた　白　ではない。
太陽に灼かれ　台風に叩かれ
塩粒を含んだ南国の海風に曝された
底光りのする小麦色だ。

だが　白い人種は
ぶよ　ぶよと　産毛の生えた白い人種は
このボクらの島にオネスト・ジョン(32)を運び込み
ボクらの主人面をして　島をのし歩く
白い人種は

ボクらのことを　黄色人種《イエロー》と呼ぶ。
ボクらのことを　黄色人種《イエロー》と呼ぶ。

黄色人種（Ⅰ）

ボクらは黄色人種
YELLOW-FELLOW《イエロー・フェロー》—
キミらの目には
弱々しく　不健康な〈黄色い野郎〉だ。

ルイ十六世が白かった程に白い。
ヒットラーとムッソリーニが白かったほどに白いキミら
キミらの目に
ボクらは弱々しく
［中略］
だが　イエローで

ボクらはイエローで　沢山だ。
黄色人種で沢山だ。
混りッ気ない思いにつながる黄色人種だ。
〝イエロー・フェロー〟　で沢山だ。

ブラック・アンド・イエロー

（駐留黒人兵に捧げる歌の一）

キミたちの肌も白ではない
鉄のようにたくましい黒褐色だ。
消すことの出来ぬ幾条もの鞭痕を秘めた
巌のように頑丈な黒褐色だ。

この黒いキミたちと
黄色いボクら。
有色人種のキミたちとボクらだ。(33)

新川の詩は、人種というアイデンティティが曖昧で恣意的な基準に拠っていることを、肌の色を用いて効果的に表現している。詩の冒頭では、沖縄人の語り手が、白人占領者によってどのように黄色人種として——アルチュセールの言葉を借りれば——「召還される」かが提示される。この連詩は、主体に黄色人というアイデンティティが与えられる最初の出会いから、それが抵抗の基盤として展開していくまでが描かれる。最後の、詩人の、他の「有色人」との団結への呼びかけは、白人によって定義された人種的アイデンティティに基づく。こうした進歩——それこそがこの詩を、形式的レベルとは言わないまでも哲学的レベルにおいて複雑化している——を通して、「有色人種」は、人種を示す不適切な符牒として肌の色を徹底して指し示すと同時に、その無根拠の符牒を踏まえて新しい連帯意識を呼びかけるのにも利用する。

こうした矛盾を利用して、「黄色」が有意味な人種カテゴリーであるという考えを嘲りつつ、「黄色」い人々と「黒」い人々との団結を呼びかける。「黄色」や「黒」の肌の色を、小麦色、鉄色など滋養やパワーをイメージさせる他の表現で描写することにより、色という称号が恣意的なものにすぎないことを暴く。作品の狙いが、「有色人種たち」への白人の支配をくじくことであるならば、それは作中のメッセージのみならず、修辞法によっても裏付けられているといえる。団結を促し、様々な有色人種たちを単数の「有色人種」へと転換させることで、沖縄人とアフリカ系アメリカ人の団結を呼びかけている。初めの二つの詩は黒人の存在には特に触れていないにもかかわらず、非‐白人という人種的アイデンティティが、白人の遍く権威の産物――「お前たちは黄色だ」(したがって、我々は黄色だ)――であることを表している。最初の二つの詩で肌の色による呼称が恣意的なものに過ぎないことを暴いたとすれば、第三詩の試みは、「黄色」を肯定的な言葉で定義することで、やはりポジティヴに語り直された「黒」性へと結びつけることである。そして最後の詩は黒人兵たちに彼らの奴隷の歴史を思い出し、自分たちの立場に目覚め、「キミたちを圧しつぶそうとする全てを焼きつくせ!」と声高に要求する。

「有色人種」は、抑圧された人々が、抑圧者たちの言説を内面化することで自分たちの自身の従属性を永続化させてしまう、という状況を示唆している。こうした葛藤は意味論の上だけでなく、書記法のレベルにおいても、占領文学にしばしば見られる。たとえばこの詩を通じて、「黄色」はひらがな、カタカナ、英語など様々な書記法を用いて書き表され、さらに様々なフォントが用いられることによって、通常の表記というよりは冒険的な書き方である。こうした表記上の戦略は、人種の分類の恣意的で流動的な性質を強調することで、詩の意味内容を補強している。しかし、この詩を最も複雑にしているのは、既に固定的ではないと暴いている肌の色のような概念的分類に対し、明らかな矛盾を受け入れ、頼っていることである。皮肉や風刺を通して、この詩は「黄色人」

と「黒人」を賛美しつつ、彼らが決して黄色でも黒でもないことを示す。肌の色が本質的には何の意味もないことを主張する一方で、白人のかよわい肌を子供じみて傷つきやすいと形容することで、白人を厳しく非難する。

「有色人種」における曖昧さ、あるいはアポリアとして他にあげられるのは、この詩が宛先の欠けた問いを持ち出していることだ。とりわけ注意したいのは、沖縄の日本に対する関係性についての曖昧さである。最初の行で、「我々の肌」と書かれているのは、南国の風景に限定された荒削りな産物としてのそれであり、いわゆる「黄色人種」という人種的呼称とは異なるし、また北方の日本人たちとも異なる。我々は、この詩の提起する黒と黄色の連帯の中に、日本人は含まれていると解釈するべきなのだろうか？　もし含まれているなら、このことは、戦時下の日本と沖縄の関係をどう捉えることになるのだろうか？　結局日本人はヒトラーおよびムッソリーニと同盟を結んでいたのであり、彼らはこの詩において、白人が人種的に優越しているという想定を嘲るために選ばれている。もし沖縄人が日本の戦争遂行に加担しなかったというのであれば、この詩は、日本人と沖縄人の関係はアメリカにおける白人と黒人——言い換えれば、自分の属する社会において抑圧されながら、自分たちを抑圧している者たちのために戦うべく徴集された人々——の関係の鏡であるといえるだろうか？　最終的に、「有色人種」は、沖縄人とアフリカ系アメリカ人とを同じブラウン系の色によって描写する。このことは、沖縄人は日本人より黒人とより親近性があるということを示唆しているのだろうか？　あるいは、沖縄人と日本人の黄色は、別の色なのだろうか？

一編の詩に、過剰に意味を求めるのは不公平かもしれない。しかしこれらの疑問を措いても、次に掲げる第四詩における純血主義概念への疑問は残る。

黄色人種（Ⅱ）

黄色人種の中にだって
さまざまな人種がいる。

純粋な血を守り
純粋な血を信じ
はげまし合い　固く結びつき
歩調を合わせてすゝむ人たちがいる。

それらの血を裏切り
それらの血を売り渡し

猿のように醜悪な面相を　巧みな仮面の下にかくして
び態をつくす世渡り上手がいる。

ボクらは　その仮面をひっぺかし
白日のもとに引き据えるために
目を開いている。
ボクらの血を濁すために
仕掛けられたワナを発《アバ》くために
四六時　目をひらいている。

ボクら黄色人種が
黄色人種であることに誇りを持ち
黄色人種の中の猿や
ボクらの血を脅す白い狼の
べんべん　とした太鼓腹を引き裂くために
ボクらは歩く。クワッ！と目を開き
ボクらは歩く。

既に、初めの三つの詩が人種という概念の流動性を、そして特に「黄色人種(Ⅱ)」の最初の行が「黄色人種」という表題そのものの多様性をどのように暴いているかを見てきた。しかしこの第四の詩では、いささかの皮肉もなく血と純潔が繰り返し参照されるため、読者は混乱し、裏切られたとさえ感じても不思議ではないだろう。第二、三連ではイデオロギー的に後退しはじめている――「黄色人種の中の多様な人々」とは、人種への忠臣と反逆者、血を守るものと血を裏切る者であるにすぎない。五連の詩のうちの数行は、純粋性との関係を表現しているが、この詩だけは、人種という概念が血を通して確立され脅かされることを示している。「黄色人種(Ⅱ)」は、それ以前の詩が問題視してきた人種という概念についての有害な仮説に屈している。「血を売った者」「血を裏切った者」「血を犯した者」への断罪は、アメリカ兵と沖縄の女性との接触に対する警告のようにも見える。しかしこの詩の「雑婚」への抗議は、経済的ないし性的搾取への疑問よりはむしろ、人種的純血への脅威を重視しているようである。もちろん、純血の神話に寄与する人種理論は、純血という概念自体が極めて危ういものであるために、もろいものではあるが。

こうした批判にもかかわらず、この詩は政治的抵抗への参加という点において、本著が扱ってきたどの日本または沖縄の文学作品とも異なっている。占領下の生活を占領後に書いたそれらの物語と対照的に、新川の詩は占領の真っ只中で書かれ、急成長する抵抗運動に希望を与えたのである。一九五六年の沖縄において、抵抗の行動は多くの人々にとって占領に対する有意味で前向きな応答だったのであり、この詩が怒りの表現の只中においても楽観性を失わないのも、そのためである。「アメリカン・スクール」とは違って、新川の詩はパロディを、抵抗の可能性を閉ざすものとして用いはしないし、「オキナワの少年」や「青ざめた街」とも違って、退却や飛翔を、外国による占領へのたった一つの応答とみなすこともなく、あるいは「カクテル・パーティー」とも異なり、占領者の統治システムを通じて抵抗への回路を開くような法的解決には関心がない(34)。「有色人種」は一貫して、行動的で直接的な抵抗を要求するが、人種的被抑圧者同士の連合が必要だという考え方は、人種的純血の擁護によって妥協させられる。

多くの欠点にもかかわらず、「有色人種」という作品は、とりわけ発表された時期と文脈を考えれば、それなりに高度な側面も少なくないだろう。『琉大文学』同人たちは、検閲の可能性と米当局からの報復に直面していることに気づいていた。アメリカ検閲局が「有色人種」掲載号に厳しい措置をとったことは特に驚くべきことではない。むしろ不思議なのは、沖縄文学の作品集や沖縄の研究者が書いた戦後沖縄文学史に、この詩がほとんど取り上げられなかったことである。「有色人種」は、戦後沖縄の思想史に重要な転換点をもたらしたことに間違いはない。この作品は、人種差別という概念を通じて占領を論じようとした最初の試みであり、さらにアメリカ国内の人種差別と占領下の沖縄人の状況との共通性を示した。また肌の色に基づく連合を呼びかけ、ナショナリティという位相を乗り越えようとした。抑圧者の言説に巻き込まれることで、抑圧された人々が自分たちの状況を自ら永続化してしまう道筋を説明した。新川の詩は、アメリカ検閲当局から強い反応を引き出した(それゆえ文学的抵抗の一編としての地位を獲得した)最初の沖縄文学作品の一つである。そして最後に、沖縄のその後の知的政治的発展に重要な役割を果たした新川明の最初期の作品である。彼はまた、沖縄「復帰」に至る数年間、本土の社会批評に無視しえぬ影響を残した。(35)

「有色人種」は、日本において「人種」がどのような理論的含意を持つかを探るための価値ある素材でもある。本質的には怒りの詩であって、理論を中心とする論文などではないにもかかわらず、人種を生物学的カテゴリーではなくイデオロギー的カテゴリーとして位置づけ、アジア人が白人社会にどのように「黄色」と名づけられるかを示した点でも特に画期的だった。色中心の人種モデルのもたらす諸困難を提示しつつ、アメリカ占領下において、沖縄の人種的アイデンティティがとりわけ複雑化していることを示唆している。最後に、白人アメリカの人種的傲慢に挑戦する中で、新川の詩は〈人種〉という概念自体が曖昧であることを暴き、まさにその曖昧さが、外国からの抑圧に抵抗する地盤を提供していることも示唆している。

もし本章で取り上げた三作品が、混乱していて困惑を呼ぶような作品に見えるとすれば、主題に対して政治的に革新的な共感がよせられながら、それが解釈学的には反動的・復古的とも見える手法によって提示されていることに由来するからかもしれない。これらの作品は、人種のヒエラルキーによって築き上げられた社会的不公正に対してまっとうな関心を示しているが、同時にその同じヒエラルキーの効果を受け入れてもいる。「黒地の絵」のような作品を、明らかな人種主義であるとして、後知恵の力を借りて切り捨てることは簡単だが、それでは、これらの作品が生み出された知的・政治的状況を無視することになってしまうし、何よりも、各作品における語りのアンビヴァレンスや、内包されたイデオロギー的葛藤をも、見逃してしまう。こうしたアンビヴァレンス――相争う声や突然の沈黙などによって表明されているテクスト的矛盾とアポリア――を正当に評価することからしか、同時代人のほとんどが取り組むことのなかった複雑な人種問題という、三人の作家たちが早くから直面していた難問の内実を、見極めることはできないのである。

不快な人種的ステロタイプに頼りながらも、これら一九五〇年代の黒人米兵をめぐるナラティヴは、少なくともある意味では、三〇年後の黒人ブームの中で書かれた一連の作品よりはずっと、黒人兵に対して繊細である。確かに、この三作品において黒人兵は、それぞれ個性などない名無しのステロタイプに描かれている。特に「黒地の絵」は、黒人兵を、本能のままに生きる野蛮人、進化に失敗した低級だが力強い種族として描くなど、その偏見はひどいものである。しかし同時に、黒人をめぐる日本の最近の言説と対照的に、一九五〇年代のナラティヴが、黒人の作中人物をある特定の歴史における特定の社会の中に位置づけようと努め、それによって、彼らが「血／血統」だけでなくむしろ、個々人を超えていきわたっている権力との動的な関係によって形づけられていることを暴いている、という点は確認しておくべきだろう。そして、こうした権力関係は、「近代文明」——それは「人種」という考え方を発展させたものとまったく同じ文明である——の産物であることも、いうまでもないだろう。

第四章　戦後日本の表象としての売春

個人的所有の役割が拡大するにつれて、一層重視されるようになるのは、既婚女性の貞操と売春制度の組織化である。

（ハリド・キシュタイニー、1982：16）

敗戦後の代表的な風景が焼跡と闇市だとすれば、同時代を最も象徴する人物は駅周辺や闇市を放浪する戦争孤児と帰還兵、そして夜の街角の闇に立つパンパンだったといえよう。当時の世相を体現するこの三種類の人物は、いずれも身なりから一目瞭然だった。戦争孤児は顔も服装も汚れており、いかにもみすぼらしい。帰還兵の多くは同じく路上生活者だが、戦争が終わっているのに軍服しか着るものがなく、どうしても〈戦後〉という時代に追いつかないイメージが強い。彼らに比べ、「パンパン」と呼ばれた米兵相手の街娼たちは、かえって鮮やかな身なり、そして困窮にとらわれない生意気なふるまいで際立った——真っ赤なドレスを身にまとい、ハイヒールを鳴らしながらラッキーストライクを吹かし、アメリカで流行していた言葉や身振りも抵抗なく取り入れた。アメリカの風俗や流行をいち早く導入した意味では、彼女たちはこの新時代の最先端を行くものだった。(1)

国民の間で、敗戦後に現れたこの「新型娼婦」たちは、相矛盾する反応を引き起こしたようだ。憧れと嫌悪、憐れみと嫉妬、そして恐怖と欲望。占領軍に対し堂々と接する彼女たちのあだっぽい雰囲気も、一般の人々を惑わしたにちがいない。しかし、何と言っても彼女たちは戦後の混沌たる時代を生き延びた存在なのであり、その意味では、戦中戦後を生きた人であれば、誰もが「パンパン」に対する一種の親しみも覚えていただろう。

「パンパン」という言葉の語源については諸説あり、また終戦直後の時代にこの用語のいろいろなヴァリエーションが生まれた。依然として、主に米兵相手の娼婦に対し使われたが、日本人相手の街娼にも当てはめられることがあったので、区別をはっきりするために「洋パン」と「和パン」と呼び分けることがあった。さらに、米兵の中では白人専門の娼婦を「白パン」、黒人専門を「黒パン」と呼ぶこともあったそうだ。男娼に対しても「男のパンパン」のように使われる場合もあり、そのような人物は意外に戦後の小説にも登場している。たとえば、本書では取り上げていないが、色川武大の短編「星の流れに」では、女性の街娼たちに焦点を当てながらも、上野の杜を拠点とする男娼にも言及している。野坂昭如の「浣腸とマリア」では、母親は街角に立って客引きするパンパンに落ちぶれ、息子が闇市のおじさんたちに身を(ほとんどタダで)ゆだねるという奇異な設定になっている。坂口安吾の「月日様」も奇特な短編小説である。主人公の男はためらいなく次々と嘘をつく男であり、敗戦後から女装しゲイバーで働くようになったにもかかわらず、自分はけっして男娼ではないと言い張る。

戦後の出版界およびメディアを概観すると、いわゆる「パンパンブーム」が二回も現れたことに気づく。まず、一期目は一九四七年を中心に、文学やジャーナリズムや音楽など様々な分野に及んだ。この年には田村泰次郎の代表作「肉体の門」が三月号の『群像』に発表され、大きな話題になったことは既述した通りである。そして、翌月にはNHKラジオの藤倉修一アナが隠しマイクをもって有楽町駅周辺のガード下に立っている街娼「ラクチョウのお時」にインタヴューを行い、放送したことも大きな反響を呼んだ。さらに、同年の一〇月には菊池章子が歌った「星の流れに」がテイチクレコードから発表され、これも一世を風靡することになった。現在でも年配の客が集まる飲み屋に行くと、この有名な「パンパンの歌」を口ずさみながら、サビの「こんな女に誰がした」の一節で声を震わせるのを耳にすることがある。それこそ、元の題名は「こんな女に誰がした」だったが、SCAPの検閲に遭ったため現題に変えることになったそうだ。一九四九年となると、SCAPの検閲規制がだいぶ緩和され、この歌を主題歌とする東横映画「こんな女に誰がした」はそのままの題名を使い、無事に上映することができた。

二期目の「パンパンブーム」は本土の占領終了直後、つまり一九五二年春から始まり、おおよそ売春防止法が施行される一九五八年頃まで続いたが、一九五三―五四年がブームの中心だったと言える。映画作品「こんな女に誰がした」はそのままの題名が使われたことから明らかなように、占領後期では「パンパン」をめぐる作品はほとんど検閲の対象にならなくなったが、それでも占領が終了するまでに米兵相手の娼婦や、「オンリー」と呼ばれた占領兵の妾(「現地妻」)に焦点を当てるような書物および新聞・雑誌記事はあまり多く現れなかった。だが、一九五三年には「社会問題」として売春に対する大衆的関心が高まり、いろいろな類の出版物が出現した――学術研究やジャーナリズム調査から、元「パンパン」による眉唾物の「告白記」の類まで、かなり多岐にわたっている。これらの著作や記事の大部分は現在では忘れ去られているが、当時は多くの読者を博して、一九五〇年代を通じて世論に多大な影響をあたえたものなのである。

「第一パンパンブーム」の場合、検閲を逃れるように、登場する娼婦たちの相手は米兵であることが暗示されるレベルに留まったが、占領から解放された第二期のブームでは、あの歌の切ない問い「こんな女に誰がした」に対し、高らかに「占領軍だ！」と答えたことがブームの大きな特徴となった。そのような刊行物の代表作は、以下、詳しく論じる一九五三年のベストセラー『日本の貞操』である。本章においては、この「第二パンパンブーム」に出現した一部の著作に共通するにもかかわらず見過ごされがちな問題に関した考察を試みる。特に、娼婦が社会体制に対して示した脅威を、政治とナラティヴの両面を通じて回収しようとする欲望に注目したい。そこでは一方において、「パンパン」と呼ばれる娼婦たちは、悲劇的でかわいそうな弱々しい立場の存在として描かれる。しかし、同時に彼女たちは噴出する女性の欲望や支配不可能なセクシュアリティを表象する存在として、礼節や良妻賢母や貞操といった中産階級の家父長的な価値観を犯す存在でもあったのである。

女性のセクシュアリティが引き起こす脅威に対する意識は、当時の占領軍に関する誇張に満ちたレトリックを通じて曖昧にぼかされていた。つまり、外国の占領軍が日本に到着するや否や、彼らの性欲の奔流は、国内の女性の上に一挙に襲いかかると考えられていたからである。この差し迫る「大洪水」を避けるために、警察と政府官僚は、「特殊慰安施設協会」(Recreation and Amusement Association、略称RAA)の名で知られる売春制度を組織した。RAAは「女の防波堤」としての役割を果たし、外国人男性の欲望を(下層階級の)特定の日本人女性の身体へと回流させることで、上中流階級の女性の純潔を保護することになった。言うまでもなく、RAAとそのレトリックはすべて男性による産物であり、女性自身によるそれではない。さらにレイプに関する男性作家の戦後の小説についてすでに第一章から三章で確認した通り、性的暴行に関するレトリックは、たいがいその犠牲者としての女性に関してよりも、男性の抱く恐怖と欲望に焦点を当てる場合が多い。本章では、「第二パンパンブーム」のノンフィクション作品に重点をおくが、その前にRAAの短い歴史を見ていこう。

特殊慰安施設協会

戦後日本の組織的売春制度は、特殊慰安施設協会（通称「戦後慰安婦制度」）とともに始まった。RAAは、日本の降伏後数日で設立された。政府と警察は、早くも八月一八日にはこの計画を開始しており、内務省警保局長は無線で国内の行政機関に秘密の指令を発している[2]。この指令が強調していたのは、まもなく本土に上陸する何万もの占領軍兵士の性欲を「処理する」ことが可能な制度を緊急に設立することが急務だということであった。それと同じ日に、警視総監は売春関連産業から代表者を集めて計画の詳細を検討させていた。やがてRAAに「自主的」に参加した女性たちは、皇居前に厳かに招集を受け、その自己犠牲の精神を感謝されることになった。したがって、RAAは、つまり、出発したとたんからナショナリズムのイデオロギーに浸っており、戦後窮乏状態に置かれていた女性たちを制度的に搾取する組織だったのである。

RAAによる最初の娼家は東京大森の「小町園」であり、アメリカの占領軍が日本に上陸した八月二八日に営業を開始した[3]。飢えた兵士たちはこの娼家に殺到し、建物に入りきれず、外の通りの半ばに至るほどの長い行列を作った。数ヶ月のうちに、特殊慰安地区の数は、東京・横浜の都市圏を中心に二〇箇所以上にまで急増した。典型的な特殊慰安地区に存在していたのは娼家とダンスホールであったが、中にはRAAが経営するレストランやビヤガーデン、ビリヤード場を備えた地区もあった(4)。占領軍兵士間の性病の急激な流行によって、SCAPは一九四六年三月二七日にすべてのRAAの閉鎖を宣言した。

RAAは、存在した期間が短かったにもかかわらず、占領時代の終了以降、多くの著作の題材となってきた。最近のある研究は、このRAAという組織に関して現代の日本人のほとんどが聞いたこともないだろうと述べているが、それを情報不足のせいにしてはいけない。一九五〇年代の前半まで、評論家やジャーナリストはRAAに関してしばしば取り上げており、その後も数十年にわたって新たな研究が発表され続けている(5)。近年刊行された研究は、それらの初期研究に大いに依拠しており、研究対象の場を東京・横浜から全国に拡大してきた。さらに戦時中の「慰安婦制度」に関する新たな知見を導き出し、RAAをより広い歴史的な文脈に位置づけようとしている。一部の研究の示唆によれば、戦時中ならびに戦後の「慰安婦制度」は、二〇世紀初頭の国家による「からゆきさん」に対する搾取と並べて考察されるべきであるという。別のRAAに関する研究は、この組織が、外国からの使者に対して女性を提供するという、古い伝統の延長線として検討されるべきだとしている(6)。有名な一例は、RAAが誕生する一世紀近くも前、アメリカ領事タウンゼンド・ハリスの日本滞在中に「献上」されたと言われる「お吉」である。実際、戦後の慰安婦の英雄的な犠牲精神を劇的に表現しようと考えたRAAの組織者は、彼女たち慰安婦のことを「昭和のお吉」とさえ呼んでいたのである。

近年の研究では戦時中と戦後の二つの売春制度の連続性を強調する傾向が強まっている。また、学術研究に留まらず、ＲＡＡを取り上げてきた様々な分野の記事や書物は次の二点で一致している。(1)このアメリカ占領軍用の売春制度の設立において、日本の政府と警察組織が密接に関与していたこと。(2)ＲＡＡの娼家で働いた名もなき無数の女性たちが、多くの犠牲を払ったこと。それらの女性たちの払った犠牲は、本章で後述する『女の防波堤』やその類の書においては、とりわけメロドラマ的に表現されている。

正確なデータを確認することは困難だが、ＲＡＡに雇用された女性の大部分が、かつて娼婦や芸者やホステスをした経験があり、いわゆる水商売の世界で働いた体験を持っていたようである。水商売の世界には下層階級の女性を雇用する傾向があり、警視庁は、これらの女性たちを八月一八日の「慰安婦制度」設立のための直接招集のターゲットにしていた。「営業に必要なる婦女子は、芸妓、公私娼、娼妓、女給、酌婦、常習密売淫などを優先的にこれを充足するものとす」[7]。このＲＡＡ従事者の望ましい候補者リストは、「一億の純血を護る」ために「女の防波堤」を建設しようという、政府の宣言した目標と一致している。もっと率直に述べれば、その政策は、「貞操観念に欠ける」女性たち(大部分が下層階級の出身であったと推測される)を犠牲にして、代わりに「良家の婦女子」を、日本上陸が予期されていた外国兵の牙から守ることを目指していた[8]。しかし、もう一つ示唆したいのは、同時に日本の（男性）官僚が、下層階級出身の女性と関連づけていた、女性に潜在する不純な性的欲望の噴出を制御しようと意図していただろうということである。(9) それゆえに、この場合の「純血」という観念は、階級との関連のみならずセクシュアリティや欲望との関連においても理解される必要があるのである。

山田盟子は、RAAに関する著作の中で、朝鮮や台湾の植民地から補充できなくなって以降の日本では、政府が従軍慰安婦を自国内の下層階級から補充するようになったと指摘している。したがって、下層階級の女性たちは、沖縄や戦前日本の植民地の人々の地位に似た立場に立たされたことになる。さらに山田の主張によれば、RAA設立の背後にある日本政府の真の動機は、中産階級の貞操の保護に止まらず、SCAPに取り入ることによって日本の国体と天皇制の護持を目指すことであったという。(10) 当時の政府の動機はともかく、RAAは、前述の通り水商売から女性を募集することに力を注いだことは否めない。しかし娼家が開くと、女性に対する需要数の方が、この仕事に「ふさわしい」と思われる女性の供給数をはるかに上回っていることが明らかになった。そこでRAAの組織者は、より広い応募者を引きつける目的で、その募集方法を変更することにした。彼らは、次のような宣伝文句のついたポスターを使った、いかにも悪質な求人戦略を採った。このポスターは、戦争の終了後、数週間にわたって東京と横浜一帯に現れたものである。

「新日本女性に告ぐ。戦後処理の国家的緊急施設の一端として進駐軍慰安の大事業に参加する新日本女性の率先協力を求む」
「女事務員募集。年齢十八才以上二十五才まで。宿舎・被服・食料など全部支給」(11)

これらの宣伝文句は、貧窮に苦しむ世間知らずの多くの女性たちを魅了するのに成功し、彼女たちをRAAのドアを通してそこのベッドまで導いたのである。もちろん、事務員の必要などほとんどなかったことは、現在から見れば一目瞭然だが、当時、多くの応募者にとってけっして自明ではなかったようだ。(12)

RAAの設立に際して、政府の官僚は、戦時中に軍の慰安所を設立したのと同様の仮定――すなわち、占領軍兵士は(国籍を問わず)その身体的欲求に対して娼婦が提供されなければ確実に強姦を行う――の下で仕事を進めていた。SCAPは暗黙のうちにRAAの合法的売春制度を支持して、この制度によってアメリカ軍兵士の間の性病の流行を防げるのではないかと考えていた。しかし、一九四六年の初めにRAAを終結に導いたのは、まさにこの占領軍兵士の間の性病の流行だったのである。

ＲＡＡ以降の売春

ＲＡＡの終結は、日本国内に広がった売春の終結を何ら意味しなかった。戦争の結果、当時何万もの女性が貧窮に陥り、家もなく飢えに苦しんでいた。一方でアメリカ軍兵士は、金銭と引き換えのセックス（娼婦相手でも一般女性相手でも）を簡単に手に入れられるだけの十二分な収入を受け取っていた。一九四六年の初め、ＳＣＡＰがＲＡＡの営業を禁止した頃、マッカーサーは、日本の公娼制度が民主化の精神に反するとして、廃止を目指す覚書を発令した。ＲＡＡと娼家に代わって登場したのが、「特殊飲食店」の名で知られる新たな合法的売春形態であった。これらの施設は、一階では食べ物や飲み物を売り二階ではセックスを売っていたが、特定の指定地域内部で営業している限り合法であり、その指定地域が警察の地図に赤い線で囲まれていたため、「赤線地帯」と呼ばれていた。従来の娼家の多くは、特殊飲食店へと転換した結果、しばしば以前と同じ場所で合法的に営業活動を継続できたようである。

「赤線地帯」での合法的な売春と対照的に、未組織の非合法な売春形態がいわゆる「青線地帯」において登場することとなった。戦前は厳しい売春規制の影響で、街娼はほとんど出現しなかったが、戦後の混乱の数年の間に売春規制は権威を失ってしまっていた。その結果、ＳＣＡＰによる公的な娼家とＲＡＡの禁止以降は、名もなき「パンパン」の大群（その少なからぬ部分がＲＡＡの経験者）が、国中の「青線地帯」や米軍基地のある都市の街角に立つようになった。[13] 警視庁は定期的にいわゆる「パンパン狩り」を実施し、街娼と思われる女性たちを検挙して、彼女たちを吉原病院に拘束して性病検査を受けさせた。

江戸時代まで遡る歴史を持つ有名な吉原の遊興地区は、戦後まもない時期の売春とも関連を持っている。それは、「赤線地帯」として位置づけられたということだけでなく、皮肉なことに、自由営業を行う新手の娼婦が医学検査と強制治療のために閉じ込められた悪名高い病院の名前が、所在地の吉原の名を冠していたことにもよっている。その結果、アメリカ軍占領時代、私娼である「パンパン」たちは、数百年にわたって公娼制度と関係し続けていた象徴的な空間へと駆り立てられることになった。女性のセクシュアリティを管理しようとする政府の家父長制的な意図には、当時の政府が国民の社会経済の多くの分野で支配力を喪失していただけに、おそらく切実なものがあったに違いない。この「パンパン狩り」の現象は、秩序に従わない娼婦に対する国家的な支配力を強化するに際して、医師が中心的な役割を果たしたことをも明らかにしている。それらは、表向きは公衆衛生の保全という名目の下で行われたのである。

売春の規制において医療機関が重要な役割を果たす現象は、戦後日本に限られたものではまったくない。これは世界各地の近代の売春史において共通する現象であり、占領下の日本においても（各国同様に）、拘束され強制検査を受けたのは第一に下層の売春女性であり、買春者である男性側ではなかった。法的規制は、強制的な医学検査や他の手段を通じて、政府による女性の身体の管理を規範化する役割を果たす。したがってそれは、男性に対する女性の経済的・社会的な従属を強化するものとして理解できる。逆説的なことだが、法的規制の持つ力は、それが制度の外部で働く「パンパン」のような人々に対してどれほど強い影響力を及ぼすかによって検証されるものなのである。かくして、「パンパン」は、公私の両面にわたって特に迫害を受けやすい存在となった。彼女たちは、いつ何時警察に逮捕されて(男性)医師の強制検査を受けさせられるかわからなかったし、ポン引きに殴られたり、客に殺されたりする恐れさえもあったのだ。「パンパン」の強姦などは日常茶飯事であり、めったに真剣に受け取られることはなかった。

それほど迫害を受けやすい存在であったにもかかわらず、同時に「パンパン」は一種の脅威として受け止められていたようである。「パンパン」の噴出する性欲との関係、そして男性の欲望に対する支配力が、日本人男性の社会的なヘゲモニーを侵犯していたからである。伝統的な女性の家庭的役割(一夫一婦制と育児)に対する彼女たちの明白な拒絶も、同様に脅威として受け止められていた。「パンパン」に関する同情的なナラティヴは、彼女たちが結婚できず子供を産めないという点をしばしば強調する。そのようなナラティヴは、これらの女性が幸福な家庭生活から排除されていることを強調することによって、そうした拒絶によって得られた娼婦の持つ社会的秩序の転覆可能性を回収しようとするものである。しかしより潜在的な「パンパン」の転覆力は、その占領者との親密な接触に存在していただろう。それは日本人男性の性的な権威に挑戦するだけでなく、「パンパン」が(ヤミ市場の商人同様に)経済システムの外部で活動すると同時に、その経済システムの中心にある不法な産業である売春に携わることをも可能にしたのであった。街娼は、ヤミ経済で商品を流通させるのと同時に、自分自身が性的な商品として男性たちの間を通り抜けていったのである。ここでの男性たちというのは、外国人占領者と同じく日本人男性をも含んでいた。これが、当時の「パンパン」に関する多くの記事に見られるような、混血に対する恐怖とそれに付随する純血というレトリックを理解する上での決定的なポイントである。米兵相手の娼婦が生んだ「混血児」の存在は、一九五〇年代初期において特に不安を呼ぶ社会問題と見なされていた。その確実な理由の一つは、彼ら「混血児」が、日本の国体の純血を脅かす性的関係の、生ける象徴であったことである。

性病にかかっていることが多かった「パンパン」は、男性の健康とセクシュアリティを脅かす存在でもあった。その結果、同時代の売春に関する公共政策において衛生問題が強調されることになったと思われる。最後に、これらの娼婦たちは道徳的な脅威をももたらしていた。多くの女性がかつてRAAで働いた経験を持ち、なかには戦時中「慰安婦」だった者さえもいた。理屈の上では、この事実は、彼女たちに(国家に自分の体を捧げた愛国者として)道徳的な権威を与え、政府の売春をめぐる偽善的な立場に対する挑戦を可能にしたはずである。しかし、「パンパン」には、めったに公共の場で自己の存在を表現する機会が与えられず、代わりに女性グループやキリスト教組織が彼女たちを擁護する発言を行っていた。これらのグループは、すべての売春の即時廃止を要求していたが、それだけでは、他に生活の糧を得る手段を持たない大部分の娼婦の必要には応えることができなかったであろう。

日本での組織売春に対する公的な反対運動は明治時代まで遡るが、運動は戦後にも早くから再開されていた。一九四六年一月、キリスト教組織と女性グループは連合を組んで、内務省に対して売春廃止を要求した。彼らは知らなかったのだろうが、内務省はつい先頃RAAの設立に協力し、新たな形の国家的な組織売春に積極的な支援を行ったばかりだったのである。当然のことだが、この反売春連合の要求は、内務省の聞く耳を持たない姿勢の前に挫折することになった。本土に対する占領が終了した一九五二年、三〇以上のグループとキリスト教組織が協力して、売春禁止法制定促進委員会を設置した。日本社会党は、この法案への対応をめぐって分裂してしまう。一部の党員には、キリスト教組織と女性グループの連合は、過度に道徳的でエリート的であると映ったらしい。社会党のこの一派の主張は、代替となる収入源を提供しないままの売春禁止法の制定は、娼婦たちを貧困に逆戻りさせることになるだけだというものであった(今から考えると正しかったように思えるが）[14]。しかし、娼家の経営者や合法的売春から利潤を得ていた人間による頑強な抵抗にもかかわらず、結局一九五六年に売春防止法は議会を通過し、後の一九五八年から施行されることになった。

売春と日本の出版業界

日本のフェミニストや売春反対論者が売春の全面禁止に向けて活動していた一九五〇年代の半ば、出版産業は（そしておそらく多くの読者も）「パンパン」を実に魅力ある存在としてとらえていたようである。その結果、当時「パンパン」に関する無数の著作や記事が生み出されることになった。これらの出版物は、大まかに言って以下の三つのカテゴリーに分類可能であろう。

(1)　インタヴューや統計調査を用いた客観性を狙ったドキュメンタリー。
(2)　娼婦自身による手記。
(3)　米兵相手の娼婦の日常生活に関する小説。

当然ながら、これら三種類の著述――ドキュメンタリー・手記・小説――は、ナラティヴの方法において重複しているところがある。ただし、後の『日本の貞操』と『女の防波堤』に関する検討において示される通り、⑵の娼婦自身による手記は、必ずしも、それが自称するような個人的告白であるとは限らないのだが。

真摯な社会学的研究の代表例が、慶應義塾大学社会事業研究会による「街娼と子供たち――特に基地横須賀市の現状分析」と題された一九五三年の報告である。(15) 全八章すべてが異なる調査者によって執筆されており、その中の二つの章は女子学生が担当している(慶應大学のようなエリート校では、まだ圧倒的に男子学生の数が多かった時代であるにもかかわらず)。第一章では問題の定義を、第二章では戦前戦後の日本における売春の歴史に関する概説を、第三章では同時代の横須賀での売春に関する(統計を重視した)分析を行っている。さらに他の章では、横須賀の経済構造の考察や、地域の子供に対する影響の検討、また売春問題の解決を目指す地域組織や政策の紹介なども行われている。この報告は、学術的客観性と豊富な統計資料を備えた注目すべき研究である。歴史的経緯や横須賀と他の基地の存在する都市との差異に注意を払うことで、この慶應大学による報告は、米兵相手の売春が単純に同一視できないことを読者に指摘してくれる。たとえば、横須賀の娼婦たちが自分たちを代表して主張を行う組織を持たなかったのに対して、北海道千歳の娼婦の場合は、組合組織を持っていたのである。著者の論証によれば、このことは、娼婦自身にとっても、売春を統括しようとしていた市当局にとっても、深い意味が込められていた。もっとも、地域の権威者がその被害を最も憂慮したのは、地域の子供たちに及ぼす悪影響であったようだが。千歳のケースは、娼婦自らが組織を形成して市当局に対して主張を行ったという点で極めて異例である。しかし、他の大部分の場合は娼婦たちは自ら主張を行おうとはせず(行うことができず)、例外的な場合でも、活動記録はたいてい別の人間によって執筆されている。

慶應大学の報告における娼婦に関する周到な研究が、結局はアカデミックな言説の領域に終始したのに対して、売春反対論者の刊行した著作や記事は、より広範な読者を獲得した。その最も代表的な論者が、戦後に文芸批評から同時代の社会問題へと関心を転換した神崎清である。神崎は、特に国内の米軍基地に関連する問題に関心を寄せていた。売春に関する彼の著作は、実地調査と統計的分析において先の慶應報告と共通する面を持つが、その姿勢においてはむしろ情熱的である。神崎は大量の著作を刊行すると同時に、労働省婦人少年局の小委員会(分科会)の委員長の任にあたっていた。さらに、売春禁止の法制化をめぐって四人の女性国会議員が行った座談会の司会を務めたり、小説家の阿部知二や当時の著名な女性評論家であった石垣綾子とともに、「米軍基地と貞操への脅威」に関する座談会にも参加している。

一九五二年から、神崎らは、月刊誌『婦人公論』に米軍基地に関連する調査記事の掲載を開始した。当時は安保条約への不満が高まっており、『婦人公論』は「売春問題」や「混血児問題」に関する記事を連載していたのである。これらの「問題」は、基地のある町にはつきものであると考えられていた。[16] この調査記事の執筆陣は、男女両性を含んでおり、神崎のような売春反対論者から、地域の市民指導者、火野葦平や中本たか子のような小説家まで幅広かった。当時の売春に関するジャーナリズムの記述は、明快な解説や統計的分析、政治的主張が中心であった。たとえば、千歳に関する『婦人公論』の記事に従えば、同市で働く娼婦の大部分は九州の出身であり、九州では子供の時から独立したら「肉体を資本に使う」ように育てる伝統があるとされているのである。[17] この記事は、慶應大学の報告同様に、千歳の娼婦が労働組合を設立したことを指摘している。しかし、記事は「資本」について触れながらも、肝心の資本主義がそこでどのように機能するのかに関しては触れるのを避けているし、労働組合に言及しながらも、売春は果たして労働なのかどうか、それはどのような条件下で労働として解釈されるのかについては問おうとはしていない。現在この問題は、日本を含めて欧米やアジア各地でも、売春に関するフェミニストたちの論議の中心となっているのだが。

売春の性格に関する検証は、単にアカデミックな領域にはとどまらない。というのも、当時の日本社会党の内部では、競合する派閥が、娼婦が労働基準法下で保護されるべきかどうかに関する判断を強いられていたのだから。[18] しかし、そのような問題は、当時のメディアを席巻していた売春に関する議論には、ほとんど影響を及ぼさなかったようである。日本社会党が直面していた問題は、長い間思想家が取り組み、フェミニスト同士が相変わらず一致を見出せないでいる課題であったのだが。すなわち、「売春は単なる労働の一形態なのか、仮に労働だとすれば、売春は他の労働形態と基本的にどのように異なるのか?」という問題である。マルクスの主張では、娼婦が労働者であるというよりも、(資本主義下の)労働者がいわば娼婦なのだということになる。仮に売春行為が性的消費者と供給者間の契約に依存しているという前提でこの主張を否定するとしても、そのような性的契約の当事者の間には、どのような関係が想定されるのであろうか?その場合、性的な取引に携わるかどうかを選択する自由が、当事者間である程度不均等だと仮定するのであろうか?

政治理論家のキャロル・ペイトマンは、売春が契約関係に基づくという仮定を批判し、売春が「単なる労働上の作業であり、娼婦は他の賃金労働者と同じく労働者である」とする見解(この見解はセックス・ワーカー sex worker という言葉に顕在化している)を否定した。彼女は、この「契約者」概念は、売春は性的サービスを売るものであって、身体やその性的要素を売るものではない、という不完全な論理に立脚していると主張するのである。このようにペイトマンは「娼婦は他の「個人」同様に自己自身から分離されている」という主張に対して異議を差しはさむ。[19] 売春者の権利を主張する人々は、ペイトマンを批判しており、搾取や従属を伴わない性的労働の可能性を拒否し続けてきたフェミニストたちと結局変わらない人物と見なしている。たとえば、シャノン・ベルは、以下のような批判を展開している。

ペイトマンの社会的契約に関する読み直しと性的契約に関する著述は、昔ながらの価値判断を前提としており、女性の身体が妻と娼婦という二つの伝統的な身体へと分割される状態を永続的なものと見なす。そこでは、その二つの身体は、どちらも女性の支配下に置かれていないことになる。しかし女性は、愛情や義務や相互責任を通じてより多く所有し得る可能性を持っており、それらは結婚契約には本来的に存在しているが売春契約には存在しないとペイトマンは想定している。(20)

ベルの批判にもかかわらず、ペイトマンの「売春は性的な供給者と消費者の間の単なる契約関係には還元できない」という論理は説得力を持っている。少なくとも現代の大部分の社会における売春に関してはそう言えるし、一九五〇年代の日本における売春の場合には、特にそれが当てはまると言えよう。

近年では、売春に関する思想的分析は、それらが地域差および歴史性を十分に考慮してこなかったため、結局家父長制を脱却できずにいるとして、フェミニストからの攻撃に晒されてきた。代わりに批評家が主張しているのは、売春に関する定義を行う場合は、個人のイデオロギー的立場を定義する場合と同様に、常にそれが行われる特定の文化的・歴史的・経済的状況を考慮に入れる必要があるということである。たとえば、一九八〇年代に哲学専門誌 "*Ethics*" 誌上において、欧米のフェミニスト学者を巻き込んだ売春に関する論争が行われた。この論争参加者の一部が主張したのは、理論的な探究は慎重でなければならないということと、「どのような形態の売春が検討されているのか、また、その売春の歴史的・文化的コンテキストはいかなるものなのか?」という問題が問われるべきであるということだった。この問題提起は、現代日本の米兵相手の売春と占領下の売春を比較する際にも、同様に適切なものである。

現在では、日本本土でも沖縄でも、アメリカ兵のみを相手に商売を行う娼家はほとんどなくなった。代わりにバーやナイトクラブがあり、閉店後に別の場所で米兵相手にセックスを提供する場合もある。これらの店は国内の米軍基地のある町に集中しているが、その一例が、巨大な海兵隊基地であるキャンプ・ハンセンに近い沖縄県金武《きん》町である。ベトナム戦争当時の熱気とは対照的に、最近の金武町のナイトクラブは減少する一方で、どこも生き残りに必死である。客の減少に加えて金武町で最も目立つ変化は、一九八〇年代以降、米軍相手の「性的労働」においてフィリピン人ダンサーが地元沖縄の女性に取って代わったことである。しかし、これらの女性が、いわゆる「タコ部屋」で過酷な外出制限を受けて日々服従させられてきた事情に詳しい人間から見れば、「性的労働」という言葉は極めて誤った名称に映るだろう。(21)

一九九三年に、私は、金武町で最も悪名高いあるナイトクラブの経営者にインタヴューを行った。この宮古島出身の男は、彼と同郷で旧知の一人の新聞記者が私に同行していたという理由から、私と会って話すことに同意してくれたのである。ナイトクラブのある一階から階段を上って彼の自宅のある二階に行った。あとで私は、ダンサーの生活している三階の部屋をちらりと見た。その屋上は有刺鉄線を上部に張り巡らした高い金網に囲まれており、まるで沖縄の米軍基地を取り囲む金網のようだった。三階建ての建物の屋根の上になぜ金網が張られているのか、理由を彼に尋ねたところ、彼は「兵隊たちが女の子の部屋に登ってこられないように」しているのだと答えた。彼はおそらく、私が有刺鉄線が内側に向けられていたことに気づかなかったと思っていたのだろう。同行してくれた新聞記者は、その金網のせいで女性のひとりが建物内の火事の時に逃げられずに死亡した事件があり、悪評高いシロモノなのだとあとで説明してくれた。その事件では、結局誰も処罰されなかったらしい。確かにこの金網という存在は、占領時代の最も錯綜した遺物の一つである。有刺鉄線——アメリカが社会的にも景観の上でも沖縄を支配し続けていることの最も顕著なシンボル——が、沖縄の日本返還二〇年後に、ある沖縄男性によって三階建てのコンクリートビルの上に設置され、出稼ぎの外国人女性たちを閉じ込めて、かつての占領者の相手をさせる目的のために利用されているのである。

偶然だが、この金武町は一九九五年九月に米兵による少女強姦事件が発生した町でもあった。

沖縄の基地のある町における性産業の変容が強調しているのは、売春をひとくくりに捉えることはまったく不可能だという事実である。東京の歌舞伎町を一回りするだけで、現代日本の性産業が驚くほど幅広いことは自明だろう。端的に言って、同じ「性労働」であっても、フィリピン出身の貧困な女性の場合と、ヨーロッパのデザイナー物に身を包むために時に体を売る日本の中流の女性会社員や女子大生の場合とを、同一視することはできないだろう。国籍を超えた資本の世界では、商品も身体も自由に(常にその価格とともに)国境を超えていく。したがって、ある女性にとっては「性的労働」を意味する行為が、同時期に同地域で同一行為を行っているにすぎないように見えても、別の女性の場合は「性的奴隷」として表現する方がふさわしい場合もあろう。したがって、売春に対する固定的な見解に固執するよりは、売春の実践における特定の条件を検討する方が賢明であるように思われる。そして、売春の諸形態を区別するに際して、ここでは可能な限り「売り手」の動機を理解する必要があり、娼婦自身の言葉へと耳を傾けることが不可欠となる。

一九五〇年代の日本の「パンパン」に関する著述には、売春の性質に関する思想的な考察はほとんど見られない。代わりに、雑誌編集者や研究調査者は、「内輪の人間」の視点を提供することの価値を一応は認識していたようであり、娼婦自身の声をしばしば取り上げていた。もちろん、娼婦自身が発言した場合でも、その発言に対しては、出版産業を支配する男性の文化エリートが例外なく介入していた。その結果、娼婦の参加する座談会は、常にどこか仕組まれた場であるように映る。月刊誌『改造』に掲載された一九五三年の座談会に至っては、仕組まれているとしか表現のしようがない。この座談会では、三人の大学教授と一人のジャーナリスト、二人の小説家が、五人の娼婦に対して質問を行っている[22]。この知識人中心の座談会参加者は、そこに含まれた小説家が左翼作家の佐多稲子と若き三島由紀夫(あらゆる意味で反対の志向を持つふたり)であることを考えると、かなり奇妙に映る。参加者たちは、絶えず馬鹿丁寧な口調を保っているが、それはかえって、この座談会の設定の持つ不自然さを増す結果となっている。実際は、三島は比較的控えめな質問者の部類に入るだろう。他の参加者は、その場にとらわれた娼婦たちを質問ぜめにしている。戦後の「パンパン」の仕事は、戦前の公娼の仕事とどのように違うのか?――貧しい家族によって娼家に売られた者が多かった戦前の公娼とは異なり、「パンパン」は表面上は自由にその職業を選ぶことができるのだ。どうして現在のような仕事に就くことになったのか? どんな種類の仲間うちの組織や決まりが作られているのか? 仕事から足を洗って「堅気」になると決めた仲間は、どんな扱いを受けるのか? この後半の二つの質問は、戦後の結束の固い街娼のグループは、売春をやめようとする仲間を情け容赦なく苦しめるものだという大衆的なイメージを暗示している。このイメージは当時広く受け入れられていたものであり、田村泰次郎の「肉体の門」のクライマックス・シーンにまで直接遡ることができる。これは、虚構が社会的な知識を形成してついに真実の地位を得るということの、申し分のない一例であろう。

「パンパンの世界――実態調査　座談会」と題した『改造』の記事は、表面的には娼婦の生活状態を探究しているのだが、一方では、その不名誉な集団的「堕落」に対する単一の説明を見いだそうと必死になっているように思われる。次節で論じる『日本の貞操』のような著作の流行からわかるのは、読者も、娼婦の「堕落」に関しては、一元的で可能な限り悲劇的な説明の方を好むということである。売春への「堕落」にはそれぞれ別の事情があるのだという当たり前の事態が、一九五〇年代以降のほとんどの著作においては問われなかったのである。しかし、第五章で確認するように、女性作家による一部の小説はこの前提に挑戦しており、売春と結婚、金銭をめぐる関係という厄介な問題に挑戦していたようである。

一九五二年までに、ジャーナリズムと大衆的なナラティヴは、先の流行歌「星の流れに」(23)のサビの部分「こんな女に誰がした」の疑問に一斉に答えはじめていた(この歌の作曲家も作詞家も男性だったという事実は注目に値しよう)。この「パンパン」の歌が登場した一九四七年なら、様々な抽象的な動機(戦争・貧困・運命)が、もっともらしい説明に映ったかもしれない。しかし、一九五二年以降の様々な出版物は、「パンパン」たちの不名誉な堕落の責任は占領軍側にあるという点で一致するに至った。その説明として特に人気があったのは、野蛮なアメリカ軍兵士が無垢な処女を強姦したのが原因だというものだった。強姦は、国外からもたらされた個人的かつ国家的に共有されたトラウマとして表象されたのである。これらの説明のおかげで、娼婦たちの悲劇は国内的な社会や経済の問題とは無関係なのだと読者は安心してしまうことになった。換言すれば、それらの一連のナラティヴは、娼婦の悲劇的な運命を紹介してそれを即座に「回収」してしまったのである。占領に関する大部分のドキュメンタリーに明らかに欠落しているのは、平凡な外観の背後にある個々の売春の実態を検証する努力である。売春が行われる場所が「赤線地帯」なのか「青線地帯」なのか、また日本人相手の売春なのかアメリカ兵相手の売春なのかが、まず検証されるべきだったのである。

娼婦たちに発言の機会が与えられた際には、彼女たち自身がこれらの問題を提起したのだが、座談会参加者や雑誌編集者は、それらの問題を追求できたためしがほとんどなかった。たとえば、先の『改造』座談会では、いくつかの場面で、娼婦自身が、日本人と外国人の両方を相手にする街娼の抱く内心の区別意識に関して言及している。しかし、座談会の参加者たちは、誰一人としてこの問題を追求する価値があると思わなかったようである。さらにポン引きや娼家の経営者、娼婦をこの商売に導いた怪しげな紹介者(たいてい女性だったが)の役割に対しても、ほとんど興味を抱いていないように見える。

だが、これらのドキュメンタリー企画の表面下には、一筋縄ではいかない厄介な問題が潜んでいたのであり、それは階級やジェンダーや国家的アイデンティティに関連するタブーを暴露しかねないものだったのである。そのような問題は、『日本の貞操』や『女の防波堤』といった直接の「告白記」において一層明白に現れている。実はそのどちらも、「告白記」を自称するには、ほど遠い本だったのであるが。

『日本の貞操』

一九五三年に刊行され、出版界を揺るがした『日本の貞操——外国兵に犯された女性たちの手記』は、ベストセラーとしてのあらゆる要素を兼ね備えている——セックス、告白、堕落した女と外人男、そして政治的陰謀というスパイスも効いている。とりわけ重要なのは、この本が、ここに書かれたことがすべて真実であると標榜していることである。偽名の「パンパン」によるこの四つの個人的告白のコレクションは、その目をひく題名と刺激的な表紙絵とが相俟って、出版から一年以内に少なくとも一七刷をものし、さらに続編までも出版されるに至った。続編は簡単に『続　日本の貞操』と題され、五島勉（後にノストラダムス・シリーズの著者として知られる）が編集している。娼婦たち自身の悲劇的な独白によって構成された正編と異なり、この続編は、インタヴューや告白だけではなく、グラフや図表などのデータを用い、より慎重なアプローチを試みる。しかしながらこの二冊は、題名と表紙デザインを共有しているにもかかわらず、米兵相手の娼婦たちの扱い方において根本的に異なっている。続編の方は前述したようなドキュメンタリーの方法を採っているので、以下では正編――これを私はメロドラマ的かつ国民的なアレゴリーであると見なしている――について論じていこう。

占領軍による強姦の問題が注目を集める一方で、『日本の貞操』は、個人的告白がもつ影響力を利用しつつ、戦後一〇年間の売春に関する国民的ディスコースを形成するのに重要な役割を果たしたといえよう。また、占領下においてほとんど死語と化していた「貞操」という単語を復活させるのにも貢献している。事実、続編巻末とじ込みの出版社広告にも、この二冊が日本語に「日本の貞操」という新しい表現を加えたと謳われている。言い方はいくぶん誇大広告とも思えようが、実際この「日本の貞操」というフレーズは同時代の出版業界に突如として出現したのだ。たとえば大衆誌『リベラル』(一九五三年一二月号)では、強姦で告訴された米兵の裁判に関する記事に「日本の貞操への判決」という見出しがつけられている。また『売春ホテル』(一九五七)には、その結末部に「失われた日本の貞操」(24)という表現が見受けられる。

『日本の貞操』を始めとして、類似の趣向の書物は、その衝撃力のために爆発的な売れ行きを示した。実際、少なからぬ読者が読後のショックを語っているのだが、なかでも小説家の萩原葉子ほど、もろに生理的な反応をした者はいなかったに違いない。というのは彼女はこの本の衝撃に圧倒され、吐き気を催したと述べているからである。[25] かくいう私自身もこれを読みながら吐き気を禁じ得なかったのだが、それは内容というよりは、むしろこのいかがわしい文章と、読者受けをねらった見え透いた手口によってもたらされる、何とも不快な読後感とによるものだった。しかしこの本の商業的成功から判断すれば、多くの読者は反感よりはむしろ共感をもって受け入れたようなのだ。

『日本の貞操』の成功は、したたかな商業戦略によってもたらされたと言える。というのは、編者である「水野浩」も、この四つの告白の書き手もともに無名だったからである。『日本の貞操』を出した出版社(蒼樹社)は販売に関しても目端が利いており、記述内容にとっては付帯的なものに過ぎない三要素——題名、カバー、オビ——を効果的に使うことによって読者をひきつけようとしている。文学研究者たちは通常こうした表面的現象にはほとんど注意を払わないのだが、出版社や書店の方はそうした要素が書物の商業的成功に重大な影響を与えることをよく承知しているのである。出版やジャーナリズムの歴史を研究する学者たちも、この三要素が書物の社会的受容に及ぼす影響を問題にしている。[26] 売春と占領をめぐる一般的なディスコースの一例としてこの『日本の貞操』に興味を抱いて以来、私はこの本を、単なるテクストではなく、広範な消費のために包装され装飾された商品であると考えている。

無論、書店を訪れる消費者のすべてがこうした表面的要素に影響されるわけではないだろう。なかには欲しい本が事前に決まっていて、買ったらすぐ出ていく者もいよう。しかし「立ち読み」行為が広く認められているため、多くの客はぶらりと書籍を物色してまわり、ざっと見てからようやく買うかどうかを決めるわけである。こうした場合に例の三要素が効果を発揮する。客は題名に目を走らせ表紙をちらりと見やる。そして本のオビに目が止まる。日本の書籍の特徴でもあるこのオビは、(北米などで)裏表紙に直接印刷される宣伝文句とは異なり、簡単に取りかえたり捨てたりできるのだ。[27] またオビは出版社がどのような読者を標的にしているかを示す最もわかりやすい指標でもある。総じて、書物の外見的なこれら三要素——題名、カバー、オビ——は、売り上げを伸ばす広告効果を持つだけではなく、読者にあらかじめ内容を予測させ、読み方までをも巧妙に操作し規定しているのである。

『日本の貞操』という題名が示そうとしているのは、外国人男性占領者に貞操を脅かされている女性と、日本国家全体が強いられている役どころとがまさに相等しい、ということである。そして副題がこのジェンダー・メタファーを一層明白にしている——「外国兵に犯された女性たちの手記」[28]。両者は組み合わさって、外国占領軍に犯される女性として日本国家全体を表象するのだ。表紙のスケッチにはふたりの茫然自失した女性の裸体が描かれ、ひとりは足を投げ出し、ひとりは地面に横座りにかがみ込んでいる。長い乱れた髪が顔にかかり、手は萎えた上半身を支えるために地面についている。それらがまさに題名の下に描かれることで、このスケッチが書物の中の「外国兵に犯された女性たち」を表象していることが明らかになる。裏表紙には、ただ裸の女性の後ろ姿だけが描かれている。地面にうずくまり、見えない攻撃者を追い払うように腕を突き出すこの印象的なイメージは、被虐感と屈辱感とを呼び起こさせ、占領下の日本という国家全体が直面させられている状況を指し示す。無垢な女性への暴力というイメージを通して、しかも彼女たちの苦悩を、共有された国民的経験として表象することによって、日本の敗戦に伴う明らかに「男性」の屈辱感を巧みに覆い隠すのである。

続編についても同様のことが言える。続編のオビの扇情的な広告文は、これらの女性たちの物語を、国民的危機と共有された屈辱感のメロドラマ的アレゴリーとして枠づけようとする出版社の意図を明白に示している(29)。左にそれを掲げる。

外国兵による貞操の完全占領
　日本政府の性的無条件降伏の実態
初めて白日下にさらされた戦慄の記録！
残虐きわまる集団強姦
日本政府の手による大量の女体献上
性的特別挺身隊

米兵の女狩りグループ
強姦と誘惑の両面戦術
洋娼の生態と変遷　等々……　定価二二〇円

続編の裏表紙にかかっているオビは、正編の広告になっている。

水野浩編　**日本の貞操**(正篇)
――外国兵に犯された女性たちの手記
獣慾の犠牲となつた四人の女性が赤裸々につづつたこの手記は、そのあまりの凄惨さに全国に驚きと怒りの嵐をまきおこし、今なお読みつづけられている。　定価二五〇円
新映プロ映画化進行中(30)!
ベストセラー十七版発売中!

このオビから判断するに、正編は、続編が出た段階ではもう既にかなりの波紋を巻き起こしていることがわかる。国民的屈辱をジェンダー・メタファー化することで広告効果を高めようという出版社の見え透いた意図が見て取れよう。出版社は、上首尾だった

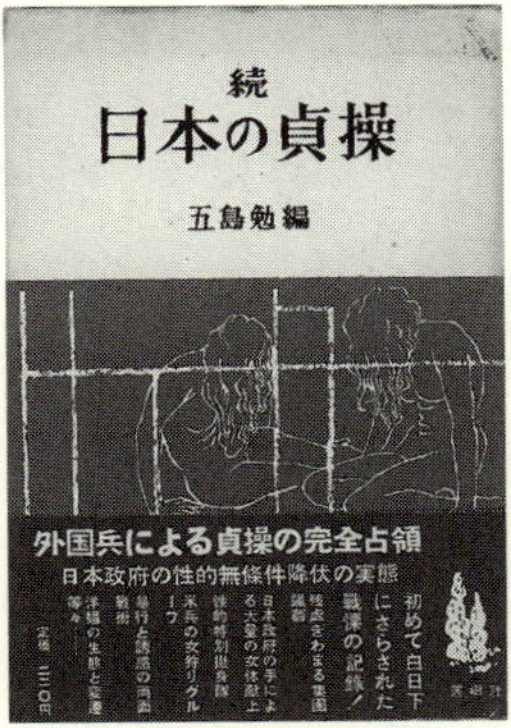

五島勉編『続 日本の貞操』
蒼樹社，1953 年，カバー

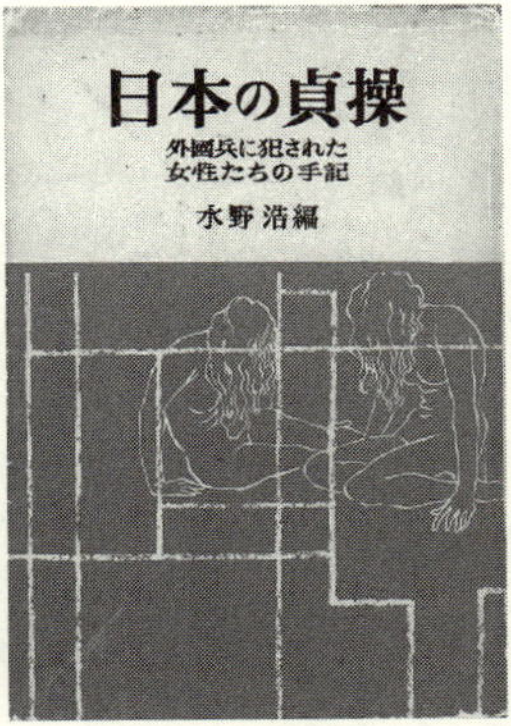

水野浩編『日本の貞操』
蒼樹社，1953 年，カバー

この題名を再び採用し、「外国兵による「日本の」貞操の完全占領」を暴くのみならず、「日本政府の性的無条件降伏」をも明らかにし、国民に対して日本政府が罪を負っていることを読者に示唆するのだ。[31] このような批判は『日本の貞操』よりも『女の防波堤』の方により強く現れているものの、注目すべき点は、両者とも、日本国民を逆境に置いている日米両政府の共犯性を主張していることである。

しかし『日本の貞操』では、この両刃の政治的批判はあっけなくぼかされてしまう。というのは誇張された表紙カバーのレトリックが明らかに、本の内容が猥褻な描写に満ち、強姦をエロティックな対象にしていることを予期させるからである。現代日本の女性の著作では強姦がエロス化されることはごくまれであるので、一読すればこの四つの告白に男性編集者が介入していることは明白である。第一、どの手記もわかりやすい見出しをつけて構成されているが、そのいずれもが若い娼婦の文学的素養から編み出されたものとはとうてい思えない。また注意深い読者なら、四つの手記を通じて、文体、視点《ヴォイス》、語彙《ディクション》などが突然変化するのに気づくだろう。この手記が手を加えられない真正なものであることを疑いだした読者はさらに、「ここに書かれたことはすべて本当です」という言明の繰り返しでかえって疑惑に確信を深めることになる。私の脳裏には「あの王妃は誓いのことばが多すぎるように思うけど」というハムレットの一節が浮かび、まもなく、この虚言を弄する「王妃」たる「小野年子」は実は男性ではないか、そしてこの書物全体がフィクションなのではないかという疑念を深めていった。描写されている米兵の犯罪はあまりに陰惨かつ頻発し、語り手の女性たちに訪れる一連の悲劇は信じがたく、ナマの記録としてはにわかには受け入れ難い。そのうえ、この四つの手記を通じて、語りの視点が、名目上は犠牲者の女性のものであるにもかかわらず、むしろ占領をめぐる男性の著述の視点にはるかに近いように見えるのだ。

『日本の貞操』の目玉は、「死に臨んで訴える」と題された最初の手記である。量的に他の手記の三倍だというだけでなく、語り口はメロドラマ的であり、出来事もショッキングで信じがたい。二三歳の書き手は、癌で亡くなろうという死の床でこれを書いている。冒頭で彼女は幾度も思わせぶりに、運命的な「あの日」に言及する。「私はあの日のどんな小さなことも、四年たつた今でも、何一つ忘れることができないでいる」[一〇頁]。こうしたお膳立てによって、強姦体験はナラティヴの劇的で存在論的な焦点となる。すなわちその出来事の精神的衝撃は、主人公のトラウマを起源とすることで初めて全体としての意味が明確になるのである。

この冒頭部は表紙カバーとともに四つの手記の雰囲気を決定しており、また『日本の貞操』が本当に実在の娼婦によって書かれたという確かな証拠をも提供している(それは同時に狡猾な詐欺でもあるが)。つまりこの手記の作者は小野年子であり、「枕辺におかれたすり切れて汚れた六冊のノート」に基づいていると言う。古いノートの束という外部の資料が現実に存在しているという言明が、手記の真実性を保証する。谷崎潤一郎のような熟達した書き手であれば、こうした書き出しは「より深い真実」に読者を導くために仕掛けられた、巧妙で遊戯的な嘘の網の目であろう。しかしこの本は読者にそうした手の込んだ快楽を提供する代わりに、物語の内容(あるいは語られるいきさつ)を額面通りに受け入れることを要求するのだ。つまり『日本の貞操』の巧妙さは、作者とされている女性のナラティヴそのものではなく、それを形づけ商品化した編集者の手腕によるものなのである。

ノートの存在に言及したのち、彼女は物語の本来の目的、つまり自分の「転落」の原因究明に話を戻す。その過程で彼女は、米占領軍に対する告発に共感してくれるよう読者に求める。

しいていえば私は私のような「女たち」のなかにも、こんな苦しみや悩みがあることをどうかしつてほしいということだ。ケイベツされることは自由ですが、それ以上にどうして私たちがこうなつたのかの、もつと根本の原因にまでさかのぼつてつきつめてほしいということです。これがおそらく私の、G・Iたちにたいする憎悪よりつよい、皆さんに訴えるさいごののぞみであることをどうかもう一度だけ考えて下さい。［九頁］

「女たち」につけられた括弧は、小野年子のような娼婦を、普通の女性たちから峻別するものである。実際、この峻別は年子や他の娼婦たちがもはや女性として十全に価値づけられず、まったく別の階級を形成していることを示唆している。敗戦後において、「女の防波堤」というレトリックと国家的組織売春とがいかなる意味を持っていたかを説明するのに、まさしく「階級」は重要な要素である。

前掲の書き出しの文章に続けて、年子は本格的に人生を語り出す。一九四五年三月の東京大空襲で両親を失って後、彼女は京都の叔母の家に身を寄せる。一九四八年八月一〇日に、日本人の巡査が召喚状を持ってやってくる。彼女は占領軍の財産を不当に横領した罪で訴えられていた。六ヶ月前に闇市で自分の靴下と叔母のタバコを買ったのは覚えているが、これは当時にしてはごく普通の行為であり、彼女はそれが罪にあたるとは思っていなかった。巡査によって家の外に連れ出された彼女は、物陰に停まっている米兵のジープに気づく。巡査は彼女を兵士たちに引き渡したのである。そのままジープに乗せられ、人通りのない所まで連れて行かれて輪姦される。そののち彼らはタバコを与えようとするが、彼女が感謝するどころかこれを拒否したため、兵士たちの怒りを買う。そしてまた新たに、タバコの火でやけどさせるなどの虐待を開始して彼女の苦痛を嗜虐的に楽しんだのである。

占領軍が犠牲者を誘拐するのに日本人巡査が手を貸すこの場面は、無条件降伏後、RAAの設置にあたって警視庁が担った役割を縮図的に思い起こさせる。次章で論じるように、女性作家たちは類似の出来事に言及する際、戦前戦後を通じて日本の男性が女性の性的搾取において、いかに共謀するものであったかを暴いている。しかし『日本の貞操』では、そうした日本人男性の共犯性は問題化されていない。それを強調しようとすれば、題名に集約されたこの本の中心モチーフを台無しにしてしまうからだ。「日本の貞操」というジェンダー化されたフレーズは、占領者と被占領者の複雑な関係性を消し去ってしまい、そうしたナラティヴによって、戦中(あるいは戦前)の日本と戦後占領時代に共通するものを見失わせる。しかし、この問題とはかかわりなく、苦境への共感をせまる年子の物語は続く。

強姦された翌日、何とか家にたどりついた彼女は、何が起こったのかを察しながら一言も言わない叔母とともに生活していくことに苦痛を感じるようになる。年子はまもなく東京へ行こうと決意し、家を出て友人のところに身を寄せる。しかし職は得られず、街角に立っていたところを、警察のいつもの「パンパン狩り」で誤って連行されてしまう。不当逮捕への抗議もむなしく、性病検査まで受けさせられたのだが、強姦のせいで陽性だったため、三週間近くも性病の病棟に留め置かれることになった。そこで彼女は娼婦たちの猥褻な「ケイケン談」を耳にし、二、三のパンパンたちと知り合うことになる。彼女はのちにこの経験を、「パンパン養成学校」[三二頁]に出席したようなものであったと回顧している。病院を出ても行くあてのなかった彼女は、占領軍専用のダンスホールに職を得る。住居は与えられたが、服や寝具その他生活用品は代金を要求され、そのことは雇い主への依存を決定的にすることになった。夜を徹してのダンスパーティーで、彼女はアメリカ人のパートナーにむりやりダンスホールの外へ連れ出され、セックスを強要された。この経験が彼女の娼婦としての運命を決定づけることになる。

ここまでの時点では、語り手の経験は一応もっともらしい。海外駐留の米兵はこうした誘拐、強姦、さらには殺人にさえも関与してきたことは事実であり、今でも関与している。しかし占領下の日本では、必ずしもそうした出来事が頻発していたわけではない。

日本の警察の記録や報道関係の調査は、一九四五年の米軍上陸後の始めの数週間に占領軍による暴力犯罪のほとんどが横須賀など港町で起こり、その後急速に減っていったことを報じている。(32) 先ほど引用した『日本の貞操』の一節もまた、戦後日本の売春を考えるうえで何が主要な問題であるかを物語っている。それはたとえば、家庭外で働く女性への統制を強化する警察と医療当局との結託、管理売春による女性労働者の経済的搾取、強姦犠牲者を売春か自殺かという究極的選択に追い込むような家父長制的な貞操観念の維持、などである。

しかし、年子の筆致はすぐにがらりと転換し、彼女が出会った様々な人物を、その早すぎる悲劇的な死——それはすべて占領軍兵士が原因なのだが——を描写するためだけに紹介しはじめる。まずふたりの「パンパン」仲間の死。ひとりは兵士の「倒錯的性行為」による怪我、もうひとりは六ヶ月前の強姦で受けた怪我がもとで死ぬ[四三頁]。次に「モンキー」というあだ名の一〇歳の日本人少年。彼はアメリカ人士官たちの道化役で、踊ったり、からかいの対象になったりする。あるとき士官のひとりが情婦と交換に手に入れてきたペットの(ほんものの)猿を、モンキー少年が殺してしまったため、怒り狂った兵士たちから逃げようとして、トラックにひかれて死んでしまうのである[五六—六三頁]。この一節で示されているのは明らかに、傲慢な外国の占領者が日本人を動物のように扱い、女性をモノとして扱っているということである。これはアメリカが日本人を猿として戯画化した戦中のプロパガンダとの、単なる偶然の一致ではないだろう。また、アメリカ軍士官が秘書を繰り返し強姦した挙げ句、彼女が遂にそれを受け入れ愛人になってしまうというエピソードも紹介されている［五八頁］が、それは日本の女性の著作よりは、むしろ男性向けポルノグラフィーにおける強姦のエロス化に酷似した、この種のナラティヴの特徴を指し示す一例である。

年子はその間に、エマーソンという男の情婦になり、すぐにその友人ロジャースに乗りかえる。年子のためにロジャースは前の情婦を追い出すのだが、年子が新居のドアを開けると玄関には首を吊った彼女がいたのである。ロジャースに棄てられたことに取り乱して自殺した彼女は、冷酷な米軍のおびただしい犠牲者に新たな死をつけ加えることになった[33]。年子がその不吉な新居に移ってまもなくのある晩、年子とベッドにいたロジャースは窓から誰かが覗いているのに気づく。ロジャースはピストルを取り出して、二発でその覗き屋とおぼしき人物を射殺。それがただの近所の男の子だったことがわかると、年子とロジャースは顔を見合わせて笑い出す。この行為に読者が混乱して彼女の記述の真実性に疑いを抱きはじめると、年子はすぐにこう言葉を継ぐ。「私はそのとき、笑えるほど、子供の死に冷淡だつた。そんな私をふりかえることはつらい。しかし、これはありのままの事実です」［八一頁］。

年子はさらに、ロジャースと友人たちが無垢な若い女性を誘拐し強姦することに手を貸すほど堕落してしまったと告白する。文字どおり「女狩り」と呼ばれるこの「ゲーム」は、まずジープで魅力的な獲物を探すところから始まる。[34] 年子がその若い女性に近くの駅まで乗らないかと声をかけ、犠牲者は駅の代わりに人気のないところへ連れて行かれて、年子や他の多くの女性が身を落とす原因になった残酷な運命へと突き落とされるのだ。年子のほのめかしによれば、こうした「女狩り」は占領軍によって頻繁に実践されていたらしい。彼女は目撃者を自認し、時には犠牲者たちを縛り上げるのに手を貸したとさえ白状している。続けて彼女はとりわけ記憶に残る出来事を語りはじめる。ロジャースと彼の友達とが、そうした若い犠牲者のひとりによって文字どおり嚙みつかれたのである。その女性はロジャースの舌を嚙みきり、次いで自分の舌をも嚙みきった。結果はふたりとも即死［八四―八七頁］。年子はその女性のストイックな抵抗を賞賛し、なぜ自死をもって名誉を守る勇気が自分になかったのかと、この書の他の告白者と同様に後悔するのである。無垢な女性の誘拐に手を貸した自分の卑劣さをふり返りつつ、彼女はこう書く。「私はそれほど盲目のけだものになっていたのだ。だからこそ私はこのように一切合切を告白する」［八七頁］。こうして彼女は機会あるごとに、自分が真実を語っていることを読者に印象づけていく。以上の出来事はまだ年子の手記の前半にすぎず、残り六〇頁を読む読者にはさらに大量の強姦や死が待ち受けているのである。読者にまだ忍耐と好奇心と、吐き気に耐える強靱な胃袋とがありさえすれば、あと三つの似たりよったりの物語すら用意されている。

この書物を、あまりにも意図の見え透いたくだらない低俗小説として片づけてしまいたくなるのは当然であろう。実際、表紙カバーまで含めて注意深く読めば、これがとてもドキュメンタリーとは呼べないシロモノであることがわかる。しかしながら、『日本の貞操』は一九五〇年代を通じて広く読まれ、売春をめぐる論議全般に確固とした影響を及ぼしたことは否定できない。出版後長期にわたり、『日本の貞操』は女性史研究に引用され続けてきている。(35) いったいなぜ、歴史家や小説家を含めた多くの読者がこの本をフィクション作品ではなく、僭称する通り事実談として受け入れてきたのだろうか。結局、プロレスが精神的鍛練を目指した古代からの武道でも何でもないのと同様、『日本の貞操』は「真実の告白」のコレクションであるなどとはとうてい言えないのだ。本書が多くの読者をリング際に引き寄せてきたこと自体は驚くに値しない。だが、特筆すべきなのは、ここで流された血が本物であるとほぼすべての読者に信じさせたこの本の力量である。

本書の読後から数年後、これが男性によって書かれたものではないかという私の当初の疑惑が正しかったことが確認できた。一九九六年五月に、この書物が出版された一九五三年当時(今は存在しない)蒼樹社で働いていた編集者を東京でつきとめたのである。電話インタヴューにおいて彼は、この四つの物語が「水野浩」という実体のよくわからない人物によって書かれたことを認めた。水野は日本共産党と何らかの関係があったらしく、横須賀の基地で働いて情報を集め、「パンパンの世界」にも通じていたらしい。その編集者によれば、蒼樹社は内部での激しい論争のうえ、この本の出版を決意するに至ったということだ。(36) 社内の左翼編集者たちは出版が会社の評判に及ぼす影響を懸念するのと同時に、日本共産党がどういう反応を示すかを気にかけていた。このような本は、良心的な出版社というイメージと懸け離れているように思えたからであろう。社から何人かの編集者が日本共産党の意向を探るために代々木の本部を訪問し、蒼樹社は共産党のゴーサインを受けて初めて本書の出版に乗り出したのであった。ただしこのことは単に、同書の製作にまつわる不透明な逸話にすぎず、蒼樹社が共産党と何らかの関係があったということを示唆するわけではない。いずれにせよ、『日本の貞操』の売れ行きは、出版社の当初の予想をはるかに超えるものとなった。

どんな書物にしても、製作と受容の関係は極めて複雑であり、『日本の貞操』のような、今となっては忘れられた話題作の場合はなおさらだ。一世を風靡した田村泰次郎の肉体の文学がやって見せたように、フィクションは時に、「事実」を標榜することで社会的想像力に上手く取り入ることが可能になる。しかし、『日本の貞操』がもしフィクションとして発表されていたら、これほど話題には上らなかったであろう(私の知る限り、拙論はこの本がフィクションであることを明らかにした最初の研究である)。仮に、蒼樹社がこの本を男性が書いたフィクション作品であると初めから宣伝していたら、本来「実人生」に基づく告白記に授けられるべき存在論的権威が与えられなかったにちがいない。結局のところ、読者はこれを女性本人たちの手によって書かれた告白集であると受け取ることにしたらしい。しかし、『日本の貞操』は国家的な神話として扱うべきだと思う。とはいえ、この告白集が「まやかし」であることを「証明」するということよりも、大衆を魅了したその力や機能、表象の方法などを明らかにすることの方が、より重要だと考えることを付け加えたい。

以上、『日本の貞操』の牽引力について考察し、この書を成功に導いたナラティヴの戦略とマーケティング戦略について議論してきた。一九五〇年代半ばの国内状況において『日本の貞操』が果たした役割を考えるために、占領時代の他のフィクションとの差異を確認しておこう。まず第一に、この本が他のフィクションと異なり、実在の娼婦によって書かれたナマの手記であることを標榜していることである。内容の衝撃も覗き見的な魅力も、ひとえに、真実性をひけらかすそのナラティヴの戦略に負っているのだ。第二に、『日本の貞操』がアメリカに非難の矛先を向けるという絶妙なタイミングである。同書の出版は、ＳＣＡＰの検閲制度の完全撤廃にともなう新しい自由によって可能になったわけであり、一九五二年の日米安全保障条約発効と朝鮮戦争を背景にして反米主義が台頭してくる時期とも一致する。こうした要素がないまぜになって、アメリカによる日本占領を、売春と女性の犠牲の問題に結びつける最も有効な国民的アレゴリーとして『日本の貞操』がでっちあげられたのである。このような傾向は、一九五七年の田中貴美子の自伝『女の防波堤』など、あまたのヴァリエーションへと継承されていく。

『女の防波堤』

『日本の貞操』が、一九五〇年代の一連の扇情的な「パンパン物」の先頭を切ったとすれば、この低俗な行列のしんがりをつとめるのが『女の防波堤』である。田中貴美子という名のＲＡＡの娼婦が書いたとされるこの一冊の回想録は、先駆けの『日本の貞操』で首尾よく成功したナラティヴの方法を踏襲している。つまり、目をひく題名、オビの挑発的な宣伝文句、それに裸の女性のスケッチ（『日本の貞操』と異なって口絵に描かれており、表紙は抽象的な図柄になっている）である。この題名は、「日本の貞操」という言い回しよりは多少曖昧ではあるものの、女性のセクシュアリティを敗戦後の国家に接合させる隠喩として機能している。それまでのＲＡＡに関する暴露ものによってこうした隠喩は既に一般化していたため、『女の防波堤』の出版社としては、直接的な説明は不要だと判断したのだろう。表題の意味が飲み込めない読者に対しては、オビが次のように説明する。「半官半民の売春会社Ｒ・Ａ・Ａに応募し、みずから肉体の防波堤となった、少女の赤裸々な体験手記！」。裏表紙のオビには更に詳細な説明が添えられている。

R・A・A(特殊慰安施設協会)とは、終戦後、政府側出資五千万円、民間側出資五千万円、官民共同出資一億円の進駐軍相手の売春会社である。この同性屈辱の記録を全日本女性の必読書として万難を排し敢えて刊行、日本政府当局に抗議し、今や日本を撤退する米進駐軍に餞けする![37]

「赤裸々な手記」などの表現は、『日本の貞操』の言い回しからの借用である。また裸の女性の口絵も『日本の貞操』を想起させる。しかしとりわけ重要なのは、米兵相手の娼婦のナマの告白記であると標榜しているという点においても、『日本の貞操』が確立したジャンルを踏襲していることである。

ただし、『日本の貞操』が編み出した形式に固執しているのに対し、『女の防波堤』は、二点において先例と異なっている。まず第一に、オビも示唆するように、『女の防波堤』の出版社は、米占領軍批判よりは、日本政府によるRAA支援への政治的暴露、というイメージを前面に押し出そうとしている。事実、悪役にされているのは米兵よりはむしろ日本人男性の方である。『日本の貞操』にも日本人の悪役は登場するが(たとえば年子を米兵に引き渡した巡査)、それは随所にあふれる占領者たちの非道ぶりに比べればかなり影が薄い。対照的に『女の防波堤』では、悪役を引き受けるのは特定のジェンダーや人種ではない。時に悪徳日本人女性まで登場するほどだ。とはいえ、『女の防波堤』が『日本の貞操』に比べてナショナリズム色が薄いという証左にはならないだろう。単に、お決まりの結論に到達するまでの手法が周到であるということにすぎない。

第二の相違点は、『女の防波堤』の方がよりストレートに、読者の覗き見趣味的な下心に照準をあわせ、ポルノまがいの文章で読者の歓心を買おうとしていることである。オビの宣伝文句は、表向きは女性読者を想定しながら、ナラティヴ自体は明らかに、男性読者の性的好奇心をそそる露骨な性描写に満ちている。強姦などの女性への性的暴力も、一部のマンガやポルノグラフィー同様、エロティックに描かれる。(38)にもかかわらず、『女の防波堤』は、単に娼婦の告白記としてだけではなく、政治的な告発の書として宣伝されているのである。政治性とポルノグラフィー性とを接合させた、矛盾に満ちた書物であるといえよう。

実際に、人生の大部分を娼婦として働いてきた高卒の女性によって書かれたものなのかどうか、注意深い読者であれば疑いを禁じ得ないであろう。ポルノまがいの描写は、女性による著作よりは男性の低俗小説でよく見受けられる視点から描かれており、文体や構造も――それ自体たいして立派なものとは言えないのだが――教育や文学と縁遠い環境におかれてきた若い女性の最初の著作としては少々洗練されすぎているように思われる。そして案の定、私は『日本の貞操』の場合と同様に、『女の防波堤』も男性の手によるものであることをつきとめることができた。『女の防波堤』を出版した第二書房は今も健在で、ゲイ男性向けの雑誌『薔薇族』の出版社として知られる。経営者は伊藤一という評判の高い編集者であり、より堅い書物を扱う出版社・第一書房も手がけていた。数年前に亡くなった氏を引き継いだ子息の伊藤文學氏は、『女の防波堤』が、当時新聞記者だったある男性によるフィクションであることを私にあかしてくれた。ポルノグラフィー的な傾向について訊ねてみると、確かに編集者たちは(オビの宣伝文は女性向けであったにもかかわらず)男性読者に焦点を絞っていたという。ただ、氏がつけ加えたところによると、予想外の混乱を引き起こすことになったため会社は三千部で出版を中止したらしい。

『女の防波堤』は二〇〇頁以上におよぶ独白であり、簡単に要約することは難しい。物語は終戦直後、例によって強姦から始まる。しかし多くの「パンパン物」と異なり、貴美子はまず最初に、米兵ではなく、信用していた知り合いの日本人男性に強姦されている。貴美子の両親が一九四五年三月の東京大空襲で死んで以来、貴美子の面倒を見てきた人物である。ある晩目覚めると、彼が酒気を帯びて覆いかぶさってきたのに気づいて、貴美子ははねのけて夜の街に飛び出す。これが第一章の出来事である。この強姦は、猥褻で視覚的な描写によってエロティックに描出される[一四頁]。

次に、東京の焼跡を半ば飢えてさまよう間に声をかけてきたパン屋に貴美子はついていく。窮状を訴える彼女に、卑怯なまねはしないとパン屋は保証するが、その夜更けにこの新しい保護者も彼女を陵辱しようとする。しかし抵抗するかわり、ポルノグラフィー的なナラティヴによくあるように、彼女は加害者と恋に落ち、官能の快楽に目覚めるのである。しかし蜜月は長続きせず、パン屋のもとを去った彼女は、再び東京の街頭をさまよう間に、由子という学校時代の友人に出会う。由子は「赤いスカートに、薄いネッカチーフを首に捲いて、爪をニワトリのように赤く塗って、唇はいま血でも舐めたように赤くした女」とあることからその境遇は自ずと明らかである。由子に伴われて彼女のアパートに身を寄せるが、ほどなくしてふたりは偶然「芸者、ダンサー多数求む!!進駐軍接待婦大募集!!」というRAAの広告を目にする。衣食住の保証という条件が気に入った由子に促されてふたりは募集に応ずることにする。由子がRAAに入ればどのみち貴美子は宿なしになる。「どうせ私だって男にだまされた、もう汚れた身体、私にだって出来ない仕事じゃない」〔三五頁〕と彼女は考える。面接で仕事の内容は明らかになるが、「いいのよ。私だってどうせ満足な結婚なんて出来やしないわ」〔三七頁〕として引き受けるのである。このくだりが示唆しているのは、貴美子の窮状が米占領軍との関連のみならず、まさに日本社会に浸透した家父長制的価値観からもたらされていることである。しかし『女の防波堤』は、日本の家父長制を俎上に乗せることよりも、ポルノグラフィーとしての目的をまっとうすることの方に関心を集中しているようだ。強姦のエロティックな描写やポルノグラフィー性という点で、この書物は、一九五〇年代の米兵相手の娼婦や愛人について女性たちが書いた物語とは大きく隔たっている(この問題については次章にて論じる)。

虚構の物語に、ジャーナリスティックな素材を混入させるといったこの『女の防波堤』の手法は、翌年に出版された松本清張の「黒地の絵」を想起させる。松本清張も『女の防波堤』の実際の作者もともにジャーナリストであったことを考えれば、この類似は当然であろう。『女の防波堤』は、ドキュメンタリーらしい雰囲気を作りだし、真実らしさを誇示するために、RAAについての事実の断片をところどころにさし挟む。たとえばRAA組織者の氏名や提携関係を列挙したり、組織の来歴を説明したり、資金源の詳細さえ明示したりする。性的サービスの料金すら記載されている(「ショートタイム」一〇〇円、「お泊まり」三〇〇円で、女性の取り分は売春宿の宿主と折半)。以下の一節は、RAA理事長・宮沢浜治郎が、居並ぶ未来の「慰安婦」たちを前に行ったとされる激励のスピーチである。

「敗戦という、かつて知らない事態に直面したわれわれは、このたび当局の呼びかけに応じて、特殊慰安施設協会、すなわちR・A・Aを設立し、連合軍の進駐に対して、日本の女性の貞操を護るために、全力をあげております。幸いに皆さんの御協力を得て、この重大な使命を果したいと思っております。われわれのこの使命達成のために、進んで応募して下さった皆さんも、いわゆる昭和のお吉、その身を犠牲として相当の覚悟を持ってお集まり下さったことと思います。みなさんのこの犠牲的精神に対して厚くお礼を申上げます。これからみなさんの働いていただく職場に於ては、種々雑多な嫌なことも起りましょうが、どうかこの日本の危機を突破するために、さらに覚悟を新にして、私たちが日本女性の防波堤になるのだ、というお考えを持って、この困難にうちかっていただきたいと思います」［三八―三九頁］

理事長が切々と語り出すと、直前までざわめいていた女性たちは「シュンと」した気持ちになったと貴美子は記している。この時点では、劇的な効果を損なわないために、スピーチ自体は無批判に提示されている［三九頁］。しかしあとになって、彼女の人生の相次ぐ悲劇が明らかになってくるにつれ、RAAや日本の権威者による女性への偽善的な扱いに対する非難が開始される。

日本女性のためにと、いとも立派な言葉に操つられて躍った「女の防波堤」も、あらゆる男の血汐に洗われて、だんだんと腐りはじめ朽ち果てようとしています。今これに対して、救いの手をさしのべようとするものは、何もありません。［一九

〇頁〕

実際、貴美子はあらゆるタイプの顧客と交わらなければならなかった。無料奉仕を要求するMP、店の女性たちにとってはエイリアンでしかない黒人兵、そして時には一兵士の抱擁に「たまらない喜びを感じ」、「歓喜の絶頂に私は夢中で何か叫んで、男に抱きつい」たりもする〔四九―五〇頁〕。挙げ句の果てに、RAAの日本人幹部の一人が彼女を見初めたため、貴美子は、外国人顧客と日本人雇主との間を行ったり来たりしながら性的義務を果たすことになる。この状態を貴美子はこう語る。

昼はアメリカ、夜はニッポン、女の身体は本当に魔物だと言いますが、こればかりはどうにもいたし方ありません。私の身体もだんだん、一人の男だけを護っていける女ではなくなりそうです。身体に染みこんだいろいろな男の血が、自然にそうさせるのではないでしょうか。〔六六頁〕

このくだりには、占領に関する男性の著作によくみられる要素が含まれている。アメリカと日本の男の間を渡り歩く娼婦、性的身体と国家との同一視、決定論的な純血と混血への言及。ポルノグラフィーで女性特有であるとされる抑えがたい性的衝動も強調されている。貴美子は小町園の日本人支配人と恋に落ちるが、結局は他の女に奪われ、立川の空軍基地に近い福生の慰安施設「パレス」に移らされる。「パレス」は、「キャバレーとは名のみで、踊り場もせまいし、腰かけスタンドの酒場で、ビールを出すのが関の山で、みんな来る兵隊は、すぐベッドへ急ぎます」［七四頁］と説明されている。

　貴美子は美貌ゆえに「パレス」の人気者となり、まもなく「ちょっとジェームス・ギ《ママ》ャグニーに似た苦み走ったよい男」［七五頁］であるブラウンという颯爽とした少尉と出会う。ふたりはあっけなく恋に落ち、「身内の炎を燃え尽す」一夜のあと妊娠。本当に彼の子かどうか訊ねもせず、ブラウンは喜びいさんでアパートを借り、ふたりは「至福の結婚生活」をすごす（そのときはまだ婚約していたにすぎなかったのだが）。ブラウンはたいへんな好男子で愛すべき人物という設定であり、あたかも白い帽子をかぶった西部劇の英雄であるかのような印象を読者に与える。とりわけ、朝鮮戦争にむけて夕暮れ時に飛び立っていく時には。しかし彼は、赤ん坊の誕生を見ることもなく帰らぬ人となる。

　ここまでの時点で、時間の記述に混乱が見られる。貴美子が妊娠したのはＲＡＡがまだ機能していた時期（一九四六年三月まで）であるはずだが、子供が産まれる前に彼は朝鮮戦争（一九五〇―五三）で死亡しているのだ。つまり貴美子は異常に長い妊娠期間を経験したか、さもなくば恐竜の遺伝子でも持っているのか。オビの誇大広告やジャーナリスティックな書きぶりに反して、これはとうていドキュメンタリーとは言えない。ほんの八頁の間に、貴美子はブラウンに出会い、恋に落ち、妊娠・婚約・同居、そして死別を経験する。その後の貴美子の労苦の数々を知るために、続く一三〇頁分の彼女の不幸を要約しておこう。

ブラウンの死後も彼女は福生のキャバレーで娼婦として働き続け、米兵の「オンリー」(愛人)になり、しまいには街娼になって、いかがわしい男たち(たいていは日本人である)や麻薬によっていっそうひどいトラブルに巻き込まれる。ほとんど夢遊病のように、朝目覚めるたびに、前夜に彼女の下着を脱がせ好き勝手をした男を枕辺に見出す生活である。いったんは日本人医師と結婚するものの、彼女の過去を知るにおよんで離婚。ブラウン少尉の息子は、エリザベス・サンダース・ホーム――一九四八年設立の「混血児」のためのキリスト教孤児院――に入れられる。数年後、貴美子は息子を捜しだすが、母子の情愛はもはや甦ることはない。その後、工事現場で働くもとやくざの恋人と、まっとうな道を歩む約束を交わす。しかし工事現場を訪ねてみると、彼は既に他の地方に移っている。給仕仕事をして金をため、あとを追おうとするが、不幸なことに、不在の恋人にささげる貴美子のけなげな思いは工事現場の男たちにふみにじられ、性的奴隷同然の扱いを受ける。この経験は彼女をどん底に突き落とし、恋人を探して生活を一新する希望をも棄てるのである。物語は次のようなニヒリスティックな調子で閉じられる。

この世界に法律はありません、裏の裏を知り尽くしている私は、もはや希望も消え失せて、あらゆるものに対する、抵抗を捨ててしまいました。そして私という女が、どこまで墜ちて行くか、運命の神に一切を任せました。［二一七頁］

こうして『女の防波堤』は、始まりと同じ調子で終わる。すなわち、貴美子の個人的な物語として終わるのである。政治的告発を自称しながら、挿入された歴史と政治は、メロドラマの好都合な引き立て役でしかない。ピーター・ブルックスらの論じるところによれば、時としてメロドラマというジャンルは、社会の支配的価値観を転覆する機能を果たす。メロドラマとは、一九世紀ヨーロッパにおいて生まれた、まぎれもなく近代の産物であり、ラディカルな政治的可能性を内在させたイデオロギー的形式である[39]。しかし『女の防波堤』の場合、まさしく戦後日本のメロドラマといえるにもかかわらず、秩序転覆への可能性は閉ざされているように思われる。なぜなら、米占領軍と日本政府双方への政治的批判は、個人史という無害なコーティングを施されて葬り去られてしまっているからだ。貴美子のおかれた性的奴隷という立場が、まさにＲＡＡによる女性搾取と接続しているのだという問題提起——それこそがこの書物が標榜していた目的だった筈である——は、最後までこらえて読み通したとしても、読者に意識されることはないであろう。そのうえ、貴美子を不幸に陥れたのが日本人男性であるという事実には言及されているものの、自国の女性への支配構造については何らの批判もない。また、貴美子の個人的な運命を、たとえば下層階級の女性たちに共通する問題として捉えるといった、より広い視野から社会階級的問題へと展開していく方向性も見られない。

女性によるナマの告白記、という偽装にもかかわらず、『女の防波堤』と『日本の貞操』は、双方ともに、男性によって、主として(ヘテロセクシュアルの)男性読者のために書かれた占領物語の代表作として読まれるべきなのである。読者を引きつけ興味をかきたてるために強姦を利用する時、これらの書物は、男性の幻想の月並みな構造をただなぞっているに過ぎない。他の多くの男性による物語と同様、女性が実際にこうむった性的蹂躙を抜け目なく流用することで、占領時代の記憶を、ジェンダー・イメージに依存した国民的アレゴリーへと構築する。娼婦たちの物語を国家の物語へとすりかえ、国家主義的視点から占領時代を再編することによって、間違いなく日本人男性も、占領軍に犯された女性たちと同じくれっきとした犠牲者として位置づけられるのである。

『日本の貞操』および『女の防波堤』は、現時点では既に忘れ去られたテクストである。しかしこれらのテクストは、一九五〇年代の社会において、売春あるいは占領がいかなるディスコースのもとに再編され、国民的な記憶として構築されていくかを物語る、重要な文化的記録であるといえよう。

第五章　両義的なアレゴリー

この七年間に一番得をしたものは、なんといつても日本の女性である。これは決して皮肉でも逆説でもない。

(大宅壮一、一九五二年：一九九頁)

結婚こそ、イギリスの法律におけるただ一つの現実的奴隷制度である。各家庭の主婦をのぞいては、現在はもはやどこにも法律上の奴隷はない。

(ジョン・スチュワート・ミル、1989：80)

アメリカ占領によって得をしたのは何といっても女性であるなどという発言が、大宅壮一ともあろう著名な男性批評家の口から発せられるのを聞くと、いったいその真意はどこにあるのかと首をかしげたくなるのが世の常というものだろう。無論、表面的には、彼の発言の趣旨は、日本国憲法第二四条に始まる女性の法的権利の多くが、連合軍当局が推した改革によって与えられたという事実の指摘にすぎない。とりわけ憲法第二四条は、戦前の法的地位からの日本女性の劇的な旅立ちの象徴である。

婚姻は、両性の合意のみに基いて成立し、夫婦が同等の権利を有することを基本として、相互の協力により、維持されなければならない。配偶者の選択、財産権、相続、住居の選定、離婚並びに家族に関するその他の事項に関しては、法律は、個人の尊厳と両性の本質的平等に立脚して、制定されなければならない。(1)

憲法第二四条はまた、一九四七年の大幅な民法改正へと連なっている。戦前民法では、一連の家父長制的慣習が容認されており、自由な婚姻あるいは離婚の権利、自律した主体として契約を結ぶ権利などが、女性の場合徹底的に制限されていた。また相続法においては長子相続が優遇され、妻より血縁が優先されていた。さらに不義を犯した女性には二年以下の懲役刑が課されることになっていた(この姦通罪に、男性配偶者は問われない)。

日本女性は、フェミニストたちが半世紀にわたって要求し続けてきた諸権利を、日本の無条件降伏後数年のうちに手にするに至った。(2) 参政権を獲得した女性たちは、一九四六年四月の総選挙で三九名もの女性議員を誕生させた。それと相前後して、東京大学には女子大生が出現、婦人警官も誕生し、長年女人禁制だった神聖な山頂には、女性登山家グループが足を踏み入れることになる。(3) 無論、法制度が整備されたからといって即座に理想の実現が保証されるわけではない。日本女性を大きく変えることになるこれら一連の政治的、社会的、経済的改革は、確かに占領(政府)当局主導で行われたものの、強固な家父長制的慣行を克服し、日常生活の中で改革精神の実現に努めたのは日本人自身

であったことを、フェミニスト歴史家たちはつとに指摘してきた。(4)

こうした文脈を考えると、占領によって資するは日本女性のみ、と大宅壮一など男性批評家が判断するのも宜なるかなという気もする。しかし我々としては、同時代の女性たちがその点をどう考えていたのかを問うてみる必要があるだろう。残念ながら一九五〇年代に活躍した女性批評家はほんの僅かであるうえ、彼女らは往々にして占領を概観して評価することを避けがちである。しかし女性たちは占領時代について多くの小説作品を残している。大方の読者や研究者に長く忘れられ、埋もれてきたそれらの作品を繙くことで、占領に対する挑発的な視点を含んだ物語を見出すことができる。むろん、本章で明らかになるように、女性の占領文学は、一枚岩というにはほど遠く、「男性文学」「女性文学」を実体化したり、日本女性文学を「ゲットー化」したりすることは本意ではない。しかしながら、占領をめぐる女性の作品の間の差異は、同時代の男性文学との集合的差異に比べれば影が薄い。

男性による占領文学と女性のそれとの最も明らかな差異は、ほとんどの男性作家が占領時代の小説を女性の視点で描いていないことである。(5)それはある程度まで、堅固な私小説的伝統の影響といえよう。私小説は、創作上の小説的技巧の一切を廃し、著者の誠実さや信頼性を重んじる。もちろん第三、四章で見てきたように、小説とジャーナリズムや個人的告白とを区分する形式上の境界線はしばしば不明瞭である。またエドワード・ファウラーが私小説に関する研究で論じているように、最も忠実とされる私小説家さえ、自覚するにせよしないにせよ、必ず小説的技巧に依っている。一方「記憶」より「想像」(むろんその区別も曖昧だが)の世界に遊ぶ、個人的告白とは無縁とされる男性作家たちですら、占領時代を描く際に男性主人公の視点から書く。そういうわけで、日本本土の占領文学によって女性の内面世界に触れることはまずできない。問題なのは、男性の作品に女性人物が登場しないことではなく、彼女たちがよそよそしく眺められ、匿名の存在として描かれ、主な(大抵は男性の)人物同士の仲介者役に貶められてしまっていることである。『日本の貞操』や『女の防波堤』は、女性視点から占領体験を探ろうとした点で一般則への挑戦だった——その視点がいかに不信感を煽る謀略的なものだったとしても。とはいえ両書は所詮、女性作家の作品を偽装し、リアルな告白記(でなければこれほどのインパクトはなかったろう)を渇望する同時代の読者の欲望に取り入ることで成立したにすぎない。実際、著者が女性だとされていなければ、そもそも出版にこぎつけられたかどうかすら疑問である。

本章では、日本女性たちが実際に占領をどう描いてきたかを論じたい。世代やイデオロギーの違いはさておき、女性作家たちについて言えるのは、男性文学にありがちなアレゴリー的な形式には禁欲的であるという点だ。女性作家たちの作品からわかるのは、それらが男性作家とは違って、何より占領を特別な屈辱的体験としては受け取らない、という点である。女性たちは確かに敗戦からの数年間、苦しい戦いを強いられたが、その(産みの)苦しみの責任を占領者たちに転嫁することは少ない。『日本の貞操』のような鬱屈したナショナリズムや煮えたぎるようなアンビヴァレンスは、女性作家の作品の中には見出しがたい。日本男性が占領を屈辱と見なすのは、女性身体、ひいては彼ら自身のセクシュアリティへの統制力を喪失したからである。この理屈に注目することによって、既に触れたように、戦後の数年間、「女の防波堤」的なレトリックがなぜ男性たちの想像力を虜にしたのかが浮き彫りとなるだろう。

占領によって恩恵を受けたのは主に女性であるという大宅壮一の発言も、こうした観点から再考する必要がある。つまり、女性が占領から恩恵を受けたのは、新たな法的権利を獲得したからだけではなく、彼女らが日本のナショナル・アイデンティティをめぐるジェンダー化されたレトリックに深く組み込まれていなかったためなのだ。日本帝国の消滅とあいつぐ外国による占領の開始は、男性にとって、ナショナルな境界と身体的境界との双方への統制力の喪失を意味する。しかし女性は既に戦時下において一人前の天皇の臣民たることを拒まれていた。上野千鶴子が言うように、女性たちは天皇のために死んで「英霊となる権利」すらなく、そのことは、女性の主体性《サブジェクティヴィティ》の欠如を明確に示し、かつ正当化するために利用された。国家の家父長たる天皇に命を捧げるかわりに、女性たちは「銃後」に追いやられ、万世一系の家父長的家族国家を存続させるべく、男性臣民《サブジェクト》を再生産することを求められる。(6)結果的に、多くの女性にとって敗戦は、家や子や夫を失いこそすれ、女性として日本人のアイデンティティを脅かすものではなかった。敗戦は確かに深い喪失感をもたらしたが、女性たちはその喪失感を戦争の帰結と考えがちであり、占領自体のせいだとはめったに考えなかったようである。私は、女性たちが占領をアレゴリー化することを避けていると言いたいわけではない。彼女たちの書くアレゴリーは沖縄の作家たちと同様、日本とアメリカという二項関係に限定されることなく、戦時下から続く国内《ドメスティック》/家庭内の無数の抑圧形態に焦点化されているのだ。

これらの問題を追求しつつ、本章では、占領にまつわる女性の小説作品における二つの異なる傾向——いずれも研究者や批評家に適切に扱われてきたとはいえないのだが——を紹介したい。つまり、(1)政治性の薄い曽野綾子の作品(小山いと子や赤木けいこなども同じ傾向がある)、(2)イデオロギー性に自覚的な左翼作家中本たか子、平林たい子、また彼女らほど顕著ではないが広池秋子らの作品である。前者の一例として、曽野綾子のデビュー作「遠来の客たち」(7)(一九五四)を精読したい。この物語は、ナショナル・アイデンティティの違いを超えて成立する占領者と被占領者の関係に注目する。また本章後半では、米軍基地の町に暮らす日本女性についての三つの物語を分析する。広池の「オンリー達」(8)(一九五三)、中本の「基地の女」(一九五三)、平林の「北海道千歳の女」(一九五二)である。これらの作品は、占領者と性的関係をもつ日本女性を描きつつ、結婚と金とセックスが日本社会における女性抑圧の永続化にいかに関わりあっているかを問題化する。これら四人のうち、戦後文学史でいつも言及されるのは曽野と平林だけで、その作品は主要な近代文学全集にも収録されている。しかし広池や中本、あるいは小山や赤木の作品は初出誌か、女性作家のために編まれた特殊な選集(広池の「オンリー達」は『現代の女流文学』に収録)にあたらなければならない。

「遠来の客たち」における世代差の論理

「遠来の客たち」が芥川賞候補となった一九五四年当時、曽野綾子は二三歳、聖心女子大英文科を卒業したばかりであった。芥川賞は吉行淳之介の「驟雨」に奪われたものの、『文藝春秋』九月号に再録されたことで、「遠来の客たち」は曽野の文学的経歴の幕開けにふさわしい栄誉を獲得した。曽野の文体と抑制の利いた筆致は多くの批評家の目を引き、彼女の作品に特有の雰囲気と語り口は、「軽快」「新鮮」であると同時に「孤独」「超然」「冷静」、あるいは「知的」かつ「ニヒリスティック」と評された。(9) 読者の多くもこれらの長所の非凡で効果的な融合に感心したが、皆が同調的だったわけではない。三島由紀夫のように、曽野の文学を「リーダース・ダイジェスト的文章である」と断じ、「単なる作文じゃないか」と謗る批評家もいた。(10)

ふりかえってみれば、「遠来の客たち」に対する既成文壇の反応は、三〇年後の吉本ばななデビューへの批評家たちの反応とさほど変わらない。ばななの「キッチン」が一九八七年にいとも簡単にベストセラーとなった時、彼女のデビューは日本近代文学の新しい時代への扉を確実に開いたように見えた。その作品はポストモダン性や、少女まんがに影響を受けた着想で有名である。曽野は、ばななのようなポップカルチャーとしての地位を獲得したわけではなかったが(そのような男根的命名は曽野にはふさわしくなかっただろう)、ふたりとも、その軽い筆致と、同時代の文壇の慣習に無関心で軽率にすらみえる態度とによって毀誉褒貶にさらされたのである(たとえば曽野は「遠来の客たち」で「です／ます」文体を採用している[11])。

曽野もばななも、他の多くの日本女性作家とともに「女流作家」に分類されてきた。この両義的なカテゴリーは作品の価値を貶めるものである[12]。比較的中立な「女性作家」という用語が「男性作家」の対概念であるのとは違って、「女流作家」の対概念は「作家」である。すなわち、文学界には二種類の作家しか存在しない——字義的には本来普遍的なはずの「作家」と、女性の興味だけを引くものとみなされる「女流作家」と[13]。ありていにいえば、曽野への評価は、彼女の文学的才能を認めると同時におとしめる両義的な栄誉の接吻とともに確立されたわけである。このようなジェンダーを基盤にしたカテゴリーが想像させるのは、多くの女性が文学の読者・作者でありながら、日本の既成文壇は男性の統制下にあり、たとえある女性作家が多くの男性読者を魅了しても、一人前の作家として批評され認知されることはほとんど望めない、ということだ。ともあれ結果的に曽野の作品は、主要な近代文学全集に収められ、戦後文学の正典《カノン》に位置づけられることになった。

曽野は、当初は女流作家と分類されながら、その作品が同時期の女性作家たちとは明らかに異なっていたために、注目を集めることになった。林芙美子(一九〇三—五一)、佐多稲子(一九〇四—九八)、宮本百合子(一八九九—五一)や本章後半で扱う三作家らとは異なり、曽野は共産主義にもアナキズムにも興味をひかれず、また「貞操の欠如」が売り物の性的放縦な女性を描くこともない。むしろ曽野の初期作品は抑制が効き、とりすましてさえいるが、見逃してはならないのはそのユーモアである——それは戦後一〇年間の女性の著作にはなかなか見出せない特徴である。ある意味で「遠来の客たち」は他の女性の占領文学より小島信夫の「アメリカン・スクール」と親近性がある。「遠来の客たち」は「アメリカン・スクール」に五ヶ月先駆けて発表された。構造やユーモラスな筆致、作中人物と距離を保った語りが、両作品には共通しており、批評家たちには新鮮に映った。両作品の主要なモチーフは道であり、作中人物たちは英語力を競う。

「遠来の客たち」の舞台は一九四八年夏、箱根の米軍専用ホテルで、語りの視点は純真だが洞察力ある一八歳のナミコという案内係《インフォーメーション》である。この架空のホテルは(第一章で論じた山王ホテルと同じく)進駐軍によって戦後まもなく接収され、米軍士官と家族のための臨時住居として利用されている。曽野自身もそのようなホテルでしばらく働いた経験を持っており、そのことが同時代の本土の文学には珍しく、米占領者を熟知した描写を可能にしたと思われる。「遠来の客たち」の登場人物は三人のアメリカ人と、ホテルの案内係で電話交換手でもある――「アメリカン・スクール」と同様――四人の日本人である。簡単に紹介しておこう。

ナミコ――若い語り手で、周囲の人々へのそっけない抑制の利いた観察は戦後的感性を物語る。

坂口さん――元海軍士官だが、戦後日本の卑屈な地位ゆえに、軍人としての意気込みは強まるばかりである。

順ちゃん――「何を考えているのかさっぱりわからない」二七歳の青年で、聖歌隊と漫画を書くことと服を着替えることに情熱を燃やしている。「やさしく女々しい」妻帯者。戦時中は軍隊に勤務していたがたいして熱心でもなかった。「順」の名のとおり従順で、強制でもされないかぎり、自分の意見を口にすることはない。若い女性の語り手が使う接尾辞「ちゃん」は、この年上の男性の権威のなさを示す。彼が指揮する聖歌隊は、ヘレン・ケラーのホテル来訪にあわせて準備中である。来訪者がヘレン・ケラーである以上、見栄えや合唱の出来を気にする順ちゃんの姿はばかばかしくさえある。

木部さん――中年の戦争未亡人で同僚の順ちゃんに御執心である。戦後の生活に適応しようと必死に努力するコミカルだが悲劇的な人物。

リンチ隊長――タフで頑固でブルドッグのような人物で、夫婦の寝室に米国旗を掲げている。気難しい性格だが、坂口とナミコはむしろ彼の妥協のない「男らしさ」を賞賛している。リンチ（私刑）という名が何となく合点させられる。

ローズ軍曹――一九歳で、ホテルの案内係の四人の日本人従業員を監督している。ナミコと同じく、権力者に屈しない戦後世代に属する。彼の名が美しい自然物であることからしても、ナミ（波？）コとの親近性や軍隊との違和感を示唆する。

ディオリオ軍医――銀髪の軍士官でナミコとプラトニックな友情を築いているホテルの医師。思慮深いが弱い男で、ホテルでの一年あまりの閑職生活をただ無為に過ごしている。

簡単に言えば、リンチは暴力や軍事的権威と結びつく人物である。坂口もその点では同類だが、敗戦国の市民らしく、その軍国主義的衝動は抑制されている。ローズとナミコは両者とも戦争に直接参加するには若過ぎた戦後世代に属しており、軍隊の権威には無関心である。元兵士でありながら、ナショナリスト的・軍国主義的情熱を一切持ち合わせていないらしい順ちゃんは、リンチ・坂口と、ナミコ・ローズの中間に位置する。最後にディオリオ医師と木部夫人だが、彼らは占領下の日本においては余計な存在である。こうした図式的な人物配置は「アメリカン・スクール」によく似ているが、異なるのは「遠来の客たち」がアメリカ人と日本人とをリンクさせ、ジェンダーやナショナリティよりも世代間格差に重点を置いている点である。実際、「遠来の客たち」を他の占領文学から隔てるのはこの世代差への着目である。男性のナラティヴとは異なり、曽野はナショナリティの問題を軽視する。作中人物の占領への反応を形成するのは世代や個性であり、敗戦はそれほど重要ではないと見なしているようである。また一方、本章後半で扱う女性作家たちと曽野を隔てているのは、ジェンダー（の区分）と無関係に作中人物の性格の共通性を見ていこうとする意志や、社会経済的階級への無関心ぶりである。

「遠来の客たち」はいくつかの出来事を中心に展開する。それらは、アメリカ占領下の生活への語り手の辛辣な観察の恰好の材料となっている。最初の出来事は、ナミコとディオリオ大尉が親しげに語り合う最中、階下の争いを耳にする場面である。ディオリオがリンチ隊長の部屋のドアを開けると、ローズ軍曹が血だらけで床に倒れている。ナミコは脇によけて部屋を覗いたので、ローズとリンチは最初彼女に気づかない。リンチは、軍曹が酔って騒いでホテルの高価なショーウインドウのガラスを割ってしまったと述べ、それもローズが度々女をホテルにこそこそ連れ込んでいるからだと非難する。そうした癖は手遅れにならないうちに直さなければならないと付け加え、その言葉を裏づけるかのように、立ち上がれと命じながらその若者の肘に鋭い蹴りを見舞う。ローズは抵抗するが、バランスをくずし、救いを求めてナミコの方に手を延ばす。

　リンチはその時点で初めてナミコに気づいて急に口調を変え、日本におけるアメリカの民主主義的使命の重要性を、愛国者然として説きはじめるのである。彼の話は表向きはローズに向けられていたが、明らかにナミコの存在を意識したものであった。彼は壁に掲げられた星条旗をローズに差し示しながら、「しっかり反省しろ。我々の歴史の前で、国旗の前で反省しろ」と命じる。この旗のくだりと一連の出来事は、曽野のユーモアのセンスを示すものなので、少し長くなるが引用しておこう。

> 　大きな星条旗が、指さされた方向の壁に、全く風のない日のカーテンと同じ程の頽廃的な様子で、ぶらりと垂れさがっています。
>
> がそれよりも、そこにはもっと珍しい光景が展開していました。
>
> 星条旗の下におかれた隊長夫妻のベッドには、騒ぎに昼寝をさまたげられたらしいリンチ夫人が、ラヴェンダー色の紗の寝巻を着たまま半身をおこしています。煙草に火をつけて、ねみだれた金色の巻毛の下から、彼女は不機嫌そうに四人を眺めていたのです。真赤な唇と爪が、星条旗《スターズ・エンド・ストライプス》の下で、却って金属的に美しく光

っていました。

　私はとっさに三人のアメリカ人の様子を盗み見ました。狼狽の色もなく、リンチ隊長は、傲然と胸を張って妻の頭の上の国旗を仰ぎ見ています。ディオリオ大尉は最初かすかに首をそむけようとしましたが、リンチ隊長が完全にベッドの部分を無視している以上、自分もそれに見習う他ないと思ったのでしょうか。素直に(と私には見えました)礼儀正しく、彼も首を国旗の角度に固定しました。

　只一人ローズ軍曹だけが違っていました。彼は国旗などてんで見ようとはしなかったのです。彼は与太者然と斜に血だらけのあごをつき出し、ベッドの中の女を見て、面白くてたまらぬらしい表情で、体をゆすりながらにたにたと笑い始めました。

　ふと、ふり返ってローズ軍曹の秘密の楽しみを見つけたリンチ隊長が、ぴしりと青年の頬に火の出るような平手打ちをくわしたのは、それから十秒もたたないうちです。再び昏倒しそうになったローズ軍曹を病室に連れて行けと私に命じてから、その時ディオリオ大尉さんは、隊長の部屋に居残って、静かに扉を閉めたのでしたが……。[一四頁]

　ここからだけでも、「遠来の客たち」が、これまで論じてきたどの作品よりも、占領者間の個人的差異に注意を払っていることが分かる。曽野の作品では、アメリカ人は、見た目の身体的特徴や類型的な描写に留まることなく、個人としての性格が描かれる。「遠来の客たち」は作中人物たちを、かたや私的な一市民として、かたや世代や国民性を代表する人物として描く。このように私領域と公領域の間で揺らいでいる――〈私〉の〈公〉への従属ではなく――ため、「遠来の客たち」がそもそもナショナル・アレゴリーとして読まれるべきかどうかという疑問が浮かぶ。たとえば先に引用した部分では、リンチは占領軍の愛国的代弁者という公的役割と、嫉妬深い夫という私的ペルソナとの間でぐらついている。いうまでもなく、アイデンティティとは逃れようもなく多面的であり、このリンチの私生活の描写についても特筆すべきものはない――日本の占領文学においてこうした場面がいかに珍しいかを知らない限りは。日本人の観察者ナミコの前に立つ時、リンチは星条旗から片時も目を反らさぬアメリカ人士官の役割を演じざるをえない。しかし私的立場においては、国家の象徴的身体たる星条旗を守ることよりも、ローズの好色な視線から妻の身体を隠すことの方が切迫した問題なのである。この二つの身体――ナショナルな身体と個人的な身体――の近接性こそが、「遠来の客たち」全体にゆき渡る二元性を際立たせ、作品を両義的なアレゴリーにしているのである。

こうした図式的な構成要素は、これまでみてきたような男性の占領文学を思い出させる。それはたとえば日本人の人物を占領者への態度に応じて分類する点、国内／家庭内《ドメスティック》の領域と占領された領土とを区別する象徴的な場を利用する点、占領者と被占領者の権力争いの舞台としてのみならず、日本人自身の文化的アイデンティティの問題を追求するために、英語という言語を用いる点などが挙げられる。しかしほとんどの占領文学は私生活の探究を被占領民に限定するのに対し、「遠来の客たち」は占領者の内面世界にも同等に関心を示し、それを公領域と手の施しようもないほどもつれあったものとして指し示すのである。ベッドルームに掲げられた国旗ほど、公領域と私領域との混乱をよく表しているものはないだろう。

占領者にも被占領者にも個人的差異があるということへの曽野の関心は、次に掲げる坂口と順ちゃんの発言でもわかるように、この作品の世代論の基礎になっている。坂口は、「アメリカン・スクール」の山田と同様、「特攻精神」[一五頁]の持ち主とされ、ホテルの日本人従業員の中では世代的にリンチに対応する。ナミコはリンチとローズの喧嘩を触れ回りはしなかったが、このニュースはあっというまに案内係のデスクに届き、すぐさまその日のゴシップとなった。ここで初めて、一本指でタイプを打ちながら失敗するたびに自分に悪態をつくだけだった元日本海軍大尉の坂口は、彼の意見を述べる。

「なぐるのはいやなもんだとか何とか今になって皆言うけど、その時はクソするのとおなじで、いいとか悪いとか、意味があるとかないとか考えてる閑なんかあるもんか。どこの軍隊だってそうだよ」[一五頁]

軍隊で人を殴ったことがあるかどうかをナミコが順ちゃんに尋ねると、彼は「さあー、僕はもっぱら殴られる方だったから、それに殴られてるのは一番気楽だし」と答える。会話の間も猛スピードでタイプを打ちながら、坂口は青年の意見を無視して自分の考えを続ける。

「殴るなんてことの問題になるのは戦争が終ってからのことだよ。それも負けた方だけの話だな。勝ってみろよ、己だって軍人でな、こんなホテルでアメさんの荷物もって、赤丸の煙草なんかチップに貰ってサンキュー・サーなんて決して言わないと思うんだ」[一五頁]

ナミコが順ちゃんに答えを促すと、彼は口ごもって、「僕は自分なんかに最初からあきらめてるから」と答える。そこで彼女はこの対話の解釈を続ける。

「坂口さんの話は、中途から変な方向に流れて来てしまいましたけれど、その時私は面白いことに気づき始めていました。

それは、アメリカ人が癪だとか何とかいいながらも、実は坂口さんがリンチ隊長の第一のファンに違いないということなのです。彼は負けた方でだけでいろいろな事が問題になるといいましたが、それは、壊されてみなければ、制度とか道徳とか、一応一時的に人間が作ったとされているものの正否は、わからないということになります。すると無論、勝ったお陰で実際のことが見えずきこえずになったリンチ隊長も当り前ということになりますが、実はどうやら坂口さんは、隊長を荒っぽく弁護することで、自分も架空の勝利感を味わって、いい気になっているんじゃないかしら、と思えて来ました」〔一五一―一六頁〕

坂口は、兵士かつ国粋主義者としてリンチに親近感を抱いているが、占領者へのこの種の親近感は、後に書かれる大江健三郎の占領をめぐる初期作品や野坂昭如の「アメリカひじき」に通じるものがある。曽野は日本の占領文学において、こうしたホモソーシャルな力学に注意を払う稀なる女性作家であるが、男性作家たちとは異なり、女性作中人物を無視することはない。作中人物たちが占領に対して異なる反応を示すことを作者は巧みに披瀝していく。坂口の場合、リンチへの個人的な同一化は、彼らが同世代に属し軍隊に関わっているということに基づいており、順ちゃんへの嘲笑は、この青年が武勇への関心を全く欠いている点に向けられている。

小島が後に「アメリカン・スクール」で試みるように、曽野は坂口と順ちゃんの懸隔を、英語という言語への反応を介してドラマ化する。たとえば案内係の職員が、アメリカ人客から品川への列車の到着時刻を尋ねられ、英語で答えなければならなくなる場面である。アメリカ人が品川を誤って発音したせいで始めは誰も理解できないのだが、「シャイナゲーワ」と聞こえるその単語が「品川」だとわかると、順ちゃんは意志疎通のためすぐにその発音をまねる。一方坂口は、アメリカ人の間違った発音をいちいち訂正しにかかるのである。男性の占領文学と同様に、「遠来の客たち」においても、言語は、占領への日本人の反応をめぐる文化的争点となっている。

占領下における順ちゃんの現実主義的なやり方は、狡猾な日和見主義者(「アメリカン・スクール」の山田のような)というよりは、戦争とナショナリズムに幻滅し、坂口やアメリカ人占領者の主張を退けうる陽気な無政府主義的精神をもった青年の方法であることを曽野は示唆する。たとえば観光バスで、順ちゃんとナミコがホテルのアメリカ人客に通訳を頼まれる場面。ナミコに誘われたディオリオ大尉は観光の間バスの最後尾で消極的に座ったままである。箱根権現で、順ちゃんとナミコはアメリカ人旅行者に、おみくじの翻訳を頼まれる。ナミコは順ちゃんが平然と、おみくじを適当に訳しながら、旅行者たちに幸運を予告してあげる様子を見ていた。ナミコはすぐそのやり方に倣い、ふたりは大吉ばかりを際限なくでっち上げ、アメリカ人たちが聞きたがっていることを言ってやるのだった。「アメリカン・スクール」の伊佐や、大江の「人間の羊」の主人公(第六章参照)は、占領者たちと日本人追従者たちへの消極的抵抗法(passive-aggressive)として、言語を棄却する道を選んだ。しかし「遠来の客たち」では、ナミコと順ちゃんは占領者をたぶらかすために傲然と英語を用いながらも、敗戦の仇を討とうなどとは決して考えず、ナショナリズムの言語感覚につき動かされもしない。彼らは単に日々の労働を最低限の努力によってこなしているだけなのだ。このようにしてアメリカ人たちは子供のように扱われ、簡単にあやつられてしまう。こうした占領者側の幼児化は、女性文学には珍しくないが、男性のナラティヴではめったにお目にかかれない。

ナミコたちの一行が神社を出発するとまもなく雨がふりだし、ナミコは、背後の軍用ジープが間断なくクラクションを鳴らしてバスを追い越そうとしているのに気づく。やっとバスの前に出たジープは突然停車し、バスともども全ての車を止めてしまった。軍服を着た男がジープから降り、バスの運転手に向かってどなる。運転手は振り返るとナミコと順ちゃんに、リンチ隊長らしいとささやいた。隊長の猛然とした声が「稲妻のように走」った。

「うかつ者奴。車の後方に注意しろ、と運転手《シオーファー》に伝えろ！」

雨のしぶきで、ブルドッグの毛のような隊長の眉に水滴が光りました。その表情を真直に見ながら私は答えました。

「申し訳ありません。が、私達には驟雨のためにクラクソンが聞えなかったのです」

「馬鹿、それを注意しろ、と言っているのだ」

「注意出来る限りのことは、以後厳重に注意します、が――」

ふと、私は自分の頬が、勝手に陽気にゆがむように感じました。

「笑う気か？」

「いいえ、違います」〔二四頁〕

通訳者のナミコは、リンチの言葉を運転手に取り次ぐべきだったのだが、直に返答して、このアメリカ人をかつてないほど怒らせてしまう。隊長はジープに戻って改めて道の真ん中に車を停止させ、両方向の交通をストップさせてしまった。「アメリカン・スクール」では、戦後日本の疲弊した現実をアメリカの未来の豊かさへと繋ぐ道は、占領者の支配下にあった。「遠来の客たち」でもやはり、道は空白の場所として表象される――この場合は道は日本の由緒正しい神聖な神社とホテルの近代的なアメリカ的世界とを繫ぐ。道は占領者たちの支配下にあり、日本人女性はアメリカ人占領者と日本人男性との通訳＝仲介役を求められる。しかし前掲の部分では、ナミコは女性仲介者の役割から逸脱し、直接アメリカ人と対峙して、バスの運転手や順ちゃんを無用なものにしてしまう。リンチは、ナミコが自分の立場を自覚して詫びに飛び出していくまで、「長い長い」三分間を雨の中で耐えるはめになる。

「キャプテン、申し訳ありませんでした」

雨にたたかれて、目もろくろくあいていられない私を、彼は平然とハンドルの上に手を置いたまま、頬の筋肉一つ動かさずに眺めています。

「どうぞお許しください。車が両方にたまっています」

頬に落ちる雨のしずくを両手で払いのけながら私は叫ぶように言いました。それでも――彼は動きませんでした。

その時、私は突然、この不合理極まる暴力の中に、リンチ隊長の、いいにも悪いにも野性的で厖大なエネルギーにぶつかった気がしたのです。それは西部開拓民の生活力か、原子爆弾の威力か、シカゴの屠殺場かフォードの自動車工場の生産力か、そんなものに一脈相通じるアメリカのエネルギーとでもいいたいものでした。［二四―二五頁］

リンチは言葉もなくエンジンをかけ、ホテルへと全速力で走り去った。バスはあとを追い、旅行者がホテルに戻ると、ナミコは、彼女がリンチと対峙している間賢くも黙っていたディオリオ大尉とバスの車内でふたりきりになる。リンチの圧倒的なエネルギーを発見したことで、ナミコはこの医者の友人をも再評価しようとする。

「キャプテン・リンチは英雄です」

今度こそ皮肉とうけとられてはならないと努力しながら私は言いました。

「あなたのお国が戦争に勝った訳がわかります。彼はアメリカ人なのです。そうでしょう？　彼は最も具体的にアメリカ的です」

「君は興奮している」

大尉さんは私の肩に両手をおきながら、穏やかに言いました。うす暗い車窓の外に、雨の音が又しても急に大きくなりました。

「疲れたろうね」大尉さんがききます。

「少しだけ」

そっけなく答えながら、大尉さんは話の中心を避けたがっている、と私は思いました。彼の感覚は、私の日本的なはにかみととてもよく似ているようでした。何ということでしょう、私はその類似性のために、大尉さんに対して初めて軽い軽侮の念を覚えました。

大尉さんはアメリカ合衆国にとって役にたたない人間でした。彼はむしろ明らかに、傍観者の気弱さと拗者の非精力の相を同時に備えているように見えました。その弱みが、わずかに敗戦国に来ると、思いやりのあるような、通じるところがあるような、甘い錯覚を私達に与えるに違いないのです。キャプテン・リンチの方がすばらしかったと私は心の中で悪たれました。［一二五頁］（傍点原文）

順ちゃんの存在が、坂口の戦前のモラルや強烈な愛国心などが戦後日本でもはや時代錯誤でしかないことを示すのに用いられたのと同様、ここではローズ軍曹が、英雄的イメージにまで膨れ上がったナミコのリンチ像を小さくする役割を担う。つまり、リンチは占領下日本でこそ英雄的だが、国に帰れば一介の貧しい労働者にすぎないことを、曽野は示唆するのである。次に掲げるこの物語の最も爽快で簡潔な対話において、ローズはキャプテンの本来の職業をナミコに無頓着に暴いてしまう。


「アメリカへ帰ったら学校へ行くの?」

ときいてみました。

「いやあ、学校なんか、己は床屋だもの」

英語にしてはひどく表情に乏しい語調の返事です。

「キャプテン・リンチは何屋さん？　アメリカで」

「己も床屋、彼も床屋さ。しかも同じオースチンの町のさ。床屋はたのしい商売だよ」

彼はにこりとしました。いや、あどけないけれど、どこか兄《あん》ちゃん風のところがあるので、にやり、と言った方が適当かも知れません。

「くやしくなかった？　キャプテン・リンチにあんなひどいことされて」

「いやあ、別に。彼も床屋、己も床屋さ」〔二七頁〕

ローズは、順ちゃんと同様に、軍人の優越性を切り崩す役目を果たす——隊長の本来の職業を指摘することによって。しかし曽野の小説世界において、嘲笑を免れるものは誰一人としていない。ローズは、〃I〃を日本語で何というかレストランでボーイに尋ねた時、たちの悪い悪戯の犠牲になる。彼は一人称を示す多様な単語の中から、天皇の一人称「朕」を選んで教えたのである。ローズはお気に入りの日本語の言い回しを自慢しようとこの代名詞を知らずに愛用して笑い者にされる（「朕ハオスシガスキデス」）。曽野はこの場面を軽いタッチで描くが、他の作家なら、下層階級のボーイがアメリカ人占領者をからかうのに天皇の代名詞を用いることの転覆的な含意をもっとしつこく強調するだろう。ボーイのこの悪戯を、ジェームズ・C・スコットのいわゆる「弱者の抵抗」と見なして賞賛するのはたやすいが、曽野は、そうした安易な手を強調することより、戦後の人間的な日常における占領者たちの弱さや欠点を描くことに関心を寄せる。

曽野にとって、ホテルの全て――日本人雇用者であれ、アメリカ人「客」であれ、占領軍に委託された権威であれ――は、人間であるかぎりにおいて、ただ単に同じ土俵上にある。それはシニカルというよりは、ブルジョア的で個人主義重視のものの見方である――個々の些細な欠点は社会的権力や階級差より重要であり、個人の性格や世代差はジェンダーや国籍と同等の重みを持っているのだ。そこにこそ、このナラティヴのアレゴリーの曖昧さがある。「アメリカン・スクール」と同じく、様々な性格の人が登場し、占領に対する反応がそれぞれ「タイプ」によっていかに異なるかを問題にしている。しかし曽野は、世代的アイデンティティがいかにナショナル・アイデンティティと交差するかをめぐり、この物語を重層的なナショナル・アレゴリーとして読むように求めるのである――そのアレゴリーは、後に沖縄の作家たちが披露したように、占領者たちのへゲモニーのみならず、国家の理念そのもののへゲモニーをも疑問に付している。

このように曽野綾子は「遠来の客たち」において、ユーモアを手際よく用いながら戦後という場に焦点をあわせ、「占領者／被占領者」という二分法が戦後の日常を明らかにするよりむしろ覆い隠してしまうことを露わにする。一九五四年、アメリカの「占領の継続」を非難するレトリックが横行する中、曽野のこの軽やかな物語は実際、左翼批評家にとっても文化的ナショナリストにとっても無害なものに見えたに違いない。しかしそれは、アメリカの占領者たちを見すえ、彼らも所詮は日本人と同じ風采の上がらない人間にすぎないことを見せてくれた最初の戦後小説なのかもしれない。

堅気の仕事としての売春――「オンリー達」

現在、広池秋子(一九一九―二〇〇七)という作家はほとんど知られていないだろう。知っているとすれば、一九五四年に芥川賞候補になった「オンリー達」の作者としてであろうか。この作品は朝鮮戦争時代を背景とし、基地の町立川を舞台に、下宿屋に住む米兵の愛人たちの生活を描く。広池自身、一九四八年から朝鮮戦争の終わり頃まで立川に住んでいたこともあり、彼女の描く愛人たちの生活は、同時代のジャーナリスティックな描き方とは一線を画している。(14)『婦人公論』などの雑誌によく登場する記事から判断すれば、女性読者たちは米兵と日本女性の関係とその結末、とりわけ「オンリー」や「パンパン」たちの日常生活について少なからず興味を持っていたらしい。広池の「オンリー達」は、こうした要求に応えた最初の作品の一つである。

「オンリー達」は、戦後の基地の町の生活についての、ありがちなイメージで満ちている。英語の愛称をもつ日本の女たち、真っ赤なマニキュア、四六時中米兵が行き来するみすぼらしい下宿屋、女衒、アル中、脅しに屈しない厚顔な売春婦、母子家庭を支えるために身体を犠牲にする哀れな女性たち。この物語は――タイトルの由来である――三人の「オンリー達」と、彼女たちが住む下宿屋を経営する天真爛漫な「ママさん」を中心に展開する。オンリー達は三人とも英語のニックネーム――それぞれケリー、スージー、マリー――をもつようになってまだ日が浅い。あたかも、米兵とセックスした瞬間に日本人としてのアイデンティティが消去されてしまったかのようである。植民地的状況において、「ネイティヴ」の主体が植民者の言語による新しい名前を採用するのはよくあることだが、占領下の日本では、こうした慣行は愛人や娼婦、そして芸人以外には珍しい(15)。外国人男性とのセックスが日本人としてのアイデンティティを脅かすという考え方は、「オンリー達」の中では、「前には黒人と一緒だったと陰口きかれるほど頬は蒟蒻色」［一九五頁］とのケリーについての描写に至って、はなはだしくばかげた行きすぎとなる。読者は、危険に晒されているのは日本人のアイデンティティだけではなく、肌の色でさえも占領者との性的接触によって変えられてしまうと思い込まされる。

第一章で見たように、英語という言語は被占領者の主体を変容させてしまうものと見なされる。英語を話すことは、たとえば「アメリカン・スクール」の伊佐や後述する「アメリカひじき」の俊夫、大江の「人間の羊」や「不意の唖」の主人公のような、英語を拒絶する男性作中人物にとっては屈辱的な沈黙を強いられるものである一方、ミチ子（「アメリカン・スクール」）のように、女性人物を解放するものでもある。曽野の「遠来の客たち」でも、英語は文化的闘争の舞台である。しかし対照的に広池秋子は、日本人の愛人がイングリッシュ・ネームを持ち、「パングリッシュ」(パンパンが話す日本版ピジン英語)を話す、ということを除いては、意外にも外国被占領下の言語とアイデンティティの問題に関心を示さない。「オンリー達」は、日本語やフランス語と違って「英語というものはだいたいニュアンスがない」[二〇四頁]などと読者に吹き込みさえする。

米兵の愛人や娼婦が脇役として扱われる男性の小説とは違って、「オンリー達」は愛人たち自身の生活に焦点を当て、アメリカ人パトロンに完全に依存している女性たちの生活を中心に描く。この依存の原因は、ある面では、日本の表社会から彼女たちが逸脱していることにある。同様の社会的逸脱者《アウトカースト》を別にすれば、アメリカナイズされた服装やメークによって視覚的に刻印された彼女たちは誰からも避けられる。そのことが特によくわかるのは、スージーとやくざな日本人ボーイフレンド川村との秘密の関係である。川村は無情なほど彼女にたかっては絞りとるだらしない男だが、日本人の男だというだけでスージーを国内《ドメスティック》/家庭内の関係に参入させる力を持つ。物語の終盤で、彼女はパトロンの「パパさん」に買ってもらった自分の持ち物をすべて集め、家賃を踏み倒し隣人にも黙って川村と駆け落ちする。それについて近所の主婦たちが次のように噂する――「日本の彼氏なんかとなぜ一緒になるんだろう。馬鹿だよ。まじめにパンパンしてりゃいいのに」[二一二頁]。

批評家の磯田光一はこの場面を、「オンリー達」のまさに決定的瞬間であると述べている。磯田が指摘するように、近所の女性たちは、結婚を純粋に現実的で経済的な次元で考えている——もし女性が金銭的に男性に依存しなければならないとすれば、米兵相手の娼婦や愛人のままでいて、多少なりとも金銭的に満たされている方がましだろうに、という理屈である。この点では、いわゆる「まっとうな」主婦も米兵相手の娼婦や愛人とほとんど区別できなくなる。これは本章のエピグラフに掲げたジョン・スチュワート・ミルの言葉にもある通り、昔から言われてきたことでもある。フリードリヒ・エンゲルスも、売春と彼のいう「一夫一婦婚《モノガミー》」との間に差異が見出せるかどうかについて疑問を提示している。エマ・ゴールドマンなどははっきりと売春と結婚とを同一視している。(16) 話題を呼んだ一九一〇年の随筆「女性における交通」(The Traffic in Women)で、ゴールドマンはこのように述べている。

女性がその仕事の能力にみあった扱われ方をする社会などどこにもないが、セックスについてはなおさらである。存在する権利、どこであろうと地位を保つ権利を得るための代価を、セックス(を許すこと)によって払わねばならないことは、逃れようのない事実である。したがって、婚姻関係内であろうがその外であろうが、一人の男に自分を売るべきか、複数の男に売るべきか、という問いは全く問題にすらならない。今日の社会改良主義者たちが同意しようが否定しようが、売春の責任は、女性が経済的社会的に劣等な地位におかれていることにあるのだ(17)。

またのちに、ボーヴォワールは『第二の性』で同様の問題を指摘している。

「どちら(娼婦と既婚女性)にとっても性行為は勤めだ。後者は一生、ただ一人の男に雇われる。前者は、その都度支払いをする何人かの客を持つ。後者は一人の男により、その他のすべての男から保護される。前者はすべての男により、一人の男が独占的に権威を振るうのから守られる(18)。

広池秋子を始め、特に左翼作家の中本たか子と平林たい子は、結婚と売春とが、より広い抑圧の形態と関係していることを示唆している。欧米の左翼やフェミニストの間では、こうした考え方は古くからあるが、日本では戦後、女性がアメリカによる占領の特別な恩恵を得たと考えられて以来一〇年もの間、ラディカルな見識であり続けてきた。女性抑圧の第一義的な根本原因は経済か政治か、それとも倫理か(そもそもこうした区別自体が可能なのか)といった問題は論ずるに値するテーマである。しかしこうした視点は、日本の男性作家の占領文学には見出し難い。広池は家庭を体現する主婦たちにそのようなそっけない発言をさせることで、作品に批評的インパクトを加える。しかしながら、オンリーたちの不安定な金銭的感情的立場は、こうした主婦たちの見方を裏切ることにもなり、物語の結末を不明瞭にしてしまっている。ブルジョアのお歴々と米兵の愛人たちの生活との関係をもっと鋭く探求する小説として、他の女性たちの物語を見ていく必要があるだろう。

階級《カースト》と落伍者《アウトカースト》たち――「基地の女」

今日では、社会主義の作家中本たか子（一九〇三―九一）は、文学作品よりはその思想のラディカリズムによって記憶されているようである。実際、彼女の作品は読者の記憶に残るような印象を与えていないかもしれないが、政治的弾圧に直面した彼女の不屈の精神の方は容易には忘れ難いものであろう。一九三〇年代、中本はプロレタリア文学を書きつつ、製糸・紡績女工を中心に労働組合の運動家として働き、数度にわたり逮捕され、数年を刑務所で過ごした。そこで受けた拷問によって長いこと健康をおびやかされることになる。広池と同様、中本は朝鮮戦争の時期を立川で過ごした。ここで彼女は「反基地闘争」――米軍基地拡大に反対する女性、農民、労働組合、教員組合、学生らの連合――に身を投じ、一九五〇年代中頃、この市民運動での経験に基づいた一編の小説を書いた。米空軍基地の滑走路拡張のための私有地接収に反対するグループを描いた

「滑走路」は、一九五七年に『赤旗』に連載された。

立川時代の初期、中本はこの町の日常生活についてのエッセイを出版し、続けてほぼ無名の作品「基地の女」を書く。「基地「立川」の横顔」と題されたエッセイは、占領終了後すぐに登場した米軍基地周辺の生活に関する多くのノンフィクション作品のうちの一つである。中本は、彼女のイデオロギー的立場に同情的な左翼批評家からさえも、洗練された小説家とは見なされなかった。それゆえ、この立川についてのエッセイの方が、同じ題材を扱った一九五三年の短編「基地の女」より作品としてマトモであるように見えるだろう。立川の米兵の愛人を扱ったこの物語は、今日では事実上まったく知られていない。それは当時の読者の関心を引かなかったというだけではなく、『群像』の編集方針により匿名で掲載されたためでもある。一九五三年七月号の『群像』誌上でこの作品を読んだ読者は、次号の目立たない小さな記事を見つけないかぎり、作者が誰なのかまったく知りえなかったのである(19)。

中本のような、大して上手くはないが政治色の濃い作家の小説では、様々な社会問題が入り混じって描かれがちだが、「基地の女」はとりわけその傾向が強い。サンフランシスコ講和条約、朝鮮戦争、資本主義、家父長制、それに日本の被差別部落問題などのすべてが批判の対象となっていながら、この作品が読者の想像力を喚起し得なかったとすれば、それはまさに、広池秋子が立川の愛人たちの物語の終わりで提起した問題を、この作品が引き継いでいるためであろう。実際、「基地の女」は「オンリー達」の終わったところ——つまり米兵の愛人は結婚している女性と異なっているのかという問題——から始まっているといえる。ナラティヴは、セイ子とスミ子というふたりの愛人たちが、最近アメリカ人パトロンとともにアメリカへ渡ったローズという仲間について噂しているところで始まる。セイ子とスミ子は米兵の愛人という立場に納得していない。


「わたし達、オンリイ・ワンだもの、結婚したのと同じじゃない？」

「違うわよ、結婚とオンリイ・ワンとは……。」

セイ子は爪紅の毒々しい手でたばこをもみ消し、むきになって、スミ子にくってかかつた。

「あんた、ばかね。結局、結婚しなきや駄目よ、このままじや……。」〔一〇二―一〇三頁〕

「基地の女」の愛人たちは、永久に不安定な人生を送る定めのように見えるが、この一節は、結婚が女性の生涯の安全を保障するという伝統的な考え方を固定化していると解されるべきではない。つまり、彼女たちはアメリカ人兵士との結婚について語っているわけだが、この場合「結婚」は、残りの人生を見知らぬ外国で過ごさなければならない不安定さをも意味する。実際、スミ子は結婚の経験がある。戦争中、若林一男という大学生と結婚していたのである。彼は左翼文学グループに関係しており、出征する三日前にスミ子に結婚を申し込んだ(ナラティヴは彼の政治的コミットと帝国主義戦争に参加することとの軋轢を彼がどう考えているのかについては一切触れていない)。一男の母親は良家の子女との結婚を望んでいたが、生きて帰れる可能性の薄いことを考え、早すぎる結婚に同意する。日本のメロドラマにありがちなシナリオだが、残されたスミ子は、無事に帰ってくるかどうかもわからない夫を待ちながら、姑の嫁いびりに苦しめられる。

しかし中本の作品は、無情な姑に耐える嫁の苦労物語といった月並みな感傷物語には終わらない。結婚後、スミ子の出自を家族が詮索したところ、被差別部落出身者であることが判明し、姑の嫁いびりはますますひどくなる。たとえばスミ子に聞こえるような大きな声で、「ほんとにこどもが生まれていなくてよかったよ。血は大切だからね。血が汚れていちゃ、ご先祖さまに申訳ない……」〔一一〇頁〕などと言うのである。スミ子の受難が、単に剣呑な女主人の気まぐれな虐待ではなく、日本社会に長く巣くってきた差別ゆえであることを強調することで、「基地の女」はよくあるあわれな嫁のシナリオに立体感を加えている。血筋を問題にすることは、占領時代の日本の話ではよくあることである——とりわけ本書で見てきたように、日本人女性と黒人米兵との間の「異人種間」セックスを描く物語においては。しかし中本のナラティヴは、純血という論理が、国内の異人種婚と国家間の異人種婚とを支えていることを暴く。

スミ子は姑との生活に耐えられず、まもなく自分の村に戻るが、しかしここも彼女にとって我慢できる場所ではなかった。部落民であるというスティグマを忘れることはできないからである。そこで彼女は東京に出る。そこでなら夫の帰りを待ちながら自分の過去を葬り去ることができる。姑への腹いせもあって、スミ子は、「まっとうな」女性にはつやっぽすぎるとされていたカフェーの女給になる。「喫茶店の女給の中には、戦後の社会秩序の崩壊と、急にあたえられた自由で、客に手をひかれれば、女性のもつ最後のものをたやすく金に換える者がいた」〔一一一頁〕と語りは説明する。[20] 他の女給たちは、スミ子が夫に操を立てていることに注目し、貞節という時代遅れの観念に固執する彼女をしつこくせめる。夫が日本を去ってからはや二年、彼が生きているかどうかの保証もないことを彼女らはスミ子に思い出させたのだ。さんざん小言をいった彼女たちは、いっしょに外に出て楽しもうと誘う。その中のひとりマチ子は、突然スミ子にある巨大な米兵をおしつける。彼女の抵抗を無視して、兵士は彼女をベッドにひきずっていく。この出来事によって彼女は零落する――外国人に強姦されたというだけではなく、そのあとでその男が投げてよこした札束を前にして、この不思議な魔力に打ち勝つことができないと悟ったからである(マチ子はあとで情報提供料としてその金の半分をとりあげる)。スミ子がその夜自分のアパートに戻り、自己嫌悪の怒りの爆発の中で夫の写真を燃やし、

「もう、あの人に合せる顔がないわ！」と悟る場面は、作中の決定的な場面である。それから、彼女は娼婦へと「急速に、転落の階段をすべりおち」ていくこととなる〔一一二頁〕。

広池の「オンリー達」では、作中人物たちの個人史はほとんど明らかにされていないが、「基地の女」ではスミ子の「転落」をまねいた出来事に数頁が割かれ、セイ子やマチ子も占領軍兵士に強姦を受けていたことも触れられている。つまり同様の出来事が彼女たちの同じような堕落をまねいたことが示唆されている。しかし中本の物語は、強姦を女性たちの娼婦への「転落」の唯一の原因として表象してはいないという点で、『日本の貞操』や『女の防波堤』とは異なる。「基地の女」は、日本の中の差別やスミ子自身の経済的誘惑に対する意志の弱さが「転落」の原因であるかのように彼女の人生を描く。しかし、中本の意識的なラディカリズムにもかかわらず、結局この物語が提示するのは、娼婦は転落した女でありかつ無情な社会の受動的な犠牲者であるという極めて伝統的な娼婦観である。強姦されたあと、彼女らは金に魅せられ、炊事や家事を放棄する。家事や再生産的セクシュアリティを彼女たちが拒絶することへの喝采を、あるいは少なくとも強姦は犠牲者の落度だという想定への挑戦を、作者に期待する読者もいるだろう。しかし作者はどちらの期待にも応えない。同じく意外なのは、戦争についての扱い方である。日本の軍国主義に対する彼女自身の妥協のない抵抗は認めるとしても、戦争の扱い方はこの作品のアポリアとなっている。一男は、政治運動家であるにもかかわらず戦争に行き、帰還後は、戦争が彼の生活や思想に何の影響もなかったかのように、ラディカルな運動を再開する。

「基地の女」は、血統や純血や結婚についての姑の後ろ向きの考え方を含め、多くの社会悪を批判する。しかしそのナラティヴは、悲劇的な主人公への同情を喚起するために、部落差別反対運動がはっきり論破しようとしている血統と純血をめぐる想定に基づいている。たとえばテクストは、表記法において、異人種間セックスや非純血を、「セイ子」「スミ子」「マチ子」などカタカナと漢字の組み合わせと同一視している。既にみてきたように、こうした表記はのちに、外国人占領者との親密な関係を通じて変容してしまった女性たちを表すテクスト上の一般的戦略となる。なるほど、女性名にカタカナを用いるのは、当時としては珍しいことではない(実は中本たか子の戸籍上の表記は「タカ」なのだが、メディアに登場する際は自ら「たか子」と表記している)。しかし、三人の米兵の愛人すべてにあえてカタカナと漢字の混合名をあてることで、彼女たちの社会的周縁性を示唆するのみならず、彼女らの身体的不純性をほのめかしているともいえよう。

これらの矛盾は、作品そのものが、小説としてもっと魅力的であったなら、あるいは少なくともメロドラマとしてもっと説得力をもっていたとすれば、それほど目立たなかったかもしれない。しかし「基地の女」は、左翼組織や左翼運動への献身に終始した結果、批評家の注目も一般読者の関心も引けなかった。農村の若者たちの記述にしても、中華人民共和国で流行った「農業と出会った少年」的小説ジャンルにあるような記述の陳腐な二番煎じにすぎない。また左翼政治運動に積極的だったというスミ子の兄と夫の人物設定も、無私で高尚な若者への読者の同情をかき立てようという浅はかな魂胆が透けて見える。「基地の女」は、その政治的立場を、フィクションの力で読者の想像力に問いかけるというよりは、単に立場を主張しているだけのペダンチックな作品にすぎない。

とはいえ、物語のメロドラマ的な結末は、占領について興味深い視点を提供している。スミ子は酒と薬に耽るようになる。自殺は未遂に終わるが、多量の薬が彼女の感覚をにぶらせ、性病が心身を蝕む。報酬だけを目当てに寒々しい交わりをもち、男たちがもたらす苦痛に鈍感になる。あるとき路上で、娼婦に金を払わないことで悪評が立っている米兵と出会う。スミ子がその兵士を侮辱し愚弄すると、彼は彼女の喉をつかんで首を絞めはじめる。スミ子がののしるのをやめないので、人だかりができ、彼は去らざるをえなくなる。彼が去り際に彼女に浴びせた「ジャップ！」という罵りは、スミ子が培ってきたずぶとく動じない仮面を突き破り、意識の中でこだまする。そして、隔離された被差別部落で育った彼女が子供の頃よく耳にした「穢多！」という罵りと重なり合うのである。ラストシーンはスミ子がジャックナイフを取り上げ、それを嘗めて、「今一度悪魔の笑いが響けば、ぐさと自分の喉にそれを突き刺そうと」するところで終わる。「ジャップ！」と「穢多！」という二つの悪罵を重複させることで、このナラティヴは占領下においてすべての日本人が戦前の部落民の地位におとしめられていることを示唆する。つまり、占領とは過ぎ去った戦前を断ち切るものではなく、長く続いてきた差別形態のヴァリエーションの一つにすぎないと理解されるのである。中本は、スミ子の結婚がうまくいかなかったのは、アメリカ人兵士に強姦されたから、あるいは戦争がふたりを引きはなしたから、というだけではなく、一男のエリート家系が下層階級の部落出身者である彼女を見下したからだという見方を強調している。

同様にスミ子の運命はジェンダーによっても決定されている。彼女の人生をこの物語の男性人物と比較して見ればよい。彼女の兄・昇は部落民であり、夫の一男は復員後、妻の裏切りに会うが、そうした出自や破局にもかかわらず、男たちは戦後社会に意味と目的を見出している。このように「基地の女」は、占領が女性たちに恩恵をもたらしたという考え方に挑戦し、新しい戦後の自由は出身階級に関係なくすべての男たちに延長されたにもかかわらず、下層階級の女性たちは日常生活において何らの変化をも見出さなかったという見解を提示する。またさらに、基地の町の女たちにとって、アメリカ占領の終了を告げるサンフランシスコ講和条約への調印でさえも、何の恩恵ももたらさなかったことを暗示している［一二七頁］。日本の下層階級の女性の生活にとって占領がまさに何の重要性もないことを暴く奇特な占領文学の一作である。

「北海道千歳の女」における結婚、金銭、欲望

平林たい子(一九〇五―七二)は、戦前の文壇の中でも活躍した作家で、よく知られるプロレタリア文学作品に加え、推理小説や子供向けの本も書いている。しかし彼女が文学的名声を得たのは、戦後、豊富な人生経験をもとにした野心的な作品群によってである。平林の人生について書かれたものによれば、彼女の「人生体験」には多くの「愛人」体験が含まれている。女学校卒業後、平林は家族の反対を押し切って、保守的な田舎の家を飛びだして大都市東京へむかった。アナーキスト堺利彦に会いたいとの思いもあった。東京では電話交換手の職を得たが、雇い主が彼女の急進的な政治傾向を知るに及んで馘になる。じきにアナーキスト・グループに関わり、一九二三年の関東大震災の際、無政府主義者と共産主義者の一斉検挙で逮捕されている。当局は急進主義者たち過激分子が震災後の混乱の最中に大衆の不満を拡大させることをおそれていた。こうした東京の状況を避けて、彼女は愛人と植民地朝鮮あるいは満州に逃れ、ほぼ一年の放浪生活をおくる。満州では投獄され、一人娘も出産したが、この娘は一ヶ月もしないうちに栄養失調で死んでいる。

平林は一九二四年に帰国したのち、やつぎばやに男をとりかえる。その多くはアナー

キスト作家か芸術家で、二一歳になるまでに、既に数人の男たちと暮らす経験を持っていた。いうまでもなく、個人生活も政治生活も、当時の若い女性としては無謀で因習破壊的であった。一九二七年には小堀甚二という左翼作家・批評家と落ち着き、のちに結婚する。この一〇年で、無政府主義にも共産主義にも、また左翼文学グループにも幻滅したにもかかわらず、平林は急進的イデオロギーと関係をもち続け、軍国主義に反対し続けていた。彼女と小堀はシナ事変直後の一九三七年に逮捕され、九ヶ月にわたる拘留の間に肋膜炎を患う。四年間生死の淵をさまよい、完全に回復したのは戦後であった。

平林の短編「北海道千歳の女」は主要な文学全集で見ることはできず、平林の一冊しかない選集にも収められていない。平林についての論文や文学辞典でもめったに扱われることはなく、『平林たい子全作品』第五巻の後書きを書いている丹羽文雄も、この作品には三行しか割いていない。丹羽はこの物語を「喜劇」と述べ、登場する裕福な主婦が、基地の町千歳の米兵相手の娼婦たちと何ら変わりがないという著者の扱い方が救いだとしている。「北海道千歳の女」は、広池の「オンリー達」や中本の「基地の女」より短いが、占領下の階級とジェンダーについてより考え深い、新鮮でユーモラスな探究がなされている。日本の占領文学を考える上で欠かせない一作だと言っても過言ではない。米兵の娼婦たちと上流階級の主婦、そして「良い家庭」に嫁ぐが結局は夫に性的サービスの代価を求める元バーのホステスの行動を組み合わせることによって階級差の問題に迫ろうとしている。

北海道の千歳は占領下、大規模な米空軍基地の本拠地で、物語は、基地の町お馴染みの風景の描写から始まる。「Hotel Chitose《ホテル・チトセ》」や「Restaurant Mama《レストラン・ママ》」やら英語の看板がかかった店やレストラン。カーキ色の軍用車を乗りまわす騒がしくて威張った米兵たち。そしてもちろん、英名で呼ばれる、ひっきりなしに煙草をふかす真っ赤なドレスのパンパンたち。このパロディ的なナラティヴは、二年前別府で出会い、はるばる千歳まで移住してきた早造とつま子夫婦の生活を中心に展開する。二五歳の早造は有名な華族の家の出だが、旧制中学を中退し、身を持ち崩している。漢字表記の彼の名は、字義的には早く造るという意味であり、早造の両親(若いころに亡くなっている)が息子に、急に授かった子であることを常に胆に銘じるように願ったのであろう。早造のかなり年長の兄・与一は彼の倍の年齢で、成功した農林業の技師。家父長の役割(地位)を継いでいるのは兄である。若い弟が別府でバーのホステスにのめりこみ、結婚したがっていることを知った時、与一が最初に考えたのは「またか」[四二八頁]だった。バーのホステスなどもっての他だった。二七歳のつま子は結婚適齢期をとうに過ぎていたし、早造より年上だった。最悪を予想して、与一ははるばるつま子(「妻にふさわしい子」と読みとると、いっそう皮肉が増す)を別府まで訪ねた。しかし意外にも彼女がまだあどけない雰囲気を残しており、思いのほか水商売のベテラン風ではなかったことに驚く。三日の間、つま子は与一を「お兄様」と呼び、結婚を許してもらえるように彼を懐柔しようとしたが、彼はあいかわらず、九州は家族から遠すぎると言って反対する。しかし、戦後の憲法によって女性が新しい自由を与えられたということを認識している与一は、自分の権威がふたりにおよばないことを認め、つま子に言う。

「できたことは仕方がない。結婚の自由は憲法も保証している所だから、こんどだけは、敢えてわしも意見は言わずに置こう。だがだ、わしはあんたに折入っての注文がある。今日かぎりあんたの過去は忘れて貰いたい。むりなようだが、その煙草もきょうかぎりやめて貰わなくちゃならん。どうだね、できるかね。むずかしいかね」［四二八―二九頁］

つま子は、義兄の前だけではあるが、煙草を止めることに同意する。小説は、彼女が早造に出会う前に一度結婚に失敗していること以外は、彼女の家族や過去について一切ふれていない。しかし与一との会話でつま子は、新しい「妻」の役割に順応するよう、彼女の名前にふさわしく外見を変えるようにうながされる。つま子は、結婚によって早造への強い支配力が生じたことを知り、その力をふるう。早造は「つま子のつけた見えない魅力の手綱にぐんぐん引きずりまわされて、水中から首だけ出してあっぷあっぷしている人間のようなものだった」［四二九頁］。ふたりは一年ほど別府に暮らし、近くの米軍基地に駐留するアメリカ人相手に土産物屋を営む。しかし早造は、商売が成り立っているのは妻の兵士たちをあしらう能力のためだということをさとって不快になり、兄が住む札幌の近くの千歳につま子と移り住むことにする。別府での出来事は千歳で起こる物語の主要な出来事の前奏曲にすぎない。ナラティヴはこの場面で、臆せずパロディの筆致を採用している(21)。

千歳で、早造とつま子は別府と同じような土産物屋を始める。大手の東京銀行の地方支店の支配人として最近北海道にやってきた知人の友川氏に与一は若妻を熱心に紹介する。友川は、剛胆な中年の男性で、いつも英語の雑誌『エコノミスト』をなめ回すように読んでいる。彼のかわいい妻るり子は友川より一五も若く、感情的・性的な注目をひきたいという欲求は、夫によっては満たされていない。しかしるり子は裕福な資産家の娘であり、成功への切符でもあるので、彼女が欲求を追求できるよう、異例なほど好き勝手にさせている。

るり子は上流のしつけを受けたにもかかわらず、おどろくほど偏見のない性格であることが次第に明らかになっていく。階級差を知りながらも、すぐにそれを無視して、つま子を親友にするのである。

「あてましょうか。貴女、まえに客商売していらしたことがありますでしょう。どこかちがうわね」

「よくおわかりでしたわね。……でもいやねえ。やっぱりわかるのねえ」

とつま子は正直におどろいていた。

「かまやしなくてよ。人間生きるためなら、泥棒だってしなくちゃならない場合があるわ。いわんや、よ」

と変な言葉をつかって、

「私、実をいえば、パンパンさんだって、ここに来てから、そんなに軽蔑しなくなったんですの。やっぱり知ってみると人間味があるわ。それにこんなに沢山いれば、軽蔑もしてい《ママ》きれないじゃなくって。私正直の所、あの人達を羨んでいる所もあるのよ」

るり子にこんなことをきくのは意外であるがつま子も心からそれに共鳴して、

「ほんとうにそうなんですのよ。ここに来たらおふろに行ったって、右を見ても、左を見ても、ああいう人達ばかりですもの。それに、私どもの商売では、ＧＩさんをつれて来てもらうんだから、何かとあの人達の御機嫌をとらなくちゃならないんですもの」〔四三〇頁〕

この場面は、るり子とつま子とを、千歳の女性の風景を支配している娼婦たちと触れあわせる。平林は階級差をごまかさないばかりでなく、社会的経済的地位の違う女性の間の共通性を浮き彫りにする。また人種の問題も持ち上がってくる。

るり子は早造とつま子の土産物屋の常連客となる。ある日るり子が店にいると、ファニーという娼婦が入ってくる。黒人米兵の「レコ」として知られている彼女にるり子は話を向ける。

「ファニーさんきかしてよ。ああいう人達との恋愛って、どんな風？　具体的に言ってみてよ。私とてもききたいの。悪い女ね」

「ふふ、人にきくより自分でしてみたらいいじゃあないの。何なら紹介してあげるわ。奥さんみたいな別嬪さんならとびついてくること請合いだわ」

「じゃあ紹介して――」

「奥さん、ほんとなの？　冗談なの？」

とファニーは淡々たるものである。

「ほんとだわよ」

「ようし、からかってるんじゃないだろうね」

「承知しました。じゃあ、私から何とか連絡するから待ってて――」

そばできいていたつま子はさすがにおどろいて、

「友川さん、あなた気でも触れたんじゃないの。いくらなんでもニグロさんじゃあ、私はいやだあ」

「でも、どうせ冒険するんなら、うんと変ったのがおもしろいじゃなくって？これも話の種よ」〔四三一頁〕

そのあと、るり子はつま子の店をあまり訪れなくなり、たまに来ても早造がそばにいると居心地が悪そうに見える。しかしファニーがある日立ち寄ると、つま子はすぐに彼女を隅に連れていき、るり子のことを尋ねる。ファニーは「やってますよ。大胆なもんだね。われわれはだしですよ。素人さんはこわいね」〔四三二頁〕と答える。それからしばらくあと、早造が店にいないのを知ったるり子は、思いきって店を訪れ、つま子に告白する。「どっぷりハマってしまった、「もう、あとにはひけない」〔四三二頁〕と。るり子はパンパンさえ目をみはるような派手な洋服を着るようになっている。

友達の豹変を目のあたりにし、つま子は自分の置かれた状況がどっちつかずであることに思い至る。そのうち土産物屋は左前になり、彼女は去年と同じブラウスを着なければならなくなる。早造との関係に退屈し、彼女はファニーに客として米兵を紹介してくれるように頼むことまで考える。しかし彼女は思う。「ちがうわよ。私はあんな浮気ものじゃない。私はちがうんだから」〔四三三頁〕。考えていたよりも自分が中流階級のモラルに固くこだわっており、幻想を実行することはできないことを知るつま子ではあったが、この窮地を解決する独創的な方法を思いつく。まず彼女は早造に、たまには出かけて「変った女の人と遊んできて御らんよ。たまにはいいわよ」と持ちかけたが、早造は「お前も、るり子さんのようにやりたいんだろう。知ってるよ」と切り返される。つま子はすかさず「女房なんて、やすいものだ。ただだからね。外に出て一度女を買ってごらんなさい。オールナイトなら五千円て吹っかけてくるわ」〔四三三頁〕とやり返したが、逆上した早造にぶたれてしまう。もはや妻の気持ちが理解できないことにいらだち、早造は離婚を申し出る。


「貴様もう俺がいやになったんだろう。正直にいえ。言ったら別れてやるよ」

「いやじゃないのよ。——それとはまたちがうのよ。何て言ったらいいか、——つまり私の価値をね、それだけに認めてもらいたいのよ」

「それはつまりどういうことなんだ。正札でもつけておくのか、一と晩五千円と、……それもよかろう。この売女め！」〔四三四頁〕

何日間か口をきかずに過ごしたのち、つま子はこう申し出る。

「早造さん、私とてもいいことを考えたわ。貴方私にお金を払って頂戴」

「何の金をはらうんだい」

「一回、一回よ、外の女を買ったと思えば払えるでしょう。私達現金《キャッシュ》取引で行こうよ」

「ふむ。お前はそんなことを考えてるのか」[四三四頁]

この場面以降、つま子は「出納係のように」、性行為に逐一支払を要求する。彼女がたまに無料サービスすると、次に早造は「きょうは有料か無料か」[四三五頁]とたずねる気になる。彼はいつも答えに失望することになるが、つま子は律儀に稼ぎをすべて貯金し、気分をよくしている。

この物語の最後のパロディ的なひねりは、るり子が黒人の愛人の子供を身ごもった場面である。元水商売のヴェテランだった彼女のメイドがつま子を訪ね、赤ん坊を日本人の子供と取り替えてくれそうな看護婦を知らないかと尋ねる。メイドは前にそういう例を知っているという。生まれてすぐに、看護婦が取り替えをやってのけた。計画した母親以外知る者はいない。疑われずに交換しただけではない。赤ん坊を抱き上げた父親は自慢げに「おお俺によく似ている」[四三六頁]と喜んだ、というのである。「北海道千歳の女」では、男たちは一貫して騙され操られやすい存在であり、るり子もまたまんまと夫を欺く。物語はつま子が友川の家に押しかけて、生まれたばかりの男の赤ん坊を見るところで終わる。

「まあ、おかわいいこと。旦那さまにそっくりですわ！」

とつま子は思わず感嘆する。

友川氏は、片手にうすい経済専門雑誌か何かをもって、窓口でにやにやしながら、大満悦のていである。中年になって、はじめて男児を得た男の心境には、想像以上のものがあるらしい。

床の中のるり子は、立っている夫を背にして、つま子に何かの意味かさかんに、片目のウィンクをおくっている。ちぇ！　こんな表情もその黒ん坊さんから教ったのだな、と思うと、つま子には、つくづくそのとき、るり子の不貞が憎かった。

［四三六頁］

ナラティヴの形式は一貫して全知の視点をとっているにもかかわらず、「北海道千歳の女」の場合、女性主人公に同一化している。右の一節での出来事で明らかなように、友川の感情の状態を示すには思弁的説明を用いるのに、つま子の場合にはそうではない。

物語を通して、男たちは妻や愛人にお人好しで扱いやすいカモとして表象されている。友川はまったく関係ない子を自分の子と思い込まされ、早造はセックスのたびに金を払わされる。るり子の黒人の愛人たちについては名前すら明かされないが、はっきりしているのは、彼らが彼女の欲望の客体であり、一種の玩具にすぎない、ということである。三〇年後の山田詠美の描く大胆なヒロインたちと同じく、るり子は彼女自身の性的欲望を追求して関係を始めるのである。これはまさに、RAAの「女の防波堤」が最も防ごうとしていたことである。外国人占領者と日本の中流・上流階級の「良家の子女」との性的関係、つまりせっかくの堤防を突きくずしてしまう関係は、女性の欲望を解き放ち、日本男性の社会的・経済的領域へのヘゲモニーを脅かす。重要なことに、るり子は白人ではなく黒人男性を性的に求める。なぜなら黒人男性が放逸なセクシュアリティと変容の体現だと思えたからである。つま子やファニーと違って、るり子の黒人男との関係に金銭は介在しない。彼女の欲望は言葉のあらゆる意味で自由《フリー》でありかつ無料《フリー》なのだ。対照的に友川は仕事での昇進に余念がないあまり、若い妻の性のたわむれに気づかない。銀行員として彼は資本主義そのものを体現しており、その生活は金の周りを回っている。

「北海道千歳の女」は、あまりきまじめに読むべき作品ではないかもしれないが、それでも金と結婚、売春との関係を滑稽で無邪気なほど洞察的な方法で探究した作品である。基地の町を舞台にした他の女性たちの物語とは異なり、平林の作品は娼婦や愛人ではなく日本人の男性と結婚している女性に焦点を当てている。その過程で、この作品は千歳の米兵の愛人と「良識ある」既婚婦人との間の垣根をくずしてしまう。三人の女性登場人物はそれぞれ異なった社会的階級を表象しているが、金の絡んだ性的関係に巻き込まれていることでは同様である。るり子の結婚は彼女の裕福な家族によってとりまとめられたと考えてよいだろう。彼女の両親と友川にとってこの結婚は経済的に都合がよかったのであり、それゆえるり子が彼女自身の欲望を追求した時、彼女は金がつきまとうことを拒絶したのである。対照的に、その名前自身が千歳のすべてのパンパンの換喩《メトニミー》となっているファニーの場合、欲望につき動かされてはいないようにみえるし、兵士とのセックスもあくまで事務的な関係とみなしている。

三人の女性のうち、つま子の金と欲望との関係が最も複雑である。彼女は過去を振り捨てつまらぬ商人(とはいえ貴族階級の出身だが)と結婚し、プチブルの一員に名を連ね社会的地位を手にいれる。しかし彼女は、ファニーの黒人顧客との関係に刺激されて、夫婦の性的関係を通じて妻としての価値を固めようとやっきになる。性的サービスを無料で早造に提供する晩はいつも、彼女は夫に及ぼすことのできる新たに発見した権力を、最も伝統的な仕方で、これ見よがしに積極的に誇示する。物語の終わりでは、つま子は、中流階級のモラルに縛られており、結婚の経済的安定を楽しみながら自分自身の欲望を追求することができるるり子の自由を羨望している。しかしるり子でさえ、結婚の束縛を受けている。友川に対して不実をはたらき、いつでも別れられるとうそぶきながらも、彼女が選ぶのは結局、離婚よりもいつわりの結婚生活であり、自分自身の「混血」の子供よりも日本人の子供の方である。(22) 事実、「北海道千歳の女」の中の結婚している作中人物は、経済的に成功している男性である与一と友川も含め、金と欲望、それに結婚制度自体によって束縛され、盲目にされている。

基地の町を舞台にした女性作家たちのこの三作品《ストーリー》は、進駐軍による戦後改革後においても特に変わることのなかった結婚というものに、冷ややかな視点を投げかけている。広池と中本は、戦後改革が下層階級の女性たちにとってたいした意味をもたなかったと暗示し、平林はさらに進めて、すべての社会階級の女性にとっても同じく男性にとっても結婚制度は足枷であるとほのめかしている。女性たちが得た新しい自由にもかかわらず、結婚はその根本的な経済的性格を保っており、セックスは結婚制度の内部においても金と交換されている、と平林は主張している。上流階級の主婦と「ふつうの娼婦」との間の常識的な差異に挑戦し、極めて進歩的なフェミニズムの洞察をもっている平林は、上流階級の男性もまた(全く同じではないが)まさに彼らがその権威を体現している家父長制的、資本主義的制度そのものによって、拘束されている、と主張するのである。

基地の町の生活を描くこの三作品は、何かしら批判的な趣旨で描かれた男性の占領文学とは明らかに異なる。まず第一に彼女たちは、戦前の社会における階級あるいはジェンダー差別の閉鎖的な形式に焦点化することにより、占領の真価を問う。第二に、アメリカ人占領者に強姦された日本女性に焦点をあてた「オンリー達」や「基地の女」のような作品でさえ、性的屈辱のメタファーを利用して占領下の日本のナショナル・アレゴリーをつくりあげようとはしない。この点で、これらのナラティヴは、女性の手による本当の手記だと偽る『日本の貞操』や『女の防波堤』のような、男性によるアレゴリーへのアンチテーゼである。しかし日本の女性作家がナショナル・アレゴリーを完全に避けているということではない。むしろ平林の「北海道千歳の女」のように、彼女たち自身の目的にあわせて、ナショナル・アレゴリーの換喩的な論理にひねりを加えているのである。日本女性へのアメリカ人占領者の性的支配を用いて、日本の男性の屈辱感をドラマ化するかわりに、平林は、日本の資本主義と家父長制が女性だけでなく男性をも抑圧するブルジョア的結婚を黙認していることを暴くために、占領者との「異人種間性交渉」を用いている。また、これらの占領文学三作品は、貧困や偏見、家父長制といった国内的状況が、女性抑圧の主要な要因であることを暴いている。アメリカ人占領者は、旧来の問題を表面的に一新したにすぎない、と。

第六章　内なる占領者

日本人はある点、去勢されているのだ。恐怖政治ですっかり小羊の如くおとなしい。(高見順、一九四五年一〇月五日:三〇〇頁)

中本たか子や平林たい子など女性作家たちに言わせれば、アメリカ人占領者は日本社会には多くの変化をもたらしたが、女性たちにとっては大した影響はなかった。そう、女性は確かに新たな法的自由を得たが、家庭や職場での抑圧は相変わらず続いているではないか、と彼女らは示唆しているのである。一方、本章でとりあげるふたりの男性作家、大江健三郎と野坂昭如はそろって、占領の衝撃とそれがもたらした劇的変化を重要視している。しかし同時に占領のおかげで、今日まで続く日本社会内部の分断が、いっそう悪化したことも見逃していない。大江の「人間の羊」(一九五八)では、占領者と被占領者間の支配関係が日本人同士の関係へと複製される様子が描かれ、また野坂昭如「アメリカひじき」(一九六七)では、ある世代の男たちが占領期の記憶に煩わされており、そのために家族や同僚から孤立していることが示唆される。これらの小説も、これまで見てきた男性文学によくある占領への様々な文学的アプローチに依拠している。たとえば、被占領体験を言語的・性的不能として描いたり、シンボリックな風景を効果的に用いて物語全体を占領された日本のアレゴリーとして枠付けたり、あるいは日本人男性と占領軍兵士との媒介として娼婦などの人物を配する、といった手法である。

大江と野坂。それぞれが戦後文壇においてどう評価されて来たかを考えると、このふたりを並べて論じることはあるいは奇異に映るかもしれない。彼の特異な文体を「欧米語の直訳のよう」だと酷評する批評家からでさえ、大江は非常に重要な作家と見なされてきた。しかし「飼育」や「人間の羊」など初期作品は、大江が極めて美的な迫力に富んだ文章を書く作家であることを如実に語っている。彼もまた一九六〇年代初頭における中心的知識人たちのひとりだったのである。大江健三郎は、一九三五年愛媛県の村に生まれ、東大仏文科を卒業、二三歳で「飼育」により芥川賞を受賞。一九九四年には日本で二人目のノーベル文学賞を受賞したのは周知の通りである。こうした栄誉や国内の知識人サークルにおける確固たる地位にもかかわらず、彼は決して、頑固な家父長的文人といった風情をまとってはいない。重い話題を扱う際にも、彼は極めてユーモアに溢れ、露悪的な性描写を躊躇しない(駆け出しの頃はヘンリー・ミラーやとりわけミラン・クンデラをよく読んでいたという)。大江はまた左翼運動の率直な弁護者でもある。一九六〇年には日中文化交流に招かれて中国を訪れ、六〇―七〇年代にかけては、原爆、米占領下沖縄、ベトナム戦争に関するノンフィクションも書いている。ノーベル賞受賞後も、南太平洋での核実験に抗議して、フランス政府の招聘によるパリ公式訪問を取りやめ、また天皇から与えられる文化勲章を辞退している。

野坂昭如もまたユーモアをはじめ、露骨な性描写を好む作家で、特徴的な文体で知られている。また、大江と同様に、初期に記した敗戦および占領期が舞台の小説数編は、いまだに彼の重要な作品となっている。ただし、まぎれもない「純文学作家」と位置付けられた大江とは違い、野坂は概ね「大衆作家」と見なされてきた。しかも野坂の場合、作品自体と同じくらい、作家自身の華やかな経歴や強烈な言動でも知られている。「何でもござれ」の雑多な職歴——CMソングの作詞、雑誌の下請け記者、テレビCMのプロデューサー、白いスーツにサングラスのいでたちの歌手、大衆本の編集者、参議院議員（衆院選にも田中角栄の対立候補として出馬した）、そして女性を「二流」と決めつけるといった万能な扇動者でもある。[1] 余暇はキックボクシングや深酒に費やす——学生の頃は深酒がすぎて精神病院に入れられた挙げ句、二、三週間禅寺にこもったこともあるが、断酒はできなかったらしい。

職歴のみならず、野坂の子供時代も悲劇に満ちていながらも多彩である。鎌倉の豊かな家庭に生を享け、三ヶ月後に母親が死亡、神戸の親戚に引き取られて、養子であることも血のつながった兄姉がいることも知らないまま育つ。戦争末期に養父が死去、養母は深刻な病気に罹り、昭如は一四歳にして、幼い妹を背負い、焼跡の廃墟と闇市を食べ物を漁ってうろつくことになる。野坂はなんとか生き延びたが、妹は栄養失調で死んだ。

この体験は「火垂るの墓」に描かれている。(2)「アメリカひじき」のひと月後に発表されたこの小説は、後にアニメ化されたおかげで前作よりも有名になったが、この二作が収録される文庫本のタイトルでは、「アメリカひじき」が上に配置されていることは忘れられがちだろう。妹の死後、野坂は多くの戦争孤児と同様に駅の構内で寝泊まりしていた。靴磨きと占領軍への女性の周旋で生計を立てたが、ついに実父と連絡が取れ、兄、姉とともに暮らすことになった。このような幼少期の体験が、「アメリカひじき」に盛り込まれている。(3)以上、個人的なバックグラウンドは明らかに違うものの、野坂と大江は、従来の文学批評が指摘してきた以上の共通点を持っていることも見逃せない。

占領を再生産する――「人間の羊」

戦後文学では、「羊」がしばしば登場する。その際、日本の軍国主義者とアメリカの占領者の双方に対する、国民の受動的な反応を表象している場合が多い。高見順の有名な敗戦日記の書き出しや、大江健三郎の小説「人間の羊」もそうである。大江は、この年に発表した幾つかの短編の中で、占領下の生活の屈辱的な状況について追究しており、彼自身の言葉でいえば「壁の中の生」というモチーフを通じて占領を描こうとした。「人間の羊」は、「飼育」のひと月後、二月に発表された。大江自身が気に入っていると公言しているわりには、あまり評論家の注意を引かなかった作品である。(4)

「人間の羊」は、ある大学生「僕」が語り手である。バスに乗りこんだ「僕」が最後部に座ろうとすると、そこは既に酔って騒いでいる白人兵士たちの一団に占領されている。日本人乗客と米兵の一群とは、兵士の膝に乗っかっているひとりの娼婦と語り手を別にすれば、まったく離れて座っており、そのバス自体があたかも占領下の日本社会の寓意的表象になっている。バスの責任者は日本人運転手と車掌であるはずだが、実際には日本人たちは皆、乗客も乗組員も、米兵たちの掌中にある。大江は、こうした閉鎖的なバスという空間の社会的かつ言語的な意味づけを利用しつつ、占領の濫用を非難しようというよりは、被占領者たちの反応を吟味しようとするのである。

「僕」は車掌に導かれてバスの後部座席(占領されている場所)に行き、兵士の一団からできるだけ離れるようにして、窓際の狭い隙間に腰掛けた。混み合ったバスの座席で彼の腿は「よく肥えて固い外国兵の尻にふれ」る。兵士たちは皆若く、「牛のようにうるんで大きい眼と短い額とを持って」いた。「太く脂肪の赤い頸」をしたひとりの兵士が、膝に乗る娼婦の耳元に何かよからぬことを囁いているらしい。「背の低い、顔の大きい」女もやはり酔っている[一四一頁]。女は不機嫌な様子だが、それはかえって周りの兵士たちをおもしろがらせ、騒ぎをさらに増長させている。彼女は怒って立ち上がると「僕」の方に倒れ込み、兵士たちに向かって彼らに解らない日本語で罵りの言葉を浴びせた。他の日本人乗客たちは両窓に沿った座席に坐ったまま、後部座席の騒ぎからひたすら眼をそむけている。女の悪態は、人種の違いを言い募るのに始まって、その差異を根拠にした挑発へと深化する。


あたいはさ、東洋人だからね、なによ、あんた。しつこいわね、と女はそのぶよぶよする躰を僕におしつけて日本語で叫んだ。甘くみんなよ。［中略］こんちくしょう、人まえであたいに何をするのさ、と女は黙っている外国兵たちに苛立って叫び、首をふりたてた。

あたいの頸になにをすんのさ、穢いよ。

車掌が頰をこわばらせて顔をそむけた。

あんたたちの裸は、背中までひげもじゃでさ、と女はしつこく叫んでいた。あたいは、このぼうやと寝たいわよ。［一四二頁］

この大胆な挑戦につられて、知らぬ間にこの転覆的行為へと「徴発」された哀れな学生の方を、兵隊たちを含めて乗客が皆いっせいに振り向いた。何とか離れようとする彼にしつこくかじりついて、彼女は長口舌を続ける――「あんたたち、牛のお尻にでも乗つかりなよ、あたいはこのぼうやと、ほら」［一四二頁］。

この冒頭場面において、占領下の支配と抵抗の複雑性は、バスのシンボリックな空間を利用して提示され、その複雑性は娼婦の曖昧な人物像に体現される。彼女は「アメリカン・スクール」のミチ子と同じように、英語と日本語を両方使える境界横断的《リミナル》な人物であり、日本人乗客と外国兵それぞれの世界を仲介し得るだけでなく、程度こそ違うものの、ミチ子と同じくその双方から排除される。この境界横断性《リミナリティ》は、兵士の膝を離れて手応えのない学生に接近するという空間的な移動にも現れている。

日本人乗客の誰よりも、女は占領者たちの強さと弱さをよく知っている。占領の手が届かない未踏の領域へと移動することで、彼らの権威に挑戦し、また彼らに向かって日本語で叫ぶことで、母語の力を借りて彼女の権威を直接誇示する。「アメリカン・スクール」や「カクテル・パーティー」で確認したように、言語はしばしば力の象徴であり、闘争の対象でもある。権威的言語としての英語を日本語へと置き換えることで、この娼婦は一時的に支配者たちを黙らせる。この権力奪取の瞬間は、兵士たちと彼らの言語のヘゲモニーへの挑戦という重要な逆転を意味する。しかしそれは同時に孤立した壊れやすい一瞬でもある——言葉を失ったのは兵士たちだけではなく、日本人乗客たちの失語は、抵抗の可能性を打ち砕いてしまう。

「飼育」など大江の初期小説と同じく、「人間の羊」でも、外国の兵隊たちは動物のメタファーを通じて表象されており(毛深く、猿のような足と牛のような目を持つ)、それはまた性的パートナーとしてふさわしいことをも含意する。しかし、「人間の羊」の白人兵たちの描かれ方と、「飼育」の黒人捕虜の描かれ方には注意すべき差がある。白人兵たちの描写の方がはるかにステロタイプに頼っていないのは明らかだ――「太く脂肪の赤い頸」とか「牛のようにうるんで大きい眼」などは大江の肥沃な想像力の産物である。白人兵の力は黒人とは違って、身体的強さや男性性からだけでなく、占領軍の代表としての権威からももたらされる。同じように繰り返し動物性に依拠しながらも、白人兵の身体はグロテスクで、「飼育」の黒人兵の魅惑的な美しさとはかけ離れている。「獣姦」――想像上であれ実際のそれであれ――についても差異ははっきりしている。「飼育」では、欲望は明らかに、黒人兵が牝山羊を犯そうとする動作を見て楽しもうとする少年たちの側に、置き換えられている。逆に「人間の羊」では、毛深い白人兵に「牛のお尻にでも乗っかりなよ」とからかう娼婦の言葉が示すのは、彼らの肉体への嫌悪であり、彼女は少なくともこの時までは、罪のない傍観者だった日本人の「僕」の方が好いとさえ言っている。しかしこの作品は、これから見ていくように、力の濫用にさらされる際に、罪のない傍観者など存在せず、罪がないふりをしようとすればそれは悉く共犯の形式であることを明らかにする。

兵隊たちが女の保護者に成り代わるやいなや、学生は怯えて「謝りの言葉をさがしたが、数々の外国兵の眼に見つめられると、それは喉にこびりついてうまく出てこない」。占領者たちの視線は、日本人男性主体を言語的にも性的にも不能にしてしまうわけだ。

一方、娼婦にあしらわれ黙らされていた兵士は、再び話す力を取り戻して女の保護者役を気取り、乗客を怒鳴りつける(が、語り手はただの一言も理解できない)。その外国兵は力に訴えてナイフを抜き、学生と運転手を含む何人かの乗客に命令して、ズボンを下ろして並んで屈ませた。兵隊たちは通路を走り回り、彼らの尻を撃ちながら童謡のような歌を歌う。

羊撃ち、羊撃ち、パン　パン[一四五頁]

兵士たちは言葉の力を取り戻し、踊りまわって日本人男性客たちの裸の尻を撃ち、バスという空間への統制力を取り戻す。それに対し、乗客たちは黙ったまま尻を晒し、屈んでおとなしい家畜のような姿勢を続ける。語り手は、「自分のセクスが寒さにかじかむ」とあるように、この辱めを去勢のメタファーとも読める表現で描写する。対照的に、兵士たちは制服を着たまま、この男性の権威の象徴に守られ強められている。

日本人乗客たちの屈辱を描写する際、「小動物」「犬」「羊」などといった動物のメタファーが多用される。「飼育」で見たように、大江はこうしたメタファーを偏愛してはいるが、むやみに濫用するわけではなく様々に使い分けられているため、読者はそれぞれの人物に与えられた獣性の意味を考慮する必要がある。仲間の日本人の卑怯な行為には、占領者と対等にやりあう勇気ある娼婦も困惑気味である。


あんた、もう止しなよ、と僕の背に手をかけて外国兵の女が低い声でいった。

僕は犬のように首を振って彼女の白けた表情を見あげ、またうつむいて僕の前に列なる《羊たち》と同じ姿勢を続けた。女は破れかぶれのように声をはりあげて外国兵たちの歌に合唱しはじめた。

羊撃ち、羊撃ち、パン　パン［一四五頁］

先ほどの長口舌からは、彼女は必要だからというより自ら欲して、米兵たちと飲み騒いでいたように見えたが、この学生に誇りを取り戻させようとしたところからすると、彼女は明らかに、本来の自分の誇りも取り戻したいと願っているようだ。しかしこの願いも失われ、彼女は兵士たちの世界へと再び身を投じ、頽廃の人生に身を任せるのである。彼女は社会の周縁に置かれていながら、日本人の乗客と同一化しているために、兵士たちの世界への回帰はいっそう悲劇的でさえある。物語は彼女を、社会から棄却され占領者の性的玩具とされる、型どおりの「堕落した女」として描きながら、その彼女に、羊さながら無抵抗にされた仲間の日本人を憐れませもする。すなわち、彼女の存在とその社会的周縁性そのものが、アメリカ人占領者の横暴に逆らえない「善良な」市民たちの失態を浮き彫りにするのに一役買っているのである。この場面は、階級とジェンダーが交差する構図で展開される。男性占領者に立ち向かうのは下層階級の女性であり、例の学生のような中産階級の男性は彼女に加担する勇気もない。バスの運転手も女性乗客も、この決定的な転覆の契機において、彼女への連帯を示すことはないのである。

やがて兵士たちははしゃぎ疲れて、女を連れてバスを降り、《羊たち》は「嵐が倒れた裸木を残すように」取り残される。兵士たちの悪ふざけを逃れた乗客もいたが、彼らはくすくす笑って見下ろしていた。日本人乗客たちの只中で繰り広げられた女と兵士たちのこのシーンは、「人間の羊」の中心的な闘争であり、物語はこれ以降、占領下における抵抗と共犯の関係を探求することになる。この小説で大江が喚起させている通り、支配とは、従属者たちの相互協力——積極的であれ消極的であれ——が不可欠であり、それなしには成立しない。「人間の羊」は、占領者と被占領者の関係を描くことで始まったにもかかわらず、大江がとりわけ追求したのは、その関係がいかに被占領者たち自身の世界に移し替えられているか、という問題なのだ。こうした新たな葛藤は、主に語り手の学生と乗客の中年教員の関係において展開される。この教員は兵士たちの直接の被害者ではないが、犠牲者たちにこの事件を警察に訴えるよう強く促す。彼は周囲に群れている被害を受けなかった者たちを自ら代表するかのように振る舞い、被害者たちに正義を実現しようと思うあまり、兵士たち以上に被害者たちを辱めることになる。

「僕」が最初にバスに乗り込んだ時、バスの中は日本人とアメリカ人の二つのグループに分かれていたが、兵士たちが降りてから、バスは再び、日本人の被害者と目撃者に二分される。両者は「羊たち」と「被害を受けなかった者たち」であり、彼らは空間的に分離されているだけでなく、話す力を有する者と有しない者、およびその恥じらいを目撃した者とされた者として、それぞれ表象される。

《羊たち》は殆ど後部座席にかたまって坐っていた。そして、教員たち、被害を受けなかった者たちはバスの前半分に、興奮した顔をむらがらせて僕らを見ていた。運転手も僕らと並んで後部座席に坐っていた。〔中略〕

そして運転手が軍手をはめて、運転台へ帰って行き、バスが発車すると、バスの前半分に活気が戻ってきた。彼ら、前半分の乗客たちは小声でささやきあい、僕ら被害者を見つめた。僕はとくに教員が熱をおびた眼で僕らを見つめ、脣を震わせているのに気がついていた。僕は座席に躰をうずめ、彼らの眼からのがれるためにうなだれて眼をつむった。僕の躰の底で、屈辱が石のようにかたまり、ぶつぶつ毒の芽をあたりかまわずふきだし始めていた。〔一四六頁〕

この場面で、二つのグループは決定的に分裂しており、バスの前部の乗客たちは発車と同時に話す力を取り戻す。彼らは「羊たち」を眺め、「羊たち」は、屈辱をそそぐことなどできないとでもいうように黙って坐り、ただ眺められるがままになっている。語り手が内部に感じる「毒の芽」は、ある意味では先刻米兵から受けた屈辱への反応である。しかし彼の毒のある感情はまた、見ることで暗喩的に、兵士たちが彼の下ばきを脱がせたように彼を剝き出しにしてしまう、バスの前部の乗客たちにも向けられている。日本人の目撃者はアメリカの兵隊たちと置き換わり（饒舌／沈黙、見る／見られるという言葉によって乗客たちを空間的に再編成するのに対応して）、支配の構造は継続する。兵士たちが犯した本当の罪は、日本人乗客たちを分断したことにあることが徐々に浮上してくる。目撃者たちは被害者の肩を持とうとするので、双方の乗客たちの関係は曖昧である。例の教員は双方の溝を埋めようとバスの後方まで歩いていき、被害者たちへの同胞愛を示そうとする。

あいつらは、なぜあんなに熱中していたんだか僕にはわからないんです、と教員はいった。日本人を獣あつかいにして楽しむのは正常だとは思えない。

バスの前部の席から被害を受けなかった客の一人が立って来て教員の横にならび、僕らをやはり堂どうとして熱情的な眼でのぞきこんだ。それから、前部のあらゆる席から興奮に頰をあかくした男たちがやって来て教員たちとならび、彼らは躰を押しつけあい、むらがって僕ら《羊たち》を見おろした。［中略］ああいうことを黙って見逃す手はないですよ、と道路工夫らしい男はいった。黙っていたら増長して癖になる。僕らを、兎狩りで兎を追いつめる犬たちのように囲んで、立った客たちは怒りにみちた声をあげ話しあった。そして僕ら《羊たち》は従順にうなだれ、座りこみ、黙って彼らの言葉を浴びていた。［一四七頁］

二つのグループの空間的な距離が縮まっても、彼らは態度・体勢によって区別されている。被害者たちはじっとうつむいて坐り、もう一方は動き、立ち、「羊たち」を見下ろす。そのうえ優勢な側は言葉を味方につけ、彼らの沈黙を責めて頭の上から言葉を浴びせかけるのである。次の箇所では、沈黙はより直接的に、政治的抵抗の障害となる。

俺も証言する、と他の一人がいった。

やりましょう、と教員はいった。ねえ、あんたたち、唖みたいに黙りこんでいないで立上って下さい。

唖、不意の唖に僕ら《羊たち》はなってしまっていたのだ。そして僕らの誰一人、口を開く努力をしようとはしなかった。［中略］

黙って耐えていることはいけないと僕は思うんです、と教員がうなだれたまま僕らに苛立っていた。僕らが黙ってみていたことも非常にいけなかった。無気力にうけいれてしまう態度は棄てるべきです。

あいつらに思いしらせてやらなきゃ、と教員の言葉にうなずきながら別の客がいった。我われも応援しますよ。

しかし坐っている《羊》の誰も、彼らの励ましに答えようとはしなかった。彼らの声が透明な壁にさえぎられて聞えないように、みんな黙ってうつむいていた。

恥をかかされたもの、はずかしめを受けた者は、団結しなければいけません。

［一四八頁］

教員の最後の一言に、一人の「羊」が立ち上がり、襟首をつかんで「狭く開いた脣のあいだから唾を吐きとばしながら教員を睨みつけたが、彼も言葉を発することが出来ない」。言葉で命令を理解させることができない兵士のように、怒った「羊」は暴力に訴え、教員の顔を激しく殴って倒した。周りの数人が男を制止すると彼はすぐにぐったりとし、目撃者たちも席に戻って行った。アメリカ人に対抗して団結する望みは絶たれた。この抵抗の機会がすぎると、「羊たち」は「小動物のように」うなだれて座り、騒ぎの間と同じように沈黙を保つ。右の一節では、饒舌と沈黙、立位と座位、見ることと見られること、といった空間的ないし言語的な力の輪郭が浮き彫りになっており、作品全体の中でも特に際立っている。この転覆の瞬間、二つの力の関係性が再び反復される――怒った「羊」が教員をにらみ、殴り倒して傍らに立つ。しかし男は他の「羊たち」と同じく話す力を取り戻すことはなくバスを降りるのである。

バスを降りた「僕」はじきに、例の教員がついてくるのに気づいた。警察で事件を訴えようと言うのである。抵抗する気も失せるほど疲れていた彼は、ひきずられるように近くの交番に入った。教員がふたりの警官に、バスでの事件を話しはじめ、乗客たちが尻を叩かれる様子を聞いて、警官は好奇心にみちた眼で学生を見た。剥ぎとるような視線に晒され、彼は「再びズボンと下ばきをずりさげられ[中略]裸の尻をささげ屈みこまされるのを感じた」。警官はおもしろそうに話を聞き終えると、彼に住所と名前を尋ねるが、彼は頑強にそれを拒んだ。いまや彼にとって沈黙こそが抵抗の形である。警官は彼の協力なしに事件を告訴することはできないし、そのうえ既に彼が言っていたように「キャンプとの問題は慎重にやりた」かった。「黒地の絵」と同様「人間の羊」でも、警察は占領者による被害を真剣に受け止めるどころか、嘲笑う側である。義務を果たす力もなく、占領者の側に立つシニカルな窃視症の陰に逃げ込む。ほんの数年前まで軍国主義の熱烈な支持者だった点でも、これらの作品においては同情に値せず信用するに足りない者たちとして表象されている点でも、警察と教員には類似性がある。

交番を出たあとも「僕」は教員につきまとわれる。何度も撒こうとした挙げ句、路地に逃げ込んで「悲鳴のような音を喉からもらしながら」走るが、結局は追いつかれてしまう。「おい、名前だけでもいってくれよ」と言う教員に対し、「僕」はもう喋る力も意志もない。最後の一節で、加害者と目撃者、そして被害者との区別は完全に溶解してしまう。

俺はお前の名前をつきとめてやる、と教員は感情の高ぶりに震える声でいい、急に涙を両方の怒りにみちた眼からあふれさせた。お前の名前も、お前の受けた屈辱もみんな明るみに出してやる。そして兵隊にも、お前たちにも死ぬほど恥をかかせてやる。お前の名前をつきとめるまで、俺は決してお前から離れないぞ。[一五六頁]

教員は同情的な目撃者から攻撃者へと陣営を変えたが、しかし彼もまた、その涙が示している通り、交渉を拒む学生の態度の犠牲者であると感じているのである。「人間の羊」では、加害者、目撃者、そして被害者の区別は流動的だが、抵抗の権利と義務に関するどの疑問も、まさにこの区別に依るのである。目撃者たちは被害者にも共犯者にも見える。彼らはアメリカ人たちの被害者だが、黙って見つめることで、この横暴なゲームに加担し、兵隊たちの観客となり、直接屈辱を被った者たちを裏切ることになる。

「人間の羊」で誰が被害者に見えるとしても、バスの乗客の誰よりも、兵隊たちの手による完全な横暴を被るのは、娼婦である。彼女は占領者たちの犠牲者であり唯一の直接の抵抗者でありながら、仲間の日本人たちから最終的に見捨てられる。乗客たちの分断をまねいた下手人は疑いなく兵隊たちである。下手人と目撃者、犠牲者を混ぜ合わせることで、すべての区別を取り払うことは、本来の被害者を従属させるだけでなく、行為を行った者たちと介入の義務のある目撃者の両方を効果的に赦免することにもなる。しかし、多くの占領文学とは違って「人間の羊」は被害者意識の問題よりも、日本人の受動性や国の内外で起こる社会的不正義に立ち向かうことへの拒絶により関心を払っている。大江は読者を占領者と被占領者の次元から引き離し、占領された社会内部の微細な支配の形式を精査させようとする。「人間の羊」において、占領者の権力の濫用への直接的抵抗の失敗が、その同じ権力関係の内面化と再生産を招いた、と示唆している。兵隊たちがバスを降りても、《羊たち》と同胞乗客たちは、占領者たちが始めた分断のゲームが終わらないことを確信するのだ。

物語としての文体――「アメリカひじき」における語りの技法と記憶

日本の文学界において戦争、占領、そして占領以降に永続する「戦後」との連続性に最もこだわり続けた小説家は、野坂昭如だったのだろう。その意味では、終戦七〇年が閉幕に向かう二〇一五年一二月に、野坂が八五歳で息を引き取った日を以て、日本文学における〈戦後〉はようやく終わった、と考えたくもなる。

一九六七年に直木賞を受賞した際、野坂が自分の文学系譜を「焼跡闇市派」と名付けた話は有名だろう。彼は数々のエッセイのなかでも「焼跡闇市」という造語を使っているが、この表現の意味合いおよび野坂独特の表記の仕方に留意したい。「焼跡闇市」という表現は、著者自身が青春を送った敗戦後の廃墟や混沌とした時代の象徴的な風景を指しており、戦争／敗戦／占領／戦後を区切りなく結びつけていると理解できる。そもそも、普通なら「焼跡」と「闇市」を一語として使うのではなく、「焼跡と闇市」や、「焼跡・闇市」や、「焼跡／闇市」などと何らかの形で区切りをつけるのではないだろうか。だが、野坂はそういった区切りをあえて(そして繰り返し)避けて記しており、この選択に野坂特有の言語感覚と歴史観が見いだせるように思う。つまり野坂にとって、「戦後」という時代は常に「戦争」と「敗戦」に直結しており、切っても切れない密接な関係にあるわけだ。同様に、「占領」が終了してから何年が経っても、「戦後」の不可分な要素として永続し、必然的に「戦争」および「敗戦」の記憶を呼び起こす。そのような歴史観は、「焼跡闇市」という表記の仕方に凝縮されているのみならず、野坂文学全体の根源に流れていると言える。

野坂文学にはいくつかの特徴が見受けられる。まず、一九六〇年代に作家デビューした割には、敗戦前後を背景とする作品が多く(ゆえに「焼跡闇市派」)、またデビュー作「エロ事師たち」をはじめ、売買春を含む性産業に関わる人物が登場する作品も少なくない。それに加えてユーモアと哀愁の稀有な混淆も野坂文学の特徴のひとつだといえる。だが、何よりも際立つのはあの特異な文体だろう。仮に読んだことのない作品であっても、しかもどんな設定や内容であろうと、数行を目にするだけで「野坂だ!」と疑いようのないほど独自な文体である。それこそ、日本文学史全般を見渡しても、野坂のような文体を書く(または書こうとする)作家はほかに見当たらないだろう。確かに、野坂は井原西鶴に喩えられることもよくあり、戯作文学を彷彿させる要素も見いだせる。だが、野坂はまぎれもないモダニストである。ただし、いわば「高尚志向」の生真面目なモダニスト作家たちとはちがい、ユーモア溢れる、とっつきやすい作家だからこそ、彼のモダニスト的側面が見逃されやすい。

あの独特極まりない文体は、こまかく読むと相当に複雑な構成になっている。野坂の小説ではひとつの文章が延々と続き、冒頭から相当の距離を辿らなければピリオッドまで到着できないような長文が散在する。また、一文のなかに多様な視点や声が混在し、しかも設定と時代が目まぐるしく入れ替わるのに、文中にそのような変化を明示する指標(たとえば句読点や、話者を区別するためのカッコや、助詞など)がしばしば省略される。だが、野坂の長文は一頁に及んだ場合でも、不思議なほどスピード感に満ちており、意外に冗漫に感じない。その最大の要因は生き生きしたリズムに支えられていること、そして上述の指標の省略にある。

言い換えれば、野坂文学ではひとつの文章のなかに異質のもの、あるいは相反するものがたくさん混在しているわけだ。普通の作家なら、もうすこし区分けし、わかりやすくする手法を選ぶが、「焼跡闇市」という表現にもみられるように野坂はその種の「わかりやすさ」をあえて避ける。それはもちろん美的な選択肢でもあろうが、以下論じるように著者自身の歴史認識に裏付けられているものである。

「アメリカひじき」(一九六七)は、そうした野坂の特性が余すところなく発揮されているばかりか、男性作家の占領文学に見いだせるあらゆる問題が現れているという点でも、見逃せない一作である。主人公の俊夫は多くの点で、本書が論じてきた様々な登場人物の集大成だと言える。たとえば、英語に対する彼の態度は、「アメリカン・スクール」の伊佐の頑強な抵抗と、山田の恥知らずな日和見主義の合成となっている。また、占領期を、その前の戦争と対比的に捉えようとする傾向は、「カクテル・パーティー」の孫《ソン》や語り手と似ている。さらに、セックス産業を媒介に、米軍との関係を築く思春期の青年として占領を経験したという点では、「オキナワの少年」のつねよしと近似している。

「オキナワの少年」や「青ざめた街」では、外国の男性だけを相手にする現地女性に性的に接近するといった異性愛的欲望を、ホモソーシャルな連続帯へと自覚的にすり替えようとしていた。つねよしは、コザから逃亡することでこの苦境に対処し、良平はいかがわしい町の裏側から自分を閉ざす。どちらの人物も、誘惑の元をさけることで、彼らの欲望の真の意味から逃げ出すことができると思っている。対照的に俊夫は、アメリカ占領者へと繋がる力強いホモソーシャルな絆に半ば抵抗し、半ばそれを楽しんでおり、自らのうちに巣食う想像の占領者から決して自由にはなれないことも自覚している。

「アメリカン・スクール」や「カクテル・パーティー」などでは、占領は戦時下と対比的に提示され、「戦時」と「戦後」の共通基盤を模索するためにその歴史的境界線は踏み越えられる。しかし「アメリカひじき」の場合は、主人公を両方の時代から引き離しながらも、戦争と占領からの心理的距離を取り除くことで、この越境をさらに引き立たせる。というのは、物語は一九六四年のオリンピック後の東京に設定されているにもかかわらず、語られる出来事の約半分は、俊夫の戦時下とその後の占領期の記憶を背景とするサブナラティヴで構成されている。次元の異なる二つの語りの間を自由に行きつ戻りつし、またサブナラティヴの内部においても、戦時下と敗戦後の場面が次々に切り替わることによって、これまで論じてきたどの占領文学作品よりも徹底した、広く継ぎ目のない歴史観が確立される。この歴史の流動性・連続性は、「アメリカひじき」においては、高度経済成長期にまで延長される。占領は様々な歴史的・地理的設定の間をナラティヴが目まぐるしく動き回るのに加え、語り手のそれぞれの時期に応じた視点や声がテクストに微妙に盛り込まれることで、柔軟かつ重層的歴史観がより有機的に展開される。言い換えれば、「アメリカひじき」は、「スタイル（文体）」を通じて「ストーリー（物語）」を補強・精錬しており、読者は幾重にも重なった側面を吟味することになる。(5)こうした野坂特有のスタイルは、以下の通り、作品の冒頭の文章からまざまざと差し迫ってくる。ここで主人公「俊夫」が青春を過ごした戦中、敗戦、そして占領下の大阪の記憶がワンセンテンスのなかに混在したまま語られる。

炎天に、一点の白がわきいで、あれよと見守るうち、それは円となり、円のまんなか、振子のようにかすかに揺れうごく核がみえ、一直線にわが頭上をめざし、まごう方なきあれは落下傘、にしてもそのわきいでた空に、飛行機の姿も音もなく、はて面妖なと疑うより先きに、落下傘は優雅な物腰で、枇杷、白樺、柿、椎、百日紅、紫陽花と気まぐれなとり合せの、びっしり植えこまれた庭先きへ、枝にかからず葉も散らさず、ふわりと降り立ち、「ハロー・ハウアーユー」痩せた外人、そうパーシバル将軍に似た毛唐が、にこやかにいった。純白の落下傘は、ケープのように毛唐の肩をおおい、なだれ落ちては庭土白妙の雪と変じ、さてハローとあいさつされたのだから、応えねばならぬ、アイアムベリーグラッドトゥシーユーか、この突然の来客に、いや来客かどうかもうたがわしい毛唐にこれはおかしい、フーアーユーは、いかにも詰問調、貴様は誰だ、誰だ、誰だ三度尋ねて答えがなければズドンと射殺、なにを考えてる、とにかくあいさつが先き、ハウ、ハウ、ハウと下腹からげじげじはいのぼり、しかも口中ねばついてままならず、以前にもたしかこういう風に、せっぱつまった記憶がある、あれは何時だったか、考えこんだところでようやく俊夫は夢から覚め、かたわらに妻の京子、海老のように体まるめ、その尻に押されて、俊夫は、ぺったり壁と向き合い窮屈な寝相、邪慳に押しもどすと、パサッ、ベッドから何かが落ちた。

落ちたのは、寝つく前に京子のブツブツと拾い読みしていた日常英会話の本と、すぐにわかり、わかったとたん、今見た妙な夢も、腑におちる。

「アメリカひじき」の舞台は、急激な経済成長を遂げて誇りと自信をとりもどしつつある時期の東京である。定年を迎えたアメリカ人のヒギンズ夫妻が日本を訪れ、俊夫・京子夫婦の家に滞在する。京子はハワイに旅行した時に彼らに出会い、食事をごちそうになったので、ふたりの来日をその親切に報いるよい機会だと考えて、すべてを完璧にしようと熱心につとめる。しかし俊夫の方は、まともにつきあうのをなんとか逃れようとし、夫妻を喜ばせようとする妻の熱心さを、計算高い自己中心的な行為だと考える。

俊夫は関西で育ち、思春期を大阪の戦後の焼跡と闇市を放浪して過ごした。今は羽振りのよいテレビコマーシャル制作会社のオーナーだが、仕事上の成功も時間の経過も、アメリカ占領者への俊夫のもやもやした感情を克服させることはできない。ヒギンズの急な訪問は俊夫に記憶の洪水をもたらし、不安と敵意のないまざった感情の中で彼はヒギンズの到着を待つ。記憶の只中で、表題とラストシーンが示すパロディ的な出来事が起こる。終戦後まもなくのある日、アメリカの飛行機が、集団的な飢餓に対処するため救援物資を落としていた時、若い俊夫は誇らしげに、異国情緒溢れる食べ物の詰まった箱を持って帰る。中にはアメリカ製のひじきのようなものが入っていた。俊夫と母と妹は、これらの調理に熱心にとりかかったが、このアメリカひじきだけはどう料理しても、どんなに嚙み砕いても、食べることができない。結局、ひじきに見えたものは紅茶だったのである。「アメリカひじき」というタイトルの、カタカナとひらがなの組み合わせという表記法にも、俊夫のアメリカとのぎくしゃくした関係が反映されている。正書法の並列が一層悪化させているように、ひじきのような日本のごく平凡な家庭料理をアメリカの外国世界によって改変することなど、ばかばかしい組み合わせであることを示唆している。最後の場面では、俊夫と妻の京子が、ヒギンズ夫妻のために用意した大量の高級牛肉の前に座っている。彼(女)らは、「アメリカひじき」という戦後の食に対して俊夫が感じた空しさと同じくそれを痛感しながら、この贅沢な食事を味気なく嚙みしめる。

しかし、物語の最初の方では、夫妻の来訪についての俊夫の不安は、まだ明確になっていないように見える。というのは、ヒギンズ夫妻が到着した晩、俊夫は彼を飲みに連れ出し、とりわけ「あーこのおっさん、女好きなんやな」とわかると、彼らは急に大の仲良しになるからである。ヒギンズは一九四六年、六ヶ月ほど占領軍に属していたが、二〇年後の日本に一市民として俊夫一家のゲストとして戻った時には、典型的な占領軍兵士とは程遠い存在だった。ヒギンズは若い屈強な兵士ではなく、ただの痩せた老人であり、びっくりするほど器用に箸を使い、寿司好きを公言し、そしてまずまずの日本語を披露する（「パングリッシュ風」［米軍兵士相手の娼婦が使うブロークン英語］と形容される俊夫の英語とは大違いである）。にもかかわらず、夜の遠征で東京中を回りながら、俊夫はポン引きの役割を喜んで引き受けることで、若い頃占領軍兵士にしたのと同じように、ヒギンズにせっせとゴマをすっているのに気づく。俊夫は自らの卑屈さと時代錯誤な行動を恥ずかしく思いながらも、そう楽しくもなかったはずの若かりし頃を再び生き直すことで、天邪鬼なノスタルジーを楽しんでいるのである。

俊夫の世界では、個人的な記憶は理性を圧倒し、「アメリカ人といえば、俊夫には子供ですら、進駐軍のかたわれにみえる」［九五頁］。「アメリカひじき」のテクストにおいて、回想にかなりの分量が割かれていることからも、〈記憶〉そのものがこの物語の中心的なモチーフになっていることがわかる。俊夫にとって日常生活は、常に戦争と占領の記憶に媒介されている。先に掲げた冒頭のパラグラフでの過去についての夢からも、ヒギンズの差し迫った訪問への俊夫の不安がうかがえる。

ここで、野坂独特の文体を形成する言語的要素を、多少細かく掘り下げてみたい。

先に引用した冒頭部分は一つの段落がたった二つの文章で構成されていることに改めて注目すべきだ。さらに、(1) 俊夫の夢と他の部分との字体による区別がなく、(2) 心の中での一人語りや、想像の中での会話はかぎ括弧などで強調されておらず、(3) 文章の流れの中で、焦点・声の変化についても一切前触れがない。たとえば、最初の段落冒頭において、俊夫は、出来事を引き受けつつ、語っているが、その段落の終わりでは、「超越的」第三者に取って代わられている。[6]

野坂の文章は、長くうねりながらも実に歯切れの良い、独特の散文体である。このような、めまいのするほど諸変化に富む文章が、作品の冒頭だけでなく、全体にわたって続くわけである。

野坂はこのような冗長な文章に、独自の切迫した、活発な雰囲気を築き上げるのに、いくつかの技法を駆使している。まず、挿入語句的な情報と直接的引用には、彼は通常の技法をあえて避ける。たとえば、文中に、日本語文において直接的引用に常用されるかぎ括弧や助詞の「と」などの指標をあまり使わず、接続詞(そして、それから)や主格助詞(は、が)の使用も極力さける。さらに、この作品の一文一文における焦点・声の突然の変化は、読者に速度感を錯覚させる。まとめれば、野坂の一文中には多様な変化がみられ、そして冒頭の、夢から目覚めるまでのくだりは巧妙につくられている。

俊夫の夢は、戦争と占領の、現在の彼の意識への侵入を象徴し、野坂の小説手法は、自身の記憶に占領された男の描写をリアルなものにする。この冒頭シーンは二つの技法によって、力強い映画的効果に達している。一つは、語りの実況的錯覚をつくりだす「共時的かつ心的な焦点化」(出来事を「今認識したかのように」見せかける語り)である。[7] 二つめは、この焦点を通して表現される象徴的イメージが、戦時から敗戦後の占領期までの動きを暗示する文章構成上の順序の中に配置されていることである。物語の最初の語である「炎天」は、空襲後に見上げる空を表現するために作家たちがよく使用した言葉である。したがって、「炎天に、一点の白がわきいで」で始まる一文は、「戦時中から戦後/占領の時代に移る」という冒頭における俊夫の想像の推移を凝縮している、とも読めるだろう。《炎天》から(白い)兵士の白いパラシュートへの推移、これはまさに地上の風景を覆うものであったが、戦時から続く――天から神の如く姿を現した白人とともにもたらされた――平和への時間的移行を示す。しかし、この明らかなる予定調和は、すぐに失墜する。秩序だった進行が、野坂の文体独特の無秩序なイメージに道を譲るかのように。戦争の象徴(炎天、パラシュート、陸軍大将)の上に重ねられたのは、戦争直後の象徴(飛行機の姿も音もなくなった空、パラシュートの色、日本国土に立つ友好的外国兵たち)であった。この二重音声的イメージは、作品の豊かな素地と反‐直線的構造に寄与することとなる。物語の頻繁な歴史の遠回りや転回は、読者を、まさに読むという過程を通じて、俊夫の日常への再帰的経験を追体験することになる。「アメリカひじき」においては、個人的記憶の不安定な漏出により、歴史の一方向的進行が阻止されるのである。

以上、「アメリカひじき」の文体をめぐる問題について詳細に論じてきたが、こうした問題は、野坂のナラティヴの技法の複雑さを際立たせ、そればかりでなく、直接に物語それ自体においても引き起こされている。最も問題となるのは、アメリカ占領者への俊夫のアンビヴァレンスである。俊夫のアンビヴァレンスが最初に表明されるのは、英語に対する彼の態度を通じてである。というのは、冒頭部分でまさに英語を話さなければいけないと思ったことで、彼は夢から醒めるからである。「アメリカン・スクール」の伊佐と同じように、俊夫は、占領者たちは日本語を話すべきだと要求することで、逆襲しようというアイディアにふけっており、また悲劇的でパロディ的な抵抗を試みるという点でも伊佐に似ている。(8)

到着時刻には間があったから俊夫、エスカレーターで二階へ上り「ウイスキー、ストレートでダブル」アルコール中毒患者のように、ぐいと飲み干す。「絶対に英語はつかうまい」これが、今朝眼覚めてまず心に決めたこと、つかうといっても出来やしないが、ひょいとあの中之島の頃の、断片的な会話がよみがえって、苦しまぎれに口走るかも知れず、のっけから「やあ、いらっしゃい」あるいは「今日は」ヒギンズがきょとんとしようが、どうしようが、日本へ来たら日本語をつかえ、断じてグッナイトすらいわないぞ、飲むうち、昼からつづいていた胸騒ぎおさまり、逆に敵迎え撃つような昂ぶりを感じる。［八〇頁］

空港のバーを出て到着ゲートにつくと、少々飲んだぐらいではヒギンズとの言語戦争への備えは十分ではなかったことを俊夫は思い知る。

俊夫、胸を張り、手をさしのべ、「やあ、いらっしゃい」ややかすれ気味にいうと「コンニチハ、ハジメマシテ」たどたどしいがヒギンズ日本語であいさつし、まるで予想しないことだから、おどろきあわて、俊夫そのおかえしになにか英語でしゃべらねばならぬと、あれこれ単語かき集めウェルカム、ベリーグッド、てんでんばらばらでつながらず、ヒギンズはにこにこ笑って「トテモウレシイデス、ニッポン

コラレテ」はあ、いやどうもと口ごもり、……〔八一頁〕

ヒギンズへの俊夫のアンビヴァレンスは、言葉、飲み比べ、セックスなど、どんな手段を使ってでもこのアメリカ人を打ち負かしたいという欲望に根ざしている。そして彼の言語における戦場での敗北は、この冷静沈着な敵への一連の屈辱の始まりであった。ヒギンズは単に遊興のために日本に来たのであって、俊夫が、心の中では酒の上でのつきあいを闘いだと思っていることなど、つゆ知らないが、バーでも売春宿でも結局ヒギンズが優勢なので、俊夫のイライラはますます募る。ヒギンズは飲ませても一向に酔った様子を見せず、バーの女の子を手玉にとる。俊夫は、売春宿では「ファッションモデルとしても通用しそうな痩せ形の美人」をヒギンズに譲り、自分は勇敢にも「顎の張ったきつい顔」で「ふてくされたように横ずわり」している「洋パン上り」で我慢する。それぞれがどういう一夜を過ごしたかを思うにつけ——ヒギンズは美少女のヌード写真を撮りまくり、俊夫は代わりに数々の「毒々しいキスマーク」を得る——、と俊夫の惨めさはいや増すばかりである。

占領下で味わった苦労と屈辱を、なんとか晴らしたいという俊夫の願いにもかかわらず、ヒギンズへの敵対的な態度は、強いホモソーシャルな欲望によって相殺される。それはとりわけ、このふたりの男が、妻を残して毎晩のようにもっと好色な相手を求める場面において、明らかになる。アルコールや、特に女性関係を通して、俊夫はヒギンズと男同士の排他的な関係を築く。売春宿では「洋パン上り」があまりにも魅力がないので、俊夫は射精に達するため、隣室でヒギンズと一緒の美少女にいろいろと想像をめぐらせる。「オキナワの少年」のつねよしと同じく、俊夫は、欲望の対象である美少女に近づくにはヒギンズに同一化しなければならない、というような性的三角関係に巻き込まれていることに気づくことになる。多くの男性占領文学で見てきたように、こうした（報われない）ホモソーシャルな力学は、日本人男性の複雑な態度――アメリカ人占領者だけでなく自国の女性たちへの――に繋がっている。また、占領についての物語によく示されているナショナリスティックな感傷も、相殺されている。売春宿での俊夫の窃視体験は、経済的状況が、どのように男性占領者と被占領民の男と女の間の三角関係を紛糾させるかを指し示している。夜毎の惜しみない歓待の動機は、ヒギンズを喜ばせたい、あるいは、日本の新しい経済的繁栄を見せつけてヒギンズを打ち負かしたいという欲望に突き動かされてのものではあるが、しかし、俊夫はまた、ヒギンズへの彼の反応がこうした動機を超えて、ごたまぜになった感情を含んでいることにも気づいている。

闇にひきこまれるような、酔ったあげくの疲労を感じながら、一方では覚めていて、思えばなんでまた俺は、あの爺さんにこんなサービスせんならんねん、なんやヒギンズのそばにおると、一生懸命よろこばせたらなあかんみたいな気持になるのはどういうわけや、俺の親父殺した国の人間やのに、そんな恨みはまったくない、かえってなつかしいみたいな気さえする、十四歳の時の、あのでっかい体の占領軍に怯えた心を、今ヒギンズに酒おごり女抱かせて、帳消しにするつもりなんか、それとも、落下傘の特別配給にしろ、アメリカでは家畜の肥料いわれた大豆粕の配給にしろ、腹減ってしゃあない時に恵まれた恩がえしなんか、余剰農産物押しつけたいうけど、あの時アメリカがトウモロコシなと送ってくれなんだら、何万人餓死したか知れんで。にしてもヒギンズをなつかしい思うのはなんやろ、ヒギンズもひょっとしたら進駐軍で来た時のことなつかしがっとんちゃうか、あの悠然と人におごらしとる態度、なんやしらん図々しいそぶり、そらヒギンズにしてみたら、占領軍として日本へ来た頃が年からいうてもいちばん充実しとった人生で、そやからあるいはなつかしく、日本へ来たとたん占領軍の頃にもどるのはわからんでもないけど、こっちがそれにあわせて、当時の大人みたいにポンビキの真似までついしてしまうのはなんや、それがうれしいのはどういうわけや、別にアメ公と酒飲んで何の御利益あるわけやなし、俺もまたあの頃をなつかしがっとんのか、いやそんなはずはない、腹減って牛みたいに食べたもん反芻する癖がつき、二度も三度も口の中にもどして味わうようなみじめな時代、香櫨園泳ぎにいって、アメリカのボートに沖合いで追いかけられ、溺れそうなったり、中之島で女に逃げられたいうて、腹立てた兵士になぐられたり、どうみてもええ記憶はない。お袋かて、結局は戦災がもとで、とうとう体衰弱して死んだし、妹かかえてえらい目に合うて、考えようによってはアメリカのせいや、そやのに、ヒギンズの顔みるとサービスしたなるのは何故や、いやな男に犯された処女が、その男ついに忘れられんようなものか。［九三―九四頁］

俊夫がヒギンズに示す共感は、とりわけ京子との関係においては欠落している。なぜこうした不均衡が生じるのかといえば、この箇所が示唆しているように、ヒギンズもまた俊夫と同じく、占領期に強い絆を感じていると俊夫が考えているからである。そのうえヒギンズは男性であり、国籍の違うふたりの男は正反対の立場で占領を体験したにもかかわらず、彼らはなお世界に対する「男性の視点」を共有している。したがって、俊夫のヒギンズへのアンビヴァレンスは、彼のアイデンティティが、ヒギンズのそれと重なり合いつつ矛盾しているという観点から理解されるべきである。彼は日本人であり、ヒギンズと文化と国籍で隔てられてはいるが、（異性愛）男性としては性の領域において共通の基盤を見出しうる。

セックスは、ヒギンズへの俊夫の親しみの感情の土台であり、また、彼らの関係性についての俊夫の解釈の中心となっている。ふたりの絆は、ホステスバーや売春宿や、その他男性の性的関心を引く店に行くことで強まる。ふたりは女性の身体の上に、国境を超えた親密さを築くのである。しかし皮肉なことに、セックスは俊夫にとって、国籍の違いを橋渡しする手段であるというだけでなく、このアメリカ人の客への距離感と従属感を示すメタファーともなっている。先の引用箇所で、俊夫が強姦被害者に同一化する時、ヒギンズに対する無力感をはっきりと文節化するのに、彼は被害者性という女性の領域を領有する（強姦被害者について、よくあるエロティックな幻想にふけりさえする）。ヒギンズへの絆は、共通の男性性アイデンティティに基づくものであり、異性愛的欲望とホモソーシャルな欲望の重なり合う領域から成っている。

俊夫の強烈なアンビヴァレンスに対し、ヒギンズの方は、俊夫の煩悶や歓心を買おうとする努力には無頓着のようである。(9)このことは当然俊夫の苛立ちと無能感をさらに強めることになる。ヒギンズのために俊夫がわざわざセッティングしたセックスショーを見ながら、俊夫は自分の今までのもてなしは、どうにかしてヒギンズを「屈服させた」かったからだと気づく。性的武勲をめぐるこの象徴的な戦いにおいて、俊夫の代わりに見物人ヒギンズと対決するのは、シロクロショウの中年男、吉ちゃんである。語りにおいて相手の女性は最後まで名無しであり、吉ちゃんのパフォーマンスの、そして俊夫の競争心の、乗り物にすぎない。吉ちゃんへの熱烈な応援からは、俊夫が彼に強く同一化していることが窺え、吉ちゃんの「偉大なる逸物」がついに偉業を達成できないと知るや、俊夫は予期せぬインポテンツに激昂する。俊夫は横から見ながら心の中で言う――「どないしてん、ナンバーワンやないか、しっかりせんかい、アメリカ人にみせたってくれ、日本の誇る偉大なる逸物、ギャフンいわしたってくれ、怯えさしたってくれ」。こうした心の中の叫びは「オチンチンナショナリズム」〔九七頁〕と説明される。吉ちゃんがクライマックスに至れないことで物語は構造的にクライマックスを迎え、俊夫はなぜ彼が勃起できなかったかを考える。

吉ちゃんと呼ばれる男、たしか三十半ば、とすると吉ちゃんのインポになったんは、たしかにヒギンズのせいかも知れぬ、吉ちゃんが俺と同じような経験、占領時代にもってたら、いや持ってるはずや、東京と神戸大阪ちごうても、ギブミイチューインガムの記憶があれば、あまりにでかすぎる兵士の体格におびえた思い出があれば、それたたんのも無理はない。どっかとすわったヒギンズの足の下で、いくら吉ちゃん無念夢想になったかて、頭の中にジープが走り、カムカムエブリボディがよみがえり、連合艦隊も零戦もなくなったたよりなさ、焼跡の上にギラギラと灼きつく炎天のむなしさ、いっぺんに昨日のことのように思い出して、それでインポになってしもたんや、それはヒギンズにはわかるまい、日本人かて俺と同じ年頃やないと理解できへんやろ、アメリカ人と平気で話できる奴、アメリカへ行って、まわり近所全部アメリカ人のとこでべつに気も狂わん奴、アメリカ人が視野の中に入っても身がまえんですむ奴、英語しゃべって恥かしない奴、アメリカ人けなす奴、賞める奴、そんな奴に吉ちゃんの、いや俺の中のアメリカはわかるわけない。［九九頁］

ジープのエンジン音や、英語の人気ラジオ番組のフレーズ、静かな空と荒廃した風景は、埋もれた過去の陰からはい出してきて吉ちゃんや俊夫のような男たちを不能にしてしまう記憶の、ほんの一部にすぎない。この牛の涎のような長いセンテンスにおいて、過去は現在に滲出し、吉ちゃんは語り手の感情を浸食し、そしてインポテンツとなる。こうした主体の浸食は、野坂の作品によく見られる物語学的諸要素——主格助詞の欠落、焦点・声・方言のめまぐるしい変化——によって、より効果的に示される。

「アメリカひじき」において、野坂の特徴的な文体は、物語内容《ストーリー》と見事に融合している。その結果、ナラティヴは夢からうつつへ、対話からモノローグへ、標準語から親しみやすい関西弁のスラングへと息つく間もなく動きつつ、主人公の意識のあいまを行きつ戻りつする。長々と続くセンテンスや、遠い昔の記憶を呼び起こす文法的要素などによって、敗戦後の混沌としてエネルギーに満ちた雰囲気に後押しされた、著者の感性が溢れ出す。文章をもっと短く切り上げたり、文中の主語を固定させたり、そしてもっと頻繁に改段したりすることによって、より明晰な文体に仕上げられるだろうが、野坂はそのような明晰さをあえて放棄することで、主人公の日常のリアリティをより絶妙に描くことに成功しているように思える。

「アメリカひじき」は、記憶が日常生活を侵犯するさまを物語っている。俊夫の記憶は、ある局面では極めて私的である——その記憶は国籍(ヒギンズ)、年齢(俊夫の会社の社員ら)、ジェンダー(京子)が違う者たちから彼を遠ざける一方で、占領期に青春を過ごした吉ちゃんのような他の日本人男性たちの共同性へと彼を結びつける。[10]俊夫は周りの者たちが忘れてしまった記憶の断片に取り囲まれ、個人的記憶と社会的記憶のいわば交差点に立っている。彼は、過去が現在に浸入し、戦争と占領とが歴史的に連続した世界に生きている。隔絶した時代の言説に体現される混交的言語で書かれた「アメリカひじき」は、物語《ストーリー》との思いがけない混合によって、個人的記憶と国民的歴史の関係を追求しているのである。

本章で論じたこの二作品は、男性文学によく見られる幾つかの語りの戦略を用いて、米占領下の生活を描いている。「人間の羊」も「アメリカひじき」も、性的ないし言語的なインポテンツというメタファーを採用して、外国占領者たちに直面した日本人男性たちの従属性を描きだし、性化《セクシャライズ》された女性身体を用いて占領軍の男たちと被占領地の男たちを繋ぎ合わせ、被占領男性主体を弱体化させる占領者の視線の力を暴きだす。また、日本の占領文学おなじみのキャラクターも登場する——偽善的な教師、無要な警察官、冷淡な通行人。それらを当てにならない不完全な人物として描き出すことで、この二作品をはじめ日本の占領文学は、戦後を生き残るのに、政府の役人にも同情的なよそ者たちにも頼ることはできなかったことを暗に伝えようとしている。

しかし、この二作品が本土のその他の占領文学と多くの点を共有しているからと言って、ステロタイプで想像力が欠如した作品であると論難したいわけではない。これらは眼の覚めるような新鮮な言語を用いて占領を描いており、外国占領下における抵抗とはどのようなものかについて、様々な次元から多くの示唆を提供してくれている。その過程で、戦争と日本帝国主義をめぐる難問をつきつける——アメリカ占領に対する日本の応答は、日本社会内部における支配構造とどう関連するのか、そうした構造はどの程度まで戦前の制度を引きずっているのか、結局のところ、そうした不正義を温存したのは誰の責任なのか？　過去の軍国主義は逸脱であると見なす国において、これらの疑問は今日、切迫した問題であり、また、読者に、過去を通じて現在を考えること、内なる占領者を捜すことが求められている。

第七章　近年の占領文学

男の下半身には戦勝国も敗戦国もない。
（島田雅彦、二〇〇五年：六四頁）

マッカーサー元帥が厚木空軍基地に降り立ち、日本占領の開始を告げた日から七〇余年が過ぎた。戦時中の日本の侵略をめぐる議論は、日本国内でもアジア各地においてもいまだ継続中であるが、アメリカ占領期の記憶は、日本国民の意識から大きく後退してきたようである。本土の作家たちも占領期についての文学作品をほとんど書かなくなった。それにひきかえ、「復帰」からそろそろ半世紀が経つのに、沖縄では社会的、政治的、経済的大変動を経てなお、占領を過去の歴史の一コマとすることができないでいる。また、復帰後の沖縄の状況を考えれば、アメリカ占領が沖縄文学の変わらぬテーマであり続けていることも不思議ではないだろう。

沖縄占領の長期化は、多くのいわゆる第二世代の作家たちを生み出した。少年期をそっくりアメリカ支配下で生きた戦後生まれの世代である。これら「占領世代」の作家たちは、一九七〇年代半ばあたりから、外国人占領者を、ある程度、身近な存在として描く新鮮な文学系譜を発表し始めた。そうした気安さは、占領軍との接触がごく限られていた本土の作家はいわずもがな、先行世代の沖縄の作家たちにもほとんど見られない。

この最終章では、まず本土出身の二人の小説家――三枝和子と島田雅彦――の占領下の日本社会を描いた長編小説を考察する。そして続けて一九八〇年代以降に現れた沖縄の占領文学を概観してから、最後に目取真俊《めどるましゅん》について、少々詳しく論じたい。目取真は今現在の沖縄を正に体現した作家として重要であるからである。目取真を論じて、本書をとりあえず、閉じることにしたい。

本土の占領文学の新潮流（1）　三枝和子『その冬の死』

一九五〇年代から現在に至り、アメリカによる占領が沖縄文学の中心的テーマのひとつだったのに対して、一九七〇年代以降、本土の文学では占領に関する作品はごく少ない。その数少ない例のうち、特筆すべき野心作がある。戦後日本の女性を描いた三枝和子の三部作、『その日の夏』（一九八七）、『その冬の死』（一九八九）、『その夜の終わり』（一九九〇）である。ただ三枝自身は、この三作は正式な三部作ではないと明言しており、緩いテーマ的連関があるだけだと述べている[(1)]。実際、この三作のどの人物にも直接的な関係はなく、それぞれ独立した作品といえる。

三枝和子（一九二九―二〇〇三）は、同世代の女性作家の中でも特異な存在である。彼女は占領下で男女共学が実現したのちに初めて四年制大学で学んだ女性たちのひとりであり、関西学院大学入学時、哲学専攻のただひとりの女子学生であった。今日でさえ哲学は女性の選択として多いとは言えないが、一九四〇年代では尚更であろう。卒業後は哲学研究グループと文学サークルに所属しつつ、中学教師として働いた。一九五〇年代半ばに小説を書きはじめ、一九六〇年代末には「反ロマン主義、非リアリズム」の作家として定評を得る。(2) 近年に至ってようやく、意識的に「女の視点」を採用し、女性について書きはじめたが、それまでの三枝は「観念的、方法的な実験小説を得意とする男性的作家という印象が強く、率直にいってその分だけ「女流作家」としては損をしてきた」。(3) 三枝自身、自分の文学を女流文学の主流とははっきり区別しており、他の女性作家たちを高く評価することはほとんどない。それればかりかつい最近まで、真に知的好奇心のある女性作家はいないに等しく、自分の個人的体験を書き散らすばかりだ、と述べてさえいた。三枝に言わせれば、女性は原爆や戦争について書く時でさえ、それが「ドキュメンタリー文学以上のものになることは稀である」。(4) フィクションとは想像力の発見である、というのが彼女の主張であり、その作品においては、想像的世界を積極的に描こうという姿勢と哲学的関心とが自然に融合している。

このように、三枝は、近代日本の女性作家の既存のカテゴリーに抵抗してきた。コミュニストやアナキストのグループに接近することはなかったし、私小説の流行には批判的で(エッセイでもこの手法には点が辛い)、一九八〇年代に至るまで、ジェンダーの問題に明示的に立ち入ることもなかった。したがって、この戦後三部作は三枝文学にとって新機軸といえよう。第一部「その日の夏」は、一九四五年八月、無条件降伏に続く一〇日間の、関西地方における著者自身の経験をほぼなぞっており、三枝にとっては私小説的伝統への譲歩であった。皮肉なことに、高校教科書に採用されて以来、これは彼女の作品の中で最も広く読まれている。ドイツ語訳もあり、ドイツの学校教科書にも一部採用されている。

『その日の夏』は、戦後とはいっても、アメリカ占領軍が上陸する前の出来事なので、本論では第二部にあたる『その冬の死』を集中的にとりあげてみたい。この作品では多様な日本人の目から占領下の日常が描かれる――復員兵、ＲＡＡの娼婦として働く元「慰安婦」、戦争孤児の五歳の少女と彼女を引き取って育てる老人、ヤミ商人、占領軍兵士に強姦された若い女学生などである。この作品は、平林たい子が初めて提起した問題――占領下におけるジェンダーとセクシュアリティ、結婚と売春についての通念への挑戦――を継承・発展させたものといえる。戦争と占領期を行きつ戻りつする点では野坂の「アメリカひじき」と同様だが、三枝は、時代の推移を作中人物の個人的記憶の内面にまで映し込んでいく。野坂が感情移入するのが俊夫と同世代の男性人物だけなのに対し、三枝は、ジェンダーや世代を超えて実に様々な視点から占領を描いている(5)。その意味で「その冬の死」は、日本の占領文学の最も野心的な作品の一つだといえよう。

『その冬の死』の物語は、一九四五年一二月、復員した日本人兵士が、故郷の街Kの焼跡をさまようところから始まる。街の風景はあまりにも変貌していたため、彼は自分の家がどこに建っていたのかさえわからない。しかし、こうした物理的な破壊には、彼はそれほど驚かない――既に帰国前から覚悟済みである。むしろ、彼を困惑させたのはもっと「何か別の破壊」[三頁]である。彼はたったひとりで、忘却された世界を思い起こし、再想像し、構築しなおして、かつて自分の過去に繋ぎとめていた人々と場所とを探し求め、取り戻さなければならない。こうした苦境を、敗戦後の多くの国民が味わったことを、読者は容易に理解するだろう。

戦後の生活をめぐって、三枝の最もオリジナルな視点は、女性人物のものの見方を描く際に発揮される。

生まれてはじめて、ハイヒールを履いたときの驚き。背筋がすっと伸びて、気持がしゃんとした。自然に歩幅が大きくなった。これまでひそひそ歩いていた道を、濶歩する、という感じで歩いて行った。視線が、いつのまにか高くなっていた。敗戦国の女、という卑屈な感じが、一歩毎に消えて行った。[一八頁]

今日のフェミニストの内には、ハイヒールは男の目を楽しませるために女に課された不自然なファッションで、セクシズムの遺物だと一蹴する者もいるかもしれない。しかし三枝は、長いこと歩きにくい着物を着てきた日本女性にとって、敗戦後の、この新奇なファッションがどれほど自由なものに感じられただろうか、ということを思い起こさせてくれる。またこの場面は「アメリカン・スクール」のミチ子を彷彿とさせる。彼女はスニーカーからハイヒールへと履き換えることで、彼女自身の新しい戦後の仮面《ペルソナ》を被ろうとしていた。しかしミチ子はまさにそのハイヒールのせいでつまずき、伊佐から借りた箸を取り落とし、彼女の「ほんとうの」姿、つまり日本人に他ならないという事実を露呈することになった。小島信夫は、アメリカ人のような態度や行動をとろうという試みは結局は失敗に終わるだろう、そんな文化的仮装など無駄な努力なのだ、と示唆しているようだ。しかし三枝は、履いた者を破滅させるからと道端に捨てられる不似合いな輸入文化としてハイヒールを描いたりしない。むしろ彼女はこの極めて戦後的な記号《イコン》を、文化的伝統に長年束縛されてきた日本女性を解き放つものとして描くのである。

『その冬の死』は、戦後の些細な日常体験を、戦後とはどのようなものかを如実に示す出来事へと仕立て上げる。この作品は決してユーモラスではないが、占領下の日本における様々な階級の女性たちの状況を探求している点では、平林たい子の「北海道千歳の女」にも似ている。『その冬の死』に出てくる若い女子学生は上流階級の出身で、高等教育を受けたいと願っており、その夢はＳＣＡＰの法改正によって初めて実現する。

つまり始めのうちは、占領は彼女にとって、まず何よりも自由を意味しているのである。

戦争に敗けて良かった、としみじみ思った。日本が勝って戦争が終ったりしたら、女に生まれた自分には好きな学問などする道は絶対に開けなかったろう。［中略］敗けて、日本男子の権威が失墜したお蔭で訪れて来た得難い機会なのだ。［四二―四三頁］

しかし、彼女の夢はまもなく、黒人米兵たちによる強姦によって打ち砕かれる。とはいえ三枝は、単に占領軍を非難したり、ＳＣＡＰによる法改正の意義を帳消しにしたり、あるいは占領期を根本的に敗北と国家的屈辱の時代とし、その表象として強姦を描くわけではない。むしろ強姦は、占領者の無制限の権威を証明すると同時に、彼女の被害者性をめぐる日本人男性の共犯性をも暴き出すことになるのである。次の引用は、米兵が被害者を誘拐する場面である。

「助けて、警察を呼んで。助けて――」

口は塞がれていないので彼女は叫び続けたが、誰も助けようとはしなかった。なかには、にやにや笑って見ている男たちもいた。

「卑怯者、進駐軍が恐いのね」
彼女は野次馬の男たちを睨みつけながら拉致されて行った。［一〇八―〇九頁］

彼女の被害者性に荷担するのは、このような卑怯な傍観者たちだけではなく、彼女自身の父親に体現される日本の家父長制そのものでもある。「このような事態を父が知ったら、死ね、と言うだろうか、言うに違いない」と彼女は考える。実際、彼女を被害者に仕立て上げるのは、強姦そのもの――むろんそれ自体深い痛手ではあるが――よりも、占領者に「汚され」た女性に対して社会が向ける非難である。作中の被害者は、家にも寄宿舎にも戻れないことを知って、自殺するか娼婦に身を落とすしかないと思いつめ、「私は行方不明にならなければならない」と考えるに至るのである。

この小説のもうひとりの重要な女性登場人物はパンパンである。彼女は戦時中、東南アジアの日本租界の娼家で日本軍相手の娼婦をしていた。その娼家の女性の多くは貧しい家の生まれで、たいていは家の借金のために軍相手の性労働者《セックスワーカー》となったのだった。しかし彼女の場合は、家族を助けるためでも国に奉ずるためでもなければ、強姦されたからでもない。彼女はただ「父親を離れたかった」のである。敗戦後まもなく、彼女は米兵の「オンリイ」になるか、または軍相手の（ただし今度は米兵の）娼婦になるかの岐路に立たされる。

彼女は溜息をついた。冬までには住むところを定めなければならない。オンリイになるのが一番の近道だが、決心がつかない。その日、その日で相手が替る方が気持が楽だ。オンリイというのは結局妾だから、妾というのは結局奥さんみたいなもんだから、法律で保障されているか、いないかだけのことで、一人の男に縛られるんだから、不安でも、やはり自由な方がいい。［一四頁］

広池秋子や中本たか子が示唆するように、ある女性が娼婦でも正式な妻でもないとなれば、妻になるという夢に必死に固執するものである。平林と同じく三枝も、妻の役割は、オンリーや娼婦のそれと全く別の次元ではなく、女性抑圧の連続帯の中で互いに重なり合った領域であるという見解を掘り下げながら示唆している。『その冬の死』を書いた時点では、三枝は、平林や中本などの占領文学を意識してはいなかったというが、とはいえ、占領期の法改正の影響は下層階級の女性にはほとんど届いていないこと、すなわち女性の従属は一つの要因を取り除いたぐらいでは改善されるものではないことを、読者に思い出させるという点では、平林や中本など先人の足跡をしっかりと踏襲していると言えるだろう(6)。

三枝は、先人たちが提起した問題を追究するだけでなく、戦時日本の「慰安婦」搾取に関する最近の研究やフェミニストたちの議論とも接近している――つまり軍隊とセックス、組織売春と強姦黙認の不愉快な関係にも疑問を差し挟んでいる。この問題は、戦時下に国営娼家で働いていたふたりの女性を通して探求される。そのひとり、花丸は、娼婦あがりや強姦被害者をRAAに斡旋するヤミ市のちんけな親玉である。次の引用部分は、花丸が、米兵のオンリーになるか自由な娼婦のままでいるかを迷っているハイヒール好きな女性を、軍相手の娼家に誘い込もうとする場面である。花丸はずる賢くも、尊い「犠牲」だとか「女の防波堤」だとかいう政府御用達のプロパガンダを用いようとはせず、うまく目先を変えようとする。


花丸サンは狡そうに目を細めた。「お金、欲しいんでしょ」

そりゃ、欲しくないことはない。花丸サンは、にやっと唇を歪めた。

「日本兵だってアメリカ兵だって、兵隊に変りはないわよ」

それで決心がついた。［一七頁］

つまり三枝は、戦後日本の娼婦たちがもし被害者だと言えるとすれば、それは単に外国人占領者の、というよりは、家父長制そのものの被害者であり、家父長制こそが花丸のような共犯者を招き寄せているのだ、と示唆しているのである。

『その冬の死』は、さらに戦後日本の社会的記憶に関して示唆に富む視点を提供してくれている。たとえば記憶喪失の老人の登場は、日本の戦中と戦後との関係について、薄れ行く記憶を掻き立ててくれる。老人はいわば、この小説のドン・キホーテ的役回りを引き受けている。老人は妻の顔を忘れ、娘がいたかどうかも思い出せないが、戦争孤児の少女を引き取り、また占領米兵に強姦された女学生の世話もする。他者を救いたいという彼の欲望は、過去を葬り去ると同時に複製しなければならないという思いにつき動かされているように見える――彼自身は、彼女たちが失われた家族の代理であることを理解してはいないのだが。最後の場面では、死の床に横たわる老人の思いが全知の語り手によって述べられる。

過去が一切消えて、いましか無いから、いまは平穏だ。自分は過去を思い出さない方が幸せなのかもしれない。老人は、そう思った。新聞を読まない老人だが、戦争責任が追及されたり、その地位にあったために自殺しなければならなかった男たちのいることは世間の動きの気配で分る。日本が敗けてアメリカが進駐して来たのなら、過去にアメリカを撃てと命令していた人びとが、何らかの責任をとらなければならないのは当然だ。だから、責任逃れのもっとも良い方法は、そうした過去を一刻も早く忘れてしまうことかもしれない。子供は別として、日本中の大人の男たちのなかで、軽重はともかく戦争責任のない奴は一人もいないはずだから、過去を忘れてしまった老人は、ある意味で、とてもうまく生き延びる方法を摑んだと言えるのかもしれない。いや、もしかしたら、過去を忘れようとする気持が意識の安全弁みたいに動いて、それが老人に記憶喪失からの回復を遅らせているのかもしれない。［一九三―九四頁］

『その冬の死』は、焼跡をさまよいつつ変わり果てた街の姿を思い起こそうとする若い兵士の描写で始まり、過去を思い出すことを諦めたおかげで生き長らえた老人の死で閉じられる。片や想起に奮闘し、片や忘却を決意したふたりはともに、戦時中の遺産といかにして向き合うか、あるいはそもそも向き合うべきなのかの決断を迫られた、日本という国の二つの顔を、アレゴリー的に体現していると読むことができよう。

さらに大胆なアレゴリー的解釈をすれば、この老人を天皇裕仁その人と読むこともできるかもしれない。『その冬の死』は、昭和天皇の死のほんの数ヶ月前に出版されている。日本の戦争責任と歴史的記憶について考えようという機運にあふれていた時期である（天皇の危篤状態のおかげで、公にはそうした議論は自粛されてはいたが）。三枝自身にこうした含意があったと断言することはできまいが、この作品に登場する多くの無名の人物や場所の設定は、著者の社会的視野の広さともども、そうしたアレゴリー的読解の可能性を裏付けている。この作品は、フェミニスト的思考と多様な語りの視点——女性と男性、若者と老人、兵士と市民——によって、戦争と占領に対する新しいアプローチを確立したナショナル・アレゴリーである。社会に向ける三枝の視野の広さは、鋭敏な歴史的想像力と相俟って、占領期に関する日本文学の新基軸を示したといえるだろう。

本土の占領文学の新潮流(2)　島田雅彦『退廃姉妹』

島田雅彦(一九六一—)は、東京外国語大学在学中に「優しいサヨクのための嬉遊曲」でデビューし、有望な新人作家として注目を浴びた。その鮮やかなデビュー以降、約三〇冊の小説を発表し、二〇数冊のエッセイやノンフィクション本を世に出し、戯曲やオペラの台本まで手掛け、おまけに映画やテレビに出演し俳優としても活躍してきた。

この小説は二〇〇三年から二〇〇五年まで『文學界』で連載され、連載終了とともに文藝春秋社から単行本として刊行された。本書でこれまでに取り上げてきた(日本本土の)多数の占領文学の代表作を連想させながら、「退廃姉妹」はそれらの作品が提示する諸問題に、爽快な筋と軽妙な文体を以て新たに光を当てている。これはきっと私の単なる誇大妄想でしかないだろうが、「退廃姉妹」に反映されている問題意識が、あまりにも『占領の記憶/記憶の占領』と重なっているため、あるいは島田がこの作品の構想を練る際、本書も参照したのではないかと疑いたくなる——焼跡と闇市の風景がしばしば言及され、RAA設立の詳細が触れられ、「パンパン」と「オンリー」、「貞操」と「女の防波堤」という言葉が頻出し、しかも「エピローグ」は「……一九五三年、『日本の貞操』という本がベストセラーになった」から始まるではないか。ただし、「退廃姉妹」の連載が本書の邦訳版刊行より数年早く始まったことを考えれば、そのような共通点は単なる偶然にすぎないだろう。(7)

大ざっぱに言えば、作品の最初の二〇〇頁は軽快でユーモアに満ちており、ときに爆笑もさせられる。だが、終幕に近づくにつれ純粋なラブストーリーに変容し、切ない場面も増える。連載から始まったせいか、作品の前半と後半との間に、そうした雰囲気の違いや筋の多少の不備点はみられるが、それを除けば展開される出来事も登場する人物たちも、作品全体を通してうまく結び付けられている。(8) 以下、〈占領文学〉に関連する側面に焦点を当て、作品の前半部分を中心に取り上げることにする。

冒頭部分では、主人公である宮本有希子と久美子姉妹が、自宅の防空壕のなかで会話を交わしている。母は戦争が始まる前に亡くなっており、父親と三人で東京の目黒にある、危うく焼け残った自宅で暮らしている。戦前、父は映画監督として華やかな日々を過ごしていたようだが、戦争が始まってから諦め半分で政府に協力し、戦意高揚映画の作成に転じる(その点、坂口安吾の「白痴」の主人公「伊沢」を連想させられる)。父親は東京で相次ぐ空襲から、娘たちを安全な場所に疎開させようとするが、どうしても家を離れないと言い張るのでそのまま終戦を迎える。単行本のテクストでは、三人が自宅のラジオで敗戦を告げる玉音放送を聞く場面は三六頁にあり、それまでは戦前戦中の日々しか描かれていない。つまり、物語は戦中の東京大空襲の頃から始まり、敗戦を告げる瞬間を経過し、占領軍の上陸へと時間が流れる。その意味では、戦争と占領の〈連続性〉が強調される歴史観が、この作品を裏付けていると言えよう。

姉妹は二人とも女学校に通っている美人だが、性格は対照的である。長女の有希子はまじめな優等生で、いわば「常識」があり、やや用心深い。それに対し、久美子は大らかだが無謀なところがあり、いったん方向を決めたら一歩も引かない。作品は全知で語られているものの、主に姉妹のどちらかの視点が中心になっている。したがって、作品全体では女性の視点に重みが置かれるが、登場する女性人物に対する描き方そのものには男性作家である島田の手が見え隠れするときもある。(9) それでも、鮮やかな女性登場人物達や、奇抜な筋、それに父権主義体制への風刺などの点において、平林たい子の「北海道千歳の女」と共通する点が多くみられる。

物語は、早くから意外な方向に展開する。敗戦後まもなく、父親である宮本國男が知人に新橋の小料理屋に呼び出され、そこで飲食業組合の幹部を務める「辻」という男がさっそく話を切り出す。

——お宅には娘さんが二人いたね。

二人とも女学校に行っていると宮本が応えると、じゃあ、さぞかし心配だろう、と下膨れの顔をぐいと寄せてきた。つまりはこういうことだった。

米兵たちが焼跡に大挙してくれば、求めるものはひとつ……女だ。飢えた兵士たちは見境なく、大和撫子たちを手込めにするだろう。男どもの戦争が終わったら、今度は貞操を守る女たちの戦争が始まる。飢えた兵士がうろつく東京で女たちは外出もままならないだろう。娘を持つ親には眠れない夜が続く。そこで……

——娘たちの貞操を守る防波堤を築くしかないという結論に達した。女たちを集めて、慰安所を作り、米兵の性欲を処理するのが最善の策だと決まった。実は先日、警視庁の保安課長に呼び出されてな、闇営業を咎《とが》められるのかと思ったら、慰安所の設立に警察も協力するというお達しだったんだ。［中略］

国を挙げて、米兵用の慰安所を作るという話に宮本は啞然とし、すでにその準備が進んでいることに目を輝かせた。施設は既存の遊郭や待合や飲食店を転用し、玄人だけで足りなければ、広く素人娘を集めることまで決まっていた。辻は繰り返し訴えた。

——女が足りないんだよ、宮本君。防波堤に立ってくれる女が。

――玄人はともあれ、素人娘はどうやって集めるんですか？
――公募だよ、公募。〔中略〕
戦後の人生は女衒《ぜげん》から始めよ、という指令である。女優を育ててきた映画人も女郎を育てるのが戦後の再出発というわけか。〔四一―四二頁〕

結局、宮本はＲＡＡの斡旋役を受け入れる。募集広告の「事務員」など、健全そうな仕事の見せかけに対し、宮本はあえて仕事の内容を隠さず、応募者たちにずばりと説明する。そうしたら、約半分がそのまま帰ってしまい、残る女性たちにインタヴューし、適格と判断した者を抜擢する。

ある日、「祥子」という一八、九歳の女性が応募に現れる。宮本の長女有希子とだいたい同い年である。東京出身だと言い張るが強い秋田弁が隠せず、やはり秋田の農家を家出したようなので、宮本は親の元に帰るように勧める。ところが、何を言われても、彼女は帰ろうとしない。ようやく説得することを諦めた宮本は、話題を変える。「ところで、君にはだれか好きな人はいないの？」と訊き、いないと聞くと「そうか。では、悪いことはいわない。米兵が来る前に日本人のいい男を探して、君の処女を捧げておいた方がいい。米兵なんかにくれてやるよりはずっとましだから。誰か心当たりはいないのかい？」と念を押すが、祥子はそういう人を知らない、本当にそう思っているなら「おらの処女をもらってけねすか」〔四八頁〕と応える。呆れながら内心喜ぶ宮本は、せっかくだからと祥子をＲＡＡの女郎屋に送り出すまでに、まるで自分の愛人のごとく、蕎麦屋の二階を間借りし、彼女をその部屋におきながら自分も毎晩のように寝泊りする。そこで、簡単な英会話と礼儀作法に加え、自分が知る限りの寝技の手ほどきをすると、「ついこのあいだまで処女だったとは信じられないほど、祥子は色事に熱心」だと感心する。しまいには「宮本は自ら祥子に仕込んだ性技に酔い痴れた」〔六六頁〕。だが、それから宮本も祥子もしばらく物語から姿を消す——。宮本に自覚はなかったようだが、戦犯として逮捕されたのだ。ある晩、料亭で同席していたいかがわしい医者が、集まった客たちに米兵の捕虜の肉を食べさせた、という疑いである。

お嬢さん育ちの有希子と久美子姉妹は、母は戦前に亡くなり、今度は父が逮捕されたので、突然自力で生活せざるを得なくなる。しかも、自宅に大量の借金が残っており、定期的に集金に現れる男に支払わなければ家まで取り上げられてしまう恐れがある。そのような切羽詰まった状況に追い込まれた姉妹が、二人揃ってやむを得ずパンパンに「落ちぶれて」しまえば、話はわかりやすいだろう。だが、島田雅彦はそのような安易な筋を選ばない。もっと奇抜で痛快な展開を用意してくれている。

冒険心の強い久美子は少しずつ羽を伸ばし、ひとりで銀座によく出かけるようになり、闇市も歩いてみる。「銀座はアメリカの租界になっていた」〔八六頁〕——道路やビルには英語の名前が付けられ、米兵と彼らのたくましい腕にしがみつく女の子が悠々と闊歩している。久美子はその光景に憧れを覚え、米兵と腕を組む女性たちの身なりを真似し始める。銀座にはいつも日中に出かけ、日が暮れる前に帰るようにしていたが、クリスマスイブにはいつもより少し遅い時間に出かけた。その時、一生を左右する出会いが始まる。

銀座に夜のカーテンが引かれた午後五時過ぎ、銀座七丁目のグリル・カールトンの脇を通り過ぎようとした久美子に声をかけてくる女がいた。白いコートに身を包み、暗闇でもサングラスをはずさず、ビルの壁にもたれて立っている、そんな闇の女の看板を下げたような女だった。

――あんた、いくつ?

曖昧眼鏡をずらし、久美子のいでたちを厳しく批評するように足元から頭のてっぺんまでねめつけながら、その女は訊ねた。ハイヒールもストッキングも身につけている、口紅もアイシャドーも入れている、香水のニオイまでさせている、本物の闇の女を前に久美子は気後れを感じながらも、視線をそらさずに応えた。

――十九歳です。

三つもサバを読んだ。女は「十九歳です」とわざと舌足らずに久美子の口調を真似、鼻で笑った。

——子どもはおうちに帰る時間だよ。

——何時に帰ろうとあたしの勝手です。

——おナマな口を利くんじゃないよ。あんたはあたいんちの庭を通り抜けようとしてるんだ。頭の一つくらい下げたっていいだろ。

そんな話し方をする女には初めて会った。これが本物のパンパンというものなのか、と改めて久美子はその女の顔をまじまじと見た。低い声で恫喝されているのに、久美子は恐れを感じなかった。曖昧眼鏡の奥の目は笑っていなかったが、怒っているようにも見えなかったからだ。［九〇—九一頁］

「お春」と名乗るこの「闇の女」は、久美子には有希子とは対極的に世間を知り尽くしているようにみえ、その自信満々のお春に久美子はさっそく憧れてしまう。そして、その気持ちをすぐに見抜いたお春は、久美子を闇市内の行きつけの食堂に連れて行き、お好み焼きを食べさせながら、パンパンに対する幻想を捨てるように実状をずばりと明かす。会話がしばらくはずんでから、お春が自分について話しだす。

——あたいは二十歳。この商売を始めて三ヶ月だけど、一月に一つ年を取ってゆくようだよ。初めは「施設」で働いてたんだけどさ、今はこうやって街でお客を取っているんだ。「施設」といえば、聞こえはいいけど、米兵相手の遊郭だよ。いくら国体護持のためだ、民族の純潔を守るためだ、といっても、ひどいもんだったよ。布団もなけりゃ、屛風もない、ところ構わず、犬みたいに交わるんだ。何も知らずに事務員のつもりで「施設」で働き始めて、「施設」で処女を奪われ、ショックで自殺しちまった子もいた。もうお国のために働くのはたくさん。これからは自分のために、きままに生きることにしたんだ。

お春がいう「施設」というのは、まさに久美子の父が関わっていた事業のことだとすぐにわかった。つまりお春は、自分や姉の純潔を守るためにそこで働いていたことになる。久美子は彼女につらい思いをさせた父の代わりに謝りたかったが、どう切り出したらいいのかわからなかった。

——あんたが何を考えていたかはわかるよ。何となく米兵と恋をしたいなんて思ってるんだろ。[九三—九四頁]

以上のお春の話には、本書第四章のＲＡＡに関する重要な論点が、より簡潔で鮮やかな表現でうまく集約されている。すなわち、ＲＡＡ設立の主要な目的は「大和撫子を外国占領軍から護持する」だったとはいえ、それは同時にお春のような、言ってみれば恵まれない育ちの女性を防波堤として犠牲に立たせ、有希子と久美子のようなお嬢さんの貞操を護る、つまり、「貞操」とともに既存の社会階層の格差を護持するわけだ。

また、これまでに見てきたように、とくに男性作家の書く「パンパン物語」は、占領軍による日本女性の強姦から始まり、それから「どうせ私の身体は汚れてしまったから」という理由で、被害者が自暴自棄の一途を辿り、おしまいに若すぎる死を遂げるという決まりきった結末に至る。『日本の貞操』や『女の防波堤』はその種の代表作だが、中本たか子の「基地の女」の主人公もおおよそ似たような悲劇の坂道を下る。そして、本書で何度も確認してきたように、この物語の構造は被害者への父権主義による二重被害に加担することになる。というのは、社会の貞操観念や純血主義幻想などのため、外国兵に強姦される女性に、一生洗い落とせないスティグマがまとわりついてしまうため、見守るはずの周囲の人々からも村八分にされる結末になる。文脈は違うものの、井伏鱒二の「黒い雨」を思い出さずにいられない――罪のない女性があの不気味な黒い雨に晒されてから、どんなに努力しても「汚点」を洗い落とすことができず、永遠に結婚ができない。ただし、「退廃姉妹」の場合、結婚が女性にとって幸福の絶対条件として挙げられていないことに注目すべきである(かと言って、後年の有希子と祥子の例に反映される通り、この作品は結婚を「父権主義的幻想」などとして否定しているわけでもない)。

別の場面で久美子にたんたんと告白するが、実はお春も以前強姦されたことがある。

ただ、彼女は典型的な「パンパン物語」の悲劇的な主人公のごとく、その一時の体験のために一生束縛されるような運命を拒絶する。弱々しい被害者役を受け入れまいと決めるお春は、「これからは自分のために、きままに生きる」と決心する。それは、「自分のためにきままに生きる姿を世間に見せてやる」と言い換えても差し支えないだろう。つまり女性としての独立宣言である——親のためでもなく、夫や子供のためでもなく、もちろん社会や国家のためでもない。自分のために生きる、と。ずいぶん身勝手な考え方のように思われかねないが、自らの夢や欲望を犠牲に、周囲の人間のために献身的に尽くすように育てられた女性にとって、「自分のために生きる」という主張は必ずしも自分勝手な決意ではない。また、そのような姿勢を顕示することにより、周りの女性たちに勇気を与え、社会にいささかの変化をもたらす可能性を秘めているからである。お春の話から確認できるように、この作品はパンパンの生活を美化しているわけでもなければ、見下しているわけでもない。ただ、あらゆる女性に主体性を与えるところから出発しているだけである。その点に関して言えば、「退廃姉妹」は男性によって書かれた占領文学の作品としてきわめて例外的であり、パンパンやオンリーを描いた女性作家の作品により近いだろう。

　さて、案の定、久美子に対するお春の「お説教」は、しょせん馬の耳に念仏となる。結局、お春の輝かしい、自信満々の存在を目の当たりにした久美子は、その晩、自分の歩むべき道を決心する。彼女は強姦されたわけでもなければ飢えているわけでもない。好奇心と冒険心、それに反抗心と自立心への憧れが、パンパンの選択に導いたと言える。ただ、その道に踏み出す前に、済ませておきたいことがひとつ残っている。処女を捨てることだ。彼女は祥子と違い、日本人の男性を選ぶのではなく、どうしても米兵にしてもらいたい。いずれにせよ、相手を「選ぶ」というよりも、銀座の街角で声をかけられた男について行っただけだが……。おかげで、かなり危ない目に遭うが、危うく輪姦されずに済み、逃げ出してさっそくお春を捜し歩く。その夜、久美子は帰宅せず、お春の部屋に泊めてもらい、新たに「お春姉さん」と呼ぶことにする。そして、自分は「お久美」と名乗る。人生の分岐点に立った一夜である。久美子は、先のことを決心した以上、今度はお春姉さんにいろいろ教えてもらわなければならない。

——そう。決まった相手がいれば、その人が部屋を借りてくれるんだけどね。それはオンリーさんの役得だ。将校相手だとおいしい話もあるんだけど、将校は気取っててね、ワイフと一緒に来てる人もいるし、秘書や女の下士官を愛人にしていることも多いから、なかなかね。もっと広くて、いい部屋があれば、商売もやりやすいんだけど。［中略］

それを聞いて、久美子の頭に宮本家の悩みの種を一気に解決でき、しかもお春に恩返しできそうな考えが閃《ひらめ》いた。

——目黒だと、商売をするには遠いですか?

——そんなことないよ。大井町からだってすぐだし、将校用の慰安所がある三軒茶屋だって近い。格好の場所だよ。どこか心当たりがあるのかい?

——あたしの家なんです。

——家族がいるんだろ。

——今は姉と二人です。母は死にました。父は戦犯の容疑で捕まっています。借金を返し続けないと、家は人手に渡ってしまうんです。

——自分の家を慰安所にするつもりかい?

——家が人手に渡るよりはずっとましです。部屋は余計にあるんです。家を旅館のように使えば、お金も余計に入るんでしょう。家を守るためだったら、姉も反対しないと思います。そうだ。あしたから、あたしの家に来てください。[一一四—一一五頁]」


「猪突猛進」とはこういうことだろう。しかも、有希子に何の相談もせずに、翌日、お春の荷物をふたりで運びながら、一緒に目黒の家に帰る。最初、有希子はてっきりお春を家政婦だと勘違いしたので、久美子は自分の「名案」を説明し始める。

——お春さんは家政婦じゃなくて、バタフライなの。お世話になった恩返しをしたいのよ。家には使ってない部屋もあるし、お客さんを呼べば、お金になるでしょ。この家を誰もがくつろげる旅館にするの。この家を手放さないためには、こうするしかないのよ。

——そんなこといつ決めたのよ。あの人は誰？　バタフライって何よ。

——春を売る女よ。

——あんた、いつからそんな女の仲間になったのよ。

——昨夜から。［中略］

——処女を売ったの？　あの人にそそのかされたのね。

——違うわ。お春さんにはやめなさいっていわれたの。あたしは自分から進んでこの道に入ったのよ。戦時中とは違う自分になりたかったから。この家を守るために、あたしなりに考えて決めたことなの。お姉ちゃんには迷惑をかけない。

——信じられない。どうしてそんな気になれるのか。私は反対よ。冗談じゃないわ。どうして家を旅館になんてしなくちゃいけないの。近所の人に顔向けできないじゃないの。あの人と一緒に暮らすなんて無理よ。［一一六—一一七頁］

有希子の反対を押し切り、物事はおおよそ「お久美」の妄想通りに進み、目黒の自宅は会員制の女郎屋と化し、「お春」にちなんで“Spring House”と名付ける。有希子だけは身を売らない代わりに、そのいかがわしい「旅館」の女将に昇進する。それからしばらく、三人は作業分担をたんたんとこなしながら仲良く暮らす。出入りする米兵たちをうまく捌き、金も少しずつ貯まってくる。だいぶ後のことだが、すっかりベテランになった久美子が、ある日、ふと気づくことがある――「そういえば、私はまだ日本人と肌を合わせたことがないんだ。自分の股間で星条旗がはためいている様子が頭に浮かんだ」[一八六頁]。

物語の発展として、以上のところまで進めば十分に奇抜な構想だと思うのだが、島田はさらなる「ひねり」を加える。性病蔓延のため、閉鎖されたRAAの慰安所からの意外な来客が、突然、宮本家の玄関に現れる。姉妹の父親にお礼(!)のご挨拶のために訪れた祥子である。

特殊慰安施設で働く女たちの数は全国で五万以上にも膨らんでいた。それが施設の閉鎖とともにいっせいに路頭に迷うことになったのだ。祥子もその一人だった。
[中略]
――祥子さん、あなたは父に何か頼みたいことがあったんでしょう?

――はあ、虫のいい話で。

――教えてください。故郷《クニ》に帰りたくないんでしょう。どうしたかったんですか？

――許されるもんなら、おどさんと結婚すたかっただす。

　気取りも恥じらいもないぶっきらぼうな調子で何をいうかと思ったら……。有希子は呆れて、絶句するほかなかった。いくら母に先立たれて、父が独身だといっても、この秋田おばこをお母さんと呼ぶなんて途轍《とてつ》もなく現実離れしているように感じた。［一二八―一二九頁］

　それから、祥子も「スプリング・ハウス」に住み込みながら客を取ることになる。ここまでの状況を要約すると、有希子の父親に「仕込まれてから」ＲＡＡの慰安所に送り出された同年齢の女性が、その父親の家で、二人の娘と一人の先輩パンパンと一緒に暮らし、米兵を相手に売春しているということである。いや、目が回りそうだ。しかも、これまでの出来事はテクストのおよそ前半部分に収まっており、後半ではまた新たな方向に展開していく。

　「退廃姉妹」はそうした奇抜な構想と軽快な文体に加えて、登場する人物一人ひとりの独自の鮮やかな声で語られる。敗戦直後の悲惨な社会状況を背景に、「常識」という名目のもとで、それまで長い間隠されていた数々の束縛装置を次々と外しながら、堂々と邁進する若い女性たち。外国兵による軍事占領にもかかわらず——あるいは占領という状況を逆手に取り——新しい時代に向かっていく。彼女たちの戦後も、敗戦から始まったものである。

新時代の沖縄文学

又吉栄喜(一九四七—)や上原昇(一九五九—)は、沖縄戦も収容所も経験していない新世代の作家である。彼らは少年期をまるごとアメリカ占領下で過ごした。浦添やコザの米軍居住区近くで育った彼らは、米兵やその家族との日常的接触の中で、占領者に対する独特の気安さを身につけた。「僕達の世代は、ハウジング・エリアでアメリカの子供達と石を投げ合って育った」と上原は述べている。[10] この「占領世代」の文学は、沖縄戦以前の状況を直接体験した東峰夫のような旧世代とはひと味違う。東の作品に登場する米兵は、アメリカと男性性とを漠然と象徴する、といった程度に留まっていたが、又吉の作品では、女性も含むアメリカ人の内心が、沖縄の人物のそれと同様によく語られているし、また上原の作品では、語り手が占領者と全く対等なのだという意識を強く持っていることに驚かされるほどである。

又吉は、沖縄の最も多作かつ著名な小説家のひとりで、一九九六年には中編小説「豚の報い」で芥川賞を受賞、沖縄では大城立裕と東峰夫に続く三人目の芥川賞受賞者となった。彼の一九七八年の作品「ジョージが射殺した猪」は、米兵の心の葛藤を描いた最初の沖縄文学である。[11] 作中人物ジョージは、うだつの上がらない白人兵士である。時はベトナム戦争のまっただ中、沖縄の基地の街は、米ドルと人間の血で溢れかえっていた。ジョージは、バーのホステスを弄ぶ兵士たちの一員であるかと思えば、黒人居住区の路地《ブッシュ》に迷い込んで黒人兵たちの暴行の対象になったりもする。しまいに、ジョージは妄想癖に陥り、基地周辺でがらくた収集をしている沖縄の老人にバカにされていると思い込む。ある夜、寝つけずにその老人を探しに出かけた彼は、こちらを見返すはずもない老人に、いつのまにか銃を向けていた。老人があざ笑っているという考えに取り憑かれ、ジョージは、相手は猪だと自分に言い聞かせて引き金を引く。しかも米軍当局は、老人を猪と間違えたという彼の言い分をあっさり受け入れる。

この物語は、当時の沖縄の読者にとって、米兵が農民を誤って射殺した一九六〇年一二月の出来事をまざまざと思い起こさせるものであった。農民を猪ととり違えたという主張を、米軍当局が額面通りに受け取ったことで、沖縄の大衆は大いに憤激した。[12]「ジョージが射殺した猪」は、この事件を無力な妄想癖の兵士の視点から大胆に書き換えているが、この悪名高い事件をめぐる地域的《ローカル》な記憶をかきたてたのである。当時の多くの読者は、アメリカ人を無力で同情の余地のある存在とみなすような視点など持ち合わせていなかったであろうから、又吉の試みは大胆で野心的なものだった。「ジョージが射殺した猪」は、手の届かない無敵の占領者、というステロタイプなイメージを瓦解させ、米国に対する新たな自信ある態度――それはベトナムからのアメリカの屈辱的撤退ののちに初めて可能になったのだが――を確立したのである。

上原の「一九七〇年のギャング・エイジ」(一九八二)もまた、占領者への独特な見方を披露している。上原はその後、ほとんど作品を発表していないが、この物語は、沖縄人の語り手が、幼少時からのライヴァルであるアメリカ人に、回顧的に直接語りかけるという特異な手法によって好評を博した。以下に引用する冒頭部分では、声の雰囲気がよく伝わっている。

ジャーニーよ、あの時不意にどこかへ行ってしまったおまえは、今どうしているのだろう。ぼくらはいつかおまえを徹底的にやっつけようと激しい憎悪を燃やしていたのに、なぜかおまえが突然姿を消した時、一人の、大切な親友を失ったように感じたのだった。[二八九頁]

このように、小説は一貫して二人称への語りかけの形で表現され、アメリカの少年と対等であるという主人公の意識がよく表れている。語り手の自信に満ちた声は、力強い接尾辞「よ」や、とりわけ二人称代名詞「おまえ」の使用によって強化される。なれなれしさと無礼さとを併せ持つこれらの語義的な曖昧さを利用することで、上原は、アメリカ人の少年に対する語り手の、自信に満ちていながら闘争的でもある意識を強調している。「アメリカひじき」の俊夫と同様、語り手は占領者たちに、ノスタルジーのみならず愛着すら覚えながらも、実際には復讐の機会を眈々と狙っているのである。

男性主人公が占領期をノスタルジックに想起しているのにひきかえ、兵士の酒場や娼館で働く作中の沖縄女性たちの方は、占領期に愛着など覚えていなかったようである。本土の占領文学においては、女性によって書かれた女性についての物語を検討することができたが、沖縄では、女性に対する占領の影響を描いてきたのは、ほとんど男性作家のみである。敗戦後には、わずかながら女性作家たちによる作品があるが、沖縄文学界で女性の書き手が重要な勢力となったのはたかだか一九八〇年代以降であり、そのうえ、新世代の女性作家は多くの重要な仕事を残しているにもかかわらず、駐留米軍については占領期・ポスト占領期を通じてほんのわずかな作品しかない。[13]

沖縄の女性によって書かれた最も知られた占領文学は、戯曲化もされた吉田スエ子の「嘉間良心中」(一九八四)である。[14] この物語は、ベトナム戦争中のコザ市嘉間良地区を舞台に、米兵とひとりの沖縄住民との奇妙な関係を描いている。主人公は、米兵の娼婦として半生を送ってきた五八歳のキヨである。生計を立てられるだけの客を得るために、年をごまかし、厚化粧と暗闇とに紛れて生きて来たキヨは、ある晩、サミーという若い兵士を連れ帰る。その初々しい美少年ぶりに魅かれて彼を引きとめるが、まもなく、彼が上官と争って刃物で切りつけ、海兵隊から逃げ出した脱走兵であることがわかる。サミーは、金の工面ができ次第、沖縄から本州へ逃げ、「北朝鮮かソ連にでも行こうかと思っている」のだという。キヨは、自分でも懐具合がさみしいのに、行き場のない彼を匿った。物語はこのちぐはぐなふたりの支え合いを描いていく。

体格は大人でも実際にはほんの少年にすぎないサミーにとって、頼れるのはキヨだけなのだが、その色褪せた容貌にはいささかげんなりしている。若い兵士を惹きつけておくにはもう若くないとわかっているキヨは、なんとかサミーを引きとめようと手練手管を尽くす。サミーの若い「強靭な生命」が老いた肉体に注がれるたびに、キヨは「若さに染まっていく」ように感じる。数ヶ月の不安定な同居生活ののち、サミーはとうとう米軍当局へ投降する決意をする。キヨは取り残される孤独に耐えられず、サミーが寝入っている隙にガス栓をひねってマッチを擦る。こうして物語は「心中」で閉じられる。

「嘉間良心中」は、半生を沖縄米軍に捧げながらその犠牲に報いられることのなかった女性への、同情の物語である。戦後沖縄社会に詳しい読者なら、戦後まもなく娼婦になり、朝鮮戦争、一九五〇年代の土地収用、一九六〇年代の沖縄本土復帰運動、ベトナム反戦デモといった戦後沖縄史を通じて娼婦として生きてきたキヨのような女性を思い浮かべることは容易であろう。当然ながら、時代につれてキヨは老いていくのに、客たちは相変わらず若い(15)。「嘉間良心中」は、アメリカによる沖縄占領の年月が、返還後においてすら、いかに大きく個々の生活を規定しているかを如実に示している。

既に述べたように、「嘉間良心中」など数作を除けば、沖縄女性と占領をめぐる物語は、ほとんど男性によって書かれてきた。沖縄の最も多作な作家である大城立裕と又吉栄喜も女性を主人公にした小説を書いているが、占領が女性に何をもたらしたかについて、最も多様で魅惑的な物語を書いた男性作家は、おそらく長堂英吉であろう。長堂は一九三二年生まれで、大城立裕や、本土の野坂昭如、大江健三郎と同世代である。一九六〇年頃から小説を書きはじめ、一九六六年の「黒人街」で県内の文壇に注目された。「黒人街」は、コザの照屋地区で小さな酒場を営む女性を描いた小説である。多くの不幸に見舞われる孤独な水商売の女性の物語、という意味では今や陳腐かもしれないが、黒人の米兵たちを相手にする沖縄女性にスポットを当てた点では、当時としては斬新で画期的だったといえよう。

長堂は一九九三年に、「エンパイア・ステートビルの紙ヒコーキ」という、女性と占領をめぐる魅力的な作品を書いている(16)。この作品は、一九八〇年代を舞台とする陰鬱で少々感傷的な物語である。女性をめぐる多くの占領文学とは異なり、主人公カナは、孤独な娼婦でもなければバーのホステスでもなく、繁盛する大規模スーパーマーケットを経営する独立企業家である。カナは両親と妹を戦争で亡くし、一九四九年にコザの嘉手納空軍基地の米人パイロット家族のメイドとなる。ほどなくそのパイロットが朝鮮に異動になったため、カナは別のアメリカ人家庭に移るが、そこでは夫マイクと高飛車な妻サラとの夫婦喧嘩が絶えない。ひときわ派手な喧嘩のあと、サラは子供を連れてアメリカに帰ってしまう。マイクとカナは期せずして恋人同士となり、一九五一年まで約二年間の甘い日々を過ごすが、マイクは突然朝鮮戦争のため韓国に行かなければならなくなったと告げて消えてしまう。しかしそれは嘘で、彼は韓国ではなくアメリカに帰ったのだった。それを知ったカナはアメリカへマイクを探しに行くものの、無駄足に終わる。コザに戻ってからは結婚も恋もせず、一九五〇年代初め、マイクのコネで手に入れた嘉手納基地のヤミ商品を扱って始めたちっぽけな食料品店をうまく軌道にのせる。占領軍兵士相手の女たち――バーのホステス、現地妻《ハーニー》、娼婦たち――を客に上手に切り盛りし、コザの経済が沖縄返還後の数年で占領の影響を脱するにつれて、町で有数のスーパーマーケットに育て上げるのである。

一九八〇年代初めには、カナは既に女性実業家として成功し、安泰な生活を送っていた。しかし、休暇でニューヨークに旅行した古い知人たちが、マイクを見かけたと電話してきたことで、彼女の世界は突然反転してしまう。マイクは白髪頭のホームレスになって、マンハッタン周辺で日本人観光客グループを追いかけては流暢な日本語で物乞いをしていたという。マイクは日本語が上手だったし、たまたまニューヨーク出身でもあったので、彼女はそれが元恋人に違いないと信じてしまった。忘れていた楽しい日々の思い出が溢れてくる。カナは、マイクがなぜ去ったかをいまだに知らなかった。貧しい暮らしをしているらしいと聞いていてもたってもいられなくなり、カナはついにニューヨークへ行って自分で彼を探し出そうと決意する。日本人観光客グループに同行してようやくその男を探し出すが、それは別人だった。その昔、マイクとカナは、エンパイア・ステート・ビルディングの柵から紙飛行機を投げてどれぐらい遠くまで飛ぶか見ようというロマンティックな夢を語り合っていた。物語は、カナがその夢をひとりで実現するところで閉じられる——紙飛行機はカナの視界からただ消え去っただけだったが。

この物語の多くの場面は、マンハッタンを旅行者の視点で描くことに割かれているので、ニューヨークを知る読者にはこうした寄り道は物語から興味をそらすことにもなりかねない。しかしカナの身の上話、とりわけ、戦後数十年間のコザの経済的社会的変化にうまく適応して仕事を成功させるくだりには、興味深い点が多い。沖縄の男性はこの作品にはほとんど登場しない。その代わり長堂は、沖縄の女性たちと彼女たちがかつて相手をしたアメリカ人占領者たちについて、詳しく書いている。カナは、最後にはかつての占領者の誰よりも裕福になるわけだが、著者は——この点が優れたところだが——経済的逆転劇というこの分かりやすいテーマに留まることなく、それを一女性についての多様な肖像へと組み込んでいる。感情的には喪失に苦しみながら、経済的には成功を得るという、このどちらの出来事も、占領者たちとの直接の関係に起因する。このようにして、長堂は、個々の沖縄の人々の今日の生活に食い込んだ占領の影について、新鮮な切り口を提示している。

「エンパイア・ステートビルの紙ヒコーキ」はセンチメンタルな側面があるのに対し、一九九〇年発表の長堂の中編小説「ランタナの花の咲く頃に」(17)(以下、「ランタナ」)は、クールな語りが際立つ。初出は月刊誌『新潮』、また第二二回の新潮新人賞の受賞作となった。一九九一年に作品と同じタイトルの単行本が新潮社より刊行されたが、長堂はあとがきでこの作品の背景について次のようにふり返っている。

「ランタナの花の咲く頃に」は心身障害者の結婚問題を素材にした作品である。選評で倉橋由美子氏がのべておられるように〈どう考えても気が滅入る〉ような話であり、社会的弱者と呼ばれる人達のいわば〈暗部〉なのでこれまで虚構化を試みた人は少なかった。

このテーマに下手に斜に構えることなく、正面からぶつかってみようと私は思った。自分の感じたこと、体験したことを率直に書いてみようと考えた。身近に障害者の近親を持つ私にとって身を切られるような辛い愚かしいことばかりである。しかしその幾多の愚かしさを正直に書き続けていけば、そこに何か生まれてくるものがあるのではないかという気がした。そう信じて生ツメを剝がす思いでワープロのキーを叩き続けた。［二一〇―一一頁］

この物語は「春夫」という身体障害も精神障害ももっている四五歳の童貞をめぐる話である。親戚であるナレーター「私」と妻が、春夫に一瞬だけの幸福を与えてあげたく、結婚相手を探しはじめるが、近所の老人たちにまでいじめられる中年の障害者にはなかなか候補が見つからない。ようやく、金目当てに結婚を検討してくれる女性がひとり現れる。彼女は春夫と違い、体も精神も頑丈で、ちょっとした困難に動じそうもない。問題は、彼女は以前コザの黒人街「照屋」のバーでしばらく働き、現在は町の岡の上にある「吉原《よしはら》」のおでん屋で仕事をしているということである。コザの吉原といえば、主に地元の労働者を相手にする売春街として知られている。つまり、長年にわたり数々の米兵も沖縄人も相手にしてきたベテランのパンパンであるというわけだ。しかも、いまだに辺野古に黒人兵の愛人がいる疑いがあるので、普通は結婚相手として考えられない。ただ、この場合は贅沢が言えないので「私」が話を進めることにする。

この物語の設定は那覇から始まり、コザに移り、そして辺野古で終わるので、沖縄本島の南部から中部、そして中部から北部へと進む構成になっている（ちなみに、物語の

「現在」は普天間基地移転の案が浮上する前だったので、辺野古はまだ辺鄙な閑散とした町というイメージがあった)。「ランタナ」では、それぞれの町の特徴がよく描写されているが、本書第二章を読んだ人にとってコザを背景とする部分では共鳴するところが多いだろう。だが、「ランタナ」の読者にとって何よりもトヨ子という人物の強烈な存在感、そして奇想天外の終幕は忘れがたいはずだ。本土復帰も、ベトナム戦争も過ぎてからの沖縄には、いまだに占領の影が、意外なところまで投影されていることを表す作品である。

目取真俊の世界(1)

戦後生まれの小説家の中で、目取真俊(一九六〇—)ほど〈戦争の記憶〉という問題を真摯かつ独創的に追究し続けてきた作家はいないだろう。戦後五〇年現在における沖縄戦の記憶を取り扱った代表作「水滴」は一九九七年の芥川賞を受賞しており、「魂込め《まぶいぐみ》」は二〇〇〇年の川端康成文学賞・木山捷平文学賞受賞作となった。ほかにも、「群蝶の木」(二〇〇〇)なども好評を得ており、こうした現在における沖縄戦の記憶を探る一連の作品は、今や目取真文学のひとつのジャンルになっていると言ってもよいだろう。対照的に、目取真は「占領文学」と呼べるような小説はほとんど書いておらず、上記の作品群に比べ高い評価も得ていないようである。

いずれにせよ、目取真の文学世界は決して戦争と占領をめぐるテーマに回収できない。

小説の題材は幅広く、しかも時期と作品によって様々な構想および文体を用いている。明敏なリアリズムが基盤となる作品もあれば、夢や幻想に映る「隠されたリアリティ」を浮き彫りにする、目取真独自のマジックリアリズムの方法が用いられる作品もある。フランツ・カフカやフリオ・コルタサルを彷彿とさせる不気味なショートショート(掌編小説)もあり、美しいリリシズムが輝く作品もあり、また同じ作品の中で一方では軽いパロディ、他方では辛辣な社会批判が混在する——ときに拮抗する——作品もある。さらに、標準語のみで書かれた作品もあれば、琉球方言が濃厚に表れるテクストもある。概していえば、目取真は厳しい眼で周囲の世界を見据える(それこそ、ペンネームは「真実を取る目」にかけている)。だが、とくに初期の作品群には著者の優しさとユーモアが行間から醸し出る小説も少なくない。

そうした多様なフィクション作品に加えて、目取真は沖縄県内外の新聞や雑誌で挑発的なエッセイを書き続けており、インタヴューにおいても痛烈な意見を次々と述べる。しかも、辺野古の米軍基地建設に反対する運動家としても知られており、二〇一六年にキャンプ・シュワブ沖の「立ち入り禁止区」にカヌーで乗り込み、米軍当局に八時間拘留されてから海上保安庁に引き渡され、逮捕されたことが話題を呼んだ(18)。

目取真には本書で規定する「占領文学」と呼べる小説作品はほとんどないものの、作家・批評家・運動家としての総合的な活動こそ、現在の沖縄における戦争と占領の継続性をくっきりと浮き彫りにしているため、以下、目取真独自の表現世界を広く概観したい。多様な小説作品からノンフィクション、対談まで視野に入れながら、目取真俊の仕事の意義を考察する。しかし、その前に私自身の目取真俊との出会いについて触れておきたい。

一九九六年に、私は本書の英語版の原書を執筆する傍ら、「近現代沖縄文学英訳選集」のような英文アンソロジーを、スティーヴ・ラブソンというアメリカ人の日本文学研究者と一緒に編む企画に乗り出した。ラブソンは、大城立裕の「カクテル・パーティー」と東峰夫の「オキナワの少年」を英訳した先輩であり、アンソロジーのために大城の中編小説「亀甲墓」を訳すことをすでに決めていた。ラブソンと二人で、アンソロジーに収録すべき候補作を絞り、在米の日本文学研究者を中心に、ひとりに対し一作ずつ英訳を依頼した。問題は、共編者である私自身が何を訳せばよいか、である。初の沖縄文学の英訳アンソロジーになるだけに、読み応えはもちろん、新しい潮流を代表するような短編小説を選びたかった。そこで、琉球大学の近現代沖縄文学研究の(故)岡本敬徳教授に相談した。そして、自分の元ゼミ生だった作家が最近、雑誌『文學界』で中々おもしろい小説を発表したから読んでみたらどうか、と勧められた。それが目取真俊の「水滴」だった。

文章の巧さ、構想の斬新さ、登場人物の鮮明な描写、そして著者のユーモアと優しさ、それに加えて厳しい批評眼の絶妙のバランスにすっかり魅了された。当時の私は、本書の主要なテーマである〈文学における占領の記憶〉を掘り下げようとしていただけに、「水滴」との出会いがいっそう貴重に感じられた。この作品は、占領にはほとんど触れていないが、沖縄戦の記憶の複雑さと重みを見事に表しており、十分に読み応えのある作品だと確信したので、すぐに英訳に取りかかった。その作業がある程度進んだところで、翻訳文が著者の意図するニュアンスをなるべく反映するように、何度か目取真と直接会って相談したこともある。そして、翻訳を仕上げる最中、「水滴」が芥川賞を受賞することになった。

芥川賞を受賞するまで、目取真俊という小説家は沖縄県外ではほとんど知られておらず、もちろん彼の作品はまだ外国語に翻訳されていなかった。だからこそ、私としてはなるべく広い読者層に紹介したく、上記のアンソロジーが刊行されないうちに、アメリカの地味ながら由緒ある文学雑誌に拙訳を掲載してもらった(というのも、編纂中のアンソロジーの読者層はおおよそ欧米の日本文学研究者、そして沖縄系日系人に限るだろうと予想したので、さらに一般的な文学愛好者の目にも触れてほしかった)[19]。

以上、私事を長々と述べたのは、本書で取り扱ったほかの作家とは違い、目取真とは仕事上の関わりを持ったという事実を述べるべきと思ったからである。とはいえ、私が沖縄研究からしばらく離れていたため、近年は目取真との連絡は途絶えている。また、「水滴」を高く評価し、英訳したからと言って、目取真の全作品を同様に評価しているわけではないことを付け加えるべきだろう（そもそも本人の自他に対する厳しい姿勢を思えば、きっと自作に対する評価もばらつきがみられるだろう）。

目取真俊の世界(2)「水滴」

一九八三年に作家デビューしてから現在に至るまでの目取真俊の仕事を概観すると、やはり「水滴」が大きな転換点だったことが明らかとなる。この作品では独自の「マジックリアリズム」を彷彿させる構想を初めて披露し、またテクスト内では琉球方言を多く盛り込みながら、登場人物一人ひとりの職業や世代などによって細かく方言使用の度合いを使い分けている。[20]そして、「水滴」で確立したこれらの新しい方法が、後に発表される一連の〈沖縄戦の記憶〉をめぐる作品群の基盤になったことが意義深い。

ただし、「水滴」が目取真文学の新しい展開を切り開いたとはいえ、突然変異種として現れた作品ではない。創出する背景には、実に長い準備期間があった。まず、「水滴」が目取真の七年ぶりの小説発表となったことに留意したい。その間、県内の専門高校で国語を教えながら、仕事以外の時間はほとんど人に会わず読書と執筆に耽っていた、と本人が証言している。[21]また、いったん「水滴」の草稿ができ上がってから、一年間をか

けて何度も書き直し、綿密に推敲を重ねたところに、この一作に対する熱い想いが窺える。(22)

別の意味でも、「水滴」が目取真にとって転換点となった。すなわち、芥川賞を受賞するまでにエッセイをほとんど書いていなかったようだが、受賞をきっかけに新聞や雑誌からの執筆依頼が増え、目取真は批判性の強いエッセイを精力的に発表し始めた。現在に至る目取真の小説とエッセイとの関係性については後述するが、まず「水滴」を紹介しよう。

設定は、目取真自身が生まれ育ったという沖縄本島北部である。島の人口は中部から南部に集中しており、戦後から米軍基地も中部地方に密集してきた。北部には小さな町村がまばらに散在しており、自然の風景が比較的多く残っている。物語の「現在」は戦後五〇年前後になっている。七〇歳の主人公「徳正《とくしょう》」がある朝目が覚めたら、片足が大きな冬瓜に見ちがえるほど腫れ上がっており、一切身動きもとれず、喋ることもできない。痛いというわけではないし、脳には異常もないようだ。以下は奥さんの「ウシ」が朝起こしに来た場面を描いている。

「ええ、おじい、時間ど。起《う》きみ候《そーり》れ」
肩を揺すると枕から頭が落ち、空ろに開いた目と口から涙とよだれが垂れ落ちた。

「あね、早《へー》く起《う》きらんな」

いつものように仕事を怠けようと寝た振りしていると思い、鼻をつまむというより、もぎ取るような勢いでひねりあげたが、何の反応もない。不審に思って全身を見渡したウシは、それまで近所の誰かが置いていってくれた冬瓜とばかり思っていたものが、徳正の右足だと気づいた。

「呆気《あっき》さみよう！　此《く》の足《ひさ》や何《ぬー》やが？」

恐る恐る触ってみると、少し熱っぽいが、しっかりとした固さがあった。

「はあ、この怠け者が、この忙しい時期に異風な病気なりくさって」

畑の草取りから山羊の餌の草刈りまで、一人でやらないといけないと知って腹が立ち、こんな変な病気になるのも、歌、三味線《さんしん》、博打に女遊びと好き勝手にやっているからやさ、と脛のあたりを思い切り張った。徳正は目をむいて気を失ったが、パチーンという小気味よい音が響くと同時に、膨らんだ足の親指の先が小さく破れて、勢いよく水が噴き出した。ウシはあわてて足先をベッドの横に出し、踵から垂れ落ちる水を水差しに受けた。最初の勢いは衰えたが、間断なく落ちる液体はどうみても水だった。〔八―九頁〕

以上は概ね冒頭の場面だが、ウシは方言のみを使うのに対し、方言と標準語混じりの登場人物もおり、そして徳正を往診する医者のように標準語のみで喋るエリートの沖縄人も登場する。本作品での方言使用は、記述ではなく会話の部分に限るが、それでも登場人物によって方言使用の度合いおよびその表記の方法を変える点においても、「水滴」は目取真文学の新しい可能性を示したと言えよう。

徳正とウシは、その後の目取真作品にもよく現れるような人物である。徳正は頼りない遊び人であり、ウシは気が強くしっかりしている。目取真文学においては年配の女性が地元社会の〈良心〉のような役割を果たす場合が多いが、目取真自身はふたりの祖母に大なる影響を受けたようである。とりわけ戦争をはじめ、沖縄の過去についての話を、主に祖母たちから聞いたらしい。目取真は別の作品について言及しているとき、次のように証言している――「二人の祖母の存在なくして、この小説はできなかったし、私が小説を書くこともなかった。二人の祖母への感謝の思いは尽きない」と。[23]

さて、「水滴」の上記の場面から徳正の奇病に関する噂がさっそく村中に広がり、「見舞い」を口実に、まるで見世物小屋に出かけるような気持ちで徳正の家を訪れる人が急増し、夕暮れになると、ウキウキした村の人々はお祭り騒ぎに発展し、酒が回って収拾がつかなくなる。

たちまち歌・三味線が始まり、踊りに空手と盛り上がると、次の村会議員選挙を狙っている者が山羊を潰し、その対立候補と噂されている者が酒を買いに息子を走らせる。売り物にならなかったマンゴーやパインが皮を剝かれ、甘ったるい匂いが鯖缶やチギリイカの匂いに混じり、子供たちは爆竹を鳴らし、女達は山羊汁の鍋の火に顔を火照らせ、青年たちは浜に下りて潮の揺れに合わせて体を重ね、豚の肋骨をくわえた犬達が村中を走り回った。

「人の心配《しわ》は分からん痴れ《ふり》者達《むんたー》が」

窓から騒ぎをうかがっていたウシはこぶしで殴るふりをし、徳正が寝たままのベッドに戻って足の氷を替えた。［一〇頁］

「水滴」のこうした奇妙だが軽快な出だしの後は過去の陰にしばらく潜むことになる。戦時中、師範学校の学生だった徳正は鉄血勤皇隊員として動員され、戦場の壕の中にいる負傷兵たちに水運びする役目を与えられていたが、あるとき兵隊たち——そして鉄血勤皇隊の親友だった石嶺——を置き去りにして逃げ出してしまった。それから半世紀後の夜中に、捨て去られた兵隊たちが徳正の部屋の壁の中から現れるようになる。みんな壕の中の姿そのままである。「丸刈りの頭を茶色に変色した包帯で巻いている」兵隊や、「右足の膝から下が無かった」兵隊や「頭の右半分がどす黒く腫れ上がり」などの重傷を抱えたまま、乾ききった喉を潤すため徳正のベッドの前で行列を作り、ひとりずつ腫れた足の親指から滴る水を飲む。それからしばらくの間、兵隊たちが毎夜、戦場で飲めなかった水を求めて、壁の中から姿を現す。

読者は、このような場面は徳正の幻想や夢にすぎないと考えがちだろう。または、ガブリエル・ガルシア＝マルケスの「マジックリアリズム」というナラティヴ方法を連想する読者もいるだろう。だが、現在の沖縄という特定の歴史的・文化的空間において、いわゆる「マジックリアリズム」とはいったいどういう意味を持つのか、また表現としてどのような可能性を秘めているのだろうか。二〇〇〇年に行われた大江健三郎との対談で、目取真自身は「マジックリアリズム」という呼称に対する不満を示している。

マルケスの作品世界を魔術的と感じるのは、西洋の視線だと思います。そこに生きている人からすれば、あの世界はまさしく現実なんですね。［中略］西洋的なまなざしからは見えない、認識できないような現象を表現していく場合に、ある仮空の場所を設定し、そこで起こったことはすべて現実なんだと受け止める方法がある。そこから表現が出発していく。それを発見したときに、マルケスの新しい文学が生まれたのではないかと私は想像しています。沖縄でも、目の前の現実を、小説というフィクションのなかで変容させながら、すべてあり得るものだとして自分自身で受け止め、そのなかへ自分が入っていく。そういった方法を意識的にとるなかから

『水滴』のような発想が生まれた。(24)

この見解は、マジックリアリズムを研究する専門家の考え方にきわめて近いようだ。たとえば、フランコ・モレッティは「マジックリアリズム」という言葉が初めて使われたのはマルケスの『百年の孤独』(一九六七)に対してではなく、むしろキューバの小説家アレッホ・カルペンティエールの『この世の王国』(一九四九)においてである、と指摘する。この小説は一八世紀末のハイチ革命をめぐる物語だが、語りの方法についてモレッティは次のように論じている。

しばしば誤訳されてきたように(そして、今後もきっと呼ばれつづけるように)、「マジックリアリズム」ではなく、「すばらしき現実」(marvelous reality)である。詩学ではなく、状態(state of affairs)である。カルペンティエールによると、シュルレアリスムは物自体の中にある。日常的、社会的な事実であり、モダニズムの文学方法に対しリアリティを取り戻すものである。アバンギャルドの足を地面にしっかりつけさせるわけだ。(25)

さて、「水滴」の筋に話を戻そう。そのうちに兵隊たちは現れなくなり、徳正の足も治り、物語は二転、三転する。ときには笑劇のような軽やかな展開を見せるが、けっきょく徳正の自らの戦争の記憶をどのように処理すべきかという悩みは消えない。一時は忘却できても、以前のように意識からその記憶を完全に隠蔽できなくなっている。おまけに、学校の教育委員会などが、生徒たちに戦争の恐ろしさを認識してもらうため、徳正を「証言者」として依頼するようになり、それから彼は周辺の学校を回り、子供たちの前で自らの戦争体験を話すことになる。しかし、半世紀にわたり、戦場で体験した真実を誰ひとりとして話したことがなく、長年自らの記憶の忘却に努めてきた男が、はたして何を話せばよいか。身勝手なご都合主義の生活を送ってきた徳正でさえも、さすがにこの矛盾だけは無視できない。

調子に乗って話している一方で、子供達の真剣な眼差しに後ろめたさを覚えたり、怖気づいたりすることも多かった。

「嘘物《ゆくしむぬ》言いして戦場《いくさば》の哀れ事語てぃ銭儲《じんもう》けしよって、いまに罰被《ばちかぶ》るよ」

ウシは不愉快そうに忠告していた。言われるまでもなく、話し終わるたびに、これで最後にしようといつも思った。しかし、拍手を受け、花束をもらい、子供たちからやさしい言葉をかけられると正直に嬉しかった。子供や孫がいたらこんな気持ちになるのかと、涙が流れることさえあった。それに、家に帰って謝礼金を確かめ

るのも楽しみだった。大半は酒や博打に消えたが、新しい三味線や高価な釣り竿を手に入れることもできた。［三〇頁］

本書のイントロダクションでは〈歴史〉と〈記憶〉、そして記憶の中の〈個人的記憶〉と〈社会的記憶〉との複雑な関係について言及したが、「水滴」をはじめとする目取真の一連の「戦争物」では、そのような問題が常に表面下に潜んでいる。上記の場面では、本当の記憶を語ることができない徳正が戦争世代を代表する「語り部」のような役割を与えられるという皮肉な状況は明らかだが、社会はどのように一人ひとりの個人の記憶の信憑性および価値を計るべきか、といういっそう根源的な問題も暗示している。そして、ウシのセリフに反映されるように、記憶を「売り物にする」という行為――すなわち、記憶の風化および商品化――に対する批判も、この作品で明白に示されている。

作品にもよるものの、「水滴」以降の目取真文学では、方言の使用がさらに大きな比重を占めるようになる。彼の方言の使用における特徴について語る前に、目取真自身が育った言語的環境について触れなければならない。本人の証言によると、大学に入るまで日常生活において、どっぷり地元の方言に浸かっていた。

私の場合は三世代同居で、祖父母がいて、両親がいて、家庭でも学校でも方言を使っていますし、一八歳で高校を卒業して那覇に出るまでは日常会話はすべて方言でした。自分の持っている言葉はもともと今帰仁方言です。[26]

周知の通り、沖縄県内のどの「方言」も、普通の本土出身者にはまるで意味不明の外国語のごときである。目取真文学の特徴のひとつは、そのような異質の言語を大胆にテクストのなかに盛り込み、いわゆる「ヤマトゥーロ」と「ウチナーロ」が色濃く混在するハイブリッド性にある。その点、目取真の文学世界は日本文学の系譜の中に位置付けるよりも、カリブ海などの「ポストコロニアル文学」と考えることもできる。

確かに、とりわけ初期作品では「ウチナーロ」を一切使用していない作品もあり、また大城立裕や東峰夫など現代沖縄文学の先達者も、ある程度、自作に琉球方言(言語)を盛り込んだことがある。だが、目取真のテクストにおいては、「ウチナーロ」の占める比重が大きいだけでなく、方言の表記の方法――漢字で記したり、ルビをつけたり、またはそういった意味を示す手法をあえて控えるために、ひらがなまたはカタカナだけで記したりするなど、作品と文脈によって作戦を使い分けているようである。たとえば、後述する短編小説「一月七日」(一九八九年初出)は雑誌『新沖縄文学』で発表されたためか、テクストにおける方言の表記の仕方は本土の読者をほとんど気にしていない印象を受けるのに対し、「水滴」以降の作品では、方言の使用および表記に対しより細かい気遣いが見受けられる。方言をわかりやすく記す場合もあれば、テクストの中の異質の言語空間を築き上げるために、あえて意味を示すような工夫を控える場合もある、と、沖縄の文芸誌『Edge』の一九九八年のインタヴューで、その認識を示している。

単にある年寄りがいて、あるシユ《ママ》チュエーションの中で沖縄的な雰囲気を味わわせるために方言を使っているというレベルじゃなしに、その方言が意味は不明であっても異物として立ち上がってくる、そういう言葉の使い方、それをどれだけ出来るかということですよ。(27)

このインタヴューでは、とくに「水滴」における方言の使用について語っており、同作品は「ほんとに初歩的レベルでの方言の使い方」に留まっている、と目取真は言う。それでも、「異物として立ち上がってくる」という表現は示唆に富むではないか。目取真は読み応えのある小説を書くように志しながらも、テクストに表れる「沖縄」が、本土の読者にとってなじみやすいものにならないように工夫しているわけである。あるいは、県外の読者が「沖縄」を安易に消費できないように、方言の使用をちょっとした障害物としてテクストに据える、と理解すべきかもしれない。

目取真俊の世界(3)　フィクションvs.エッセイ

「水滴」の発表以降、目取真は自分のブログを含め膨大な量のエッセイを発表してきた。私生活に関してきわめてプライベートな作家だが、意外にたくさんの対談にも参加している。話の内容から明らかのように、この類の活動は、目取真自身が痛切に感じている社会問題を、できる限り多くの人に認識してもらうために他ならない。早くも一九九〇年代から普天間ヘリポートを辺野古に移転する動きに対し、高らかに警鐘を鳴らしていたのに、その後の状況は周知の通りである。とくに、近くで生まれ育った県民として不満も怒りもいっそう溜まるのが当然である。そして、目取真のノンフィクションでは、そのような感情が痛烈に表現されることがあり、作品によってフィクションにも現れる場合がある。一九九九年六月二六日付の『朝日新聞』夕刊で発表された作品「希望」(「街物語コザ」という連載の一編)が最も有名な例かもしれない。以下、冒頭の文章である。

六時のニュースのトップは、コザの市街地からさほど離れていない森の中で、行方不明になっていた米兵の幼児が死体で発見されたというものだった。

同じ段落の後半では、犯人からの犯行声明が紹介されている。フォントが変わり、太文字になっている。

今オキナワに必要なのは、数千人のデモでもなければ、数万人の集会でもなく、一人のアメリカ人の幼児の死なのだ。

この作品をどのように読むべきか、当初迷った読者は少なくないだろう。それこそ、一九九九年八月三〇日付の『沖縄タイムス』での目取真とのインタヴューでは、記者が「仮想ながら衝撃的なエッセー」として紹介している。エッセイなのか、短編小説なのかを議論するよりも、そのような疑問が生じること自体が注目に値すると思う(ただし、「希望」を含め、「コザ/『街物語』」の作品群は目取真俊短篇小説選集に収録されているので、著者自身は小説作品と見なしているはずだ)。上記の『沖縄タイムス』のインタヴュー記事では、「希望」の狙いについて訊かれた際、目取真は次のように答えた。

沖縄で最近、基地問題をめぐり現実的選択だとか、ベスト、ベターの選択だとか、盛んに言われる。だが、だれも最悪の選択を議論しない。それを考えてみたかった。それは絶望的だったり、やむにやまれぬ行動なのかもしれないが、あえて選択する行為であるならば、こういうものではないかと想定した。一番悪質なテロだが、意志があれば不可能ではなく、従って最悪の選択になり得る。

思い出せば、大城立裕の「カクテル・パーティー」に似たような虚構の事件が登場する。すなわち、基地内のアメリカ人家庭に住み込む沖縄人の若いメイドが、その家族の子供を誘拐したことである。ただし、大城の作品では、この「事件」は単なる誤解によるものだったということがすぐ明らかになるのに対し、目取真は証言する通り意図的な誘拐殺人事件をひとつの「選択」として想像したかった。

「希望」にせよ、「カクテル・パーティー」にせよ、武装完備の在沖米軍にとって、無罪かつ無防備である基地内の子供たちに危害を加える事件が想像されているという共通点は見逃せない。両作品は、脆弱な子供こそ無敵に映る米軍の致命的な弱点であることをほのめかすことにより、ひとつの抵抗の糸口に光を照らしていると読み取れる。ただし、一九六〇年代半ば――つまり、文字通り「占領下」の時代に――大城立裕はそのような想像を明らかに有効な策として検討しておらず、おそらく現在も検討しようとしないだろう。その作品の中では誘拐事件はすぐに封じられてしまうが、「カクテル・パーティー」が発表されてから三〇余年後には、相変わらず米軍が沖縄に集中している状況に対する抵抗策として、目取真俊は「一番悪質なテロ」をあえてひとつの選択とする認識を促している。

けっきょく、「希望」をフィクションをまとったエッセイと見なすか、イデオロギーに圧倒されるフィクション作品と見なすかは、読者の自由だろうが、そのような「読みの違い」が生じること自体は留意に値すると思う。というのは、この問題こそ、目取真文学を考える上で避けて通れないものであり、以下の目取真と崎山多美との対談の中核も成している。

崎山は一九五四年生まれの西表島出身の小説家であり、一九八〇年代から目取真とともに沖縄文学の「新世代」を代表する作家として定評がある。以下の対談は沖縄の文芸誌『けーし風《かじ》』——「返し風」の意味——の二〇〇〇年六月号に掲載された。引用部分がやや長くなるが、対談の初めから崎山が目取真のフィクションとノンフィクションとの関係に対して鋭く突っ込み、そして目取真の負けない切り返しが、目取真俊という小説家・エッセイスト・運動家を理解するのに参考になるので、詳しく引用したい。

崎山　目取真さんに伺いたいことがあるんです。私は意識的に政治的なレベルの発言をしてこなかったし、文学的なレベルでしかものを書いてこなかった人間ですが、目取真さんが新聞でお書きになっている一連の批評の言葉は、それはもちろん目取真さんの書き方、考え方、作家としてのあり方の中で大きな意味があると思うんですが、私は同じ小説書きとして目取真俊を見ていたいので、あそこで費やされたエネルギーを考えてしまうんです。［中略］ジャーナリズムがだらしないから目取真俊が書かざるをえないという状況があると思うのですが、その辺を目取真さんはどのように意識されていますか。

目取真　恐らく依頼してくる記者は、新聞社が正面を切って批判することのできない状況の中で一人くらいは批判的な見解を持っている書き手を確保して書かせたいと思ったのでしょう。向こうがなぜ今の時期にこういったものを依頼してくるのか、二〇〇〇年がどういう年で記者が何を考えて依頼してきたのかはわかりますし、こちらもそういったことを書きたかったわけです。

崎　山　では依頼者の意図と目取真さんの書きたいものが一致して、ああいう書き方をなさっていると考えていいのですね。

目取真　書く場合には向こうの意図は関係なく、自分が書きたいことを書きます。向こうの意図は理解しているけれど、それに迎合するかどうかは別で、こちらは与えられた場を活用して主張したいことを書くだけです。

　政治的問題に発言することと文学が相容れないとか、さらには政治的な文章を書くことによって小説の文章が荒れるのなら——もちろん物理的に時間が制約されはしますが、それで推敲する量が減って荒れるとかいったレベルだったら、作品を丁寧に仕上げることを怠っている自分自身を批判します。だけどもし、こういったものに引きずられて小説が書けなくなってしまうのであれば、しょせんはその程度であったということで、もう小説は書けない方がいい。

崎　山　私が言うのは文章が荒れるという問題ではなくて、少なくともいろんな意味で影響を与えると思うんです。目取真さんの批評の文章を読んでいて新聞記者の文章ではないかと思うんですね。あの「目取真俊」が書かなくていい、ある一人のジャーナリストの名前で書いても悪くない文章なんです。［中略］書くことを区別したいという気持ちもわかりますけれど、文体というのはそういう生易しいものではないという気もします。

目取真　私はそういうジャーナリストをなめた発想はしないんです。例えばガルシア＝マルケスは、『百年の孤独』などの小説だけではなくて、膨大な量の新聞記事も書いているし、ルポルタージュも書き、カストロにインタヴューもしている。日本の外に目を転じればそんな人はいくらでもいる。マルケスが膨大な新聞記事を書いたから『百年の孤独』を書けたのか書けなかったのか、そんなことを問うこと自体が、僕は日本的な作家の発想だという気がするんです。ある一つの文体でしかものを書かないから潔癖だとは思わないし、小説だけに打ち込むタイプの人はいてもいい。［中略］ジャーナリストの仕事が中心になって小説など書かなくていいと判断すれば、その時は小説をやめればいい。

以上、崎山が懸念している問題——すなわち、政治色の濃いノンフィクションをたくさん書くことによって目取真が小説家として毒されるという心配——はほかの読者や評論家も気になることがあるだろう。ただし、目取真の執筆活動全体を概観すると、実状は決して単純ではないようにも思える。

まず、目取真のエッセイを読んだことのない読者のため、一例として二〇〇〇年の『週刊金曜日』に掲載された、皮肉たっぷりの一節を紹介しよう。

ヤマトゥンチュー（日本人）好みのウチナーンチュー（沖縄人）像というのがある。日に焼けて朴訥だが人情味がありオリオンビールが好きなおじさんや、働き者で明るくて時々は沖縄戦の話をしてしんみりさせてくれるが戦後の苦労を笑い飛ばしてたくましく生きているオバーや、一見恐そうだがシャイで純朴な島のニイニイや、あくまで明るいネエネエなど、沖縄には何かそういう人しかいないように言われると、普段は新聞を読みながら「悪大和（ヤナヤマトゥ）が」とぶつぶつ言ったりしている人まで、何か期待に応えなければいけないような気がしてきて、ついつい人のいいウチナーンチューになってしまう。本土からお客さんが来たというので浜辺でビーチパーティをやっていつもはキリンやサッポロを飲んでいるのに大してうまくもないオリオンを飲み、復帰前のコザの街(現在の沖縄市)の話をしたり、若い連中にいくら言っても戦争の恐さは分からんよ、とこぼしているオバーを連れてきて、沖縄戦の話をさせたりして、最後には、いやあ、沖縄ってやっぱりこれがないと盛り上がりませんよね、と言われながら馴れないカチャーシーまで踊ってしまう。

[中略]

それからまたまたさらには、これに対する反対運動の側もまたやれ「命《ぬち》どぅ宝」だの「非武の思想」だのと戦後民主主義のお行儀のいい運動を褒めそやされて、殺されて犯されて他の国なら暴動が発生しても当然の事件が起こってもせいぜい集会をやるくらいで基地機能をマヒさせることはおろかデモの一つもできずにやすやすとガスを抜かれ、政府を追い詰めたつもりがあっさり手玉にとられてSACO(日米特別行動委員会)合意だのガイドラインだのと逆に基地強化を進められたあげくの果てに住民を虐殺した日本兵も殺された沖縄人も日本軍の幹部も壕《ガマ》で絞め殺された赤ん坊もみんな仲良く名前を刻まれた平和の礎《いしじ》でアメリカ大統領に「命どぅ宝」と演説をかまされたにもかかわらず「人間の鎖」が成功したから何となく世界に反基地運動をPRした気になって、沖縄の基地問題など関心もない日本人を追求することもできないままこれまたヤマトゥンチュー好みの平和を愛する良き沖縄人を演

ずる。(28)

かなり毒々しい文体だと感じられる読者もいるだろうが、注目しなければならないのは、目取真が「アメリカー」や「ヤマトゥー」だけを批判するのではなく、周囲の「ウチナンチュー」の卑屈な植民地根性(と見なしている姿勢)も強烈に非難することである。そうでなければ、敗戦から現在までに、変容しながら維持されてきた米・日・沖の権力関係の核心に差し迫ることができないと考えているようだ。

以上の文体は目取真の代表的な小説の文章からほど遠いとしても、崎山がいうような新聞記者や普通の社説執筆者の文章に間違えられることはないだろう。よく読むと、一行目を除けば、上記の部分はたった三つの文章で構成されていることに気づく。新聞の紙面というのは、欄が狭いため、普通のノンフィクションの文章よりも短い、わかりやすい文章が求められるのに、以上のエッセイの文章は、長さだけでいえば野坂昭如の長文を彷彿させるではないか。確かに、目取真はエッセイでそのような文章ばかり書いているわけではないし、近年のエッセイでは少なくなってきたようにも感じられる。それでも、この文章は決して「ジャーナリスティック」と呼べないだろう。

また、目取真は前々からあらゆる〈差別〉に対し、光を照らすような執筆活動を精力的に続けてきたことも注目すべきである。たとえば、エッセイでは雑誌『部落解放』の二〇〇〇年六月号に掲載された「犠牲と差別の連鎖を断ち切れ」という一〇頁におよぶ報告書を書いている。沖縄サミットと普天間基地の辺野古移設問題を題材に、沖縄に対する差別に焦点を当てている内容だが、『沖縄タイムス』の二〇〇〇年一月四日のエッセイでは、同じ問題意識を踏まえながらも県内の読者向けに、沖縄人の「隷従」ぶりも強調する。そのエッセイは次のように締めくくられている。

サミットで沖縄に訪れる外国人記者たちも驚くだろう。これだけ広大な土地を基地として米軍に占拠されても激しい抵抗運動が起きず、国際的な保護動物の生息する海を破壊し、新たな基地の建設を容認する植民地精神が、今でも生きていることに。これは現代の「奇跡」であろう。

執筆のみならず、目取真は運動家としても沖縄県内で二〇一一年に開催された「ハンセン病市民学会」の実行委員会の委員を務め、自らのブログで二〇一六年に名護市にある元ハンセン病患者療養所「沖縄愛楽園」を訪れ、元患者たちと交流した体験に触れている。(29)

一見、そのようなエッセイの執筆やボランティア活動は目取真のフィクション作品とは別枠のように思われかねないが、実は小説を書き始めた当初から同じ姿勢が見受けられる。たとえば、詩的な文体で書かれた処女作「魚群記」(一九八三)では、沖縄本島北部のパイン缶詰工場で季節労働者として来沖している台湾人女工たちに対する、地元男性たちのエロティックと蔑視交じりの視線が描かれている。目取真が大学在学中に書いたこの作品は今でも十分に読み応えがあり、それこそ初期作品の中では「魚群記」の豊饒なリリシズムがとりわけ光っていると思う。(30)ほかに、短編小説「群蝶の木」(二〇〇〇)では朝鮮人の「従軍慰安婦」が登場し、最後に触れる長編小説『目の奥の森』(二〇〇九)では、学校でいじめられる女子中学生や、占領軍の暴力を受け、心身に一生の傷を負わされ、おまけに村の住民から差別を受ける「二重の被害者」など、多種多様な弱い立場の人に対する差別行為に光を当てるような小説を発表し続けてきた。

もっと政治的な問題では、天皇制についてもエッセイのみならず小説でも異議申し立てをしている。そのような小説で最も知られているのは一九八六年に発表された「平和通と名付けられた街を歩いて」だが、ほかに一九八九年冬号の『新沖縄文学』に掲載された短編小説「一月七日」もある。

「一月七日」では、前述した「街物語コザ」の「希望」と同様に、米軍基地に対する怒りが頁から飛び出てくるほど露骨に表現されており、暴力のファンタジーの一面もある。この作品と「希望」とのもうひとつの共通点には、ジャンルとしての曖昧さが挙げられる。さすがに「一月七日」は「希望」のごとくエッセイに勘違いされることはないだろうが、「小説」よりも「社説」に感じられる部分もある。おそらく目取真自身は「一月七日」をあまりよい出来栄えの作品だと思っていないような気がする。[31]

ただし、「一月七日」が「希望」と違うのは、ユーモアが所々に現れることにある。それは初期作品の特徴のひとつであり、「水滴」でもニヤニヤさせられるところもある。だが、なぜかその後の小説では、ユーモアがあまりみられなくなった印象がある。とはいえ、「一月七日」のユーモアは天皇をめぐる、かなり不謹慎な風刺が中心だから、一部の読者に顰蹙を買う恐れもあろう。

主人公の男は少し知恵おくれなのか、単に鈍感なのか、同棲している女性に「ねえ、天皇陛下、死んじゃったんだってさ」と言われても、何の反応も示さず、数分後に「天皇陛下が死んじゃいましたよ」と繰り返し言われても返事無し。それから、彼女が歯磨きしながら、次のように新たに「通告」する。

「どああから、とぅえんのうふぇいかぐぁ、死ゅんどわって言っとぅえるでしょう」歯ブラシを口にくわえたまま女が言う。「何言ってるんだよ、お前」「どぅぐああくゎららぐっとぅええんのううぐっがらららふぇいくゎのごぼっぐゎひゅんどぅわってぎゅってるどぅえしょうごぼごぼぐっ、ぺっ」口をゆすぎながら女が言う。わけが分からずにテレビに目を移すと黒服に身を固めたアナウンサーが「今朝午前六時三十三分。天皇陛下が崩御されました」と言う。「おい、ホーギョって何だ」「だからさっきから言ってるでしょう。いつも人の言うのは聞かないんだから」女が夕オルで口を拭きながらやって来る。「天皇陛下が死んじゃったのよ」「へえー天皇ってまだ死んでなかったのか」〔九一―九二頁〕

まるで漫才のようなやり取りではないか。もう一か所、主人公が天皇の「ホーギョ」に直面させられる場面がある。

いつも行きつけの店の前まで来たが「いらっしゃいませ。いらっしゃいませ」という威勢のいい掛け声も派手な音楽も聞こえてこない。どういうわけだとドアに貼られた張り紙を見ると「天皇陛下崩御につき、本日は閉店いたします」と書かれている。「崩御」という字が読めなかったので通りすがりのおばさんに訊いたら「ほうぎょ」と読むのだと教えられ、そうかこれがあのほうぎょかと思い、それにしてもなぜ天皇陛下が死んだらパチンコ屋が閉店になるんだと不思議に思いながら仕方がないので近くの別の店に行ったらそこも閉まっていて同じ張り紙がしてある。いよいよ疑問が募り、しばらく考えた末「そうか、天皇陛下は日本パチンコ業者組合の名誉会長をしていたにちがいない」と納得し、あきらめて桜坂にポルノ映画三本立

てを見に行く。［九二―九三頁］

目取真の「平和通と名付けられた街を歩いて」における天皇の表象を論じる友田義行は、「不敬文学」という表現を使う(32)(ただし、その文学系譜を軽視または排除するための呼称ではないことを付け加えるべきだ)。三年後に発表された「一月七日」に対しても、この呼称が当てはまるが、風刺とはユーモアに包まれた批判だと考えれば、上記の一節の批判の対象は説明無用だろう。

目取真俊の世界(4)　占領される記憶、『眼の奥の森』

占領下に沖縄本島で生まれ育った作家にしては、目取真俊にとってアメリカ人というのは意外に遠い存在のようだ。大城立裕や長堂英吉のごとく、海外在住体験もなければ又吉栄吉や上原昇のように子供のころから、米兵とその家族と身近な環境で暮らした体験もない。また、目取真の文学世界では東峰夫の「つねよし」のように自分のベッドを米兵に譲るようなことはなかなか想像できないし、吉田スエ子の「キヨ」のごとく、米兵を自分から求めるがためにベッドをともにするような場面も現れそうにない。むしろ、同じ沖縄本島で暮らしながらも、その作家たちに比べ目取真は「沖縄の中のアメリカ」からずいぶん離れて育った印象を受ける。だから、これまでにれっきとした占領文学の作品を書かなかったのかもしれない。

だが、目取真は沖縄戦も体験したわけではないにもかかわらず、そのはるかなる世界をきわめてリアルに描いてきたのではないか。それなのに、目取真の書く基地の町の描写は著しく立体性に欠けており、これまでに目取真の作品に登場するアメリカ人は、ほとんど顔も名前もない空虚のシンボル、または単なる「敵」としてしか描かれてこなかった。だからこそ、二〇〇七年に完成した長編小説『眼の奥の森』は、目取真にとって大胆な野心作と見なすべきであり、目取真文学に新しい領域を切り開いた意味では、作品自体の出来栄えとは関係なく、重要な意味を持つ一作である(33)。

『眼の奥の森』の最大の特徴は、多岐にわたる登場人物の視点と声が、テクスト全体を通してほぼ均等に分配されていることにある。その構想により、従来の目取真文学の閉ざされた作品世界に新たな風穴を開けたと言えよう。

物語の設定は一九四五年の戦中の沖縄本島北部に近い小さな島である。当時、本島の中部と南部では激戦が続いていたが、北部のこの辺鄙な島はすでに米軍に制圧されており、日本軍からの抵抗もほとんどなくなっていた。言い換えれば、時間は戦中でありながらも、この島はすでに米軍の占領下に置かれていたわけだ。島民はしばらく収容所で生活を送る破目になったが、その際、意外に親切な米兵に接することができたので、当初の緊張感と不信感が多少解けた。とりわけ一部の子供たちの場合、米兵に対する恐怖感が親しみに変わっていった。

だから、五人の女の子が近くの海岸で貝を採っている最中、四人の米兵が海岸に向かって泳いでくると、不安よりも興奮した反応を見せる子がいた。何せ、米兵たちは歓声を挙げながら競争して泳いでいたので、遊んでいるようにしかみえなかった。ところが、海岸に上がった途端に獣と化したひとりの米兵が、いきなり最年長の小夜子(当時、一九歳)をつかみ、アダンの中に連れ込んで強姦する。それから立て続けに他の三人が同様に暴行を加える。それまで明るく元気だった小夜子が、身体と心に深い傷を負い、おまけに米兵に強姦されたため父親や村の人たちに冷酷な目でみられるようになり精神的に衰弱していく。けっきょく、そのような二重、三重の被害に晒された小夜子は、村から引っ越しても立ち直ることができず、最後は精神病院で余生を過ごすことになる。

また、小夜子に惚れている、軽い知的障害をかかえる少年「盛治」が、米兵たちに対する復讐を狙う。小夜子を犯した兵隊たちが海で泳いでいるとき、彼は水中で銛を手に待ち構えて、ひとりを刺して重傷を負わせるが、その兵隊は生き残る(この二人の視点にも一章ずつが割いてある)。それから盛治は森の中の洞窟に身を隠すが、米兵たちにいつも媚びている村長がその場所を知らせ、催涙ガスを投げ込んで引き出すことに成功する。ただし、洞窟の中で果敢に痛みを我慢しながら抵抗を続けたため、盛治の目は大きく腫れ上がり、その後の治療も不足したので一生視力を失う。歳をとってからも盛治は村で暮らし続けるが、過去の状況を知らない子供たちが彼をからかって遊ぶのである。

そのように、小夜子も盛治も占領軍に傷を負わされてから、さらに身近な人々にいっそう苦しめられる。全体として暗い、重い小説であることは否めない。「闇」や「陰」や「奥」のような単語が頻出し、しかも一〇章のうちの二章は「闇」という一字からはじまる。強姦の場面も何度も繰り返し現れ、その行為に内在する暴力性も、頁から目を背けたくなるほど生々しく記述される。さすがに「水滴」や初期作品にみられるようなユーモアは一切現れることはないが、決して単純な占領軍／被占領住民の二分法の縮図に陥ることはない。かえって、今までの目取真文学に見られなかったほど多様な立場の人物の声と視点が反映される構造になっている――アメリカ人の犯人も、沖縄の先祖をもつ日系人通訳も、小夜子の妹も、盛治も他の人に見えない内面が、ある程度明かされる。

とはいえ、『眼の奥の森』に関する論文で鈴木智之[34]が指摘する通り、この物語は芥川龍之介の「藪の中」（映画作品で言えば、黒澤明の「羅生門」）のごとく、複数の視点と語りを並列することにより、〈真実〉そのものが疑問視される構図には決してなっていない。むしろ、物語の中心的な出来事である小夜子への暴行がまぎれもない事実として描かれ、むごいほど現実味を帯びたその場面の描写が、まるで各自が共有するトラウマのごとく、テクストのなかで何度も繰り返し勃発するわけである。

以上が『眼の奥の森』のあらすじだが、上述の鈴木論文では、一章ごとに中心人物とその視点を整理した表が掲載されているので、次頁に転用させてもらった。


この表の「時間設定」の欄は現在／沖縄戦当時になっているが、多くの章は「水滴」と同じように、「現在」と「沖縄戦当時」との間を揺れる。「水滴」では徳正が逃げ去った洞窟が過去の基点となっており、『眼の奥の森』では小夜子が暴行される場面が多くの語り手の記憶の基点だと言える。ただし、ごく例外的な部分を除けば、『眼の奥の森』は「水滴」で用いられるマジックリアリズムのような方法を使用していない(ましてや、この作品に「すばらしき」と思われるリアリティはきわめて少ない)。むしろ、この長編小説は厳しいほどのリアリズムに徹していると言えよう。

また、「水滴」に比べ、登場人物による方言使用の度合いが大きく異なり、その使い分けにより各自の個別のリアリティが裏付けられる。とりわけ盛治が一人称で語る章では、最初から最後まで彼の話が方言のみで記されているので、章全体がふりがなで埋まっており、日本の現代小説よりも古語または別の言語で書かれた印象を受けてしまう。目取真の作品を全部精読しないと断言はできないが、彼の文学世界において、最も尊敬に値する登場人物というのは、だいたい方言しか使えない人のように感じる。「水滴」

表1 『眼の奥の森』章ごとの視点人物・人称構成・時間設定

	視点人物	人称構成	時間設定
第1章	前半は「フミ」(小夜子が強姦された時に一緒に浜にいた「島」の少女)／後半は「盛治」	三人称	沖縄戦当時
第2章	「お前」(「島」の集落において「区長」をつとめていた男)	二人称	現在
第3章	久子(事件当時「島」の小学生だった女)	三人称	現在
第4章	久子(事件当時「島」の小学生だった女)	三人称	現在
第5章	盛治	―(複数の声の交錯)	現在
第6章	「私」(沖縄出身で小説を書いている男)	一人称	現在
第7章	「俺」(少女の暴行に加わり，盛治に銛で刺された米兵)	一人称	沖縄戦当時
第8章	女子中学生	一人称（語り手を指す人称代名詞無し）	現在
第9章	戦争体験を語る女(＝小夜子の妹・タミコ)	一人称（語り手を指す人称代名詞無し）	現在
第10章	「私」(沖縄戦に従軍した二世の通訳兵)	一人称(書簡)	現在

(ただし，元のテクストには章を表す数は記されていない)

ではウシがそうであり、『眼の奥の森』では、村の男性の中で唯一アメリカ人の犯人たちに堂々と立ち向かう盛治がそうだ。ただ、盛治のように純真でありながら果敢である男性が、目取真文学にはあまり登場しないことも付け加えなければならない。とくに初期作品では純真な青年はめずらしくないが、盛治のごとく英雄並みに勇気を披露する男は稀のような印象を受ける。それはどう理解すべきか、今後の課題にさせてもらいたい。

さて、ここで再び崎山多美が提示した問題を思い起こしてもらいたい。つまり、エッセイの執筆につぎ込んだ時間とエネルギーのため、小説の文体が「ジャーナリスティック」なものに落ちぶれているかどうか、という問題である。結論を先に言えば、それは比較される作品によって異なる、という答えしかできないように思う。『眼の奥の森』では、「一月七日」や「希望」のように著者のメッセージ性が露骨な形で訴えられる箇所は少ないが、皆無というわけでもないと思う。たとえば、以下のような件りがある。

十年前に沖縄島の北部で起こった事件のことが思い出される。三名の米兵に小学生の少女が襲われたという事件は、沖縄で激しい抗議行動が起こったこともあって、全国紙でも大きく取り上げられた。新聞を読んでいて急に呼吸が苦しくなり、夫や子ども達を心配させた。今だってあの時とどれだけ違うのか……。そう考えると、沖縄で過ごした頃の思い出や故郷の現実から目をそむけてきたことに、後ろめたさ

を覚えてしまう。［六六―六七頁］

また、別の章で別の人物が、似たような感想を述べている。

戦争のことを話したら、小夜子姉さんのことが思い出されてならないからね。そうやって定年退職したんだけど、その少しあとに、三名のアメリカ兵に小学生の女の子が乱暴される事件が起こってね、私はすぐに小夜子姉さんのことを思い出したさ。新聞やテレビで事件のことを読んだり見たりするたびに、女の子のことと小夜子姉さんのことが重なって、ああ、何も変わらない、沖縄は五十年経っても何も変わっていない、そう思わずにいられなかった。［九九頁］

そして、次の話は内容は違うものの、上記の例と同様、著者が読者に伝えたいと思われる「メッセージ」を、登場人物にそのまま、まるで操り人形のごとく「言わせている」ように感じられてならない……

最後に少しだけ付け加えておきたいことがあって、Ｊの死は残念だけど、俺には９・11のあの事件が、やはり完全には否定できないんだな。無差別テロはいけないとか、暴力の連鎖は許されないとか、そんなきれい事を言ってもしょうがないだろうという気がしてね。日本という豊かな国に住んでいて、アメリカさんに頼って平和を享受している俺たちが何を言ったって、世界中のあちこちで第二、第三の9・11を起こそうと狙っている連中には何の意味もないだろう。

もし意味のあることを言える奴が日本にいるとすれば、六十年前に米兵を刺した島の男じゃないか……。

以上のような件りは、崎山が懸念したような「新聞記者の文章」に間違えられても仕方がないだろう。ここで誤解のないように確認したいが、小説とイデオロギーを完全に切り離すべきだと主張したいわけではないし、身に沁みついた価値観だったら、それはそもそも無理な注文となるだろう。ただし、同じ「メッセージ」を伝えたいなら、たとえば「水滴」でウシが「嘘物言《ゆくしむぬ》いして戦場《いくさば》の哀れ事語てぃ銭儲《じんもう》けしよって、いまに罰《ばち》被《かぶ》るよ」というセリフを吐く場面のように、物語と会話の流れを損じない形で、さりげなく伝えてほしい読者が多いだろう。幸い、『眼の奥の森』では、そのような露骨な件りがさほど多くなく、逆に小説の後半部分となると、心を動かされる――たまに泣かされる――文章にも出会うことがある。

結局、『眼の奥の森』は「水滴」とは別の意味で、目取真文学における転換点である、あるいは転換点の可能性をはらんでいる重要な作品だ、と私は考える。このように長編小説における多視点・多重声の構成を、最初から最後までバランスよく書き抜いていくことは決して容易ではないし、確かに『眼の奥の森』ではそのバランスが崩れるところもあれば、文体に分裂が生じるところもある。だが、何よりも評価すべきなのは、この作品で目取真がなじみ深い人物のみならず、これまで自作に現れなかった、または現れたとしても物語の周辺に追いやられたような人物の内面まで入り込んで、その心情および葛藤を想像しながら表現しようとする姿勢そのものである。

そもそも、私小説のような例外を除けば、小説を書くこと自体は〈他者〉の中に入る行為を意味するはずである。ましてや、外国の占領下の体験を描く小説となると、その他者の影から完全に逃れえないだろう。その意味では、現在の沖縄で書かれたどの小説も「占領文学」と見なせるかもしれないが、そこまでジャンルを拡大解釈してしまうと判別する機能を失ってしまうだけである。やはり、『眼の奥の森』は目取真俊による初めてのれっきとした〈占領文学〉の作品だと考えるべきだろう。ひとりの読者として、最後にならないことを期待したい。

注

イントロダクション――焼跡と金網

(1) [Fussell, Paul　1975：335]。このフレーズはノースロップ・フライ『批評の解剖』(一九八〇)より採用。ファッセルはこれを結語として本全体を締め括っている。

(2) この仮定について[Fussell, Paul　1975]では二〇世紀初頭のイギリスという文脈の中で解りやすく論じている。今日においては、文学が日本での社会的言説を形づくるということは難しいにせよ(テレビやビデオやインターネットなどにその役目を譲るだろう)、本書で論じている多くの作品が出版された一九五〇―六〇年代、文学は非常に大きな影響力を持っていたのである。

(3) 検閲に焦点をあてていない日本の文学・占領研究のうち、著名なものには[江藤淳　一九九三][磯田光一　一九八三][加藤典洋　一九九五]などがある。

(4) 日本本土でのアメリカによる検閲は、公式には一九四九年に解かれたことになっているが、私は占領後に出版された作品についても考察してきた。というのは、書き手が、占領権力への批評が検閲されないことに確信を持ち得たのはそれ以後だからである。紹介した沖縄の作品では、[新川明　一九五六]が唯一アメリカの検閲下で描かれている。一九六七年発表の「カクテル・パーティー」(第一章参照)など、一九六〇年代半ばまでにはアメリカの検閲を介さぬ、占領者への鋭い批判が登場する[大城立裕　一九八二]。

(5) [La Capra　1998：19-20]

(6) [Fentress, James and Chris Wickham　1992：7]

(7) 多くの日本人は今なお戦中と戦後を明確に区別し、戦後は新しい時代の始まりとして、戦中は狂気的な軍部による歴史上の脱線として見ている。[Gluck, Carol　1993：67]では、終戦直後にあって、多くの左翼が戦争と戦後を観念的に断絶させていたと指摘している。「[国家によって]弾圧はされたが消滅せずに残った、いわば中断された議論の再開であった。かれらは、「ほんとうの近代化」あるいは「民主革命」がついに成就すると信じたのだ」。

(8) 下記の江藤淳作品の他、占領期の検閲制度についての研究も参照せよ。ジャーナリズムの視点からは、先駆的に調査を始めた松浦総三による[松浦総三　一九六九、一九七二、一九八四]をはじめ[草部典一　一九六二：一四七—五四][福島鋳郎　一九八五]など。文学検閲に関する研究としては[横手一彦　一九九五]で、全二巻の二巻目ではどのように検閲が行われたのか、一つの文章に対する検閲官のコメントなどとともに詳細に論じられる。

ＳＣＡＰの検閲に関する英語文献としては、[Mayo, Marlene　1991：135-61][Mayo, Marlene　1984：263-320]、または[Rubin, Jay　1985：71-103]が詳しい。原爆との関連で論じている英語文献の中で最も包括的であるのは[Braw, Monica　1991]。本書をよりコンパクトにしたものは[Braw, Monica　1997：155-72]を参照せよ。その他、原爆検閲については[Koschmann, J. Victor　1991：164-65]など。

しかしＳＣＡＰの検閲に対して最も厳しく批評するのは常に江藤淳である。彼はこの検閲が戦後日本の言説の発達を妨げたと論ずる。この問題についての江藤の本は、あらゆる方面から辛辣な反論を試みている［江藤淳　一九八一、一九九四］。江藤の批評の例としては［袖井林二郎　一九八六］［袖井林二郎、本多秋五、関寛治、伊藤成彦、西田勝　一九八一：二一―六一］［松浦総三　一九八四：二〇〇―〇六］などを参照のこと。

(9)［河野多恵子　一九七四：一一］

(10)　民俗学者である柳田國男や柳宗悦、また伊波普猷といった沖縄の学者たちは考古学的物証、文化習慣、近代日本語の音韻などを特定し、それらが示すのは琉球が歴史的に日本の文化的側面の一部分であるとした。彼ら研究者たちは日本帝国主義に対してアンビヴァレントな関係性にあったわけで、彼らの調査もしばしば文化的ナショナリストのイデオロギーに結果的に加担することにもなった。ただ、近代化とともに都市化・西洋化してゆく国家にあって、民俗学者たちもその文化的宝庫、「ミッシング・リンク」として沖縄を見ること自体には必ずしも否定的であったわけではない。これら民俗学的研究成果は大抵、ロマンティックなノスタルジアに彩られたものとして受容された。しかし、帝国主義者たちの色眼鏡を通せばそれは、沖縄はまだ十分に「進化」し切れていない、ということになる。沖縄を文化的宝庫とする見方は、文化発展上、この地域がいまだ日本本土の段階まで到達していないということになるのだ。近代日本においては日本文化は独立した一系の文化でなければならず、沖縄の「発展不完全性」はそういった文化理解にとって価値あるものとして遇された。拡大する文化圏として、日本は沖縄の言語・建築・音楽・舞踏・衣服・食物などを日本の歴史的支配下に吸収させる必要を感じており、ゆえに日本文化への戦前の言説には起源に対して並々ならぬ注意が注がれている。

民俗学者の動向と沖縄に関しては[Christy, Alan　1993：607-39]、太田好信の論文「日本民族学研究における琉球文化の表象と政治学」を参照のこと。民俗学者のイデオロギーと江戸における国学の学者たちとの関係性を論じた[Harutoonian, H.D.　1988]も参照。柳田國男と朝鮮・東南アジアにおける日本植民地主義との関係を論じた批評としては[村井紀　一九九二]を参照。

最近の考古学的発見から、琉球諸島と「〈日本〉とされるもの」との非常に近い関連が支持されている。一九九七年三月、考古学者のグループが五五〇〇年前に遡る土器片を発見し、沖縄島に住む人々の日本本島との交流は初期縄文時代からあったことが示唆された。また、現在ある比較対象より以前のものと推測される木製の物体も発掘された。しかしこの画期的と遇された発見が、米軍から特別に許可を得て基地で発掘を行った沖縄の研究者たちによってなされたという事実は皮肉である。日本の法律は、考古学的価値のある場所を米軍基地に該当しない範囲で保護しているが、沖縄だけでも一八〇もの場所が基地内にあると考えられている。このように、米軍の存在は、日本―沖縄間の歴史学をも侵害している。「沖縄の基地から縄文土器」『朝日新聞』(一九九七年三月二九日付夕刊)を参照。

(11)　アイヌについては[Siddle, Richard　1997：17-49]、沖縄移民については同じ本に収められた平良好児のエッセイ「問題な国家アイデンティティー――琉球人／沖縄人」を参照。

(12)　私が本書で論じているのは沖縄島の住民にとっての戦争である(沖縄県の人口のほとんどは沖縄島に集中している)。他の琉球諸島に住む者にとっては、戦争体験は全く違ったものとなる。たとえば、戦争終結まで多くの散在する島には米軍が上陸しなかった。沖縄本島以外の島における戦争については、[沖縄県編　一九九六：一二三—一二四]を参照のこと。

(13)　[宮城悦二郎　一九八二]。沖縄に対する現状でのアメリカの見解を徹底的に調査している。宮城はフランク・ギブニーの「忘れられた島」という沖縄の表現（*Time* 28 November 1949）を始め、*Christian Century* や *Life* といった一九四〇年代の雑誌からも多数引用している。これの縮小版として[宮城悦二郎　一九九二：一七—一九]がある。沖縄でも占領初期には非常に熱心で有能な海軍将校たちがいたことは周知の事実であるが、彼らの命令や影響力も、軍師団内での管轄責任が移行すればそれまでであった。大田昌秀「アメリカの対沖縄戦後政策——日本からの分離を中心に」を見よ[Ward and Sakamoto　1987：290]。

(14)　「ひめゆり隊」の包括的分析としては[Angst, Linda　2000]。このテーマに関する日本の研究に対してはまだまだ議論の余地がある。センチメンタルで潜在的にエロティックであるような「ひめゆり」映画に対しては、その生き残りたちによる生々しく、生きた一次資料にあたることを勧める。[Cook, Haruko Taya and Theodore F. Cook (eds.)　1992：354-63]でも簡単な例が読める。

(15)　集団自決については[石原昌家　一九八四][下嶋哲朗　一九九二]を参照。大田昌秀は「実際のところ、戦火の恐怖から米軍によって救い出された者は皆、米軍兵士の彼らへの扱いに驚き、そして歓喜した」と語っている[Ward and Sakamoto　1987：292]。しかしここで忘れてはならないのは、戦争が進むにつれ、米軍は確かに沖縄女性をレイプし、非武装の市民たちをも攻撃していたということである。こういったことは初期の収容キャンプでも時として報告されていた。

(16) 終戦に対するこの見地は、戦争と占領を描いた沖縄小説において頻出する。[外間米子　一九八六][宮里悦　一九八六：一〇―一一][大城将保　一九八九：七]。沖縄本島にいた民間人のほとんどは一九四五年七月までにはキャンプに収容されたが、なかには日本の降伏を知らぬまま、戦争終結後数ヶ月も洞窟や森に隠れ続けていた兵士・民間人もいた。

(17) [宮城悦二郎　一九九二：一一―一七]にはキャンプでの生活が鮮明に描写されている。

(18) 概ね合衆国の政策に手厳しいジョン・ダワーでさえ、「[本土の]占領は相当友好的に行われた。合衆国の政策を、「改革」から冷戦の同盟国として日本を復興させることに向けるという転換をもたらした、いわゆる逆コースにもかかわらず、初期の民主改革はきちんと機能している」と言っている("Occupied Japan and the Cold War in Asia")[Dower　1993b：158]。

(19) 大田昌秀「アメリカの対沖縄戦後政策――日本からの分離を中心に」[Ward and Sakamoto　1987：291]。

(20) [Dower　1993b：170-71]。この見解は沖縄の大半の占領研究者のみならず、竹前栄治など、本土の占領研究の第一人者にも共有されたものだ。[竹前栄治　一九九二]など参照。

(21) [外間米子　一九八四：四一―四二]

(22) 一九六七年あたりを境に、いかなるかたちの返還が妥当かの議論が、本土・沖縄ともに新聞・雑誌の紙面を割くようになった。沖縄が完全に日本へ帰属し、合衆国から沖縄に核兵器を持ち込まない約束を求める主張。返還とともに日米安保を廃棄する要求。米軍基地の完全撤退要求……。こういった様々な立場はそれぞれ同調する部分を持っており、たとえば琉球独立を求める少数派の主張とも融合しつつ、相補的に運動を増強していった。

学生の署名運動のデータに関しては［大城将保　一九八九：二二］。返還運動の詳細は［新崎盛暉　一九七九］を参照。ベトナム戦争と返還運動との関係を見た論考に［Havens, Thomas R. H.　1987］。運動におけるそれぞれの立場の議論は［新崎盛暉　一九七九］［中野好夫・新崎盛暉　一九九〇］。沖縄返還（復帰）を沖縄の独立運動と関連付けて考察する際、それ自体非常に長い歴史をもっていることであり、今日においても大変興味深い。独立運動の俯瞰として、「沖縄にこだわる――独立論の系譜」『新沖縄文学研究』（一九八二年秋号）を参照。

（23）　完全失業率に関するデータは総務省統計局『国勢調査報告』によるものである（労働力人口に対する率を参照）。

都道府県別の大学への進学率のデータの出典は以下の通り：出典＝平成29年度学校基本調査（文部科学省／平成29年12月22日発表）元表＝２８１―状況別卒業者数。

都道府県別の離婚率は厚生労働省政策統括官（統計・情報政策担当）『人口動態統計』による。

出生率・結婚率・離婚率などのデータは厚生労働省の人口動態調査の表による。昭和四二年から平成二八年までのデータが〈http://www.stat.go.jp/data/nihon/02.htm〉に掲載されている（二〇一八年三月一六日にアクセス）。

（24）　米軍基地面積などに関しては、以下のデータを参照した：平成28年版防衛白書第Ⅱ部第４章第４節３　沖縄における在日米軍の駐留〈http://www.mod.go.jp/j/publication/wp/wp2016/html/n243000.html〉。

第一章　無人地帯への道

（1）［Rubin, Gayle　1975：157-210］［Irigaray, Luce　1985］［Sedgwick, Eve Kosofsky　1985］

（2）「金網」barbed-wire fence は沖縄占領文学では分断された風景の象徴としてしばしば用いられる。阿嘉誠一郎「不始末の責任」、又吉栄喜「カーニバル闘牛大会」「ジョージが射殺した猪」、上原昇「一九七〇年のギャング・エイジ」など参照。後の二作品は本書終章にて言及する。

（3）『ナショナリズムとセクシュアリティ』の序章で編者らは、「他国による侵害に対する防衛を市民や同盟国に呼びかける際、自国（ホームランド）を女性身体になぞらえることがいかに根深く浸透しているか、先頃の湾岸戦争中ホットケーキのように売れた書物のタイトル――『クウェートの強姦』*The Rape of Kuwait*――を思い起こすだけで十分理解できよう」と述べている［Parker, Russo et al.　1992：6］。また風景と米文学に関するアネット・コロドニーの古典的なフェミニズム研究も「風景＝女性というメタファー」について論じている［Kolodny, Annette　1975：3-9, 67］。

リディア・H・リューは、一九三〇年代の中国女性文学に関する研究の中で、戦時下日本の満州占領に関する中国の文学的言説においても同様の事態が見られると述べる。「反日プロパガンダにおいては、象徴的交換の指標として、強姦された女性（という表現）がしばしば強力な修辞として役立っている。中国の窮状を代行させ表象するために、より正確に言えば性化するために、強姦された女性の被害者性が利用される。このような意味賦与の実践において、女性身体は完全にナショナリズムにとって代わられる。ナショナリズムのディスコースは、強姦に強力な象徴的意味を与えることで、女性の経験の特定性を否定する。すなわち、中国自身が日本という強姦者によって犯された存在なのである」[Liu, Lydia H.　1994：161]。

(4)　抵抗の戦略としての沈黙という問題については大江健三郎が「人間の羊」(本書第六章にて詳述)、「不意の唖」など初期作品・占領文学で追究している[大江健三郎　1966]。

(5)　「被植民(または占領)者表象」について論じる多くの批評家・人類学者の中でも、ガヤトリ・スピヴァクはその企ての複雑性におそらく最も効果的に焦点を当てている。階級、カースト、ジェンダー、地域的背景、民族的(エスニック)ないし宗教的差異により、植民地主体のあり方を「バランスよく」表象するいかなる可能性も先送りされてしまうのだと指摘する[Spivak, Gayatri Chakravorty　1988：271-313, 1990]。

(6)　[Edwards, John　1985：3-16]

(7)　ポストコロニアルの書き手が陥る言語のジレンマについては[Achebe　1973：5, 12][Ashcroft et al.(eds.)1989：7-8][Kubayanda, Josaphat B.　1990：250-51][Ngugi, wa Thiong'o　1988：Chap. One]参照。

私は構築主義者の区分する「物語《ストーリー》」と「テクスト」を区別して使用しているが、これらの用語は厳密に相互排他的なカテゴリーではないと理解している。これらの用語に関する最も明晰な説明はシュロミス・リンモン＝キーナンのそれであろう。リンモン＝キーナンは、「ストーリー」と「テクスト」、「テクスト」と「ナレーション」とを区別する三分法モデルを提案する。「「ストーリー」」とは語られた出来事のことで、テクストにおける配列から抽出されて他の部分とともに時系列順に再構成される。「ストーリー」が出来事の連なりであるのに対して、「テクスト」は語ることを引き受ける、話されたあるいは書かれた言説である。端的にいえば、テクストとは我々が読んでいるところのものであり[中略]第三の要素である「ナレーション」とは、テクスト生産の行為あるいは過程である。ナレーションは現実と虚構の双方でありうると考えられる」[Rimmon-Kenan, Shlomith　1983 : 3]。それへの批評的展望ないしその他の物語論については[Toolan, Michael J.　1988]参照。

(8) 対照的に、沖縄に対する日本の新植民地政策(一八七九—一九四五)、それを発展させた台湾(一八九五—一九四五)および朝鮮(一九一〇—四五)の植民地化は、かなりの程度までこれらの土地の人々の間に二重言語制(バイリンガリズム)を育成することに成功した。このことは二〇世紀の帝国主義国列強の神殿に日本も名を連ねているということを思い起こさせるに十分である。またアメリカによる沖縄占領は、大学のためアメリカ本国に留学した学生など、ほんの一握りのエリート層には英語を浸透させることに成功した。大田昌秀元知事もそのひとりである。またメイドや娼婦として占領軍にサービスを提供した日本・沖縄の人々は、外国占領者と意思疎通を図るための「ピジン」英語に似たものを発展させた。しかしこれらの限られた人々の間でさえも広く流通せず、クレオールに発展することもなかった。

(9) 付け加えるなら、どの言語においても書かれたテクストは、表象のモードとしての書法に依存せざるをえない。そのうえ日本語のテクストでは、書法の組み合わせ自体がしばしば言語・方言・言語使用域(言葉遣い)間のコード転換を示す。

(10) 以下、引用頁を括弧内に記す。原典は[小島信夫　一九六七 : 八三—二二八][大城立裕　一九八二 : 一八一—二五八]。

(11)　上野千鶴子によれば、戦時下において女性は天皇のために死ぬ「特権」を否定されており、そしてこのことは国家の観点からすれば、女性たちに主体性が欠如していることの反映であり条件でもあった。一九四七年新憲法発布によって完全な政治的主体性を獲得したにもかかわらず、女性は日本社会では依然、二流の地位に置かれた。女性と戦時国家については[上野千鶴子　一九九八]参照。とりわけ戦時動員と女性の主体性に関しては、三一頁から三八頁を参照。

(12)　なかでもノーマ・フィールドは、「アメリカン・スクール」における口唇性（話し・食べる）と足とのあいだの主題的関連性を指摘している[ノーマ・フィールド　一九八八：三二]。

(13)　ミチ子と娼婦との関連についてはフィールド（前掲）も指摘している。

(14)　この小説には他にも次のような戦争のメタファーがある。「危険区域」[一九一頁]、「隊伍」[一九六頁]、「行軍状態」[二〇四頁]、「敵に一歩先んずる作戦」[二〇五頁]。

(15)　なんでもアメリカ式にやろうとする（山田に言わせれば「アメリカンに行く」）山田のコミカルな態度は、ホミ・バーバの植民地的模倣《ミミクリー》に関する理論を思い起こさせる。しかし、山田の模倣の滑稽さは抵抗の行為とは解しがたく、占領者のパロディ化がなされているとは認めがたい。このことは、バーバの理論の問題性を明るみに出すことになるだろう。すなわち主体《エイジェンシー》ないし意図なるものについて解釈学的にどれほど厄介な点を含むにせよ、説明できていないという問題である。言い換えれば、抵抗とはただ観察者の目にのみ明らかになるのか、という問題である[Bhabha, Homi　1984：93-122]。

(16)　ここでも、民主主義の教師にして警察であるアメリカが提示される。この役割に黒人ＧＩを割り振るという選択は、民主主義へのアメリカの関与の証拠とも、また権力からの日本の完全な失墜の証拠とも読みうる(日本は今や「黒人にさえも」従属しているからである)。後者の高潔とはいいがたい解釈は、この登場人物についての簡潔な描写によって支持される。すなわち黒い肌を背景にした顎髭から彼は「へんに文明的なかんじ」[一八八]をうける。黒人GIの両義的表現については本書第三章にて詳述。

(17) たとえば[鹿野政直　一九八七：三六七―六八][米須興文　一九九一：二一二][岡本恵徳　一九八一a：一六四][大城立裕　一九六八：三八]。

(18) 「カクテル・パーティー」において食品と会話は明らかに関連づけられている。たとえば主人公が、好ましくない会話に加わるのを避けるために口を食べ物でいっぱいにしているユーモラスな場面[一九〇頁]。「アメリカン・スクール」でも英語を話したくない伊佐が同様の手口を使っている[一九一頁]。

(19) 私は意図的に「ネイティヴ」という語を用いるが、それはこの文脈における植民地的力学を強調しておきたいからであり、またそのテクスト自体が時としてネイティヴィスト的イデオロギーに陥っているからでもある。しかし、白人の前での自分自身の不能感を表象するために、欧米の「他者」カテゴリーが沖縄の男性作家によって輸入されたとまで主張するのには躊躇いを覚える。一方ジョン・ダワーは、戦時プロパガンダにおいて、日本が帝国主義的拡張の一環としてアジアの一体性を主張する際、英語的論証術を日本自体が利用したという説得力ある説を展開している。性別と人種とを合成する「他者」表象に関しては、[de Groot, Joann 1989：89-128][Dower, John　1986：65-88][Gilman, Sander　1985：109-10, 158-61]を参照。

(20) [Jameson, Frederic　1986：65-88]。この論文に関する批判として[Ahmad　1992：Chap.

Three]参照。ここでは、ジェイムソンを文脈から切り離して引用しているということを繰り返し注意しておかねばなるまい。というのはジェイムソン自身の一義的な関心は、「第一世界」とまったく異質の「第三世界」における文化的表象にとって、異なる生産様式（「原初的《プリミティヴ》」で「アジア的」な、あるいは「資本主義的」な）がどのようなインパクトをもたらすかということにあるからである。

(21)　この一節はおそらく、主人公が被害者としての娘に同一化していることを最も端的に暴いている部分である。孫はある意味ではハリスを被害者と見なしており、主人公は激昂して「被害者はこっちなんです」[二二八頁]と答える。

(22)　たとえば芥川賞選評参照（『文藝春秋』一九六七年七月号、三一七頁）。

(23)　大城の考えでは、「亀甲墓」が芥川賞からもれたのは、沖縄の伝統的な文化実践が参照されているからであり、三島由紀夫や他の日本人作家からなる選考委員会には評価しづらかったからだという[大城　一九七二：三二三―二四]。また『読売新聞』（一九九六年一月一九日付夕刊）のインタヴューも参照。このインタヴューで大城は、「カクテル・パーティー」と一九九五年の強姦事件との類似性を指摘している。「亀甲墓」を高く評価する沖縄の批評家もいる。端的で影響力ある言及として、[米須興文　一九七八：一七六―七七]を参照。

(24)　[Pollack, Andrew　1995]

(25)　山王ホテルの歴史に関しては、私の個人的問い合わせに対して在日米軍司令部の公務長官トーマス・ボイド空軍大佐から得た文書回答による（回答は一九九六年五月一六日付）。ボイド大佐によれば、米軍は一九四六年に旧山王ホテルの使用を開始したという。日本側の資料によれば、米占領軍の使用のためにSCAPが山王ホテルを公式に「接収」したのは一九四七年とされている[佐々木毅他編　一九九五：五二三]。

また、私は山王ホテルについてインターネットのユーザグループ"Dead Fukuzawa Society"にも問い合わせ、ニュー山王ホテルは軍とは無関係な個人にも利用できたかどうかについて、いくつかの矛盾した回答を得た。このホテルの保安担当者は、そのホテルに宿泊できるのは「米軍職員あるいは米軍指令下の旅行者のみ」だったと述べたらしいが、何人かの米国政府要人は、正式書類を携帯している非軍人個人であれば入るのを許されたと指摘しており、ホテルのバーと三つのレストランの顧客には日本人もいたと指摘する人もいる。私自身、米軍と政府当局へのコネはなかったが、一九八〇年代初頭に旧山王ホテルの士官クラブを訪問することができた。ホテルのバーで働くジャズ・トリオでベースを弾いている日本人の友人が特別に招待してくれたのである。

(26)　[Higgins and Silver　1991：4]

(27)　[Scarry, Elaine　1985]

(28)　沖縄の人々だけでなく日本本土の人々の心の中で、沖縄人の純粋な被害者性を伝統的に体現してきた「ひめゆり」でさえ、詮索を免れなかった。吉田司は『ひめゆり忠臣蔵』(一九九三)で、ひめゆり部隊の感傷的な扱い方を批判して物議をかもした。この書でも、少女たちが純潔な処女であるという想定が批判され、女性の純粋さと沖縄の被害のシンボルとして傑出しているということについて疑問が投げかけられている。しかし「ひめゆり」の純潔性をめぐる議論を戦わすことによって、聖人崇拝者たちも非難者たちもともに、「ひめゆり」が犠牲者として特権化されるに際して、女性の純潔性というものが中心的に機能している、ということを暗に認めている。[Angst, Linda　1996]参照。

(29)　一九九五年九月一九日の親善ディナーにおける演説で、マイヤー中将はこのように述べている。「もちろん、この恐ろしい悲劇は人間性への度を越えた攻撃であり、米軍の軍服を着た我々すべてを深く恥じ入らせるものであります。米軍は長期にわたって日本の人々と友好関係とパートナーシップを築いてきました。ですから、この事件がアメリカ人全体を代表するものではないこと、また米軍職員による犯罪行為に対して我々が寛容に対処することなどありえないということ、これらのことは日本の方々も理解されていると私は思います」。同様の所感は、『パシフィック・スターズ・アンド・ストライプス』紙や米軍職員が個人的に出したインターネット上の手紙で見られる。

(30)　『沖縄タイムス』(一九九五年一〇月一二日付)は、復帰前後に米軍職員によって引き起こされた深刻な犯罪と事故をリストアップしている。このリストは長すぎて引用できないが、強姦や殺人に加えて、交通死亡事故も記録されている。交通死亡事故ではアメリカ人運転手は無罪か、遺族への賠償金としてわずか六二三ドルが課される。一二歳の少年が死亡した一九六三年二月の交通事故の際、米軍の捜査によって加害者が無罪になったことをきっかけに琉球全土で抗議運動が起こった。一九七〇年一〇月、泥酔して沖縄人主婦をはねて死亡させたアメリカ人軍人が一二月に「証拠不全」として釈放された時にもやはり、業を煮やした沖縄人たちは同様の抗議運動を起こした。その事故から一〇日後、コザでも交通事故が起き、住民と軍警察との間で暴力沙汰となり、数台の米軍専用車が放火された。[中野好夫・新崎盛暉　一九九〇：二

一一―一三][伊佐千尋　一九八六]参照。

他にも、米軍ジェット機の墜落事故やミサイル爆発・誤射などによって、沖縄市民――しばしば子供――が死に至っている。一九六五年六月一一日には、小型トレーラーが誤って米爆撃機から転落、一一歳の女児が死亡した。この事件で米軍は、遺族に四七〇〇ドルを賠償した。沖縄におけるGIの犯罪と地元の土地闘争に関する簡明な概説として[長元朝浩　一九九六：一九三―二〇〇]参照。

第二章　文学に見る基地の街

(1)　黒人米兵を扱った最も初期の沖縄の物語としては、[長堂英吉　一九六六：六―二二]が挙げられる。「混血児」が発表されたのは、この後すぐに沖縄で最も大きな影響力を持つ文学・批評誌となる『新沖縄文学』初刊号の巻頭だった。[又吉栄喜　一九九〇b：一一八―四一]も参照。大城立裕も小説「ふりむけば荒野」[大城立裕　一九九五：六―一六八]においてコザの黒人米兵を描いた。沖縄における米兵間の人種上の関係を記事的に扱ったものとしては[高嶺朝一　一九八四]の第六章参照。

(2)　東の「オキナワの少年」は、沖縄のフィクションとしては大城立裕の中編小説「カクテル・パーティー」に次いで芥川賞を受賞した作品であり、大城の作品と同様、日本本土の読者にも知られている。しかし大城が沖縄の最も多作な作家であるのに対して東はというと、一九七〇年代初期に日本の批評家たちの注目を集めた「オキナワの少年」以降に発表した作品はほんの数作である。この作品は新城卓監督により映像化され、同じ題名で一九八三年に発表された。新城監督は、脚本の所々に方言を取り入れることでより原作に忠実なかたちでの映像化をめざす決意を見せたが、同時に俳優陣に不満も持っていた。

（3）使用した日本語のテクストは以下の通りである。［東峰夫　一九八〇］［源河朝良　一九七五］［田中康慶　一九七二：六―三五］。

（4）この物語の舞台となる時期については直接には書かれていないが、語り手――作中においては一三、四歳の少年である――によって戦後まで暮らしたサイパンの思い出が語られていることから一九五〇年代初頭と推定される。

（5）占領期におけるアメリカ人の頭の中での沖縄のイメージの変遷については［宮城悦二郎　一九八二］参照。占領の過程におけるアメリカ人たちの沖縄へのまなざしの変化について研究された中で、この書は最も詳細なものである。宮城は、アメリカ人の沖縄に対するイメージが「ロック（岩石）」から「楽園の島」へと次第に変化していったようすを詳細に述べている。

（6）ストーリーの後半ではチーコは、彼女に振られてフラストレーションのたまった米兵によってバーに手榴弾を投げ入れられ、けがを負う。ここで彼女は犠牲者として描かれることになる。これは強引なストーリー展開ととられるかもしれないが、日本の全国紙の記事からも、コザで似たような事件が特にベトナム戦争の時期に起こっていたことがわかる。この例としては以下を参照。「米兵、爆弾？・投げあばれる」『日本経済新聞』（一九七〇年一〇月一九日付夕刊）、「民家へ放火、催眠弾」『赤旗』（一九六五年一〇月三〇日付）。

（7）戦後の沖縄における通貨政策の複雑な背景については、［牧野浩隆　一九八七］参照。

（8）「混血」児を扱うのは沖縄の作家だけではない。一九五〇年代以降の日本本土の文芸誌をざっと見てみただけでも、このテーマについての記事はもちろんフィクション作品もあった。フィクションの中には[井上友一郎　一九五二：一六八―八七]や[平林たい子　一九五二：一八八―九四]がある。記事の例としては[平林たい子　一九五三][古屋芳雄　一九五三：一六四―七三][湯沢令子・竹下栄子　一九五三：三八―四二]が挙げられる。湯沢と竹下は混血児の子を持つ母親であり、ふたりの対談記事というかたちで掲載されている。

(9) [Young, Robert J. C.　1995]

(10) [Field, Norma　1991]

(11) ビジネス・センター通りの起源については、[田里友哲　一九八三：二〇一―〇三][沖縄市教育委員会編　一九七四：四八六―八九]参照。

(12) BC通り商業組合(正式には「中央パークアベニュー沖縄市センター商店街復興組合」)についての情報源は、一九九三年に行った事務局長仲宗根和夫氏へのインタヴューと、[諸見里道浩　一九八二]である。

(13) この点については一九九二年九月一三日沖縄市で開催された、沖縄占領国際シンポジウムにおける分科会「占領下の文化」に参加した芸術家、学者、一般市民等の様々な層が同意した。コメンテーターの中には作家大城立裕、ロック歌手宮永英一、沖縄のフォークミュージシャンで俳優、そして自称「コザ独立国大統領」の照屋林助もいた。[諸見里道浩　一九八二]も参照。一九九五年六月に行われた市議会定例会での議論の中心は、市民の間では依然として「コザ」という名称の方が馴染まれているということだった。ある議員は「沖縄市になって二一年にもなるのに「沖縄市」は市民、県民になじまれていない」という理由を挙げ、市議会で公式にカタカナ名「コザ」を復活させることにしたらどうかと提案した。「沖縄市かコザ市か」『琉球新報』（一九九五年六月二九日付）参照。

第三章　差異の暗部

（1）カレン・ケルスキーは、彼女の言うところの「インターレイシャル・セックス」に関する調査において、外国人男性と「乱交」する若い日本人の女性は、「イエロー・キャブ」という軽蔑的なレッテルを貼られているが、事実上、日本人男性に対する抵抗の行為のために「イエロー・キャブ」として乗られているのだ、と主張する[Kelsky 1994：466]。[Kelsky 1996：173-92]も参照のこと。「イエロー・キャブ」という用語は一九八〇年代を彷彿させ、一晩の享楽のために黒人または白人を求めて、海外または日本に入り込む海外の領土に旅する女性に言及しているように見える。

ニナ・コルンエッツは、ケルスキーが考察不足であるということで非難しているが、特に日本人女性とアフリカン・アメリカンとの姦通について書く段において、彼女はケルスキーと同様のまとめをするにいたる[Cornyetz, Nina 1994：127, 131]。彼女はさらにまた、若い日本の女性が、ファッション、そして髪の処理や皮膚を黒くするといった身体的な変身でもって自らを一変させることによって、どのようにして神話的な黒い男根の力を自分のものとするのか、それを明らかにする。「潜在する女性の激しい怒り」が、日本女性が「日本人の夫の経済的そして社会的な安定性」を拒絶して、受動的―攻撃的な抵抗の戦略を採用させる間、青年たちの支配が自分自身におよぶことを再び主張するために、黒という男根の権力を自らのものにしようと努めるのだ、と彼女は主張する[Cornyetz, Nina 1994：113, 114]。

（2）「黒人という他者は、日本人が白人と向かいあって彼らのステータスを再評価しようと企てる再帰的象徴、そして彼らが表象する時に見られる象徴的権力(たとえば、現代性、啓蒙、欧風の礼儀正しさ、およびハイカルチャー)として役立つ。すなわち、それは白人の他者性と日本人の自我を調停するカテゴリーとして使われ、日本人、特に海外で暮らしていた人々にとって、白人との同一化、ヨーロッパ中心主義の美意識と文化的価値による安定策、その両方を再考させるのだ。黒人のそのような再帰的用法は、二種類の方法で説明される。⑴日本人の行為者／語り手は、人種的な現状を受け入れ、欧米の行動規範と向かいあっている者からは除外され劣った存在として見なされ続けるかもしれないが、他の「後方」のグループの上へと彼および彼女自身を上げることによって、知覚された欠乏を補おうと試みる。⑵彼／彼女は、有色人同士として一般の非白人との結束を強く主張することで、黒人の他者と自己を同一視するだろう。そして人種的な現状を拒絶するのだ」[Russell, John G. 1991：13]。

（3）[Russell, John G. 1998：120]。ラッセルは未刊行分の調査原稿を私に気前よく供してくれた。この論点に関する私の考えは、彼の著作とそのコメントから利を得ている。「情熱の消費」「人種と再帰性……」に関してラッセルは多くの英語文献と二冊の書物を刊行している。

（4）たとえば、[Cornyetz, Nina 1994：115][テッド・グーセン 一九九四：四〇八]。彼らは、一九八〇年代と九〇年代の日本のポピュラーカルチャーにおける黒人についての著作の中で戦争と占領に言及している。

[Dower, John 1986]では、第二次世界大戦における人種に関する当局の扱いについて書き

残している。そして日本帝国の人種に関する概念について、新しい研究成果が出始めているという。[Weiner, Michael　1995：433-56；1997][Yoshino, Kosaku　1992][Harutoonian, H. D.　1988]も参照。

（5）コルンエッツは記す。「山田作品に登場する女性の主人公の多くが、彼らの黒人の恋人の性的、経済における支配を誇示するのだ。それは、日本人の売春婦が黒人の軍人にサービスを提供した戦後のパラダイムを転覆させることとなる」[Cornyetz, Nina　1994：127-28]。同じく山田の作品に関して[Schalow, Paul Gordon and Walker, Janet A.　1996：425-57]にもコルンエッツは寄稿している。この「戦後のパラダイム」における例外については、第五章に登場する「北海道千歳の女」（平林たい子）についての私の議論を参照のこと。

（6）たとえば、[山田詠美　一九九三：八八―九一]を参照。

（7）[Russell, John G.　1996：5]

（8）私は「人種」とは既に構成済みの生物学的事実というより、むしろ社会的に構築された、曖昧さを伴ったカテゴリーであると理解している。人種とエスニシティに関するそのようなカテゴリーは、文化が交わり歴史を通していけば変わっていくだけでなく、それらはつかみどころのない判断基準に依っているからだ。たとえば、大文字の「人種」とは、一つのイデオロギー上のカテゴリーとして、生物学的なそれに比して間違いなく有用となる。というのは、マイルズ他が記しているように「『人種』に関する科学的概念は、類型論の考えの下につくられたものであり、皮膚や骨格といった肉眼で見える生物の性質という多くの特徴を基にしている。それらは重要な科学的意味や効用を少しも有していないのである」[Miles, Robert　1989：37]。

日本における人種概念の有効な歴史研究としては、［Weiner, Michael　1995：435-42］。これは日本語の「人種」といった鍵となる概念の語源研究も論じている。日本人の「民族」の言説に関する「人種」の部分については、［Yoshino, Kosaku　1992］を参照。日本における〈人種〉と〈民族〉という概念の歴史に関する近年の研究では、［Kawai, Yuko　2015：23-47］を参照。

（9）　帝国日本の人種的／民族的アイデンティティ概念の変遷および人種に関する術語については、［Weiner, Michael　1995］を参照。藤田みどりも、ターザンの小説や映画やアフリカを舞台にした明治時代の出版物を通して、欧米の人種概念の日本への編入について示唆的に書いている［藤田みどり　一九九〇：三三二―五三］。

帝国日本において「血」と「純粋な日本精神」が強調されたことは、国家のイデオロギーにとって不可欠であったが、植民地の臣民（琉球人、台湾人、朝鮮人）の身体の政治性を拡張する努力を複雑にさせた。すべての植民地の臣民がまた（最終的な権力であり、神話的には太陽の神々と同族である）天皇の臣民であるからには、これら民族的な局外者たちは、その純粋さを汚すことなく「ナショナル・ファミリー」を形成させせられたに違いない。ダワーは、この潜在的な混乱が儒教の教える「礼儀正しさ」によって呼び入れられたのだと論ずる。それは各集団を天皇と日本臣民の階級関係の範囲内で位置づけたものであった。それゆえ、植民地の臣民を帝国へと編入させながら従属させることの正当な理由となった［Dower, John　1986］。

（10）　「飼育」で綴られる風景については［饗庭孝男　一九七一：四五］［ノーマ・フィールド　一九八九：三一―三］［磯貝英夫　一九七一：一二九］［紅野敏郎　一九七一：八三］［Napier, Susan　1991：29-31］を参照。

テッド・グーセンは、「飼育」における非現実的な雰囲気については登場人物自身が貢献していると記す。彼は空から現れた黒人についてだけでなく、兎口を含め、義足の男、ハンターである主人公の父といった端役についても指摘している［テッド・グーセン　一九九〇：五三七］。

（11）［大江健三郎　一九九一：三三四］［Napier, Susan　1991］

（12）その村は日本の都市部から孤立させられているだけでなく、最も近い街からも孤立しているのである。この文章は《町》という矛盾なくまとめられた言葉でもって取り込まれた差異を意味している。対照的に「村」という言葉からは相当するような意味は受け取られない。町の子供が汚い動物としてさらに村の子供を軽蔑するのは、孤立した前近代的空間の一部としての村の構成に貢献する。紅野敏郎によるこの作品の社会的肉体的トポグラフィ分析として［紅野敏郎　一九七一：八二］。

（13）［ノーマ・フィールド　一九八九：三一四―一五］［テッド・グーセン　一九九〇：五三六―三七］

（14）［Napier, Susan　1991：30］。江藤淳は「汎神論」という言葉を使い「飼育」への賛辞を送っている。［饗庭孝男　一九七一：四八］を参照。

（15）［Bhabha, Homi　1983：22］。［Gilman, Sander　1985：22-23］も参照。

（16）［Bhabha, Homi　1983：22］

（17）［Sedgwick, Eve Kosofsky　1985］［Girard, Rene　1976］。大江の初期作品における三角関係の使用法についての分析は、［Wilson, Michiko N.　1986］。

(18)［ノーマ・フィールド　一九八九：三一四―一五］

(19)［ノーマ・フィールド　一九八九］［テッド・グーセン　一九九〇：五三六―三七］

(20)このエピソードに関する簡潔な参照項としては、［中島河太郎　一九七八］。詳細については［北九州市史編纂委員会編　一九八〇：七三〇―三二］参照。この資料によると、このエピソードについての新聞記事は占領軍によって弾圧され、公式の記録は不足している。

(21)数人の評論家が、いかにも「推理小説」的な質問だけでなく、社会問題を伴った彼の探偵小説における松本の異なった関心について批評している［荒松雄　一九七三：四六］［重松泰雄　一九七三：四四］［諸田和治　一九七八］。松本自身の発言も参照のこと［松本清張・三好行雄　一九七八：二八―四七］。

(22)［松本清張　一九七八：一七二―七四］。ヨハネス・ファビアンは、民族誌学者たちが彼らのナラティヴの中で、ネイティヴの民を「伝統的」な場へと格下げするために、無意識のうちにいかにして儚さを配置するか、という分析を提出している［Fabian, Johannes　1983］。松本の太鼓の扱いに関する私の分析は、ファビアンの識見から引き出されたものである。

(23)『北九州市史』は、おおよそ一六〇名の武装兵が七月一一日の夜にジョウノ・キャンプから逃亡したと主張する［北九州市史編纂委員会編　一九八〇］。アメリカ軍の軍史センターは、「ごく一部の者によって三〇〇〇人以上の歩兵連隊があの事件によって巻き添えにされた」と主張する。

(24)本多勝一の『アメリカ合州国』や小田実の『何でも見てやろう』といった著書は、人種に関してのアメリカの矛盾した立ち位置について指弾している。明治以来、日本の小説家たちは多くの欧米の旅行記を出版してきたが、一九六〇年代から七〇年代にかけて、アメリカの黒人社会を訪ねることが作家たちのあいだで流行《はや》った。特に、ハーレムやシカゴ南部といった地域の黒人ゲットーを訪問することがエッセイの題材として好まれた。これらの戦後作家には安岡章太郎、野坂昭如、中上健次などが含まれる。

(25)　この詩の初出は「有色人種(抄)その一」(「有色人種」考　第一部)だが、第二部(または第一部の続編らしきもの)は書かれなかったようだ。

(26)　[(財)沖縄県文化振興会公文書管理部史料編集室編著　一九九八：五〇]。本書は多くの写真と新聞記事から成る、沖縄接収に関するバイリンガルの書籍である。同じく沖縄本島の接収と地元の抵抗に関しては、[新崎盛暉　一九七九]も参照。

(27)　[中野好夫・新崎盛暉　一九九〇：八三—八五]。沖縄本島の接収に関する組織的闘争については、「土地闘争」として知られている。

(28)　[鹿野政直　一九八七：一四五—四八]。雑誌に載った詩とフィクション作品の取るにたらない文学的価値という鹿野のコメントは、評論家の一般的な意思を反映するように思える。それは、『琉大文学』誌上で発表された多くの作品といった沖縄の戦後文学史の参照不足によって支持されているものだ。[鹿野政直　一九八七：一三八]における大城立裕のコメントを参照のこと。

(29)　[鹿野政直　一九八七：四二]。アメリカ合衆国との親善の証とするためにアメリカの占領軍に支えられ設立された琉球大学が反米の温床に発展し、そして『琉大文学』が時には論争の中心的な場となったことは、決してアイロニカルではない。

(30)［鹿野政直　一九八七：一一八］［岡本恵徳　一九八一b：三七四］。『琉大文学』初期においては、「ソーシャリスト・リアリズム」と彼らが呼ぶものを追求することにより、抵抗の文学を創造することを企てた。当時の編者たちは、ゲオルグ・ルカスの作品や『近代文学』『新日本文学』といった左派文芸誌に特に影響を受けた、と岡本恵徳は記す。そこには、佐々木基一や荒正人といった、彼ら独自のリアリズム解釈による批評が掲載されていた。［岡本恵徳　一九八一a：一一四—一一五］。両誌の寄稿者と文芸批評は、文学と政治に対してより積極的な立場を目指そうとする、第六号（一九五四年七月号）に始まる『琉大文学』自体の再定義に対しては賛同的だった、と鹿野は記す。この文芸誌の「初期」とは本号から一九五〇年代後期を指す［鹿野政直　一九八七：一二六—一二七］［岡本恵徳　一九八一b：九八—九九］［高良勉　一九九一：三七五］。

(31)　本土では「母国」という語が使われるのに比べ、沖縄においては「祖国」という語が使用されることが多い［新川明・新崎盛暉　一九八五：四八—四九］。

(32)　「オネスト・ジョン」とは、核弾頭および化学爆弾を搭載可能な地対地ミサイルのこと。米陸軍ミサイル司令部の歴史局から私に送られた情報によると、後期ヴァージョンの「オネスト・ジョン」は、一九八二年までにNATOによって配備された。このミサイルが、アイゼンハワーのもとアメリカ軍によって沖縄に配備されたというまことしやかな噂があった。アラバマ州レッドストーン・アーセナルの米陸軍ミサイル司令部歴史局のダニエル・P・バーンハード大尉は、写真や機密指定から解かれた「ファクト・シート」と呼ばれる書類を含め、ミサイルに関する技術情報を与えてくれた。彼は「沖縄配備に関する言及は見つからなかった」と記していた。それに関する情報が指定解除になったかどうかというその後の問い合わせについて、レッドストーンからの返事はなかった。

同歴史局のマイク・ベーカーは、「オネスト・ジョン」の命名の由来については多くの推測や興味深い論が存在するが、決定的な説明はないのだ、と知らせてくれた。情報は、私的なやりとりと指定解除された文書「オネスト・ジョン・ロケット　762MM M31 ミサイル・システム・ファクト・シート」（同司令部）に依っている。

(33)　『琉大文学』二巻一号、三九―四三頁。

(34)　大城立裕は一九九一年の私との会話において、検閲による制限は一九六七年までにはずいぶんと緩くなっていったと説明してくれた。

(35)　たとえば、大江健三郎は一九六〇年代に沖縄を訪ねはじめ、アメリカ占領時の沖縄人の苦境について有名なエッセイの中で書いている。彼を日本とアメリカの狭間にある錯綜した沖縄の関係に立ち向かわせたのが、新川であった。

第四章　戦後日本の表象としての売春

(1)　「パンパン」たちが終戦直後のファッション界の率先者だったという論点について、［斉藤雅子　一九九九］を参照。

(2)　RAAの日本名「特殊慰安施設協会」は、後に「国際親善協会」へと変更された［小林大治郎・村瀬明　一九七一：一二］。

(3)　一連の事実に関する日時は資料によって少々異なる。たとえば、警視庁が都内の売春関連者の方に従った[吉見義明　一九九五：一九六]。

産業の代表者を招集した日時を、マーク・ゲインが八月一五日とするのに対して[Gayn, Mark 1981：233]、吉見義明や小林・村瀬らは一八日とする。本論では、最近の詳細な研究である後者の方に従った[吉見義明　一九九五：一九六]。

（4）　小町園の初期に関する説明も資料によって相違がある。小林・村瀬は最初に小町園が賑わいを見せた日を八月二八日とするが、一方ドウス昌代は、多数の兵士の集団が最初に小町園を訪れた日は二九日であるとする。他の資料にも諸説が存在するが、ＲＡＡの娼家が開業して数日の中に盛況を迎えたとする点では、いずれもほぼ一致している。個々のＲＡＡの施設名・所在地・営業内容などの詳細に関しては、[小林・村瀬　一九七一：一二二]ならびに[福島鋳郎　一九八七：二五七]を参照のこと。

（5）　ＲＡＡに関する書籍の中では、以下の二冊がその優れた調査で際だっている。一つは、[小林大治郎・村瀬明　一九七一]の著作である。もう一つは、[ドウス昌代　一九九五]である。小林・村瀬は、旧ＲＡＡの娼家の経営者や娼婦、行政関係者にインタヴューを行うとともに、警察記録やその他の資料を検証した。ドウス昌代は、ワシントンにあるアメリカ政府文書からの資料の収集と旧ＳＣＡＰの職員へのインタヴューを通じて、この問題に新たな視角を導入した。その後の研究では、[いのうえせつこ　一九九五]や[山田盟子　一九九二][吉見周子　一九九二]などがあり、そして[恵泉女学園大学平和文化研究所編　二〇〇七]の論集が多面的な考察を展開しており、[平井和子　二〇一四]は豊富なデータを元にまとめた労作として参照されるべきである。なお、学術研究とは趣が違うが、[松沢呉一　二〇一六]は多数の街娼および元街娼に対するインタヴューをまとめた一冊であり、経験者たちが一人称で語るという記録の集成として重要な貢献だと言える。

（6）［植田康夫　一九九五］

（7）［ドウス昌代　一九九五：三〇］ならびに［山田盟子　一九九二：二四］。

（8）「女の防波堤」という表現は、日本政府の資料やRAAに残る記録、RAA設立に関与した個人の日記の中で、反復して使用されている。ドウス昌代によれば、この「女の防波堤」という概念は日本において長い歴史を持っており、その概念の戦後版をたどっていくと、当時の警視総監だった坂信也に行き着くという［ドウス昌代　一九九五：二二］。ドウスはRAA設立において坂の果たした役割を詳細に検討している。「一億の純血を護り」という一節は、RAAの趣意書に見られる言葉であり、この戦後の「慰安婦制度」設立に携わった政府や警察の関係者によっても、類似の表現が広く使用されていた［小林・村瀬　一九七一：一三、一七］。「良家の婦女子」の表現は、［山田盟子　一九九二：三二］にも引用されている。

（9）制御不能な女性のセクシュアリティのもたらす脅威のシンボルとしての「洪水」に関しては、［Theleweit, Klaus　1987：249–300］。

（10）［山田盟子　一九九二：三一―三二］

（11）［小林・村瀬　一九七一：一四］。RAAの実際の求人広告の写真は、［いのうえせつこ　一九九五：三七］に掲載。

（12）近代日本の管理売春のシステムは、女性「セックス・ワーカー」に対する強制的な性病検査に特徴があるが、これは一九世紀のヨーロッパのモデルに基づいていた。このモデルは、元来は海外（特に植民地）に駐留する兵士の衛生保全のために考案されたものであったが［Fujime,

Yuki 1997：135-40]、実際は、一九世紀末頃には、大部分のアメリカの医師は、性病防止のためには強制検査のみでは不十分だという結論に至っていた。戦後の韓国駐留の米軍における性病の予防策に関しては、[Moon, Katherine H.S. 1997]を参照のこと。

(13) かつての「青線地帯」の名残の一つが、現在の新宿ゴールデン街である。この地域に関する英語の解説としては、[Bornoff, Nicholas 1991：231-33]ならびに[Seidensticker, Edward 1991]を参照のこと。一九四六年以降、公娼の名で知られていた「赤線地帯」の娼婦たちは当局によって「集娼」と呼称されるようになり、一方「青線地帯」の娼婦は「散娼」と呼ばれるようになった。終戦後の一時期に深く関係するもう一つの地域を歴史的に解説したものに、[塩満一 一九八二]による著作がある。同書は、闇市場と娼婦のたまり場であった上野の「アメ横」の歴史を、回想や写真、資料を通して描いている。

(14) 社会党の売春禁止法に対する反応としては、[Fujime, Yuki 1997：3-27]を参照。

(15) [慶應義塾大学社会事業研究会編 一九五三]。この資料のコピーは、福島鋳郎氏に提供していただいた。

(16) 米軍基地の所在する都市に関する、この時期以降の最も包括的な単独の研究書は、清水幾多郎らによる実地調査の報告書である[清水幾多郎・猪俣浩三・木村八郎他編 一九五三]。扱われているのは売春の問題のみではないが、国内各地からの一九のレポートにおいて、売春は共通して中心的な問題の一つとなっている。沖縄の基地の街に関する複数の報告が掲載されている点も注目に値する。

(17) [山下愛子 一九五二：一七七]

（18）社会党における一九五六年の売春防止法を巡る議論については、［Fujime, Yuki　1997：3-27］参照。
（19）［Pateman, Carole　1988］、特に同書の第七章。ペイトマンは八〇年代に雑誌 *Ethics* 誌上で展開された売春に関する活発な論争への参加者の一人である。彼女は、売春を哲学的に正当化しようとするラルス・エリクソンに反対して、いかに「自由契約思想が、思想的な考察から社会の家父長制的な側面を体系的に排除しているか」という問題に焦点を当てた。［Ericsson, Lars　1980：335-66］ならびに［Pateman, Carole　1983：561-65］を参照。
（20）［Bell, Shannon　1994：79-80］
（21）韓国・沖縄・フィリピンにおけるこれらの施設に関する詳細な研究としては、［Sturdevant, Saundra Pollock and Brenda Stoltzfus　1992］を参照。同書は特にフィリピンでの基地売春に関して詳しい。韓国での米兵相手の売春に関しては、［Moon, Katherine H.S.　1997］が英語の研究書としては最も包括的である。
　ある資料によれば、フィリピンやタイからの出稼ぎ女性のうち、毎年四〇名以上が、売春に伴う虐待によって死亡しているという［安藤良子・吉田洋子　二〇〇一：二二八］。
（22）［南博ほか　一九五三］
（23）作詞は清水実、作曲は利根一郎。全歌詞は［見田宗介　一九九七：一六七―六八］で確認できる。
（24）［中村登志　一九五七：二〇八］。「日本の貞操」というフレーズの特別な使い方の他にも、「貞操」という単語は一九五〇年代以降の多くの書物や記事に散見される。とりわけ、読者への情報提供より、読者を性的に刺激することが目的のポルノグラフィックな書物においては、この単語の使用はときにパロディ的であるのだが。その一例は[西田稔　一九五六]である。これが『女の防波堤』の翌年に同じ出版社から出たことは注目すべきである。

(25) [萩原葉子　一九九五：八二]

(26) たとえば[福島鋳郎　一九八七]を参照。福島は一九四〇年代から五〇年代の出版物の収集にかけての権威であると思われる。オビからの引用だけでなくオビを含んだ書影も掲載し、同様に裏表紙に書かれてある事項も記録している。

(27) 日本で書籍を購入すると、たいてい、本体、カバー、オビでできているこの「製品」全体に、レジの店員がさらにその書店独自のカバーをかけてくれる。これは新しい購入物を包むという文化的な習慣からだけではなく、周囲の目から本を隠すという意味も含まれている。というのは日本では、電車や喫茶店など公共の場で読書という個人的行為をすることが多いからだ。この最後の包装行為は対象を象徴的に再定義している。売るために公示された「商品」から「個人の所有物」への変換を強調しているのである。

(28) 副題は続編には見られない。それは続編の性格が、ナマの手記であることよりも、客観的かつジャーナリスティックな研究であることの方に力点を置いているからであろう。

(29) 不幸なことに、私は原書からこのオビを見つけることはできなかった。図書館はたいてい書架に並べる時にオビを取り去ってしまうし、古書店でも同様だからである。私の持っている正続両書は前坂俊之氏からいただいたものである。彼は以前米兵が絡んだ犯罪を専門にしていた毎日新聞社の記者で、本書のための調査当時は静岡県立大学でコミュニケーション学を担当していた。彼からいただいた『日本の貞操』の続編にはオビがついていたが、正編にはついていない。私は過去五年間での東京滞在中に古書店でこの本を見つけられなかったが、一九九六年八月の新宿伊勢丹の古本市で続編を見ることはできた。しかしこれにはオビはついていなかった。ちなみに、この本には二五〇〇円の値が付いていた。福島の戦後ジャーナリズム研究では正編の写真を見ることができるが、ここでも正編はオビなしである。一方『女の防波堤』の方は、私が数年前古書店で購入したものでオビが確認できた。このオビも［福島鋳郎　一九八七：二五三、二五九］の写真で見ることができる。

(30)　『日本の貞操』を原作にした映画は完成していない。

(31)　「外国兵による貞操の完全占領」「性的無条件降伏」という表現はただちに占領時代に対する江藤淳の批評を思い起こさせる。イントロダクションでも触れたが『アメリカと私』など江藤淳の占領についての著作は性的比喩に満ちている。彼は数年間アメリカで暮らしているが、その動機を、占領者と寝たかったからだなどと述べている。江藤淳の性的比喩と袖井林二郎のそれについては、［マイク・モラスキー　一九九七：二八―三二］を参照。

(32)　［ドウス昌代　一九九五：七七―八五］。また［いのうえせつこ　一九九五］第二章も参照。犯罪の統計はRAAを論じる幾つかの著書によって食い違いがみられる。警察の資料に基づいた最も詳細な研究は、［小林・村瀬　一九七二］［ドウス昌代　一九九五］［いのうえせつこ　一九九五］である。しかしこの問題に関する最も信頼できる学術的研究は［吉見周子　一九九二：一九九―二〇〇］であろう。最も詳しい警察の統計は横浜港と横須賀基地をふくむ神奈川県のものである。神奈川県のRAAの活動についての詳細な調査は、［いのうえせつこ　一九九五］

参照。

(33) 一九四〇年代後半から五〇年代を通じて、GIの愛人は英語の only one の意味で「オンリー」と呼ばれている。「オンリー」という地位は、娼婦たちの間では垂涎の的であった。アパートなど住居が得られて安全が保証され、肉体を提供しなくてはならない機会がより少なくなるからというだけでなく、それが時には結婚に結びつくからである。とはいえ結婚の約束はしばしば破られがちであるのだが。「オンリー」とは逆に、大勢の客をとる娼婦は、「バタフライ」と呼ばれることもある。

(34) 占領米兵による日本女性の不法誘拐である「女狩り」は「パンパン狩り」とは区別されなければならない。「パンパン狩り」は、米兵相手の娼婦を取り締まり嫌がらせをするための、警察による通常の手入れのことである。占領期に日本の警官がアメリカ警察とジープに同乗して「パンパン狩り」を行ったことについては、[原田弘　一九九四：一六九—七〇]を参照のこと。

(35) たとえば[もろさわようこ　一九七二]を参照。

(36) 一九九六年五月および一九九九年一二月の樋原茂則氏との個人的な会話による。樋原は水野浩の本名は不明であると述べている。なお、GHQは出版前年の一九五二年四月に廃止されているので、彼の説明は刊行準備段階における事情を明かすものであろう。

(37) オビに記載された広告文は、[福島鋳郎　一九八七：二五三]の鮮明な写真にて確認することもできる。

(38) 露骨な性描写・強姦・その他の暴力のエロティックな描写については、『女の防波堤』一四・二三・五六頁を参照。

(39) [Brooks, Peter 1984]参照。ブルックスとその学派のメロドラマ理論への批判については、[Hays, Michael and Anastasia Nikolopoulou 1996]を参照。その序論によれば、ブルックスらはメロドラマを「派生形容詞によって名付けられた美的カテゴリーの下で再記述することと」によって、脱歴史化してしまったという。「議論の土俵を主観的領域へと移行させることにより、メロドラマの生産と受容における具体的現場を支配する文化的力学を捨象してしまった」というのである。しかし、脱歴史化という批判はいささか公正さを欠くと思われる。なぜなら、ブルックスは、一九世紀フランスとイギリスを中心とした様々な文化における、このジャンルの起源の多様性や変遷過程、複雑な受容形態といったまさに具体的歴史性を熟知しているからだ。

メロドラマという英語の用語を戦後日本文学をめぐる議論に援用するにあたっては、歴史・文化・言語を異にする文脈への翻訳に伴う歪曲を免れえないであろう。しかし、ブルックスの列挙するメロドラマの特徴の多くは、『日本の貞操』『女の防波堤』にも当てはまるように思う。ブルックスによれば、メロドラマを特徴づける要素は、「情緒性への強度の耽溺、モラルの分極化と図式主義、極端な人物・状況・行動設定、公然たる悪行、善良な人物に課せられる試練と終局での勧善懲悪の原則、大仰で誇張された表現、芝居がかった過剰性」[Brooks, Peter 1984 : 11-12]などである。このうち『日本の貞操』『女の防波堤』における唯一の例外は、勧善懲悪の原則であろう。私見では、日本の「メロドラマ」では、おおむねこの原則は除外され、不幸な主人公は不幸なまま終わることが多いように思われる。日本の聴衆・読者は登場人物をさいなむのを好む傾向があるようだ。少なくとも、論じてきたこの二つのテクストがハッピーエンドを回避しているのは確かである。

第五章　両義的なアレゴリー

（1）［Inoue, Kyoko　1991：279］。戦後の憲法については［古関彰一　一九八九］も参照。

（2）スーザン・ファーによれば、日本のフェミニストたちは女性の権利についての改革を支持したが、「……その目的は選挙権に限られており、憲法改正は視野に入っていなかった。婦人参政権獲得という画期的な出来事は、彼女たちの努力もあって、一九四五年一二月の選挙法改正によって実現された。この変革は、続いて起こるあらゆる変化にとって重要であって、その意義は、日本においてまもなく花開くことになる真にラディカルな女性の権利の変革への努力に匹敵するほどである。しかし、占領時代というコンテクストにおいては、たいして騒がれなかった」［Pharr, Susan　1987：227］。

ファーの指摘によれば、進駐軍内部で女性に関わる市民権の条文を起草した中心人物であるベアテ・シロタ・ゴードンは、「当該の条文を起草する仕事を終えるまで、女性の権利改正にかかわる日本人女性とまったくコンタクトがなかった」［Pharr, Susan　1987：233］。

（3）時代の雰囲気を伝えるこのような出来事は他に、［岩崎爾郎・加藤秀俊　一九七一：四六―四九］における新聞の見出しと記事の要約でも見ることが出来る。また［竹前栄治・金原左門　一九八九］の特に第三章も有益な情報源である。

（4）［西清子　一九八五：七］［島田とみ子　一九七五：一九］［野村ゲイル　一九七八：三三二

一三三]

確かに、進駐軍による多くの法的改正は今日でもなお、完全に実現されていない。ほとんどの日本の企業や政府関連をみても明らかである。しかし日本における最も厳しいマッカーサー批判者でさえ、自国のリーダーたちがこうした大々的な法改革をこんなに早く成し遂げるとは思えなかった。たとえば島田とみ子は、「婦人参政権ひとつをとってみても、占領軍のような強者の指令がなければ、このように早く実現しなかったであろう」[島田とみ子　一九七五：一九]と書いている。また[Finn, Richard B.　1992：41-42][Pharr, Susan　1987：221-52]も参照。

(5)　むろん例外もある。一九五〇年代を通じて、芹沢光治良は女性誌に娼婦たち――そのうちの幾人かは兵士のボーイフレンドを持っている――の物語を書き続けた。

(6)　[上野千鶴子　一九九六]。改訂されたものが『ナショナリズムとジェンダー』（一九九八）に所収。

(7)　「遠来の客たち」の本文は[曽野綾子　一九七一：七―三二]を使用した。「遠来の客たち」の翌年、曽野綾子は占領下の生活を書いたもう一つの物語、「グッドラック・フォー・エブリバディ」を著している。この作品は『曽野綾子選集』全七巻にも、多くの近代・現代文学短編集などにも収められていない。曽野に対する作家論もまたこの物語を見過ごし、あるいは無視してきたし、「遠来の客たち」を高く評価した読者にも「グッドラック・フォー・エブリバディ」を知る者はほとんどいないようである。しかし、日本本土の占領文学の中で、米兵の住込みメイドの生活をメイドの視点から描いた稀な作品である点で、注目に値する。またアフリカ系米兵に焦点を当てた点では、女性作家の作品の中でも最も早いものの一つで、松本の「黒地の絵」、大江の「飼育」に数年先立っている[曽野綾子　一九五五：六一―七九]。

小山いと子(一九〇一―八九)は曽野ほど知られてはいないが、一九三〇年代に執筆を始めた作家で、戦後一〇年間に同時代の社会問題についていくつかの作品を残し、広い視野と素材への注意深い観察により批評家に注目された。しかし同時期に小山は感傷的で紋切り型の作品群を女性誌に書き、結局日本の戦後文壇の評価を得ることに失敗した。「虹燃ゆ」から判断すると、批評家たちが小山の文学的才能について判断を留保したのは正当であった。これは鞠子という善良で無欲で二児の母でもある戦争未亡人をめぐるお涙頂戴的物語である。戦後まもなく、キャプテン・クリステンセンという名の粋で繊細なアメリカ人士官と恋に落ち、結婚を申し込まれる。しかし、再婚によって母をアメリカ男にとられるのではないかと息子が心配するため、鞠子はためらう。小山は物語の明らかなエディプス的テーマを展開させることに失敗し、その代わりに自己実現への欲望と母親としての義務に引き裂かれる女性というテーマを選ぶのである(意味深いことだが、鞠子は娘とはあまり関わらない)。このような女性の個人的欲望と家族への義務との葛藤は、円地文子のような女性によって緻密に探究されてきた。しかし小山は読者の心の琴線を刺激することに主たる関心をむけてしまい、そのナラティヴは、ついにはただのお決まりのお涙頂戴になってしまう[小山いと子　一九五二]。

また、[赤木けい子　一九五五]も見よ。占領期の日本の女性作品については、[Orbaugh, Sharalyn　forthcoming]を参照。

(8)　広池秋子「オンリー達」の初出は『文学者』(一九五三年一一月号)。本章では女流文学者会編『現代の女流文学』第一巻(毎日新聞社、一九七四年、一九三―二一二頁)所収のものによった。中本たか子「基地の女」は、『群像』（一九五三年七月号、一〇二―二七頁）の匿名小説コーナーに掲載された初出テクストを参照した。英訳は[Gluck, Jay　1963：159-73]。平林たい子「北海道千歳の女」の初出は『小説新潮』（一九五二年一二月号）。ここでは[平林たい子　一九七七：四二七―三六]によった。

(9)　今川英子は、曽野の初期作品が「明るいニヒリズム」の支持として描かれていると主張する[今川英子　一九八六：一〇五]。

(10)　曽野の作品、とりわけ「遠来の客たち」についての批評は、笹森桂子の曽野綾子入門[笹森桂子　一九七三：一七三―七四][勝又浩　一九七四：二〇八―〇九][山田有策　一九八五：一五八―六六][村松定孝・渡辺澄子　一九九〇：一八七―八八]。曽野作品がほとんど「習作」であるとの三島の言及は、「人物案内――曽野綾子」『群像』（一九五五年一一月号、七九頁）で見ることができる。

(11)　曽野は一九七〇年、エッセイ集『誰のために愛するか』でミリオンセラー作家となり、一九六〇年代、七〇年代には世界各地を旅しつつ、多くの調査報告を書いている。

(12)　『男流文学論』（一九九七）は、日本文学の批評言説《ディスコース》に「女流」の対立的概念としての「男流」という言葉を差し挟むことで「女流作家」という用語を転覆することを意識している[上野千鶴子他編　一九九七]。このカテゴリーは、『国文学』（一九八六年六月号）誌上の女性文学特集などでも疑問視されている。[Ericson, Joan E.　1996]も参照。

(13)　同様に、曽野が日本文学シーンに登場した一九五〇年代半ば、彼女ともうひとりの新人の有吉佐和子は「才女」と呼ばれている。

（14）　広池秋子の伝記的情報は乏しい。たとえば久松潜一他編の『現代日本文学大事典』（一九六八年、机上版）には取り上げられておらず、一九八五年九月号の『国文学　解釈と教材の研究』「女流作家」特集でも論じられていない。彼女の人生と業績についてのごく簡単な素描は同誌のごく古い特集号に見られるのみである。『国文学　解釈と教材の研究』特集「戦後作家の履歴」（一九七三年六月号、二六一―六二頁）。磯田光一は「占領の二重構造」というエッセイで「オンリー達」について簡単に触れている。また［村松定孝・渡辺澄子　一九九〇：三〇二］でもほんのさわりだけ扱われている。それによれば、「オンリー達」は広池の「代表作」と目されるが、「以後の作品には格別の文学的発展は見られない」とされている。

（15）　占領時代の日本の男性芸人やジャズ演奏家が英語の呼び名を用いたりアメリカ人スターをまねたりするのは珍しいことではない。

（16）　エンゲルスはエッセイ「家族、私有財産および国家の起源」［Engels, Friedrich　1972：189–204］を通じてこの表現を用いている。

（17）　［Goldman, Emma　1972：310］。また同書所収のエッセイ"Marriage and Love"も参照。

（18）　［de Beauvoir, Simone　1974：619］

（19）　この物語を探すのがいかに難しいか、その実例として私自身の不運な「基地の女」捜索経験を紹介しておこう。私がまずこの物語の存在を知ったのは、ジェイ・グラックの翻訳した戦後初期文学作品集 *Ukiyo* に収められた"The Only Ones"と題された作品であった。グラックの本には日本語のタイトルや出典が記されておらず、私が助言を求めたどの教授、司書、博識の日本人も、米兵の愛人を描いた中本の作品のことを思い出せなかった。ついに著名な文学雑誌『群像』誌上に掲載されているのを発見した時、私は、この雑誌の現物を既にもっていることに気づいた。この小説のタイトルが私の研究に役立ちそうだと思って古書店で買い求めていたのである。この物語を英訳のそれと結び付けることができなかったのは、タイトルが異なっていただけでなく、匿名で発表されていたせいでもある。『群像』の編集者は、著者名を伏せた小説を毎号一作ずつ掲載することを計画していた。読者が作者の名前に惑わされることなく作品を評価できるようにとの趣旨であった。どの著者についても編集者は、物語を匿名の作品として発表することの承諾を得ている。編集者の説明については『群像』（一九五三年八月号、一二七頁）参照。

中本の文学についての伝記的梗概と簡単な評価については、[久松潜一他編　一九六八：八三六][村松定孝・渡辺澄子　一九九〇：二四八―五〇]を参照。どちらも「基地の女」への言及はない。英語では[Tanaka, Yukiko　1987：129-34]参照。田中も「基地の女」のことを知らず、一三三頁で、中本の「戦後最初の作品は「びっこの小蝿」」（一九五四）だと述べている。

(20)　広池秋子も平林たい子もかつてカフェーの女給として働いたことがあるという事実は注目に値するかもしれない。だからといって、彼女たちが文学的価値以外のものを売っていたとほのめかしたいわけではない。

(21)　トーンの変化は、「……というわけで」ではじまる次の段落にあらわれる。「……」という省略とともに、直前に語られた出来事を無造作に因果的に指示するパラグラフで始めることで、平林は語り手が気軽な仕事に着手していることを示唆する。

(22)　一九五三年の新聞評論で、平林は日本人があまりにも黒人混血児問題で「大騒ぎしている」と書いている。[平林たい子　一九五三]参照。

第六章　内なる占領者

(1)　野坂の生涯と多彩なスキャンダルについては『別冊新評』「野坂昭如の世界——全特集」(一九七三年七月)参照。野坂の総合的な年譜研究については[清水節治　一九九五]参照。清水は彼の文学作品については、野坂の個人的人生を説明するのに関連する限りで触れる以外はほとんど書いていないが、野坂を私小説作家として読むという強固な推論に立っている。

(2)　野坂神話については[清水節治　一九九五]参照。

(3)　新潟県副知事をつとめたこともある野坂の父親は、息子の過去について生き生きとしたエッセイを書いている[野坂相如　一九七三：二三〇—三八]。

(4)　「監禁されている状態、閉ざされた壁のなかに生きる状態を考えることが、一貫した僕の主題でした」[大江健三郎　一九六六：三八〇]。「人間の羊」「不意の唖」「戦いの今日」を含む一連の小説は全て同年に発表されている。ミチコ・ウィルソンは、「見るまえに跳べ」論の他、大江の占領を扱った初期小説における娼婦の扱い方について論じている。「人間の羊」についての大江自身の言及については、インタヴュー「大江健三郎氏に聞く」[大江健三郎　一九六九：一六]参照。

(5)　「形式」と「内容」ないしそのヴァリエーション(この場合は「スタイル」と「ストーリー」)の区別によって生じる哲学的問題はさておき、これらの用語はまだ十分有益なガイドラインとして働くと私は考える。「アメリカひじき」における形式に関する私の議論は「文体」の問題に限定されている。

(6)　「超越的」とは、厳密に言えば超越的ではない。というのは、それは俊夫の思考や感覚だけを語るからである。作品の中でこの声は、主格助詞の「は」によって生じる俊夫の名を意味するのである。

(7)　共時的かつ心的な焦点化については[Rimmon-Kenan, Shlomith　1983：78-80]、および[Cohn, Dorrit　1978]の特に第二章。最もナラトロジカルな研究はヨーロッパの文学に集中しているので、日本の作品にはたやすく傾倒しない。これらの研究で使われる文法上の二つの判断基準として、「時制」と「人称」がある。「アメリカひじき」の一節が示すように、日本の統語論(主・格・動詞)においては、一文の最後の最後で時制を明確にするのを作家が回避することを可能とさせる。これは、物語の筋の進行や連続する出来事を示す「断続的な文法形式」や「動名詞」などの動詞の活用を使うことによって達成される。野坂の文章の長さは、その末尾にある完了の語形変化である「〜た」による遅延のため映画的な効果を加えることになる。それはその文章の作用を過去へと追いやるのである。

しばしば注記される二つめの点として、ヨーロッパのナラトロジカルな評価基準としばしば一致しない日本の会話の要素として「人称」の曖昧さがある。日本人の作家は、文章の対象を特定せずに自然に読める散文でもって長く一続きにできるのだ。結果として、筋が語られている登場人物への語り手の埋没という暗黙の了解が残る。ファウラーは、日本の私小説の伝統に焦点をあてている[Fowler, Edward　1988]。[Fujii, James　1992]も参照のこと。近代の散文における時制と人称の問題については[三谷邦明　一九八九：三六〇—七六]を参照。

(8) 俊夫と伊佐はともに、占領兵に言及する際に蔑称的な言葉を使う。俊夫の身振りは彼の夢によって限定され、そして伊佐の言語上の転倒という短い瞬間によって、理解不能な兵士への直接の挨拶という形式へと至る。伊佐が英語では勝てない相手に対して「おまえ」という荒い呼び方をするのに対して、俊夫は夢では「毛唐」という言葉でもって外国人のことを言及する。
(9) 先に述べたように、物語の「超越的な」第三者は、他の登場人物ではなく俊夫の思考や感覚にのみ接近していた。それゆえヒギンズに関する要求など推測にすぎないのである。
(10) 決定的な占領経験の有無という世代間の差異の重要性に関する野坂自身の評価については、[野村喬 一九七三：九五―九六]を参照。世代間の差異に対する野坂自身の感受性は、現代日本の(文学的な評伝に限らず)バイオグラフィ批評の一般的要素であり、終戦時の年齢に従って分類された戦後日本の作家の分類学において現れるのだ。

第七章 近年の占領文学

(1) これらの三作品は、一九八七年、八九年、九〇年に講談社より刊行された。この三作品が独立しているとの三枝による言葉は、『その冬の死』「あとがき」(二〇六頁)に見られる。三枝はまた、私によるインタヴュー(一九九六年八月二二日)でもこの点を強調していた。
(2) [村松定孝・渡辺澄子 一九九〇：一四一―四三]参照。
(3) [曽根博義 一九八六：五七]
(4) 私によるインタヴュー(一九九六年八月二二日)。
(5) しかしながら、占領者自身の考えと見解を物語った最近の沖縄の作家と異なり、三枝が日本人のキャラクターに制限しているのに注意しなければならない。

(6)　一九九六年の私によるインタヴューでは、三枝は平林の「北海道千歳の女」や、中本の「基地の女」については知らないと話していた。

(7)　もちろん、島田が一九九九年に刊行された本書の原書や、その前後に和訳で日本の文芸誌に掲載された第一章、第二章、または第四章の元となった論文を読んだ可能性は無きにしも非ずだが、たまたま問題意識と興味・関心が本書と重なったのだろう（実際に拙著を参照して書いたとしたら光栄に思うのだが……）。

(8)　筋の不備の一例として、有希子の恋人「後藤」という男がずっと苦しめられてきた頭痛や不眠症や聴覚の症状は、単なる精神的な要因というより、特攻隊飛行士として遭った事故の後遺症であるという作中の説明は説得力があったのに、後半で有希子との仲が深まると、全ての症状が消えてしまったように描かれている点が挙げられる。

(9)　とりわけ有希子が、愛人である後藤に献身的に「尽くす」姿勢や、同年齢の祥子の、姉妹の父親に対する揺れない愛欲は、男性作家特有の視点／ファンタジーと感じられる読者もいるのではないだろうか。

(10)　［浦田義和　一九九〇：三一二］からの引用。沖縄の学者たちは、又吉栄喜と上原昇の世代は異なるが、同じくアメリカの占領下で育ったと考えている。

(11)　［又吉栄喜　一九九〇b：一一八―四二］

(12)　［岡本恵徳　一九九六：一七五］

(13)　沖縄の女性作家たちが復帰後にのみ出現したのには、幾つかの事実が寄与していると岡本恵徳は言う。それは、復帰に続いた突然の好景気、社会的にも政治的にも男性によって独占されてきた状況の中での女性差別の廃止、日本による沖縄の差別の廃止と日本のマスメディアに晒される機会が増えたこと、などである。この新しい世代の女性たちは、彼女らの先輩よりもはるかに教育を追求する機会があったということを加える人もいるかもしれない。

(14) [吉田スエ子 一九九〇:一六一―七七]

(15) GI相手の娼婦の高齢化は沖縄に限ったことではない。キャサリン・H・S・ムーンによる韓国の米軍基地の娼婦に関する研究では、「自分より三まわりも若いであろうGIを連れキジョンの通りを歩いていた六五歳以下には見えない」女性に言及している[Moon, Katherine H. S. 1997 : 5]。

(16) [長堂英吉 一九九四]。この作品は『新潮』一九九三年一一月号初出。

(17) 『ランタナの花の咲く頃に』の単行本は絶版になっているようだが、拙編『街娼――パンパン&オンリー』(皓星社、二〇一五年)に収録されている。

(18) 二〇一六年の逮捕について、県内の主要な新聞である『沖縄タイムス』と『琉球新聞』に加えて、『朝日新聞』も逮捕された当日から数日にわたり、ほとんど毎日のように目取真の逮捕事件に関する記事を掲載している。また、その前年には辺野古の基地建設に反対する心境について『朝日新聞』とのインタヴュー記事で話している(『朝日新聞』二〇一六年四月一日付朝刊)。

(19) 上記の沖縄文学の英訳アンソロジーとは、Michael Molasky and Steve Rabson, *Southern Exposure: Modern Japanese Literature from Okinawa* (University of Hawai'i Press, 2000)とい

うものであり、「水滴」の私の英訳版のタイトルは"Droplets"である。アンソロジーが刊行される前に、ほぼ同じ英訳版をアメリカの文学雑誌 *Southwest Review* (Winter 1998), 438-68 に掲載してもらった。ちなみに、目取真に関する翻訳作業およびその関連の研究に取りかかったとき、本書『占領の記憶／記憶の占領』の英語版の原書を執筆していた最中だったので、「エピローグ」に目取真について言及すべきかどうかずいぶん悩んだが、その時点で本書の規定による「占領文学」に該当するふさわしい作品が現れていないと判断したため、目取真の作品に対する詳しい言及を避けた次第である。なお、本章の目取真論の一部は、以前発表した次の論文を踏まえていることを明らかにしたい。Michael Molasky, "Medoruma Shun: The Writer as Public Intellectual in Okinawa Today," in Mark Selden and Laura Hein, eds., *Islands of Discontent: Okinawan Responses to Japanese and American Power* (Lanham, MD: Rowman and Littlefield, March 2003): 161-91.

(20) 目取真の方言の細かい使い分けが意図的であることは、次の(方言を中心課題とする)インタヴュー記事から確認できる[目取真俊　一九九八]。

(21) [目取真俊・池澤夏樹　一九九七：一七九]

(22) 目取真は次のインタヴュー記事で「水滴」を上梓する過程についてふり返っている[目取真俊　一九九七b]。

(23) [目取真俊　二〇〇三：二三四]

(24) [大江健三郎・目取真俊　二〇〇〇：一七八―七九]

(25) [Moretti, Franco　1996：234](私の訳文である)。

(26) [目取真俊　一九九八：三三]
(27) [目取真俊　一九九八：三七]
(28) [目取真俊　二〇〇〇]
(29) ハンセン病に関するブログ記事には〈https://blog.goo.ne.jp/awamori777/e/a17889d2ffeb82d50b0b8735607694cb〉を参照(二〇一八年五月二一日アクセス)。
(30) 「魚群記」における差別の表象について、次の論文を参照。[朱恵足　二〇〇一]、そして[佐久本佳奈　二〇一五]。ほかに、琉球大学の新城郁夫が目取真文学全体を詳しく論じているので参考になる。[新城郁夫　二〇〇三、二〇一〇]のほかに、『沖縄タイムス』と『琉球新報』で「魚群記」を含め、目取真文学に関する数々の批評記事を書いている。
(31) 「一月七日」は、一九八九年冬号の『新沖縄文学』に掲載されてから、二〇一三年の影書房からの『目取真俊短篇小説選集』(第一巻)で、初めて単行本に収録された。本項には、初出の作品を参照した。
(32) [友田義行　二〇一一：一五三―六五]
(33) 『眼の奥の森』は最初季刊『前夜』(二〇〇四年秋号―二〇〇七年夏号)に連載され、二〇〇九年に影書房から単行本として刊行された。本項を書くに当たり、単行本のテクストを使用した。
(34) [鈴木智之　二〇一二]

岩波現代文庫版あとがき

今となっては、『占領の記憶／記憶の占領』の原著に着手したのは、ずいぶん昔のことのように感じられる。当時はまだ三〇代であり、私にとって初めての著書となるだけに、時間もエネルギーも惜しまずに投入した。ふり返ると、我ながらよくぞいろいろと細かなことをそこまで調べる気力があったと思う。一例を挙げれば、新川明の詩「有色人種」に出現する「オネスト・ジョン」という一単語の意味および歴史的背景を把握するために、あれこれ調べた結果、米陸軍ミサイル司令部の歴史局というところに辿りつき、担当者と何度かやり取りしたのだが、そういったマ、ニ、ア、ッ、ク、な作業は、さすがに六〇代に達した現在の自分には到底できないし、そこまで調べようと思いもつかないだろう。その意味では、本書は若さならではの産物だと言えるかもしれない。

また、原著の大部分はアメリカで暮らしながら、主に英語圏の日本研究の専門家向けに著した。その側面も、新版を準備する過程においてずいぶん認識させられた。というのは、原著の日本語訳を細かく読み返すと、「日本は」や「日本人は」などといった言葉が散在しているのである。やはり、アメリカに暮らしていた当時の私は、日本社会をかなり客体化していて、遠くから眺めているような筆致が色濃く現れていたようだ。だが、一〇年ほど前に、私は日本に永住するつもりで母国アメリカを引き上げ、移住してきた。そして、この新版が刊行されるちょうど半年前に、アメリカ国籍を放棄し、日本に帰化した。要するに、私自身が原著を書いたときに比べ、立場も心境も大きく変わったわけである。それに加えて新版の読者層はほとんど日本人(沖縄人を含め)だと思えば、そういった「外からの視点」が強調されるような表現をどうしても書き換えたくなった。たとえば、「日本政府は」を「政府は」、「日本人は」を「国民は」などのように。その結果、以前刊行された邦訳版に比べ、この新版の文体は多少日本語の読者に寄り添うように変わっていると思う。

とはいえ、研究者は研究対象からも読者からも、ある程度の距離感が求められるのであり、新版においてもその姿勢を守るように心掛けた。そもそも、私自身は本書の内容からほど遠い経験をしてきた。まず、ベトナム戦争末期、徴兵の対象年齢に達する前年にアメリカの徴兵制度が廃止されたおかげで軍隊に入ったことはない。米軍基地には一度しか入ったことがなく、それも本書を執筆するための体験として一度くらい沖縄の米軍基地の中を見なくてはと思い、あるツテで案内してもらっただけである。また、米軍の日本本土占領の終了後に生まれており、初来日は沖縄復帰後なので、どちらの占領もリアルタイムで体験していない。だから占領下の状況を思い描くのに、本書で取り上げてきたような文学作品や多様な資料、それに聴き取り調査などに頼るほかなかった。その点、本書の読者の多くは同じだろうと想像する。

野坂昭如の「アメリカひじき」が教えてくれるように、個人の記憶というのは、安易に共有できるものではない。むしろ、深く身に刻まれた記憶であればあるほど、共有するためには様々な条件が必要となる。主人公「俊夫」が、突然インポになったセックスショーの男優「よっちゃん」の心境を想像するときの場面を思い起こす――

頭の中にジープが走り、カムカムエブリボディがよみがえり、連合艦隊も零戦もなくなったたよりなさ、焼跡の上にギラギラと灼きつく炎天のむなしさ、いっぺんに昨日のことのように思い出して、それでインポになってしもたんや、それはヒギンズにはわかるまい、日本人かて俺と同じ年頃やないと理解できへんやろ、……［九九頁］

確かに、同じ時期に同じ立場で、似たような体験をもっていない限り、他人の記憶を共有することはできないだろう。ましてや、俊夫(そして野坂自身)の中で、痛烈なリアリティとしてふいに蘇るような記憶は、共有不可能にちがいない。だが、幸い、野坂が遺した「アメリカひじき」という占領文学の傑作は、著者が亡くなった後の現在も、そうした閉ざされた内面の世界に読者を招き入れ、覗かせてくれる。それは、小説ならではの力だと言えよう。そして、本書で紹介した多数の文学作品と合わせて読むと、その数々の虚構の物語はひとつの〈記憶の集合体〉と化し、読者各自の想像力を通じて膨らむと、小規模の〈社会的記憶〉にまで変容していくこともあろう。

だからこそ『占領の記憶／記憶の占領』の新版の最後に、目取真俊の作品世界を概観したかった。一九六〇年代生まれの目取真も自身は沖縄戦を体験していないのに、戦争の記憶がまざまざと迫ってくる物語を創り続けてきた。また、基地移設の反対運動に直接参加する沖縄の作家として、目取真は現在も継承されつつある〈占領の影〉を毎日のように痛感せずにいられないだろう。

本書のイントロダクションの冒頭で、ポール・ファッセルの「葬り去ったはずの我々自身の生」という比喩に触れたが、現在の日本では沖縄ほどその比喩が当てはまる土地はあるまい。いや、沖縄の場合には「葬り去った」という表現は比喩だけでは片づけられない。二〇一七年九月二三日付の『朝日新聞』に、次の文章から始まる記事が掲載された。

那覇市の中心部、国際通りの一部約300メートルが23日午前10時20分から約1時間、通行止めになった。太平洋戦争末期の沖縄戦で使われた米軍の不発弾が見つかったためで、陸上自衛隊が処理した。付近の住民は避難し、ホテルの宿泊客もホテルを出た。

発見されるまで、その不発弾は七二年間、沖縄県最大の都市の、最も代表的な市街の下に埋まっていた。沖縄で掘り起こされるのは、記憶ばかりではない。

マイク・モラスキー

二〇一八年六月

本書は二〇〇六年、青土社より刊行された。現代文庫版刊行にあたり、全体にわたり改訂増補を行った。特にエピローグは、第七章として大幅に増補した。

岩波現代文庫［学術］

G483-484
焼跡からのデモクラシー（上・下）
—草の根の占領期体験—
吉見義明

戦後民主主義は与えられたものではなく、戦争を支えた民衆が過酷な体験と伝統的価値観をもとに自ら獲得したことを明らかにする。

G485
柳田国男と民俗学の近代
—奥能登のアエノコトの二十世紀—
菊地暁

激変する戦後日本の中で、柳田国男とその門下たちが「発見」したアエノコト。その過程を、「二十世紀の物語」として再考する。〈解説〉佐藤健二

G486
定本 ラバーソウルの弾みかた
—ビートルズと僕らの文明—
佐藤良明

60年代の対抗文化が宗教革命・産業革命に並ぶ精神の変容を伴ったことを活写。旧版を全面改稿し、資本主義のエートスを描き直す。

2025. 6

岩波現代文庫［学術］

G477
シモーヌ・ヴェイユ
冨原眞弓

その三四年の生涯は「地表に蔓延する不幸」との闘いであった。比類なき誠実さと清冽な思索の全貌を描く、ヴェイユ研究の決定版。

G478
フェミニズム
竹村和子

最良のフェミニズム入門であり、男／女のカテゴリーを徹底的に問う名著を文庫化。性差の虚構性を暴き、身体から未来を展望する。〈解説〉岡野八代

G479
増補 総力戦体制と「福祉国家」
―戦時期日本の「社会改革」構想―
高岡裕之

戦後「福祉国家」とは全く異なる総力戦体制＝「福祉国家」の姿を、厚生省設立等の「戦時社会政策」の検証を通して浮び上らせる。

G480-481
経済大国興亡史 1500-1990（上・下）
チャールズ・P・キンドルバーガー
中島健二訳

繁栄を極めた大国がなぜ衰退するのか――国際経済学・比較経済史の碩学が、五〇〇年にわたる世界経済を描いた。〈解説〉岩本武和

G482
増補 平清盛　福原の夢
髙橋昌明

『平家物語』以来「悪逆無道」とされてきた清盛の、「歴史と王家への果敢な挑戦者」としての姿を浮き彫りにし、最初の武家政権「六波羅幕府」のヴィジョンを打ち出す。

2025. 6

岩波現代文庫創刊二〇年に際して

二一世紀が始まってからすでに二〇年が経とうとしています。この間のグローバル化の急激な進行は世界のあり方を大きく変えました。世界規模で経済や情報の結びつきが強まるとともに、国境を越えた人の移動は日常の光景となり、今やどこに住んでいても、私たちの暮らしは世界中の様々な出来事と無関係ではいられません。しかし、グローバル化の中で否応なくもたらされる「他者」との出会いや交流は、新たな文化や価値観だけではなく、摩擦や衝突、そしてしばしば憎悪までをも生み出しています。グローバル化にともなう副作用は、その恩恵を遥かにこえていると言わざるを得ません。

今私たちに求められているのは、国内、国外にかかわらず、異なる歴史や経験、文化を持つ「他者」と向き合い、よりよい関係を結び直してゆくための想像力、構想力ではないでしょうか。

新世紀の到来を目前にした二〇〇〇年一月に創刊された岩波現代文庫は、この二〇年を通して、哲学や歴史、経済、自然科学から、小説やエッセイ、ルポルタージュにいたるまで幅広いジャンルの書目を刊行してきました。一〇〇〇点を超える書目には、人類が直面してきた様々な課題と、試行錯誤の営みが刻まれています。読書を通した過去の「他者」との出会いから得られる知識や経験は、私たちがよりよい社会を作り上げてゆくために大きな示唆を与えてくれるはずです。

一冊の本が世界を変える大きな力を持つことを信じ、岩波現代文庫はこれからもさらなるラインナップの充実をめざしてゆきます。

（二〇二〇年一月）

新版 占領の記憶 記憶の占領
—戦後沖縄・日本とアメリカ

2018年7月18日 第1刷発行
2025年6月16日 第2刷発行

著 者 マイク・モラスキー
訳 者 鈴木直子《すずきなおこ》
発行者 坂本政謙
発行所 株式会社 岩波書店
〒101-8002 東京都千代田区一ツ橋2-5-5
案内 03-5210-4000 営業部 03-5210-4111
https://www.iwanami.co.jp/

印刷・精興社 製本・中永製本

ISBN 978-4-00-600384-5 Printed in Japan

参考文献

Achebe, Chinua (1973), "Where Angels Fear to Tread" and "The Role of the Writer in a New Nation", in G. D. Killam (ed.), *African Writers on African Writing* (Northwestern UP).

Ahmad, Aijaz (1992), *In Theory; Classes, Nations, Literatures* (Verso).

Anderson, Benedict (1983), *Imagined Communities: Reflections of the Origin and Spread of Nationalism* (Verso). ベネディクト・アンダーソン，白石さや・白石隆訳『想像の共同体——ナショナリズムの起源と流行』NTT 出版，1997 年.

Angst, Linda (2000), "In a Dark Time: Community, Memory and the Discursive Construction of Gendered Selves in Post War Okinawa", PhD dissertation (Yale University).

—— (1996), "Challenging and Accommodating Gendered Nationalism: Roles, Representations, and Meanings of Himeyuri, 1945-1995", paper presented at the annual meeting of the Association for Asian Studies (13 April).

Ashcroft, Bill, Gareth Griffiths and Helen Tiffin (eds.) (1989), *The Empire Writes Back: Theory and Practice in Post-Colonial Literatures* (Routledge). ビル・アッシュクロフト他編，木村茂雄訳『ポストコロニアルの文学』青土社，1998 年.

Auslander, Mark (1997), "'Fertilizer has brought Poison': Crises of Reproduction in Ngoni Society and History", PhD dissertation (University of Chicago).

Barry, Kathleen (1995), *The Prostitution of Sexuality* (New

York UP).

Befu, Harumi (1992), "Symbols of Nationalism and Nihonjinron", in Roger Goodman and Kirsten Refsing (eds.), *Ideology and Practice in Modern Japan* (Routledge).

Bell, Shannon (1994), *Reading, Writing and Rewriting the Prostitute Body* (Indiana UP). シャノン・ベル，越智道雄他訳『売春という思想』青弓社，2001 年.

Bhabha, Homi (1984), "Representation and the Colonial Text: A Critical Exploratian of Some Forms of Mimeticism", in Frank Gloversmith (ed.), *The Theory of Reading* (Harvester). ホミ・バーバ，大橋洋一・照屋由佳訳「表象と植民地テクスト」『越境する世界文学』河出書房新社，1992 年.

— (1983), "The 'Other' Question", *Screen* 24(6).

Bornoff, Nicholas (1991), *Pink Samurai: Love, Marriage and Sex in Contemporary Japan* (Pocket Books).

Bowers, W. T., William M. Hammond and George L. MacGarvigle (1996), *Black Soldier White Army: The 24th Infantry Regiment in Korea* (United States Army Center of Military History).

Braw, Monica (1991), *The Atomic Bomb Suppressed: American Censorship in Occupied Japan* (M. E. Sharpe). モニカ・ブラウ，立花誠逸訳『検閲 1945-1949 —— 禁じられた原爆報道』時事通信社，1988 年.

— (1997), "Hiroshima and Nagasaki: The Voluntary Silence", in Laura Hein and Mark Selden (eds.), *Living With the Bomb: American and Japanese Cultural Conflicts in the Nuclear Age* (M. E. Sharpe).

Brooks, Peter (1984), *The Melodramatic Imagination: Balzac, Henry James, Melodrama, and the Mode of Excess* (Colum-

bia UP). ピーター・ブルックス，四方田犬彦他訳『メロドラマ的想像力』産業図書，2002 年.

Buckley, Roger (1982), *Occupation Diplomacy* (Cambridge UP).

Christy, Alan (1993), "The Making of Imperial Subjects in Okinawa", *Positions* 1(3).

Cohn, Dorrit (1978), *Transparent Minds: Narrative Modes for Presenting Consciousness in Fiction* (Princeton UP).

Cook, Haruko Taya and Theodore F. Cook (eds.) (1992), *Japan at War: An Oral History* (The New Press).

Cornyetz, Nina (1994), "Fetishized Blackness: Hip hop and Racial Desire in Contemporary Japan", *Social Text* 41 (Winter).

— (1996), "Power and Gender in the Narratives of Yamada Eimi", in Paul Gordon Schalow and Janet A. Walker (eds.), *The Woman's Hand: Gender and Theory in Japanese Women's Writing* (Stanford UP).

Dale, Peter (1986), *The Myth of Japanese Uniqueness* (St. Martin's Press).

de Beauvoir, Simone (1974), *The Second Sex* (Vintage). シモーヌ・ド・ボーヴォワール，『第二の性』を原文で読み直す会訳『決定版　第二の性』新潮文庫，2002 年.

de Groot, Joann (1989), "'Sex' and 'Race': The Construction of Language and Image in the Nineteenth Century", in S. Mendus and J. Rendall (eds.), *Sexuality and Subordination* (Routledge).

Doak, Kevin (1994), *Dreams of Difference: The Japan Romantic School and the Crisis of Modernity* (U of California P). ケビン・マイケル・ドーク，山下宣子訳『日本浪漫派とナショナリズム』柏書房，1999 年.

Dower, John (1979), *Empire and Aftermath: Yoshida Shigeru and the Japanese Experience, 1878–1954* (Harvard Council on East Asian Studies). ジョン・ダワー，大窪愿二訳『吉田茂とその時代　上・下』中公文庫，1991年.

—— (1986), *War Without Mercy: Race and Power in the Pacific War* (Pantheon). 同，猿谷要監『容赦なき戦争 —— 太平洋戦争における人種差別』平凡社ライブラリー，2001年a.

—— (1993a), "Peace and Democracy in Two Systems: External Policy and Internal Conflict", in Andrew Gordon (ed.), *Postwar Japan as History* (U of California P). 同，「二つの「体制」のなかの平和と民主主義 —— 対外政策と国内対立」アンドルー・ゴードン編，中村政則監訳『歴史としての戦後日本　上』みすず書房，2001年b.

—— (1993b), *Japan in War and Peace* (The New Press).

Edwards, John (1985), *Language, Society and Identity* (Basil Blackwell).

Engels, Friedrich (1972), "The Origin of the Family, Private Property, and the State", in Miriam Schneir (ed.), *Feminism: The Essential Historical Writings* (Random House).

Enloe, Cynthia H. (1989), *Bananas, Beaches and Bases: Making Feminist Sense of International Politics* (U of California P).

Ericson, Joan E. (1996), "The Origins of the Concept of 'Women's Literature'", in Paul Gordon Schalow and Janet A. Walker (eds.), *The Woman's Hand: Gender and Theory in Japanese Women's Writing* (Stanford UP).

Ericsson, Lars (1980), "Charges Against Prostitution: An Attempt at a Philosophical Assessment", *Ethics* 90(3).

Fabian, Johannes (1983), *Time and the Other: How Anthropology Makes its Object* (Columbia UP).

Fanon, Frantz (1967), *Black Skin White Masks, Charles Lam Markmann,* trans. (Grove Press). フランツ・ファノン，海老坂武・加藤晴久訳『黒い皮膚，白い仮面』みすず書房，1998年.

Fentress, James and Chris Wickham (1992), *Social Memory: New Perspectives on the Past* (Blackwell).

Field, Norma (1991), *In the Realm of a Dying Emperor* (Pantheon). ノーマ・フィールド，大島かおり訳『天皇の逝く国で』みすず書房，1994 年.

Figal, Gerald (1997), "Historical Sense and Commemorative Sensibility at Okinawa's Cornerstone of Peace", *Positions* 5(3).

Finn, Richard B. (1992), *Winners in Peace: MacArthur, Yoshida, and Postwar Japan* (U of California P). リチャード・B・フィン，内田健三監訳『マッカーサーと吉田茂　上・下』角川文庫，1995 年.

Foley, Barbara (1986), *Telling the Truth: The Theory and Practice of Documentary Fiction* (Cornell UP).

Fowler, Edward (1988), *The Rhetoric of Confession: Shishosetsu in Early Twentieth-Century Japanese Fiction* (U of California P).

Fujii, James (1992), *Complicit Fictions: The Subject in the Modern Japanese Prose Narrative* (U of California P).

Fujime, Yuki (1997), "The Licensed Prostitution System and the Prostitution Abolition Movement in Modern Japan", *Positions* 5(1).

Fussell, Paul (1975), *The Great War and Modern Memory* (Oxford UP).

Garon, Sheldon (1997), *Molding Japanese Minds: The State in Everyday Life* (Princeton UP).

Gayn, Mark (1981), *Japan Diary* (Charles E. Tuttle). マーク・ゲイン，井本威夫訳『ニッポン日記』ちくま学芸文庫，1998年.

Gessel, Van C. (1989), *The Sting of Life: Four Contemporary Japanese Novelists* (Columbia UP).

Gilman, Sander (1985), *Difference and Pathology: Stereotypes of Sexuality, Race, and Madness* (Cornell UP). サンダー・ギルマン，高山宏訳『健康と病――差異のイメージ』ありな書房，1996年.

Girard, Rene (1976), *Deceit, Desire, and the Novel: Self and Other in Literary Structure*, Yvonne Freccerp, trans. (Johns Hopkins UP).

Gluck, Carol (1983), "Entangling Illusions: Japanese and American Views of the Occupation", in Warren I. Cohen (ed.), *New Frontiers in American-East Asian Relations* (Columbia UP).

―― (1993), "The Past in the Present", in Andrew Gordon (ed.), *Postwar Japan as History* (U of California P). キャロル・グラック「現在のなかの過去」アンドルー・ゴードン編，中村政則監訳『歴史としての戦後日本　上』みすず書房，2001年.

Gluck, Jay (ed.) (1963), *Ukiyo: Stories of "The Floating World" of Postwar Japan* (Weatherhill).

Goldman, Emma (1972), "The Traffic in Women", in Miriam Schneir (ed.), *Feminism: The Essential Historical Writings* (Random House).

Guy, Donna J. (1990), *Sex and Danger in Buenos Aires: Prostitution, Family and Nation in Argentina* (U of Nebraska P).

Harutoonian, H. D. (1988), *Things Seen and Unseen: Discourse*

and Ideology in Tokugawa Nativism (U of Chicago P).

Havens, Thomas R. H. (1978), *Valley of Darkness: The Japanese People and World War Two* (Norton).

── (1987), *Fire Across the Sea: The Vietnam War and Japan 1965–1975* (Princeton UP). トーマス・R・H・ヘイブンズ, 吉川勇一訳『海の向こうの火事 ── ベトナム戦争と日本 1965–1975』筑摩書房, 1990 年.

Hays, Michael and Anastasia Nikolopoulou (1996), *Melodrama: The Cultural Emergence of a Genre* (St Martin's Press).

Hein, Laura and Seldon, Mark (eds.) (1997), *Living with the Bomb: American and Japanese Cultural Conflicts in the Nuclear Age* (M. E. Sharpe).

Hershatter, Gail (1997), *Dangerous Pleasures: Prostitution and Modernity in Twentieth-Century Shanghai* (U of California P).

Hibbett, Howard (ed.) (1993), *Contemporary Japanese Literature* (Knopf).

Higgins, Lynn A. and Brenda R. Silver (eds.) (1991), *Rape and Representation* (Columbia UP).

Hijiya-Kirschnereit, Irmela (1996), *Rituals of Self-Revelation: Shishosetsu as Literary Genre and Socio-Cultural Phenomenon* (Harvard East Asian Monographs). イルメラ・日地谷＝キルシュネライト, 三島憲一他訳『私小説 ── 自己暴露の儀式』平凡社, 1992 年.

Hobson, Barbara M. (1990), *Uneasy Virtue: The Politics of Prostitution and the American Reform Tradition* (U of Chicago P).

Hollowell, John (1977), *Fact and Fiction: The New Journalism and the Nonfiction Novel* (U of North Carolina P).

Inoue, Kyoko (1991), *MacArthur's Japanese Constitution: A Linguistic and Cultural Study of its Making* (U of Chicago P). イノウエキョウコ，古関彰一他訳『マッカーサーの日本国憲法』桐原書店，1994 年.

Irigaray, Luce (1985), *This Sex Which is Not One* (Cornell UP). リュス・イリガライ，棚沢直子訳『ひとつではない女の性』勁草書房，1987 年.

Jameson, Frederic (1986), "Third-World Literature in the Era of Multinational Capitalism", *Social Text* 5(3).

Kamada, Mamie (1978), "The Awkward Writer: Opinions About and the Influence of Matsumoto Seicho", *The Japan Interpreter* 12(2).

Kawai, Yuko (2015), "Deracialized Race, Obscured Racism: Japaneseness, Western and Japanene Concepts of Race, and Modalities of Racism", in *Japanese Studies*(35: 1).

Keene, Donald (1984), *Dawn to the West: Japanese Literature of the Modern Era* (New York: Henry Holt). ドナルド・キーン『日本文学史』(近代・現代篇 1)，中央公論社，1984 年.

Kelsky, Karen (1994), "Intimate Ideologies: Transnational Theory and Japan's 'Yellow Cabs'", *Public Culture*.

── (1996), "Flirting with the Foreign: Interracial Sex in Japan's 'International' Age", in Rob Wilson and Wimal Dissanayake (eds.), *Global/Local: Cultural Production in the Transnational Imaginary* (Duke UP).

Kerr, George (1958), *Okinawa: The History of an Island, People* (Charles E. Tuttle).

Kishtainy, Khalid (1982), *The Prostitute in Progressive Literature* (Allison and Busby).

Kolodny, Annette (1975), *The Lay of the Land: Metaphor as*

Experience and History in American Life and Letters (U of North Carolina P).

Koschmann, J. Victor (1991), "The Japan Communist Party and the Debate over Literary Strategy under the Allied Occupation of Japan", in Ernestine Schlant and J. Thomas Rimer (eds.), *Legacies and Ambiguities: Postwar Fiction and Culture in West Germany and Japan* (Johns Hopkins UP). ヴィクター・コシュマン「『近代文学』と日本共産党 ― 文学論争の時代」アーネスティン・シュラント，J・トーマス・ライマー編，大社淑子他訳『文学にみる二つの戦後 ― 日本とドイツ』朝日新聞社，1995年.

Koseki, Shoichi (1997), *The Birth of Japan's Postwar Constitution*, Ray Moore (ed. and trans.) (Westview Press). 古関彰一『新憲法の誕生』中央公論社，1989年.

Kubayanda, Josaphat B. (1990), "Minority Discourse and the African Collective: Some Examples from Latin American and Caribbean Literature", in Abdul Jan Mohamed and David Lloyd (eds.), *The Nature and Context of Minority Discourse* (Oxford UP).

La Capra, Dominick (1998), *History and Memory after Auschwitz* (Cornell UP).

― (ed.) (1991), *The Bounds of Race: Perspectives on Hegemony and Resistance* (Cornell UP).

Liu, Lydia H. (1994), "The Female Body and Nationalist Discourse: Manchuria in Xiao Hong's Field of Life and Death", in Angela Zito and Tani E. Barlow (eds.), *Body, Subject and Power in China* (U of Chicago P).

Marx, Karl (1988), *Karl Marx: Selected Writings*, David McLellan (ed.) (Oxford UP).

Mayo, Marlene (1984), "Civil Censorship and Media Control in Early Occupied Japan", in Robert Wolfe (ed.), *Americans as Proconsuls: United States Military Government in Germany and Japan*, 1944-1952 (Southern Illinois UP).

── (1991), "Literary Reorientation in Occupied Japan: Incidents of Civil Censorship", in Ernestine Schlant and J. Thomas Rimer (eds.), *Legacies and Ambiguities: Postwar Fiction and Culture in West Germany and Japan* (Johns Hopkins UP).「日本人再教育計画 ── 検閲と文学」アーネスティン・シュラント，J・トーマス・ライマー編，大社淑子他訳『文学にみる二つの戦後 ── 日本とドイツ』朝日新聞社，1995年.

Memmi, Albert (1967), *The Colonizer and the Colonized,* trans. Howard Greenfeld (Beacon Press).

Mendus, Susan and Jane Rendall (eds.) (1989), *Sexuality and Subordination* (Routledge).

Mill, John Stuart (1989), *The Subjection of Women* (MIT Press, 12th edn).

Miles, Robert (1989), *Racism* (Routledge).

Molasky, Michael (2003), "Medoruma Shun: The Writer as Public Intellectual in Okinawa Today", in Mark Selden and Laura Hein (eds.), *Islands of Discontent: Okinawan Responses to Japanese and American Power* (Lanham, MD: Rowman and Littlefield).

Molasky, Michael and Steve Rabson (eds.) (2000), *Southern Exposure: Modern Japanese Literature from Okinawa* (U of Hawai'i P).

Moon, Katherine H. S. (1997), *Sex Among Allies: Military Prostitution in U.S.-Korea Relations* (Columbia UP).

Moore, Ray A. (1981), "The Occupation of Japan as History: Some Recent Research", *Monumenta Nipponica* 36(3).

Moretti, Franco (1996), *Modern Epic: The World System from Goethe to García Marquez* (New York: Verso).

Napier, Susan (1991), *Escape From the Wasteland: Romanticism and Realism in the Fiction of Mishima Yukio and Oe Kenzaburo* (Harvard UP).

Ngugi, wa Thiong'o (1988), *Decolonising the Mind: The Politics of Language in African Literature* (Heinemann). グギ・ワ・ジオンゴ，宮本正興・楠瀬佳子訳『精神の非植民地化――アフリカのことばと文学のために』第三書館，1987年.

Orbaugh, Sharalyn (forthcoming), *The Japanese Fiction of the Allied Occupation* (Stanford UP).

Ota, Masahide (1987), "The U.S. Occupation of Okinawa and Postwar Reforms in Japan Proper", in Robert E. Ward and Sakamoto Yoshikazu (eds.), *Democratizing Japan* (Honolulu: U of Hawai'i P). 大田昌秀「アメリカの対沖縄戦後政策」R・E・ウォード，坂本義和編『日本占領の研究』東京大学出版会，1987年.

Ota, Yoshinobu, "Politics and Representations of Ryukyuan Culture in Japanese Folklore Studies", unpublished paper.

Parker, Andrew, Mary Russo, Doris Sommer et al. (eds.) (1992), *Nationalisms and Sexualities* (Routledge).

Pateman, Carole (1988), *The Sexual Contract* (Stanford UP).

—— (1983), "Defending Prostitution: Charges against Ericsson", *Ethics* 93(3).

Pharr, Susan (1987), "The Politics of Women's Rights", in Robert E. Ward and Sakamoto Yoshikazu (eds.), *Democratizing Japan* (U of Hawai'i P). スーザン・J・ファー，坂本喜久子

訳「女性の権利をめぐる政治」R・E・ウォード，坂本義和編『日本占領の研究』東京大学出版会，1987 年.

Pollack, Andrew (1995), "Rape Case in Japan Turns Harsh Light on U.S. Military", *New York Times* (19 September).

Rabson, Steve (trans. and ed.), *Okinawa: Two Postwar Novellas* (Institute of East Asian Studies, University of California).

── (1997), "Meiji Assimilation Policy in Okinawa: Promotion, Resistance, and 'Reconstruction'", Helen Hardacre and Adam L. Kern (eds.), *New Directions in the Study of Meiji Japan* (Brill).

Renan, Ernst (1990), "What is a Nation?", in Homi K. Bhabha (ed.), *Nation and Narration* (Routledge).

Rimmon-Kenan, Shlomith (1983), *Narrative Fiction: Contemporary Poetics* (Methuen).

Rubin, Gayle (1975), "The Traffic in Women: Notes on the 'Political Economy' of Sex", in Rayna R. Reiter (ed.), *Toward an Anthropology of Women* (Monthly Review Press).

Rubin, Jay (1984), *Injurious to Public Morals: Writers and the Meiji State* (U of Washington P).

── (1985), "From Wholesomeness to Decadence: The Censorship of Literature under the Allied Occupation", *Journal of Japanese Studies* 11(1).

Russell, John G. (1991), "Race and Reflexivity: The Black Other in Contemporary Japanese Mass Culture", *Cultural Anthropology* 6(1).

── (1994), "'Sambo's' Stepchildren: Western Cultural Hegemony and the 'White Man's Negro' in Japan" (unpublished paper).

── (1996), "'It's Pure': Racial Iconography, Color Symbolism

and the 'White Self' in Contemporary Japan", paper presented at the 1996 Annual Meeting of the Association for Asian Studies.

—— (1998), "Consuming Passions: Spectacle, Self-Transformation, and the Commodification of Blackness in Japan", *Positions* 6(1).

Scarry, Elaine (1985), *The Body in Pain: The Making and Unmaking of the World* (Oxford UP).

Schalow, Paul Gordon and Walker, Janet A. (eds.) (1996), *The Woman's Hand: Gender and Theory in Japanese Women's Writing* (Stanford UP).

Schlant, Ernestine and J. Thomas Rimer (eds.) (1991), *Legacies and Ambiguities: Postwar Fiction and Culture in West Germany and Japan* (Johns Hopkins UP). アーネスティン・シュラント, J・トーマス・ライマー編, 大社淑子他訳『文学にみる二つの戦後 —— 日本とドイツ』朝日新聞社, 1995年.

Sedgwick, Eve Kosofsky (1985), *Between Men: English Literature and Male Homosocial Desire* (Columbia UP). イヴ・コソフスキー・セジウィック, 上原早苗・亀沢美由紀訳『男同士の絆 —— イギリス文学とホモソーシャルな欲望』名古屋大学出版会, 2001年.

Seidensticker, Edward (1991), *Tokyo Rising: The City Since the Great Earthquake* (Charles E. Tuttle). エドワード・サイデンステッカー, 安西徹雄訳『立ちあがる東京 —— 廃墟・復興・そして喧騒の都市へ』早川書房, 1992年.

Shiga-Fujime, Yuki (1993), "The Prostitutes' Union and the Impact of the 1956 Anti-Prostitution Law in Japan", *U. S.-Japan Women's Journal*, English Supplement (5).

Shrage, Laurie (1989), "Should Feminists Oppose Prostitution?",

Ethics 99(2).

Siddle, Richard (1997), "Ainu: Japan's indigenous people", in Michael Weiner (ed.), *Japan's Minorities: The Illusion of Homogeneity* (Routledge).

Smith, Patrick (1998), "Masahide Ota and the End of an Ideal", *JPRI Critique* 5(1).

Smits, Gregory (1999), *Visions of Ryukyu: Identity and Early-Modern Ideology in Thought and Politics* (U of Hawai'i P).

Spivak, Gayatri Chakravorty (1990), "The problem of cultural self-representation", in Sarah Harasym (ed.), *The Post-colonial Critic: Interviews, Strategies, Dialogues* (Routledge). G・C・スピヴァク，清水和子・崎谷若菜訳「文化的自己表現／代表の問題」S・ハレイシム編『ポスト植民地主義の思想』彩流社，1992年.

—— (1998), "Can the Subaltern Speak?", in Cary Nelson and Lawrence Grossberg (eds.), *Marxism and the Interpretation of Culture* (U of Illinois P). G・C・スピヴァク，上村忠男訳『サバルタンは語ることができるか』みすずライブラリー，1998年.

Steiner, Kurt (1987), "The Occupation and the Reform of the Japanese Civil Code", in Robert E. Ward and Sakamoto Yoshikazu (eds.), *Democratizing Japan* (U of Hawai'i P). カート・スタイナー，田中英夫訳「占領と民法典の改正」R・E・ウォード，坂本義和編『日本占領の研究』東京大学出版会，1987年.

Street, Brian V. (1975), *The Savage in Literature: Representation of 'primitive' society in English Fiction 1858–1920* (Routledge & Kegan Paul).

Sturdevant, Saundra Pollock and Brenda Stoltzfus (1992), *Let*

the Good Times Roll: Prostitution and the U.S. Military in Asia (The New Press).

Taira, Koji (1997), "Troubled national identity: the Ryukyuans/Okinawans", in Michael Weiner (ed.), *Japan's Minorities: The Illusion of Homogeneity* (Routledge).

Tanaka, Yukiko (ed.) (1987), *To Live and to Write: Selections by Japanese Women Writers 1913–1938* (Seal Press).

Theleweit, Klaus (1987), *Male Fantasies (volume 1): Women, floods, bodies, history* (U of Minnesota P).

Toolan, Michael J. (1988), *Narrative: A Critical Linguistic Introduction* (Routledge).

Toshitani, Nobuyoshi (1994), "The Reform of Japanese Family Law and Changes in the Family System", *U. S.-Japan Women's Journal*, English Supplement (6).

Treat, John Whittier (1996), "Yoshimoto Banana Writes Home: The Shojo in Japanese Popular Culture", in John Whittier Treat (ed.), *Contemporary Japan and Popular Culture* (U of Hawai'i P).

Ward, Robert E. and Sakamoto Yoshikazu (eds.) (1987), *Democratizing Japan* (U of Hawai'i P). R・E・ウォード，坂本義和編『日本占領の研究』東京大学出版会，1987年.

Weiner, Michael (1995), "Discourses of race, nation and empire in pre-1945 Japan", *Ethnic and Racial Studies* 18(3).

—— (ed.) (1997), *Japan's Minorities: The Illusion of Homogeneity* (Routledge).

White, Hayden (1978), *Tropics of Discourse: Essays in Cultural Criticism* (Johns Hopkins UP).

Wilson, Michiko N. (1986), *The Marginal World of Oe Kenzaburo: A Study in Themes and Techniques* (M. E. Sharpe).

Woolfe, Robert (ed.) (1984), *Americans as Proconsuls: United States Military Government in Germany and Japan, 1944–1952* (Southern Illinois UP).
Yoshino, Kosaku (1992), *Cultural Nationalism in Modern Japan* (Routledge).
Young, Robert J. C. (1995), *Colonial Desire: Hybridity in Theory, Culture and Race* (Routledge).

United States Army Missile Command, Redstone Arsenal (Alabama) (1960), "Honest John Rocket 762MM M31 Missile System Fact Sheet" (Declassified 31 December 1972).

饗庭孝男,「大江, 江藤における人間存在の凝視」『国文学　解釈と教材の研究』1971年16巻1号, 学燈社.
赤木けい子,「ネクスト・ドア」『群像』1955年10巻7号, 講談社.
阿嘉誠一郎,「不始末の責任」沖縄文学全集編集委員会編『沖縄文学全集　8』国書刊行会, 1990年.
新川明,「有色人種　その一」『琉大文学』1956年2巻1号.
新川明・新崎盛暉,「沖縄にとって「復帰」とはなんだったか」『世界』1985年6月号, 岩波書店.
新崎盛暉,『戦後沖縄史』日本評論社, 1979年.
荒松雄,「松本清張におけるフィクションと現実」『国文学　解釈と教材の研究』1973年18巻7号, 学燈社.
安藤良子・吉田洋子,「アジア女性に対する性差別」富岡恵美子・吉岡睦子編『現代日本の女性と人権』明石書店, 2001年.
家田荘子,『俺の肌に群がった女たち』二見書房, 1985年.
伊佐千尋,『炎上 ── 沖縄コザ事件』文春文庫, 1986年.

石川淳,「黄金伝説」『石川淳全集　2　小説』筑摩書房, 1989 年.
石川弘,『焼跡の少年』皆美社, 1980 年.
石川真生他,『これが沖縄の米軍だ ── 基地の島に生きる人々』高文研, 1996 年.
石原昌家,『証言・沖縄戦 ── 戦場の光景』青木書店, 1984 年.
磯貝英夫,「芽むしり仔撃ち」『国文学　解釈と教材の研究』1971 年 16 巻 1 号, 学燈社.
磯田光一,『戦後史の空間』新潮選書, 1983 年.
一番ケ瀬康子,「買出し」朝日ジャーナル編集部編『女の戦後史　1　昭和 20 年代』朝日選書, 1984 年.
糸屋寿雄・江刺昭子,『戦後史と女性の解放』合同出版, 1977 年.
いのうえせつこ,『占領軍慰安所 ── 敗戦秘史　国家による売春施設』新評論, 1995 年.
井上友一郎,「混血」『小説新潮』1952 年 6 月号, 新潮社.
今川英子,「曽野綾子 ── 「時のとまった赤ん坊」」『国文学　解釈と教材の研究』1986 年 31 巻 6 号, 学燈社.
岩崎爾郎・加藤秀俊編,『昭和世相史 ── 1945-1970』社会思想社, 1971 年.
植田康夫,「解説」ドウス昌代『敗者の贈物 ── 特殊慰安施設 RAA をめぐる占領史の側面』講談社文庫, 1995 年.
上野千鶴子,『ナショナリズムとジェンダー』青土社, 1998 年.
上野千鶴子・小倉千加子・富岡多恵子,『男流文学論』ちくま文庫, 1997 年.
上原昇,「1970 年代のギャング・エイジ」沖縄文学全集編集委員会編『沖縄文学全集　8　小説 3』国書刊行会, 1990 年.
浦田義和,「解説」沖縄文学全集編集委員会編『沖縄文学全集　8　小説 3』国書刊行会, 1990 年.
江藤淳,『落葉の掃き寄せ ── 敗戦・占領・検閲と文学』文藝春秋, 1981 年.

――『成熟と喪失――母の崩壊』講談社文芸文庫, 1993年.
――『閉された言語空間――占領軍の検閲と戦後日本』文春文庫, 1994年.
江成常夫,「「戦争花嫁」のアメリカ」安田常雄・天野正子編『戦後体験の発掘――15人が語る占領下の青春』三省堂, 1991年.
大江健三郎,「飼育」『大江健三郎全作品集1』新潮社, 1966年.
――「大江健三郎氏に聞く」『国文学　解釈と教材の研究』1969年16巻9号, 学燈社.
――『沖縄経験　大江健三郎同時代論集4』岩波書店, 1981年.
――『厳粛な綱渡り』講談社文芸文庫, 1991年.
大江健三郎・目取真俊,「沖縄が憲法を敵視するとき」『論座』2000年7月号, 朝日新聞社.
大城立裕,「私の作品」『新沖縄文学』1968年冬号.
――『同化と異化のはざまで』潮出版社, 1972年.
――『カクテル・パーティー』理論社, 1982年.
――「亀甲墓」沖縄文学全集編集委員会編『沖縄文学全集7』国書刊行会, 1990年.
――「ふりむけば荒野」『新潮』1995年92巻8号, 新潮社.
――「インタヴュー」『読売新聞』1996年1月19日付夕刊.
大城将保,『昭和史のなかの沖縄』岩波ブックレット, 1989年.
大宅壮一,「一番得したのは女」『文藝春秋』1952年30巻9号, 文藝春秋.
岡本恵徳,『現代沖縄の文学と思想』沖縄タイムス社, 1981年a.
――『沖縄文学の地平』三一書房, 1981年b.
――『現代文学に見る沖縄の自画像』高文研, 1996年.
沖縄県編,『沖縄――苦難の現代史』岩波同時代ライブラリー, 1996年.
沖縄県総務部知事公室編,『沖縄の米軍および自衛隊基地――統

計資料集』1993年.
(財)沖縄県文化振興会公文書管理部史料編集室編著,『沖縄県史 ビジュアル版 戦後01 銃剣とブルドーザー』沖縄県教育委員会, 1998年.
沖縄市教育委員会編,『コザ市史』1974年.
沖縄市史編集委員会他編,『沖縄市史』1984年.
沖縄市役所編,『沖縄市政15年記念写真集』1988年.
尾崎秀樹,「野坂昭如と西鶴」『別冊新評 野坂昭如の世界』1973年6巻3号, 新評社.
小田実,『何でも見てやろう』角川書店, 1979年.
鍛冶千鶴子,「民法改正」朝日ジャーナル編集部編『女の戦後史 1 昭和20年代』朝日選書, 1984年.
勝又浩,「遠来の客たち」『現代小説事典』至文堂, 1974年.
加藤典洋,『アメリカの影――戦後再見』講談社学術文庫, 1995年.
鹿野政直,『戦後沖縄の思想像』朝日新聞社, 1987年.
我部政男,「占領初期の沖縄における政軍関係」『沖縄を考える――大田昌秀教授退官記念論文集』退官記念事業会, 1990年.
神谷忠孝,「野坂昭如――やつしの文学」『国文学 解釈と教材の研究』1986年31巻9号, 学燈社.
神崎清,「ルポルタージュ 横須賀――日本のレッドライン」『婦人公論』1952年11月号, 中央公論新社.
――「白と黒――日米混血児の調査報告」『婦人公論』1953年3月号, 中央公論新社.
――「もっと誇りを――基地と貞操の危機について」『婦人公論』1953年9月号, 中央公論新社.
――「売春禁止法案をめぐる婦人議員座談会」『婦人公論』1954年2月号, 中央公論新社.

北九州市史編纂委員会編,『北九州市史』北九州市, 1980年.
北澤三保,「解説」『オキナワの少年』文藝春秋, 1980年.
木本至,『雑誌で読む戦後史』新潮社, 1985年.
金城清子,「沖縄の売春問題」『新沖縄文学』1975年30号.
金城須美子,「沖縄の食生活に見るアメリカ統治の影響」照屋善彦・山里勝己編『戦後沖縄とアメリカ――異文化接触の五〇年』沖縄タイムス社, 1995年.
草部典一,「戦後における検閲, 発禁の動向」『国文学　解釈と鑑賞』1962年27巻5号, 至文堂.
熊木哲,「平林たい子」『国文学　解釈と鑑賞』1985年50巻10号, 至文堂.
桑原稲敏,『戦後史の生き証人たち――12人の巷のヒーロー』伝統と現代社, 1982年.
群像編集部,「人物案内　曽野綾子」『群像』1955年10巻11号, 講談社.
慶應義塾大学社会事業研究会編,「街娼と子供たち――特に基地横須賀市の現状分析」1953年, 非公刊稿本.
恵泉女学園大学平和文化研究所編,『占領と性――政策・実体・表象』2007年.
源河朝良,「青ざめた街」『琉球新報』1975年11月7日付, 琉球新報社.
河野多恵子,「自戒」『文藝』1974年7月号, 河出書房新社.
紅野敏郎,「飼育」『国文学　解釈と鑑賞』1971年36巻8号, 至文堂.
小島信夫,『アメリカン・スクール』新潮文庫, 1967年.
五島勉,『続　日本の貞操』蒼樹社, 1953年.
小林大治郎・村瀬明,『国家売春命令物語』雄山閣, 1971年.
米須興文,「「亀甲墓」のこと」『青い海』69号, 1978年.
――『ピロメラのうた――情報化時代における沖縄のアイデンテ

ィティ』沖縄タイムス社, 1991年.
小山いと子, 「虹燃ゆ」『婦人公論』1951年10-11月号, 中央公論新社.
古屋芳雄, 「混血ものがたり──世界的にみた混血児問題」『婦人公論』1953年431号, 中央公論新社.
斉藤雅子, 「闇市ファッション──流行はパンパンから」猪野健治編『東京闇市興亡史』双葉社, 1999年.
三枝和子, 『その日の夏』講談社, 1987年.
──『その冬の死』講談社, 1989年.
──『その夜の終りに』講談社, 1990年.
佐久本佳奈, 「台湾人女工をめぐる政治・経済・欲望」『沖縄文化研究』法政大学沖縄文化研究所, 2015年.
佐々木毅他編, 『戦後史大事典　1945-2004』三省堂, 1995年.
笹森桂子, 「曽野綾子」『国文学　解釈と鑑賞』1973年6月臨時増刊号, 至文堂.
塩満一, 『アメ横三十五年の激史』東京稿房出版, 1982年.
重松泰雄, 「松本清張の文学的出発」『国文学　解釈と教材の研究』1973年18巻17号, 学燈社.
思想の科学研究会編, 『共同研究──日本占領』徳間書店, 1972年.
島田とみ子, 「占領は女に何をもたらしたか」田中寿美子編『女性解放の思想と行動　戦後編』時事通信社, 1975年.
──「骨」沖縄文学全集編集委員会編『沖縄文学全集　8』国書刊行会, 1990年.
島田雅彦, 『退廃姉妹』文藝春秋, 2005年.
清水幾多郎・猪俣浩三・木村八郎他編, 『基地日本──うしなわれいく祖国のすがた』和光社, 1953年.
清水節治, 『戦災孤児の神話──野坂昭如＋戦後の作家たち』教育出版センター, 1995年.

下嶋哲朗,『沖縄・チビチリガマの〈集団自決〉』岩波ブックレット, 1992年.
朱恵足,「目取真俊『魚群記』における皮膚 ―― 色素/触覚/インターフェース」『現代思想』2001年10月号, 青土社.
ジョン・G・ラッセル,『日本人の黒人観 ―― 問題は『ちびくろサンボ』だけではない』新評論, 1991年.
――「日本のマスメディアに見る黒人像」『解放社会学研究』日本解放社会学会, 1992年.
――『偏見と差別はどのようにつくられるか ―― 黒人差別・反ユダヤ意識を中心に』明石書店, 1995年.
新城郁夫,『沖縄文学という企て』インパクト出版社, 2003年.
――『沖縄を聞く』みすず書房, 2010年.
菅谷直子,「敗戦と売春」田中寿美子編『女性解放の思想と行動 戦後編』時事通信社, 1975年.
鈴木登美著, 大内和子他訳,『語られた自己 ―― 日本近代の私小説言説』岩波書店, 2000年.
鈴木智之,「輻輳する記憶:目取真俊『眼の奥の森』における〈ヴィジョン〉の獲得と〈声〉の回帰」『社会志林』2012年7号.
砂川正男,「秘録　沖縄市誕生」沖縄市職員厚生会文芸誌『中頭文化』第17号, 沖縄市, 1993年.
芹沢光次良,「一つの世界」『芹沢光治良文学館6』新潮社, 1996年.
袖井林二郎,『占領した者された者 ―― 日米関係の原点を考える』サイマル出版会, 1986年.
袖井林二郎・本多秋五・関寛治・伊藤成彦・西田勝,「共同討議 敗戦・占領・憲法」『季刊文学的立場　3』日本近代文学研究所, 1981年.
曽根博義,「現代文学における女性の発見 ―― 三枝和子の場合」『国文学　解釈と教材の研究』1986年31巻5号, 学燈社.

曽野綾子,「グッドラック・フォー・エブリバディ」『群像』1955年10巻11号，講談社.
──『曽野綾子選集 vol. 2』読売新聞社，1971年.
高里鈴代,『沖縄の女たち──女性の人権と基地・軍隊』明石書店，1996年.
高橋英夫,「大江健三郎における文体の特質」『国文学　解釈と鑑賞』1971年38巻8号，至文堂.
高原健吉,「占領と世代」思想の科学研究会編『共同研究──日本占領』徳間書店，1972年.
高見順,「反時代的考察　3──パンパン礼賛」『新潮』1953年10月号，新潮社.
──『敗戦日記』文春文庫，1991年.
高嶺朝一,『知られざる沖縄の米兵──米軍基地15年の取材メモから』高文研，1984年.
高良勉,「解説」沖縄文学全集編集委員会編『沖縄文学全集　2　詩2』国書刊行会，1991年.
竹中勝男,「ルポルタージュ　基地伊丹」『婦人公論』1953年2月号，中央公論新社.
竹前栄治,『占領と戦後改革』岩波ブックレット，1988年.
──『占領戦後史』岩波同時代ライブラリー，1992年.
竹前栄治・金原左門編,『昭和史──国民のなかの波瀾と激動の半世紀』有斐閣，1989年.
田里友哲,『論集沖縄の集落研究』離宇宙社，1983年.
田中貴美子,『女の防波堤』第二書房，1957年.
田中康慶,「混血児」『新沖縄文学』1972年23号，沖縄タイムス社.
鶴見俊輔,『戦後日本の大衆文化史』岩波書店，1984年.
テッド・グーセン,「檻のなかの野獣」平川祐弘，鶴田欣也編著『内なる壁──外国人の日本人像・日本人の外国人像』TBS

ブリタニカ，1990 年.
── 「「他者」の世界に入るとき」鶴田欣也編『日本文学における〈他者〉』新曜社，1994 年.
ドウス昌代，『敗者の贈物 ── 特殊慰安施設 RAA をめぐる占領史の側面』講談社文庫，1995 年.
友田義行，「目取真俊の不敬表現 ── 血液を献げることへの抗い」『立命館言語文化研究』2011 年 22 巻 4 号.
富山一郎，『近代日本社会と「沖縄人」 ── 「日本人」になるということ』日本経済評論社，1990 年.
── 「沖縄差別とプロレタリア化」『新琉球史 ── 近代，現代篇』琉球新報社，1992 年.
── 『戦場の記憶』日本経済評論社，1995 年.
中島河太郎，「清張文学，作品事典」『国文学　解釈と鑑賞』1978 年 43 巻 6 号，至文堂.
長堂英吉，「黒人街」『新沖縄文学』1966 年 1 号，沖縄タイムス社.
── 『エンパイア・ステートビルの紙ヒコーキ』新潮社，1994 年.
── 「ランタナの花の咲く頃に」マイク・モラスキー編『街娼 ── パンパン&オンリー』皓星社，2015 年.
中野好夫・新崎盛暉，『沖縄戦後史』岩波新書，1990 年.
仲程正吉，『沖縄風土記全集　第 3 巻　コザ市編』沖縄風土記刊行会，1968 年.
仲程昌徳，『近代沖縄文学の展開』三一書房，1981 年.
中村登志，『売春ホテル』東京ライフ社，1957 年.
中村文子，「母性集団 38 年の歩み」宮里悦編『沖縄・女たちの戦後 ── 焼土からの出発』ひるぎ社，1986 年.
中本たか子，「基地『立川』の横顔」『新日本文学』1952 年 3 月号，新日本文学会.

――「基地の女」『群像』1953年7月号，講談社.
長元朝浩，「沖縄――基地問題の歴史と現在」同編『これが沖縄の米軍だ――基地の島に生きる人々』高文研，1996年.
南島地名研究センター，『地名を歩く』ボーダーインク社，1991年.
西清子，『占領下の婦人政策――その歴史と証言』ドメス出版，1985年.
西田稔，『オンリーの貞操帯』第二書房，1956年.
丹羽文雄，「解説」『平林たい子全集　5』潮出版社，1977年.
ノーマ・フィールド，「悲惨な島国のパラドックス」テツオ・ナジタ他編『戦後日本の精神史――その再検討』岩波書店，1988年.
――「ネイティヴとエイリアン，汝と我――大江健三郎の神話，近代，虚構」『文學界』1989年1月号，文藝春秋.
野坂昭如，『アメリカひじき・火垂るの墓』新潮文庫，2004年.
野坂相如，「わが蕩児・野坂昭如」『別冊新評　野坂昭如の世界』1973年6巻3号，新評社.
野村ゲイル，「労働運動の渦の中の女性――GHQに見えなかったこと」思想の科学研究会編『共同研究――日本占領軍その光と影 vol. 1』徳間書店，1978年.
野村喬，「野坂昭如と五木寛之」『別冊新評　野坂昭如の世界』1973年6巻3号，新評社.
萩原葉子，「苦しかった毎日」『女たちの八月十五日――もう一つの太平洋戦争』小学館ライブラリー，1995年.
長谷川泉編，「女性作家の新流」『別冊国文学　解釈と鑑賞』至文堂，1988年.
長部日出雄，「野坂昭如――文体の問題」『国文学　解釈と教材の研究』1974年19巻15号，学燈社.
原田弘，『MPのジープから見た占領下の東京――同乗警察官の

観察記』草思社，1994 年．

東峰夫，「インタビュー」『青い海』1972 年 2 巻 10 号，青い海出版社．

――「島でのさようなら」『オキナワの少年』文春文庫，1980 年．

久松潜一他編，『現代日本文学大事典』明治書院，1968 年．

火野葦平，「ルポルタージュ　佐世保」『婦人公論』1952 年 8 月号，中央公論新社．

平井和子，『日本占領とジェンダー――米軍・売買春と日本女性たち』有志舎，2014 年．

平林たい子，「ある細君」『小説新潮』1952 年 6 月号，新潮社．

――「黒人混血児の問題」『読売新聞』1953 年 3 月 5 日付夕刊，読売新聞社．

――『平林たい子全集　5』潮出版社，1977 年．

広池秋子，「オンリー達」女流文学者会編『現代の女流文学』第 1 巻，毎日新聞社，1974 年．

広末保，『西鶴の小説――時空意識の転換をめぐって』平凡社選書，1982 年．

福島鋳郎，『戦後雑誌発掘――焦土時代の精神』洋泉社，1985 年．

――『戦後雑誌の周辺』筑摩書房，1987 年．

藤田みどり，「冒険小説とアフリカ人――イメージ形成に果たすサブカルチャーの役割」平川祐弘，鶴田欣也編著『内なる壁――外国人の日本人像・日本人の外国人像』TBS ブリタニカ，1990 年．

外間守善・大江健三郎・永積安明，「沖縄学の今日的問題」『文学』1972 年 4 巻 40 号，岩波書店．

外間米子編，「婦人たちの歩み（年表ふうに）――終戦より日本復帰まで」『新沖縄文学』1975 年 30 号，沖縄タイムス社．

――「沖縄の女性」朝日ジャーナル編集部編『女の戦後史 1　昭和 20 年代』朝日選書，1984 年．

――「屈辱と栄光からの出発」沖縄婦人運動史研究会編『沖縄・女たちの戦後――焼土からの出発』ひるぎ社，1986年.
本多勝一，『アメリカ合州国』朝日文庫，1981年.
マイク・モラスキー，「『アメリカと寝る』とは――被占領体験の表現をめぐって」『図書』1997年12月号，岩波書店.
マイク・モラスキー編，『闇市』新潮社，2018年.
――『街娼――パンパン&オンリー』皓星社，2015年.
牧野浩隆，『戦後沖縄の通貨』ひるぎ社，1987年.
又吉栄喜，「カーニバル闘牛大会」沖縄文学全集編集委員会編『沖縄文学全集　8』国書刊行会，1990年a.
――「ジョージが射殺した猪」沖縄文学全集編集委員会編『沖縄文学全集　8』国書刊行会，1990年b.
松浦総三，『占領下の言論弾圧』現代ジャーナリズム出版会，1969年.
――「知られざる占領下の言論弾圧」思想の科学研究会編『共同研究――日本占領』徳間書店，1972年.
――『松浦総三の仕事　2――戦中・占領下のマスコミ』大月書店，1984年.
松沢呉一，『闇の女たち――消えゆく日本人街娼の記録』新潮文庫，2016年.
松原新一，「野坂昭如における発想と文体」『別冊新評　野坂昭如の世界』1973年6巻3号，新評社.
松本清張，「黒地の絵」『松本清張全集　37』文藝春秋，1978年.
松本清張・三好行雄，「社会は推理小説への道程」『国文学　解釈と鑑賞』1978年43巻6号，至文堂.
丸谷才一，「第33回文學界新人賞決定発表」『文學界』1971年25巻12号，文藝春秋.
水野浩編，『日本の貞操――外国兵に犯された女性たちの手記』蒼樹社，1953年.

見田宗介，『近代日本の心情の歴史 ── 流行歌の社会心理史』講談社学術文庫，1997 年.
三谷邦明，『物語文学の方法』有精堂出版，1989 年.
南博・社会心理研究所，『続・昭和文化 ── 1945-1989』勁草書房，1990 年.
南博・飯塚浩二・三島由紀夫・佐多稲子他「パンパンの世界 ── 実態調査　座談会」『改造』1953 年 3 月号，改造社.
三根生久大，『終戦直後 ── 記録写真　日本人が，ひたすらに生きた日々』カッパブックス，1974 年.
宮城悦二郎，『占領者の眼 ── アメリカ人は〈沖縄〉をどう見たか』那覇出版社，1982 年.
── 『沖縄占領の 27 年間 ── アメリカ軍政と文化の変容』岩波ブックレット，1992 年.
宮里悦編，『沖縄・女たちの戦後 ── 焼土からの出発』ひるぎ社，1986 年.
村井紀，『南島イデオロギーの発生 ── 柳田国男と植民地主義』福武書店，1992 年.
村松定孝・渡辺澄子編，『現代女性文学辞典』東京堂出版，1990 年.
目取真俊，『魂込め』朝日新聞社，1999 年.
── 『水滴』文藝春秋，1997 年 a.
── 『群蝶の木』朝日新聞社，2001 年.
── 『目取真俊短篇小説選集』全 3 巻，影書房，2013 年.
── 『眼の奥の森』影書房，2009 年.
── 「言葉を“異物”のように」『Edge』1998 年冬号，Art Produce Okinawa.
── 「第 117 回芥川賞の目取真俊さんに聞く」『沖縄タイムス』1997 年 b 7 月 18 日付 25 面.
── 「あとがき」『平和通と名付けられた街を歩いて』影書房，

2003年.
──「海鳴りの島から」『週刊金曜日』2000年10月13日号.
目取真俊・池澤夏樹,「“絶望”から始める」『文學界』1997年9月号, 文藝春秋.
森本和夫,「野坂, 井上におけるユートピア思考」『国文学　解釈と教材の研究』1974年19巻15号, 学燈社.
もろさわようこ,『おんなの戦後史』未来社, 1971年.
諸田和治,「動機と社会告発」『国文学　解釈と鑑賞』1978年6月号, 至文堂.
諸見里道浩,「コザ物語」『沖縄タイムス』1982年4月15日付, 沖縄タイムス社.
文部省編,「学校基本調査報告書」1997年.
八木義徳,「ルポルタージュ　横浜」『婦人公論』1952年7月号, 中央公論新社.
安田常雄・天野正子編,『戦後体験の発掘──15人が語る占領下の青春』三省堂, 1991年.
山下愛子,「ルポルタージュ　千歳」『婦人公論』1952年11月号, 中央公論新社.
山田詠美,『ベッドタイム・アイズ』河出書房新社, 1985年.
──「お猿さんか, 人間さまか」『中央公論　文芸特集』中央公論新社, 1993年.
山田盟子,『占領軍慰安婦──国策売春の女たちの悲劇』光人社, 1992年.
山田有策編,『女流文学の現在』学術図書出版社, 1985年.
山本明,『戦後風俗史』大阪書籍, 1986年.
湯沢令子・竹下栄子,「混血児の母は訴える」『婦人公論』1953年9月号, 中央公論新社.
横手一彦,『被占領下の文学に関する基礎的研究──資料編』武蔵野書房, 1995年.

吉田スエ子,「嘉間良心中」沖縄文学全集編集委員会編『沖縄文学全集　9』国書刊行会, 1990年.
吉田司,『ひめゆり忠臣蔵』増補新版, 太田出版, 2000年.
吉見周子,『売笑の社会史』雄山閣, 1992年.
吉見義明,『従軍慰安婦』岩波新書, 1995年.
琉球新報社編,『新琉球史 —— 近代・現代篇』琉球新報社, 1992年.
歴史学研究会編,『日本同時代史 —— 敗戦と占領』青木書店, 1990年.
ロバート・ロルフ,「『飼育』に於ける無垢の喪失」武田勝彦・イワモト, ヨシオ・サミュエル・横地淑子編『大江健三郎文学海外の評価』創林社, 1987年.

「米兵, 爆弾？投げあばれる」『日本経済新聞』1970年10月19日付夕刊, 日本経済新聞社.
「普天間全面返還で合意」『朝日新聞』1996年4月13日付, 朝日新聞社.
「基地縮小に機能維持の壁」『朝日新聞』1996年4月16日付, 朝日新聞社.
「民家へ放火, 催眠弾」『赤旗』1965年10月30日付, 日本共産党.
「沖縄の基地から縄文陶器」『朝日新聞』1997年3月29日付夕刊, 朝日新聞社.
「沖縄市かコザ市か」『琉球新報』1995年6月29日付, 琉球新報社.
「沖縄市に内定」「美里広報」沖縄県美里村, 1973年3月25日.